Muotathal

Silvia Götschi, geboren 1958 in Stans, lebte und arbeitete von 1979 bis 1998 in Davos und von 1998 bis 2014 im Kanton Schwyz. Von Jugend an widmet sie sich dem literarischen Schaffen und der Psychologie. Seit 1998 ist sie freischaffende Schriftstellerin und Mitarbeiterin in einer Werbeagentur. Sie hat drei Söhne und zwei Töchter und lebt heute mit ihrem Mann in der Nähe von Luzern.
www.silvia-goetschi.ch

Dieses Buch ist ein Roman. Handlungen und Personen sind frei erfunden. Ähnlichkeiten mit lebenden oder toten Personen sind nicht gewollt und rein zufällig.
Auf Seite 316 findet sich ein Glossar.

SILVIA GÖTSCHI

Muotathal

KRIMINALROMAN

emons:

Bibliografische Information der Deutschen Nationalbibliothek
Die Deutsche Nationalbibliothek verzeichnet diese Publikation in der Deutschen Nationalbibliografie; detaillierte bibliografische Daten sind im Internet über http://dnb.d-nb.de abrufbar.

MIX
Papier aus verantwortungsvollen Quellen
FSC® C083411

Umschlagmotiv: mauritius images/Prisma Bildagentur AG/Alamy
Umschlaggestaltung: Tobias Doetsch
Gestaltung Innenteil: César Satz & Grafik GmbH, Köln
Lektorat: Irène Kost, Biel/Bienne (CH)
Druck und Bindung: CPI – Clausen & Bosse, Leck
Printed in Germany 2017
ISBN 978-3-7408-0053-6
Originalausgabe

Kein Schmerz ist grösser, als sich der Zeit des Glückes zu erinnern, wenn man im Elend ist.

Dante Alighieri (1265–1321)

Schönheit, Anmut, Intelligenz.

Beim Anblick ihres Gesichts musste er an diese drei Wörter denken. Diese wiederum fanden ihren Ausdruck in einem einzigen Wort: Perfektion.

Es war ihm, als hätte er diese junge Frau selbst erschaffen. Mit blossen Händen ihr ebenmässiges Antlitz geformt, die grossen Augen wie blaue Sterne, von einem Halbmond von Brauen gezeichnet. Eine kleine Nase, der wie ein Herz geformte Mund, der lange schlanke Hals. Als sein Blick ihren Körper streifte, fühlte er eine wohlige Wärme in sich aufsteigen. Und diese Haut. Zart wie Alabaster mit einem Schimmer von Gold. Weizengelb ihr Haar, das in sanften Locken über ihre Schultern fiel.

Die perfekte Frau.

Er seufzte.

Schönheit ist definierbar, dachte er. Schönheit ist Mathematik. Ist messbar mit dem Meterband des Schneiders. Ist Augenmass für den, der es beherrscht. Wie ein Fotograf, der die Vollkommenheit in der Perspektive des Betrachters sieht, der so lange am Blickwinkel tüftelt, bis Distanz und Licht übereinstimmen, bis ein wenig Schatten die Konturen weich zeichnet.

Dieses Gesicht!

Vollkommen ausgeleuchtet. Nur die kleinen Furchen im Schwung um Nase und Mund brauchte es, um die Wirkung optimal herauszuholen.

Eine Stirn, glatt und sanft gerundet. Dahinter die Verästelungen des Gehirns, die Windungen und kapillaren Wunderwerke. Eine Intelligenz, die er heute nur erahnte und von der er doch wusste, dass sie da war. In diesem schönen Kopf.

Intelligenz, war er überzeugt, ist sichtbar, drückt sich im Ebenmass der Physiognomie aus.

Befriedigt über seine Erkenntnis trat er vor das Haus.

Früher Morgen. Noch hatte die Sonne den Horizont nicht erklommen. Er roch den Tau, sah seine Tropfen auf dem Gras. Über

Nacht hatte es womöglich geregnet. Der Geruch nach Feuchtigkeit streifte seine Nase. Er pflückte einen Grashalm, zerrieb ihn zwischen Daumen und Zeigefinger. Er roch und schloss die Augen. Die Natur empfand er als das Perfekteste überhaupt. Die Natur eliminierte dort, wo es vonnöten war. Das Starke überlebte. So stand es im Gesetzbuch der Erde.

Dieses hatte er auswendig gelernt.

Er atmete tief ein, inhalierte die Morgenfrische, die mit einer Windböe über die Felder getragen wurde. Langsam öffnete er seine Augen wieder, liess seinen Blick über die Wiese unterhalb seines Hauses streifen. Ein Grundstück, das aus einem kleinen Teil Wald bestand. Mit gesunden, kräftigen Bäumen, die ihre Kronen gegen das Violett des Himmels streckten. So erhaben fühlte er sich jetzt.

Er war angekommen.

EINS

Ins Tal hinein kam sie bedenkenlos. Hinaus war es wenige Minuten später nicht mehr möglich. Valérie Lehmann hatte das Wasser kommen sehen. Auf dem Rückspiegel verfolgte sie die Katastrophe, die sich hinter ihr abspielte. Fast explosionsartig stürzte die Flutwelle über die Brücke. Der Bettbach hatte sich innerhalb kurzer Zeit in ein Monster verwandelt. Die Strasse nach Muotathal glich einem reissenden Fluss, durch den sich der Audi TT wie auf einer Achterbahn einen Weg bahnte. Sollte sie aus irgendeinem Grund anhalten müssen, würde sie stecken bleiben. So etwas hatte sie noch nie zuvor erlebt. Sturm und Regen peitschten gegen die Frontscheibe. Die Sicht nahm mit jedem Meter ab. Es war, als führe sie in einen umbrabraunen Schlund, ohne das Ziel zu kennen.

Vor einer halben Stunde hatte der Kripo-Chef Dominik Fischbacher sie aufgeboten. Leichenfund am Ufer der Starzlen, eingangs Hölloch. Das Einzige, was Valérie erfahren hatte, war, dass ein Unfall ausgeschlossen werden könne.

Da war zuerst diese Genugtuung gewesen. Ein neuer Fall! Die Schonzeit war abgelaufen. Sie würde als Ermittlungsleiterin dem Ungemach die Stirn bieten. Das war ihr Job. Und nichts anderes. Nach ihrem Spitalaufenthalt im Dezember war sie zum Innendienst verknurrt worden. Sie hatte sich mit allen möglichen lapidaren Fällen auseinandergesetzt und sich immer wieder eingestehen müssen, dass sie nicht dazu geboren worden war, Ermittlungsfehler anderer auszubügeln oder nach ausstehenden Rapporten zu jagen. Alle waren um sie besorgt gewesen. Henry Vischer, bei dem sie polizeipsychologische Unterstützung bekam, hatte ihr geraten, das Trauma zuerst richtig aufzuarbeiten, bevor sie sich wieder an die Front begab. Warum hätte sie etwas aufarbeiten sollen, von dem sie wusste, dass es zu ihrem Polizeialltag gehörte? Die Gefahr, in einen Schusswechsel zu geraten. Nun war es geschehen, und sie konnte es nicht rückgängig machen, höchstens daraus lernen.

Sie musste sich anstrengen. Ihre Augen durchbohrten einen grauen Film aus Wasser, der auf die Windschutzscheibe prallte. Das waren keine Tropfen. Es erinnerte vielmehr an mit einer zähen Flüssigkeit gefüllte Ballons, die reihenweise aufplatzten. Die Scheibenwischer schlingerten von einer zur anderen Seite.

Erst letzte Woche hatte Valérie mit dem Bike einen Ausflug ins Muotatal gemacht. In dieses Hochtal südöstlich von Schwyz, das sie an die idyllischen Seitentäler des Unterwallis erinnerte. Schien die Sonne, standen Felsen, Wiesen und Tannengrün im Einklang mit dem Azurblau des Himmels. Häuser und Landschaft wirkten wie eine Modellanlage, der die Farben den letzten Feinschliff gaben. Auch hier hinten schien die Zeit stillzustehen. Ein Tal, das entschleunigte, in dem der Alltag mit jener Musse angegangen wurde, die vielerorts abhandengekommen war. Von den leuchtenden Wiesen und nach Holz riechenden Höfen war jedoch nichts geblieben als eine undurchdringliche Nebelwand, die das Unwetter vor sich herschob.

Es war erst halb vier und trotzdem fast dunkel.

Der Regen kam von allen Seiten. Auf der Strasse lag der Schlamm jetzt zentimeterhoch. Das Ganze erinnerte Valérie an eine Metapher. Sie fuhr durch die Hölle und würde bald vor einer zweiten stehen. Hinten, am Ende des Dorfes Muotathal, im kleinen Weiler Stalden. Dort, beim Delta der Starzlen, in der Nähe des Höllochs, würde sie heute den Spuren des Leibhaftigen begegnen. Fischbacher hatte sie vorgewarnt, ohne konkret zu werden. Details darüber waren ihm offenbar nicht bekannt. Er hatte ihren Kollegen Louis Camenzind und den Kriminaltechnischen Dienst bereits bestellt. Die Staatsanwaltschaft sei informiert.

Louis, hatte sich Valérie gewundert, weil sie doch soeben den Auftrag erhalten hatte, den Fall zu übernehmen und ihr Team selbst zusammenzustellen. Das sei Zufall, hatte Fischbacher geantwortet. Louis habe in Ried zu tun gehabt.

Wusste der Kuckuck, was.

Ein Blitz riss den Himmel auf. Ein Lichtspiel der Elemente. Unmittelbar darauf folgte ein Knall. Valérie bremste ab. Falscher Reflex. Sie hatte Mühe, wieder anzufahren. Die Räder des TT drehten kurz durch. Der Motor heulte auf. Von der Kupplung drang ein penetranter Geruch durch das Belüftungssystem ins Wageninnere. Valérie gab wieder Gas, genervt, und touchierte eine Mauer, die sie im diesigen Licht nicht beachtet hatte. Oder was war es? Keine Zeit, um sich darüber Gedanken zu machen. Das Fahren verlangte ihr alles ab.

Wieder ein Blitz, diesmal direkt über dem Kirchturm, der als Schemen vor ihr auftauchte. Links und rechts Häuser. Muotathal. Ein Donnerkrachen. Und auf einmal dieser Hagel. Kirschgrosse Körner trafen ihren Wagen wie Geschosse. Valérie fuhr unter das Vordach einer Tankstelle, schräg gegenüber dem Fliegerdenkmal, wo schon ein anderer Wagen stand. Hinter beschlagenen Fenstern entdeckte sie zwei Körper, die offenbar die Gunst der Stunde für einen Quickie nutzten. Valérie schaute seelenruhig zu, während sie auf das Nachlassen des Niederschlags wartete. Wehmut überkam sie, ein rascher Gedanke an früher, als sie jung gewesen war. Unüberlegt hatte sie manchmal gehandelt und ebenso geliebt.

Nach gefühlten hundert Minuten startete Valérie den Motor.

Das Dorf war ausgestorben. Nur manchmal dachte sie, eine Gestalt hinter einem Fenster zu erkennen. Jemanden, der wie sie in den brodelnden Rachen sah und sich gewiss fragte, ob dieses Unwetter normal sei.

Der Hagelschauer zog von dannen. Der Regen fiel weiter. Über die Strasse hatte sich ein unebener weisser Teppich gelegt. Wie Schnee im Juli. Valérie fuhr vorsichtig an. Die kritische Stelle beim Dorfausgang meisterte sie souverän, trotz der Sommerreifen. Sie erreichte eine Anhöhe, passierte die Brücke über die Starzlen. Auch hier kam das Wasser. Fast schwarz.

Valérie parkte vor dem Restaurant Hölloch neben dem Camion des Kriminaltechnischen Dienstes und Louis' Kombi. Zwei Streifenwagen versperrten die Strasse zum Pragelpass. Valérie stieg aus. Sie hatte sich Stiefel und eine wasserdichte Pelerine angezogen, nicht die Arbeitskluft, die sie mochte. Sie folgte den Absperrbändern der Polizei und begrüsste einen Kollegen, der ihr missmutig die Richtung wies. Sie ging die Strasse hinauf bis zu einem Schober und zweigte links auf einen Pfad ab. Was immer auf sie zukommen würde, sie spürte bereits das Adrenalin in ihren Blutbahnen pulsieren. Und sie hatte Hunger. Die Fahrt hierher war anstrengender gewesen als eine Stunde auf dem Crosstrainer im Fitnesscenter.

Auf halber Höhe kam ihr Louis entgegen. Auch er in Gummistiefeln und wetterfestem Anorak. Seine Haare trieften vor Nässe. Er blieb breitbeinig stehen, als wollte er ihr den Weg streitig machen. Er sah müde aus.

«Wahrscheinlich ein Ritualmord», sagte er. «Es weist so ziemlich alles darauf hin.»

Louis spekulierte und dramatisierte gern. Das lag in seinem Naturell. Er verschaffte sich dadurch oft Gehör. Valérie runzelte die Stirn. Zu gern hätte sie erfahren, was er in Ried gemacht hatte. Obwohl sie seit über einem Jahr zusammen arbeiteten und gemeinsam durch Himmel und Hölle gegangen waren, wollte sich zwischen ihnen keine freundschaftliche Beziehung einstellen. Louis' Charakter war nicht zu greifen. Mal war er sehr zuvorkommend und hilfsbereit, dann wiederum stellte er sich quer. Heute vermochte Valérie keine Seite richtig zu deuten.

Der Weg von ihrem Wagen bis hierher hatte gereicht, dass sie bis auf den Körper durchnässt war. Dagegen nutzte auch die Pelerine wenig. Das Wasser lief ihr über das Gesicht in den Mund und liess einen eigenartigen Geschmack zurück.

Vor dem Eingang zum Höhlensystem arbeiteten die Männer des Kriminaltechnischen Dienstes in weissen Anzügen. Sie wirkten wie Astronauten in einer bizarren Landschaft. Sie durchforsteten die unwirtliche Gegend, kletterten über umgestürzte Bäume und räumten Äste vom Pfad. Nach brauchbaren Spuren suchten sie wahrscheinlich vergebens.

«Ein Ritualmord? Wie kommst du darauf?» Valérie stakste über den glitschigen Pfad, dicht gefolgt von Louis.

«Aha, du hast mich also doch verstanden. Du wirst es schon sehen. Braucht starke Nerven, so etwas … Dort unten am Fluss, der eigentlich ein friedliches Bächlein wäre, wirst du dem Satan begegnen …» Sonderbar, ein ähnliches Wort hatte schon Fischbacher gebraucht. «Mit einer solchen Wucht kam die Starzlen noch nie daher. Wir können froh sein, wurde der Tote rechtzeitig entdeckt … na ja, später hätte es uns dieses Sauwetter erspart.» Louis hielt inne, fuhr jedoch fort, als Valérie nichts darauf erwiderte. Sie liess das

Wort «Satan» nachwirken, während sie darüber nachdachte, was es zu bedeuten hatte. «Schuler ist seit einer Viertelstunde hier und flucht, was das Zeug hergibt. Ich kenne ihn gar nicht von dieser Seite. Er komme sich vor wie Sisyphus, hat er gesagt. Kennst du Sisyphus? Der stösst einen Steinbrocken bergwärts –»

«Ist Zanetti schon da?» Valérie ging weiter vorsichtig über den Weg nach unten. Bei jedem Schritt glaubte sie, im Schlamm auszugleiten. Sie verwünschte die Stiefel. Sie hätte Wanderschuhe anziehen sollen oder die mit grobem Profil bestückten Kampfstiefel, die im Keller standen und sie an den letzten Einsatz vor Weihnachten erinnerten.

«Der müsste unterwegs sein.» Louis war jetzt neben ihr. «War er nicht bei dir?»

Nur Louis stellte solche Fragen. Sie liess sie unbeantwortet. Dass Emilio Zanetti und sie seit letztem Dezember ein Paar waren, wussten die meisten. Aber keinen interessierte es so sehr wie Louis.

«Die Hauptstrasse ist unpassierbar», sagte Valérie nur. «Ich war wahrscheinlich eine der Letzten, die unversehrt hierherfahren konnten.»

«Ich weiss, hab's über den Verkehrsfunk gehört. Schöne Scheisse. Wenn hier hinten die Unwetter losgehen, geraten die Hänge ins Rutschen. Ist nicht das erste Mal.»

Sollte sie ihn fragen, was er in Ried getan hatte?

In das Rauschen des Regens mischte sich das Getose des reissenden Flusses. Keine zwei Meter oberhalb der tobenden Wasser hatten die Techniker ein Zelt aufgestellt, das sie mittels Haken im Boden zu befestigen versuchten. Immer wieder fuhren Windböen in die Plane und plusterten sie wie einen Blasebalg auf.

Valérie schob sich ins Zeltinnere und streifte die Kapuze von ihrem Kopf. Der Motor eines Stromaggregats surrte und vermischte sich mit den unheimlichen Klängen der aufgebrachten Natur. Eine Halogenleuchte war behelfsmässig montiert. Das gleissende Licht fiel auf einen kleinen Körper, über den man eine Wolldecke gelegt hatte.

Franz Schuler von der Kriminaltechnik beugte sich in kauernder Stellung über den Leichnam, unschlüssig darüber, ob er die Decke wegnehmen sollte. Oder hatte er sie eben erst darüber ausgebreitet? Er wandte sich zu Valérie um, als er sie bemerkte. Über sein schweissnasses Gesicht zog ein Schatten und liess ihn versteinert aussehen.

«Ist kein Arzt da?» Valéries Blick schweifte über den eingegrenzten Platz. Überall Nässe, losgelöste Steinbrocken, Schmutz.

«Fischbacher hat Res Stieffel aufgeboten», murmelte Schuler. «Ein Amtsarzt konnte bis anhin nicht gefunden werden. Bei diesem Hudelwetter bleiben die Ärzte lieber im Trockenen …»

Valérie hob die Augenbrauen. Da war jemand ziemlich übel gelaunt. Hatte man ihn etwa aus den Ferien geholt? «Wer hat ihn gefunden?» Valérie wartete vergebens auf seine Antwort.

«Ein Anwohner», sagte Louis an Schulers Stelle. «Er wollte sich vergewissern, dass das Wasser seinen Keller nicht flutete. Da hat er ihn entdeckt.»

«Er soll sich zu unserer Verfügung halten.» Valérie deutete auf die Wolldecke. «Weiss man schon, wer es ist? Kann ich ihn mir ansehen?»

Schuler musterte sie mit strengem Blick. «Willst du das wirklich tun?»

Valérie setzte ein zaghaftes Lächeln auf. «Franz, das ist mehr als ein halbes Jahr her. Ihr braucht mich nicht mit Handschuhen anzufassen. Ich habe das Trauma überwunden. Und zudem, was hat der Leichnam hier mit meiner Schussverletzung zu tun?»

«Das meinte ich eigentlich nicht.» Schuler zog die Decke vom Kopf. «Wie du willst …»

Valérie verstand Schulers Reaktion nicht. Da war nichts Verwerfliches auf den ersten Blick. Ein makelloses Gesicht, umrahmt von einem Gewirk aus Haaren, die einmal blond gewesen sein mussten und jetzt vom Dreck verunreinigt waren. Cameron Diaz im Kleinformat, ihr Klon. Eine zierliche Frau. Als schaute sie zufrieden auf das, was sich über ihr befand. Nichts Beängstigendes, wären da nicht diese kitschig blauen Augen gewesen, die schon zu Lebzeiten den Tod in sich getragen hatten.

Valérie starrte überrascht auf eine Latexmaske, die einem natürlichen Gesicht in nichts nachstand und tatsächlich viel Ähnlichkeit mit der amerikanischen Schauspielerin hatte.

«Ein Ritualmord, sagte ich doch.» Louis versuchte, Halt auf dem glitschigen Boden zu bekommen.

Valérie liess es zu, dass er sich bei ihr abstützte. «Wegen der Maske? Das ist weit hergeholt. Das sieht eher nach einem üblen Scherz aus.» Sie kniete nieder, entnahm ihrer Jackentasche ein paar Vinylhandschuhe, zog sie über und war daran, die Decke ganz vom Körper zu ziehen, als Schuler sie zurückhielt.

«Wollen wir nicht lieber auf den Gerichtsmediziner warten?»

«Der wird vielleicht nicht kommen.» Valérie hielt erschrocken die Decke in der Hand. Sie spürte den Reflex zu würgen. «Aber das ist doch ...»

«Ich habe dich gewarnt. Du hättest auf mich hören sollen.»

«Und das Gesicht?»

«Wie du siehst, habe ich es mit der Maske wieder zugedeckt.» Schuler wand sich, wollte nicht unbedingt Auskunft geben. Die Maske verberge eine Grausamkeit, die er nie zuvor gesehen habe, sagte er endlich.

Valérie erhob sich mit zitternden Knien. Da waren plötzlich diese Bilder und der Anruf vor zwei Tagen von ihrer Kollegin. Fabia verbrachte mit ihrer Tochter Olivia die Ferien bei ihren Eltern im Bisistal. Sie war ganz aufgeregt gewesen. Seppli Schmidig, der neunjährige Junge aus Mutters Nachbarschaft, sei spurlos verschwunden. Seine Eltern hätten eine Vermisstenanzeige aufgegeben, die bis anhin erfolglos geblieben war.

Lag der Sucherfolg vor ihr?

Ein totes Kind, als Promi maskiert? Das war an der Grenze zum Makabren.

Vor allem aber: Was hatte dies zu bedeuten? Paralysiert stand Valérie da. Sekundenlang wie eingefroren.

Ein schmächtiger Junge, völlig entkleidet. Unübersehbar blaue Flecke im Brustbereich. Valérie zählte fünf grosse, frisch oder älteren Datums. Schwer zu sagen. Alter zwischen acht und zehn. Eher unterentwickelt. Ganz deutlich waren die Rippen unter dem Brustkorb zu erkennen. Der Bauch war nach innen gewölbt. Die Beckenknochen standen weit ab. Unterernährt, dachte Valérie und sah sich den Rest des Unterkörpers an, der diesen Verdacht nur bedingt erhärtete. Die Haut war eher schwammig, die Körperkonturen waren wenig profiliert. Hatte er schon lange im Wasser gelegen?

«Die Maske verbirgt das Schlimmste», wiederholte Schuler.

«Du hast sie ihm aus- und wieder angezogen?» Valérie überlegte sich, ob sie Schuler eine Standpauke halten sollte. Warum tat er nicht einfach seinen Job?

«Ich hatte keine andere Wahl. Als ich hier ankam, hatte das Wasser die primären Spuren vernichtet.»

Valérie stiess Luft aus. «Du hast richtig entschieden», sagte sie, obwohl alles dagegensprach. Es war nicht Schulers Aufgabe, den Leichnam zu untersuchen, wohl aber die Spuren in dessen Umgebung. Was hatte er sich dabei gedacht? Zudem hätte er mit seiner Aktion auf ihre oder die Ankunft des Staatsanwalts warten müssen. Es lief gerade alles schief.

«Wir mussten ihn aus dem Wasser ziehen. Er wäre sonst mitgerissen worden. Eine Viertelstunde später, und wir hätten das Nachsehen gehabt.»

Valérie hob beschwichtigend die Hände. Sie griff unter ihre Pelerine und holte ein Foto aus der Hosentasche. Sie hielt es Schuler vors Gesicht. «Ist er es?»

Schuler zuckte mit den Schultern, sah lange auf das Bild. «Hm, schwer zu sagen … Wer ist das?»

«Seppli Schmidig. Er wird seit vorgestern vermisst.»

«Ich kann es dir nicht sagen. Das Gesicht des Jungen hier … es fehlt.»

«Ein Arzt muss her.» Valérie versuchte, sich zu beherrschen. Ein Szenario, das an einen Alptraum grenzte. Und da harrte sie, unfähig, einen klaren Gedanken zu fassen. Niemand sollte ihr ansehen, wie aufgewühlt sie war. Ein Kind, mager, vielleicht missbraucht, bevor es getötet worden war. Hier hinten im Muotatal, an einem beschaulichen Flecken Schweiz, wo jeder jeden zu kennen glaubte. Oder was hatte Fabia damit gemeint, als sie ihr ebendies sagte?

Valérie kam es vor, als würde ein Film rückwärtslaufen, als sähe sie zurück in eine Vergangenheit, die es ihr verunmöglicht hatte, ein normales Leben zu führen. Sie fühlte sich genötigt, wie damals, als sie sich hatte entscheiden müssen, einen anderen

Weg einzuschlagen als den, den sie sich zurechtgelegt hatte. Sie dachte an ihren gewalttätigen Ex-Mann und sah Parallelen zu ihrem Vater. Plötzlich waren diese verdrängten Bilder da. Das missbrauchte Kind – das Monster in ihr drin, das seit ihrer Kindheit im Unterbewusstsein lauerte.

Ihr iPhone klingelte. Fischbacher informierte sie über die aktuelle Wettersituation. Eine Geröllawine habe die Zufahrt zum Ort Muotathal komplett verschüttet, teilte er ihr mit. Ein Bach habe den Schlamm gebracht. Auch an der Pragelstrasse sei ein Murgang niedergegangen. Die Schadenwehr sei im Einsatz.

«Und was heisst das für uns?» Valérie fuhr sich mit den Händen durch das nasse Haar.

«Dass die Staatsanwaltschaft und der Gerichtsmediziner mit dem Helikopter einfliegen. Doch bevor sich das Wetter nicht beruhigt, wird das nicht der Fall sein.»

Schuler und seine Leute hatten den Leichnam unter den neugierigen Blicken zweier einheimischer Männer ins Haus vor dem Eingang zum Hölloch gebracht. Von hier aus starteten die Touristen jeweils ihr Abenteuer ins Höhlensystem. Zwischen Stiefeln, Helmen und Leuchtwesten legte man den Toten auf einen Tisch. Die Maske hatte er noch auf. Valérie fand Schulers Bitte, diese nicht zu entfernen, unangemessen. Ausgerechnet er, der jegliche Vorschriften missachtet hatte, musste ihr dies sagen. Andererseits würde sie sich auch nicht an die Richtlinien halten können. Aber es war ihre Aufgabe, das, was sie sah, auf Band zu sprechen und erste Schlüsse zu ziehen. Was das Wasser in der letzten Stunde nicht geschafft hatte, würde die Luft in der nächsten tun.

Wenn dem Jungen das Gesicht fehlte, würde sie davon ausgehen können, dass sämtliche Sinnesorgane verstümmelt waren. Schlimmstenfalls war ihm die Haut abgezogen worden. Valérie war auf alles gefasst. In Schulers Beisein nahm sie zuerst die Perücke vom Kopf des toten Jungen. Dann hob sie die Frauenmaske an, deren blaue Augen sie jetzt so vorwurfsvoll ansahen, als dürfte sie sich nicht an diesen Akt wagen.

Valérie wich reflexartig zurück und wäre beinahe über eine Bank gestolpert, die mit Rucksäcken überfüllt war. Zwei Thermoskrüge standen daneben. Die Gruppe, die ins Hölloch hatte steigen wollen, hatte das Abenteuer wohl kurzfristig unterbrochen.

Da war kein Gesicht mehr. Alles verstümmelt, wie zerschnitten, malträtiert. Die Nase war verschwunden, der Mund ein klaffendes Loch, dem ein paar Zähne fehlten. Und dort, wo die Augen hätten sein sollen, war nur der verkrustete Rückstand von Blut zu erkennen.

«Um Gottes willen!» Valérie schrie kurz auf. Musste sie davon ausgehen, dass der Junge von einem Tier angegriffen und verunstaltet worden war? Sie sah genauer hin, nachdem sie ihren ersten Schock überwunden hatte. Das waren keine Bisswunden. Eher Spuren von einem Skalpell. Wie ein chirurgischer Eingriff, der misslungen war. Der Wutausbruch eines Geistesgestörten. Valérie spürte Magensäure aufsteigen.

Kein Gesicht. Vorerst keine Identität.

Nur die vage Vermutung, dass der tote Junge hier Seppli Schmidig sein könnte.

Valérie rannte nach draussen. Vor dem Haus lehnte sie sich über den Zaun und würgte den Schmerz heraus. Viel kam da nicht, aber das Stechen auf Brusthöhe blieb. Sie wollte Selbstvorwürfen keinen Platz einräumen. Nach Fabias Anruf hätte sie nicht anders reagieren können, als den Rat zu erteilen, erst einmal abzuwarten. Eine Vermisstenmeldung war nicht in erster Linie ihre Aufgabe. Das war Sache des Fahndungsdienstes. Und der war unmittelbar eingeschaltet worden. Aber wer wusste, ob dieses Kind nicht schon am ersten Tag seines Verschwindens umgebracht worden war? Hätte sie doch eher reagieren sollen?

«Wir müssen uns eine Unterkunft suchen», sagte sie wenig später zu Louis. «Erstens sollten wir uns hier ein Büro einrichten, und zweitens müssen wir hier im Tal übernachten. Das ist nur vorübergehend, bis die Strasse nach Schwyz wieder frei ist.»

«Hoffentlich dauert das eine Weile», frotzelte Louis. «Ich wollte schon immer im gleichen Haus schlafen wie du, wenn ich es schon nicht ins gleiche Bett geschafft habe.»

Valérie war zu solchen Spässen überhaupt nicht aufgelegt. Sie strafte ihren Kollegen mit einem vernichtenden Blick. «Was hältst du vom Gasthaus Hölloch? Vielleicht haben die freie Zimmer.»

«Nein, haben sie nicht. Die sind ausgebucht. Ich weiss es, weil ich das Schild gesehen habe. Aber wir könnten uns beim Hotel Alpenblick erkundigen.»

Valérie bat ihn, dies zu organisieren, worauf Louis ungehalten reagierte. Etwas musste ihm über die Leber gekrochen sein. Hatte es mit dem Aufenthalt in Ried zu tun? Sie unterdrückte den Drang, ihn danach zu fragen. Sie kehrte zu Schuler zurück. Er war völlig durch den Wind. Der ansonsten ruhige Kriminaltechniker war daran, seine Beherrschung zu verlieren. Valérie fiel auf, wie unkoordiniert er vorging. Ein Kollege, der neben ihm stand, musste sich ein paar wüste Beschuldigungen gefallen lassen. Sollte sie ihn aufmuntern? Unmöglich, sie selbst hätte jetzt eine moralische Stütze gebraucht.

Bei einem Kindsmord lagen die Nerven blank. Valérie erinnerte sich an Zürich, als sie in einer ähnlichen Lage gewesen war. Eine solche Nachricht den Eltern zu überbringen, war auch für die Ermittler kaum verkraftbar. Es war nicht der Sinn der Natur, dass die Eltern die Kinder überlebten.

Valérie hatte sich so weit gefasst, dass sie mit der Beschreibung des toten Kindes beginnen konnte. Sie sprach in kurzen Sätzen ins iPhone und versuchte, ruhig und sachlich zu bleiben. Es fiel ihr schwer. Das Kind war vielleicht aufs Massivste misshandelt worden, bevor es starb, und wahrscheinlich wie ein Abfallsack in den Fluss geworfen worden. Was für ein Mensch war fähig, ein solches Verbrechen zu begehen? Da waren Macht im Spiel und Unterdrückung. Oder Willkür?

«Scheusslich, nicht wahr?»

Sie hatte Louis nicht kommen sehen. Er stand plötzlich neben ihr und legte ihr den Arm um die Schultern.

Valérie hatte nicht die Kraft, ihn von sich zu stossen, obwohl sie dieses Getue von ihm nicht vertrug. Louis wechselte die Launen wie eine Wespe die Flugrichtung. Sie verabscheute seine Berührungen, die nicht mehr bloss als zufällig durchgingen. Dazu geschahen sie zu oft. Ihre Interventionen fruchteten nur gerade so weit, bis eine neue Situation Louis veranlasste, mit ihr auf Tuchfühlung zu gehen. Provozierte er sie absichtlich?

«Hotel Alpenblick ist okay», räumte er beiläufig ein.

«Haben sich schon Zeugen gemeldet?» Valérie deutete genervt auf eine Gruppe von Leuten, die sich vor den Polizeiabsperrbändern versammelt hatten, mit Regenschirmen und breitkrempigen Hüten. Der Regen störte sie offensichtlich nicht. «Die Katastrophentouristen sind bereits eingetroffen. Ich würde bei denen beginnen ...»

«Keine weiteren unmittelbaren Zeugen», sagte Louis und machte sich, als wäre nichts gewesen, auf den Weg zur Absperrung.

Das Gewitter war weitergezogen. An den Berghängen hingen graue schwere Wolken und tauchten das Tal in Dunkelheit. Noch immer regnete es und liess die Starzlen anschwellen.

***

Die grünen Fensterläden sahen wie verwaschen aus. Die Margeriten in den Blumenkisten waren geknickt, einigen fehlten die Blütenblätter. Vor dem Eingang des «Alpenblicks» schaufelte jemand Hagelkörner beiseite.

Valérie hatte den Raum hinter der Rezeption in Beschlag genommen, in dem sie den Computer des Hotels benutzen durfte. Während sie versuchte, ein System in ihren provisorischen Arbeitsplatz zu bringen, klopfte es an der Tür. Auf ihr «Herein» platzte Fabia in den Raum. Ausser Atem, in einem blauen Overall – der letzte Schrei dieses Sommers. Und pudelnass.

«Sauwetter da draussen. Hab den Regenschirm vergessen.» Sie keuchte und fuhr im gleichen Atemzug fort: «Was ist los? Louis wollte mir ausnahmsweise keinen Bericht erstatten. Das ist neu. Hat er von dir einen Maulkorb erhalten?»

Valérie ging nicht darauf ein. «Wie kommst denn du hierher?»

«Nach Louis' Anruf. Er sagte, dass ihr mich braucht. Mit mehr wollte er nicht herausrücken.»

«Die Strasse nach Stalden ist gesperrt.» Valérie wunderte sich. «Wie war es möglich –»

«Na hör mal, ich bin im Muotatal aufgewachsen. Es gab schon zu meiner Zeit Gewitter. Zu Fuss ist man dann meistens besser unterwegs als mit dem Auto. Ich habe in der Nähe der Husky-

Lodge mein Velo abgestellt. Auf der anderen Seite hat das Unwetter nicht so stark gewütet wie hier.» Fabia setzte ein Lächeln auf, obwohl es nichts zu lachen gab. Möglich, dass vom Leichenfund noch nichts zu Fabia durchgesickert war.

Fabia war eine burschikose Frau, und wie sich jetzt herausstellte, ein unerschrockenes Naturkind. Wer bei Blitz und Donner ungeschützt draussen war, brauchte wirklich Nerven. Die Tatsache, dass Fabia im Muotatal gross geworden war, verlieh ihr offenbar Mut. Valérie drehte den Bürostuhl in ihre Richtung. «Der Junge, der vermisst wird …»

«Josef Schmidig?» Fabia stellte sich mit dem Rücken zur Wand, die mit Ansichtskarten und Zeitungsartikeln überklebt war. Auf einem Kalender aus dem Jahr 1984 klebten farbige Kartons – wohl ein Andenken an eine Zeit, in der man die Logiernächte manuell einfügte. «Alle nennen ihn Seppli. Er geht in Ibach zur Schule … in die Heilpädagogische Schule, aber darüber haben wir schon gesprochen. Ein herziger Bub ist er. Immer zu Spässen aufgelegt. Für eine normale Schule hat es leider nicht gereicht. Die Familie zog erst vor einem Jahr ins Bisistal, in den Steinweiler. Wegen Seppli. Sie wohnt seither in der Nähe der Luftseilbahn, die auf die Glattalp führt. Ziemlich abgeschieden.»

«Aha.» Valérie wandte sich wieder dem Pult zu, sah ein paar Dokumente durch, ohne sie richtig anzusehen. Ihr Team hatte sich im Speisesaal eingerichtet. Ausser einer Reisegruppe aus Norwegen, die wegen des Höllochs vor Ort war, gab es keine Gäste.

«Sag mal, hörst du mir überhaupt zu?» Fabia fuhr mit ihren Händen durchs Haar, das sie sich vor den Ferien hatte abschneiden lassen. Pflegeleichter, hatte sie den Kommentaren in der Abteilung entgegengehalten. Bubikopf, hatte Louis gehänselt und sich somit eine von Fabias perfiden Revanchen gesichert.

Valérie fiel es schwer, sich zu konzentrieren. «Du sagtest, es seien Nachbarn deiner Eltern.»

«Na ja, im Bisistal sind alle Nachbarn … irgendwie. Das Tal ist zwar lang …»

«… aber man kennt sich.»

Fabia stiess sich von der Wand ab. «Was ist eigentlich los?

Warum bist du hier? Habe ich etwas verpasst? Louis wollte mir tatsächlich nicht sagen, worum es geht. Nur, dass ihr mich braucht.»

«Es wird seine Gründe haben, wenn wir dich aus den Ferien holen.» Valérie erhob sich. Ihre Kollegin war heute schwer von Begriff. «Wir haben die Leiche eines Jungen gefunden.»

Zwischen Fabias Nase kerbte sich eine tiefe Falte ein. Ihr Gesicht wurde aschfahl. «Sag, dass das nicht wahr ist … Seppli Schmidig?» Es war wie ein Aufschrei.

«So sicher ist es nicht. Darum muss ich alles wissen, was wichtig ist.»

«Ich habe dir ein Foto gegeben, schon vergessen?»

Valérie schwieg, und Fabia kapierte. «Nein, das ist nicht wahr … man erkennt ihn nicht.» Sie schluckte schwer. «Darf ich ihn mir ansehen?»

«Ich möchte dir den Anblick ersparen», sagte Valérie. «Dem Jungen fehlt das Gesicht. Sein Alter ist schwer zu schätzen. Er ist klein und mager. Sein Körper weist Spuren von Missbrauch auf–»

«Seppli wurde nicht missbraucht», fuhr Fabia ihr ins Wort. «Seine Eltern lieben ihn. Er ist … war in die Familie eingebettet.» Fabia wischte sich mit der einen Hand eine Träne aus dem Gesicht und tippte sich mit der anderen an die Stirn. «Er war im Kopf etwas unterbelichtet, aber ein lieber Kerl … Und jetzt willst du, dass ich es den Eltern mitteile?»

«Noch wissen wir nicht, ob er es ist. Aber wir müssen die Eltern bitten, den Jungen zu identifizieren.»

«Nein, das kannst du nicht von ihnen verlangen. Das geht nicht … Wir könnten einen DNA-Abgleich machen.»

«Das dauert», seufzte Valérie und schritt aufs Fenster zu. «Zudem sind wir hier von allem abgeschnitten.» Sie sah hinunter auf den Platz, wo zwei Lkws der Schadenwehr parkten. Schläuche waren ausgelegt, die wie gefrässige Schlangen den Schutt von der Strasse saugten. Ein Bagger stand schräg auf der Brücke, die über die Starzlen führte, und schaufelte Steine aus dem Fluss. Seit einer Stunde bereits. Über der Landschaft dampften Nebelschwaden, liessen erste Anzeichen von Herbst erkennen.

Valéries Mobiltelefon hatte einen leeren Akku, Fabia hatte

ihres vergessen, die Verbindung auf dem Festnetz war unterbrochen. Nachdem Valérie mit Fischbacher telefoniert hatte, musste irgendwo ein Blitz eingeschlagen und eine Relaisstation beschädigt haben. Valérie hoffte, dass der von Fischbacher versprochene Helikopter bald nach Muotathal flog und den Staatsanwalt sowie den Gerichtsmediziner hierherbrachte. Ohne die beiden fühlte sie sich aufgeschmissen.

Fabia riss Valérie aus ihren Gedanken. «Däumchen drehen können wir wohl nicht. Wo ist der tote Junge jetzt?»

«Im Kühlraum …»

«In welchem Kühlraum?»

«Unten im Keller. Wir hatten nur diese Möglichkeit.»

Fabia verdrehte die Augen so, dass die Hälfte der Pupillen unter den oberen Lidrändern verschwand. «Und die Wirtsleute haben dem einfach so zugestimmt?»

«So einfach war es nicht. Wir mussten mit härterem Geschütz aufwarten.»

«Kann ich mir vorstellen.» Fabia steckte sich einen Kaugummi in den Mund. «Ich gehe jetzt. Ich werde meine Mutter darauf vorbereiten müssen, dass sie Olivia eine Weile ohne mich bei sich behalten muss. Morgen bin ich offiziell wieder im Dienst. Bis dahin werde ich mich gesammelt haben und mir überlegen, wie ich Herrn und Frau Schmidig überreden kann, hierherzukommen.»

Valérie schaute ihrer Kollegin nach, wie sie zur Tür ging, sie öffnete und sich auf den Flur schob. Sie unterliess es, mit den Füssen heftig auf den Boden zu treten. Warum hatte sie sich von Fabia dermassen überrumpeln lassen? Andererseits war es heute nicht mehr möglich, von auswärts her nach Stalden zu fahren.

Seit der Schussverletzung vor Weihnachten hatte sich ihre Befindlichkeit verändert. Sie war sensibler geworden. Nicht dass sie Angst davor hatte, ein solcher Angriff könnte sich wiederholen. Doch es war ihr bewusst geworden, dass es manchmal schnell gehen konnte. Nichts war selbstverständlich, zuallerletzt eine hundertprozentige Genesung. Das Glück überhaupt, dass es sie nicht schlimmer erwischt hatte. Die Bilder würden verblassen. Sie war eine Weltmeisterin im Verdrängen. Doch manchmal beschlich sie das ungute Gefühl, man hätte sich gegen sie verschworen. Wenn Fabia ihr Selbstbewusstsein wie gerade eben ausspielte, fühlte sie sich angegriffen.

Valérie blieb sitzen und lauschte dem wiederkehrenden Donnern. Er hörte sich so an, als würden Kugeln auf einer Bowlingbahn rollen. Weiter weg jetzt. Früher hatte Valérie die Sommergewitter gemocht. Nach einem Hitzetag waren sie am Abend einfach da gewesen – von Blitzen und Donner begleitet. Ein kurzer, heftiger und dennoch lauer Regen, der den Geruch nach warmem Asphalt verbreitete. Wenn heute Gewitter über das Land zogen, wurden sie von orkanartigen Stürmen begleitet. Sie liessen Schutt und Geröll zurück, umgestürzte Bäume, überschwemmte Bäche und überall Zerstörung. Die Temperaturen fielen – der lauwarme Regen blieb nur Erinnerung.

Seppli Schmidig! Neunjährig. Heutzutage waren Kinder von neun Jahren ziemlich aufgeweckt. Ihr eigener Sohn war schon fünfzehn. Er lebte in einer Wohngemeinschaft in Zug, wo er auch die Lehre in der Computerbranche absolvierte.

Draussen verflüchtigte sich die Dunkelheit. Valérie hatte keine Lust, den Tagesrapport in den Computer zu tippen. Nicht jetzt. Er wäre sowieso unvollständig gewesen. Valérie brauchte Luft. Am liebsten wäre sie durch den Regen gelaufen, mit nassen Kleidern im Bach gewatet, hätte die Tropfen auf ihrem Gesicht gespürt. So wie Fabia, der das Unwetter offensichtlich nichts ausmachte. Ein Blick auf die Armbanduhr. Halb acht, und sie war mit ihrer Arbeit weder an einem Anfang noch an einem Ende angelangt.

Sie startete den Computer. Sie loggte sich an ihrem Arbeitsplatz in Biberbrugg ein. Wenigstens funktionierte das Internet. Sie gab den Namen des Jungen in die Suchmaschine ein. Im Fahndungssystem Ripol fand sie schnell die Vermisstenanzeige. Josef Schmidig, wohnhaft an der Glattalpstrasse. Der neunjährige Sohn des Franz-Xaver und der Hanna Schmidig wurde seit Sonntagabend, 23. Juli, vermisst. Signalement: eins fünfunddreissig gross, schlank, braune kurze Haare … Sachdienliche Hinweise … et cetera, et cetera … um ein schonendes Anhalten sei gebeten … Das Bild eines Jungen, der wie ein Träumer in die Welt hinausblickte. Grosse dunkle Augen. Dieser staunende Blick, der alles einzunehmen vermochte. Fasziniert schaute Valérie in dieses Kindergesicht. Besondere Merkmale … Valérie schluckte leer.

War Seppli der Tote?

Eineinhalb Stunden später lud Valérie zur ersten Teamsitzung ein. Ohne Fabia. Diese wähnte sie bei ihrer Tochter. Fischbacher hatte sie berichtet, dass ihre Kollegin die Familie des vermissten Kindes informieren wolle. Wann das der Fall sein würde, konnte sie nicht beantworten, nur hoffen, dass sie Fabia richtig einschätzte. Zudem sollte Fischbacher nicht erfahren, wie unkonzentriert Valérie im Moment war.

Im Speisesaal waren die Tische im Kreis aufgestellt. Das Wirtehepaar hatte sogar einen Flipchart aus der Lagerkammer geholt, ein verstaubtes Gestell, das an eine Wäschevorrichtung erinnerte. Auch sonst zeigten sich die Leute sehr kooperativ.

Valérie skizzierte den Fundort der Leiche und setzte ein Fragezeichen.

«In erster Linie müssen wir abklären, ob der Tote im Kühlraum Seppli Schmidig ist. Wenn nicht, wer der Tote ist. Ob es weitere Vermisstenmeldungen von Kindern gibt. Ob es in der Vergangenheit ähnlich zugerichtete Tote gab. Ich möchte zudem ein psychologisches Gutachten, wie ein Mörder tickt, der zu so etwas fähig ist.»

Zu viel auf einmal, dachte sie. Doch mit jeder Minute, in der sie keine Antwort fand, verkleinerte sich die Aussicht auf eine schnelle Auflösung.

Valérie wandte sich an Louis. «Konnte der Mann, der ihn gefunden hat, schon befragt werden?»

«Nein.» Louis schob seinen Stuhl nach hinten. «Den Mann hatte es arg mitgenommen. Herzattacke, teilte seine Frau uns mit. Sie liess Dr. Rast kommen.»

«Interessant», sagte Valérie. «Als wir einen Arzt gebraucht hätten, liess sich keiner finden.» Sie überlegte sich, ob sie diesen Dr. Rast jetzt noch aufbieten wollte, entschied sich jedoch dagegen. Er hatte vielleicht auch nicht die Befugnis, eine Legalinspektion vorzunehmen. Valérie wandte sich an Louis. «Morgen müssen wir seine

Aussage protokollieren. Das dürfte reichen, da wir im Moment dazu verdammt sind, unsere Zeit in diesem … Kaff zu verbringen.» Valérie strich sich eine Strähne von der Wange. Seit dem grausamen Leichenfund schmerzte ihre Narbe im Gesicht, was sie schon eine Ewigkeit nicht mehr getan hatte. Das sei psychosomatisch, hatte Henry Vischer ihr erklärt. Ihre Schramme am Arm hingegen störte sie physisch nie wirklich.

Die Maske! Valérie betrachtete lange das erste und einzige Foto auf dem Flipchart. Schuler hatte es aufgenommen und ausgedruckt. Warum trug der tote Junge diese Frauenmaske? Was hatte der Täter damit bezwecken wollen? Warum erinnerte diese an Cameron Diaz? Kurz drang das Bild einer blonden Göttin durch Valéries inneres Auge. «Wir müssen in Erfahrung bringen, was es mit dieser Maske auf sich hat. Woher sie stammt, wo man sie kaufen oder bestellen kann –»

«Cameron Diaz?», fuhr Louis ihr ins Wort.

«Ist doch sonderbar», entgegnete Valérie. «Was für abartige Phantasien müssen in diesem kranken Gehirn stecken.»

«Du meinst, das könnte ein Ansatz sein?» Louis verkniff sich eine Grimasse. «Und woran denkst du?»

Darauf hatte Valérie keine Antwort. «Bis zur nächsten Teamsitzung will ich alles über diese Maske in Erfahrung bringen. Ich wünsche eine unbefangene und sachliche Ermittlung. Lasst euch nicht von euren Emotionen leiten. Ich weiss, es wird nicht leicht sein.»

Louis fuhr auf einmal herum und schaute unter den Tisch, als würde er dort eine Antwort finden. «Verdammt, jetzt hat mich so ein Viech gestochen.» Er klatschte mit der flachen Rechten auf das linke Bein zwischen Socke und Hose. «Eine Bremse, Scheissinsekt …»

«Wir sind auf dem Land», bemerkte Schuler und schob Valérie ein ausgedrucktes Dokument zu, ohne Louis weiter Beachtung zu schenken. «Unser Rapport zur Spurensicherung.»

Valérie überflog ihn. «Keine Fussabdrücke also, keine Reifenspuren, die nicht hierhergehören … keine Stofffetzen an einem Baum …» Während sie vor allem mit sich selbst redete, bedauerte Schuler sein Unvermögen.

«Ich habe lediglich von den Fingernägeln Stoffrückstände entnommen», sagte er. «Das steht ganz am Schluss.»

«Wenigstens etwas», sagte Valérie. «Als hätte der Täter auf das Unwetter gewartet … Es muss doch Zeugen geben.» Sie erinnerte sich an Fabias Kommentar, dass im Muotatal jeder jeden kannte. Und ausgerechnet bei einem Mord hatten sie Scheuklappen getragen. Vielleicht aber verhielt sich die Bevölkerung hier wie die drei heiligen Affen: Sie sah nichts, hörte nichts und sprach nichts. «Die Presse», sagte Valérie, «wird bestimmt auch bald eintreffen. Schon des Unwetters wegen. Ich möchte nichts verlautbaren. Eine erste Polizeinotiz soll morgen an die Medien, jedoch erst, wenn wir mit den Eltern von Seppli Schmidig gesprochen haben.»

ZWEI

Sie hauchten sich nur andeutungsweise einen Kuss auf den Mund. Nicht der passende Augenblick, um einander leidenschaftlich in die Arme zu fallen. Aber ihre Blicke sprachen Bände und verrieten jedem, der sich in ihrer unmittelbaren Umgebung aufhielt, wie verliebt sie noch waren.

Um kurz nach fünf Uhr war der Helikopter auf dem Parkplatz vor dem Gasthaus Alpenblick gelandet und hatte Emilio Zanetti und Res Stieffel nach Stalden gebracht. Valérie war seit über einer Stunde auf den Beinen. Sie hatte sich das Ausmass des Unwetters beim ersten Dämmerlicht angesehen. Im kleinen Weiler sah es aus, als wäre eine Bombe detoniert. Die Starzlen hatte nicht nur Geröll mit sich gebracht, auch Schneisen in die Wiesen geschlagen und Bäume entwurzelt. Die Wasser hatten sich kaum zurückgezogen, braun und trüb bahnten sie sich den Weg auch ausserhalb des Flussbettes. Während der ganzen Nacht hatten die Schadenwehr und Soldaten, die in der Nähe von Muotathal stationiert waren, die Hauptstrasse freigeräumt. Am Morgen waren sie noch nicht fertig damit.

Valérie stand dem Gerichtsmediziner im Kühlraum gegenüber und war froh, Zanetti an ihrer Seite zu wissen. Seit dem Vorfall im letzten Sommer hatte sie gegen Stieffel eine Aversion, die auf Gegenseitigkeit beruhte. Stieffel – verheiratet und Vater von zwei Kindern –, für den Treue ein Fremdwort war, war ihr zu nahe getreten; Valérie hatte ihn deswegen nach einem Essen in einem teuren Restaurant abblitzen lassen. Darum verwunderte es sie sehr, dass er sie ihres Entscheides wegen, den Toten hierherzubringen, lobte. Sie hatte damit gehadert, ob es richtig war.

«Ich werde die Legalinspektion vor Ort machen», sagte Stieffel, als hätte Valérie an deren Umsetzung gezweifelt. «Wurde die Körpertemperatur gemessen?»

«Ja, dreissig Grad.» Valérie reichte ihm Schulers Protokoll.

Die Regale, auf denen sich in der Regel Lebensmittel stapelten, waren bis auf ein paar wenige Kartons leer geräumt. Dem Wirt war es nicht recht gewesen, dass der Leichnam hierhergebracht wurde. Er hatte dennoch damit begonnen, den Kühlraum zu entrümpeln. Zu gross war die Angst vor der Lebensmittelinspektion gewesen, sollte man davon Wind bekommen. Eine Leiche im Vorratsraum – da würde er eine Menge Chemie einsetzen müssen, um diesen zu sterilisieren. Nicht auszudenken, welche Konsequenzen das nach sich zöge. Denn erführen erst die Gäste, neben wem Kartoffeln und Karotten gelagert waren, würden sie in Zukunft das Restaurant meiden.

Stieffel entfernte das Tuch vom Körper des toten Jungen. Die Zeit, die zwischen dem Auffinden und dem Aufbahren im Kühlraum vergangen war, erschwerte sichere Ergebnisse der äusseren Leichenschau. Ob der Verstümmelung des Gesichts etwas vorausgegangen war, an dem der Junge gestorben war, war nicht feststellbar. Stieffel untersuchte gründlich sämtliche Körperregionen und Körperöffnungen. Er beendete seine Arbeit, wusch sich in einem angrenzenden Raum die Hände und desinfizierte sie. Er nahm sein Diktiergerät zur Hand und dokumentierte die Veränderungen, die man vor seinem Eintreffen am Leichnam vorgenommen hatte, und seine vorläufige Erkenntnis.

«Erst die Autopsie wird Aufschluss über die genaue Todesursache geben», sagte er abschliessend und drückte die Aus-Taste. «Tut mir leid, ihr müsst euch noch etwas gedulden.»

«Todeszeitpunkt?», fragte Valérie, obwohl, wie sie die Situation einschätzte, auch diese nicht klar sein würde.

«Anhand der Totenstarre schätzungsweise vor achtzehn Stunden.»

Das Unwetter hatte allen einen Strich durch die Rechnung gemacht. Sie würden warten müssen, bis der definitive Bescheid eintraf. Ihr war nur nicht klar, wie sie dieses Zeitvakuum überbrücken sollte.

«Herr und Frau Schmidig warten oben.» Sie lenkte von ihrem Unvermögen ab und suchte den Blickkontakt zu Zanetti. Dieser schaute sie fragend an. Das tat er in letzter Zeit öfters, als würde er um sie rätseln. Dabei hätte sie mehr Grund gehabt, *sein* Leben zu hinterfragen. Von Emilio wusste sie so gut wie nichts. Über seine Vergangenheit zu sprechen, fand er offenbar nicht wichtig.

Sie hätte es herausfinden können, doch dies hätte Misstrauen bedeutet, das sie ihm gegenüber nicht eingestehen konnte. Zudem musste er seine Gründe haben, nicht darüber zu sprechen. Valérie schüttelte den Kopf. Sie war unkonzentriert, fühlte sich im Zwiespalt mit sich selbst und der Situation mit Emilio. Immerhin war sie jetzt geschieden. Vielleicht war auch das ein Grund, weshalb sich Emilio ihr gegenüber zurückhielt. Sie selbst war mit sich und der Scheidung so beschäftigt gewesen, dass sie für seine Belange kaum Zeit fand. Sie musste es als sein Feingefühl ihr gegenüber in Betracht ziehen. Er würde gewiss über seine Vergangenheit sprechen, wenn er den Zeitpunkt gekommen sah.

Fabia betrat den Kühlraum. Sie hatte Wort gehalten. Hinter ihr erschien ein magerer Mann mit Schnauzbart, neben ihm eine Frau, die ihn um Kopflänge überragte und ein doppeltes Körpervolumen hatte. Halb beschämt, halb verängstigt folgten sie der Polizistin.

«Das sind Herr und Frau Schmidig aus dem Bisistal», sagte Fabia. «Die Eltern des vermissten Kindes.»

«Bitte treten Sie ein», sagte Valérie, nachdem sie sich vergewissert hatte, dass der Leichnam zugedeckt war. Sie wusste nicht, was dem Erscheinen des Ehepaares vorausgegangen war, wie Fabia es angestellt hatte, sie hierherzubringen. Valérie war nur froh, dass ihr diese Aufgabe erspart geblieben war.

Herr Schmidig zögerte. «Franz-Xaver Schmidig», wiederholte er Fabias einleitenden Satz, «das ist meine Frau Hanna.»

Hanna Schmidig sah aus, als bliebe sie auf dem Boden kleben, als wäre jeder weitere Schritt in den Raum hinein eine Tortur, der sie nicht gewachsen war. Nur langsam näherte sie sich der Ablage, auf welcher der Tote lag. Sie klammerte sich an ihren Mann, der ihr tröstend über die Hände strich. Es gelang ihm genauso wenig wie seiner Frau, das Zittern zu verbergen. Sein Adamsapfel bewegte sich unter der dünnen Haut auf und ab.

«Ich danke Ihnen, dass Sie sich bereit erklärt haben …» Weiter kam Valérie nicht. Was sollte sie sagen? Dass sie sich bereit erklärten, ihren toten Sohn zu identifizieren? Dass sie besser auf ihr Kind hätten aufpassen sollen? Dass sich heute, an diesem Tag, ihr Leben in den Grundzügen verändern und ein anderes sein würde? Alles ging ihr in diesem Moment durch den Kopf. Wie musste sich diese Ungewissheit anfühlen? Wie die Angst, das eigene Kind unter dem Tuch zu erkennen?

Res Stieffel nahm Valérie die Entscheidung ab. «Frau Schmidig, sind Sie in der Lage, das Kind hier zu identifizieren?»

Sie schwiegen. Unter das hektische Atmen der Frau hatte sich das stockende des Mannes gemischt. Valérie zählte die Sekunden, in denen die Welt stillzustehen schien. Noch etwas länger, und sie hätte den Raum verlassen müssen. Unumstritten befand sie sich noch nicht auf ihrem geistigen Hoch. Und psychische Kraft musste sich anders anfühlen.

Franz-Xaver Schmidig machte endlich einen Schritt vorwärts. «Noch ist nicht sicher, dass es unser Sohn ist.»

«Das ist richtig», sagte Valérie sich räuspernd. Sie bemühte sich um einen festen Ton. «Deshalb sind Sie hier.» Und im gleichen Augenblick fiel ihr ein, wie unzimperlich ihr Vorgehen war. Aber die Zeit drängte. War die Identität des Kindes erst einmal sicher, wären damit auch die Fragen einfacher und die Zusammenhänge ersichtlicher. Andererseits sprach alles dagegen. So oder so würden es schwierige Ermittlungen werden.

Behalte einen kühlen Kopf, suggerierte Valérie sich ein. Das hier ist nicht real. Kann es nicht sein.

Schmidigs warfen einander einen verbissenen Blick zu. Franz-Xaver Schmidig nickte. Stieffel schob langsam das Tuch über den unteren Körperbereich des Toten. Magere Beine wurden sichtbar, das kleine Geschlecht, die Beckenknochen, die blauen Flecke. Hanna Schmidig starrte darauf. Ihre Blicke wanderten vom Hals an abwärts. Jede Faser des Körpers verschlang sie mit den Augen. Plötzlich stiess sie einen gutturalen Schrei aus. Sie torkelte rückwärts und wäre gefallen, hätte Stieffel sie nicht aufgefangen.

«Das ist nicht unser Sohn! Bei Gott, das ist nicht unser Sohn!» Hanna Schmidig rappelte sich von selbst wieder auf. Es schien, als wiche eine Zentnerlast von ihr. In ihr blasses Gesicht kehrte Farbe zurück. «Seppli hat über dem Knie eine gut sichtbare Narbe. Im letzten Sommer war er mit dem Velo gestürzt. Dr. Rast hat sein Knie genäht … Zudem fehlen ihm an beiden Füssen die mittleren Zehen.» Sie stürmte auf ihren Mann zu und fiel ihm in die Arme.

«Seppli lebt. Er ist irgendwo da draussen und fürchtet sich …» Sie brach in Tränen aus.

Getrieben von der Erleichterung, schloss Fabia Frau Schmidig in die Arme. Für Valérie war diese Tatsache nur ein Aufschieben weiterer Dramen, aber Grund genug, die Schmidigs über ihren Sohn auszufragen. Ihr Bauch sagte ihr, dass Sepplis Verschwinden etwas mit dem toten Jungen zu tun hatte. Das konnte kein Zufall sein. Seit dem Angriff auf sie hatten sich ihre Sinne geschärft, sie hatte sich seelisch verändert und war sensibler geworden. Sie wandte sich an Franz-Xaver Schmidig und bat ihn, ihn und seine Frau unter sechs Augen sprechen zu dürfen.

«Es wird auch langsam Zeit, dass uns die Polizei ernst nimmt», polterte Franz-Xaver Schmidig drauflos, was Valérie diesem schmächtigen Mann gar nicht zugetraut hätte. Ganz eindeutig war die Anspannung von ihm gewichen, und er liess seiner Frustration freien Lauf.

Ein Gefühl von Hilflosigkeit bemächtigte sich Valéries. Und wie der Flügelschlag eines Schmetterlings streifte ein Gedanke ihr Gehirn. War es möglich, dass die Schmidigs etwas verdrängten? War der tote Junge vielleicht doch ihr Sohn? Wollten sie es nicht wahrhaben? Ein DNA-Abgleich würde den endgültigen Beweis erbringen. Valérie sah sich um. Hanna Schmidig hatte ein verweintes Taschentuch zurückgelassen. Valérie steckte es unbemerkt in einen Asservatenbeutel.

Sie kehrte, den anderen folgend, nach oben in den Speisesaal zurück. Eine Serviceangestellte war daran, die Tische zurechtzurücken und sie mit Set, Besteck und Gläsern aufzudecken.

«Stopp! Halt! Wer hat Ihnen gesagt, dass wir die Tische nicht mehr brauchen?» Valérie vergriff sich kurz im Ton. «Der ganze Saal hier ist von uns beschlagnahmt. Hat Ihnen Ihr Chef nichts mitgeteilt?»

Die junge Frau liess erschrocken eine Gabel fallen. «Ich habe soeben meinen Dienst begonnen. Sorry, habe mir noch gedacht, dass gestern ganz schön was los gewesen sein muss … aha, die Polizei hat sich bei uns einquartiert. Und wo, bitte schön, sollen unsere Gäste heute zu Mittag essen?»

«Das ist nicht unser Problem.» Valérie begleitete die Serviceangestellte zur Tür. «Zutritt für Unbefugte verboten», sagte sie und verabschiedete die Frau. Sie hatte überreagiert, für eine Entschuldigung war es zu spät. Sie wandte sich an Schmidigs, die sie bloss anstarrten. «Bitte nehmen Sie Platz. Der Saal hier wurde kurzfristig umfunktioniert. Sobald die Strasse nach Schwyz freigeschaufelt ist, verschwinden wir.»

Schmidigs setzten sich. Sie wirkten wieder gefasst. Der Schein trog, war sich Valérie sicher. Die Wahrscheinlichkeit, dass ihr Sohn noch lebte, war grösser geworden, und ob er gefunden würde, hing davon ab, was sie über Seppli zu berichten imstande waren. Valérie nahm Block und Schreibstift zur Hand. «Wann haben Sie Ihren Sohn das letzte Mal gesehen?»

Hanna Schmidig legte ihre Arme auf den Tisch und fixierte ihre Fingernägel. «Am Sonntagabend. Nach dem Essen ging er in den Schopf hinter dem Haus. Masha hatte fünf Junge geworfen …»

«Masha?» Um eine Kuh ging es wohl nicht.

«Unsere Katze», antwortete Hanna Schmidig. «Seppli liebt sie über alles. Wir dachten uns nichts dabei, als er um neun noch nicht zurück war. Seppli vergisst oft die Zeit, wenn er bei Masha ist. Als er aber um halb zehn nicht im Haus war, ging mein Mann zum Schopf. Er kam ohne Seppli wieder.»

Valérie machte sich Notizen. «Was taten Sie als Nächstes?»

«Wir gingen zu Gwerders. Sie wohnen einen halben Kilometer weiter unten von uns, Richtung Muotathal. Seppli trödelt oft bei ihnen herum. Schon wegen der kleinen Olivia, der Enkelin der Gwerders. In diesem Sommer war sie ja Dauergast.»

Fabias Tochter. Valérie notierte den Namen und kreiste ihn ein. «Olivia ist, soviel ich weiss, knapp zwei Jahre alt. Ihr Sohn ist neun. Wie kommt es, dass er sich mit einem so kleinen Mädchen abgibt?»

Franz-Xaver Schmidig räusperte sich hinter vorgehaltener Hand. Er war nicht bereit, darauf eine Antwort zu geben. Er sah seine Frau an, hob die Augenbrauen und kniff den Mund zusammen.

«Je mehr ich über Ihren Sohn weiss, umso leichter fällt es mir, sein Verschwinden zu rekonstruieren.» Valérie beobachtete Hanna Schmidigs Reaktion.

«Seppli ist, wie soll ich es nennen, ganz närrisch auf die Kleine», sagte endlich Franz-Xaver Schmidig, schien jedoch seine Wortwahl im gleichen Atemzug zu überdenken. «Kaum ein gleichaltriges Kind will mit unserem Jungen spielen. Das merkt er … Er ist sehr sensibel.»

Valérie wollte diese Antwort vorerst im Raum stehen lassen. «Bei den Gwerders war er folglich auch nicht. Wo könnte er sich denn noch aufgehalten haben?»

«Bei den Einzigen», sagte Hanna Schmidig.

Valérie hob ihre Augenbrauen. «Wie kann ich das verstehen?»

«Bei den einzigen Negern im Sahli», ergänzte Franz-Xaver Schmidig.

Hoppla! Valérie schaute auf. «Wie bitte?» Diesen diskriminierenden Ausdruck hatte sie schon lange nicht mehr gehört. «Was meinen Sie damit?»

«Ja, bei den Flüchtlingen aus Eritrea», vervollständigte Franz-Xaver die Aussage. «Seppli fürchtet sich vor ihnen …»

«Und trotzdem geht er dorthin?»

«Seppli ist fasziniert von deren dunkler Haut», redete sich Hanna Schmidig heraus.

Valérie kniff die Lippen aufeinander. Offenbar suchte die Frau nach einer plausiblen Erklärung und merkte nicht, wie fadenscheinig das klang. Überdies fielen Valérie deren bebende Lippen auf.

«Haben Sie sich bei den Asylsuchenden erkundigt, ob Ihr Sohn dort gesehen wurde?»

«Die verstehen kein Deutsch», sagte Franz-Xaver Schmidig.

«Aber Sie waren dort.»

«Ja, wir haben auch dort nach Seppli gesucht.»

«Wo befindet sich denn diese Unterkunft?»

«Ganz in unserer Nähe», sagte Hanna Schmidig. «In etwa hundert Meter Entfernung. Richtung Glattalp.»

«Uns ist bekannt, dass Sie erst vor einem Jahr an Ihren heutigen Wohnort gezogen sind. Können Sie mir den Grund erklären, weshalb Sie …»

«… warum wir von der Zivilisation hierhergezogen sind, wollten Sie fragen?» Franz Xaver Schmidig stemmte entschlossen seine

Hände in die Seite. «Die Ruhe und die Landluft tun unserem Sohn gut.»

«Er geht in Schwyz zur Schule, oder irre ich mich?» Valérie nahm ihm diese Begründung nicht ab, zumal sie auch davon ausgehen musste, dass Schmidig seinen Beruf ausserhalb des Tales ausübte.

«Richtig», sagte Hanna Schmidig. «Seppli besucht die Heil… Er kehrt jeden Abend zu uns zurück.»

Valérie liess es dabei bewenden, zumal sie Schmidigs tadelnden Blick auf seine Frau erhaschte. Offenbar wollte er nicht, dass sie etwas zugab, was auf Sepplis Gesundheitszustand hingewiesen hätte. «Was können Sie mir noch über Ihren Sohn berichten?»

«Nichts», kam es von Schmidig zurück. «Sie haben sicher ein Foto von ihm.»

Valérie schob den Schreibblock von sich. War sie bei den Schmidigs auf einen wunden Punkt gestossen? Warum zierten sie sich, ihren Jungen so zu beschreiben, wie er wirklich war? Auf konkrete Fragen erhielt Valérie nur unvollständige Antworten. Schmidigs wollten mit der Wahrheit nicht herausrücken, einer Wahrheit, die ihr Leben vor ihr entblösst hätte. Dass sie vielleicht nicht fähig waren, ihrem Sohn gute Eltern zu sein. Dass sein Verschwinden ihr Verschulden war. Dass der angebliche Velounfall kein Unfall, denn vielmehr eine dem Sohn zugefügte Verletzung war. Valérie bemerkte, wie erschöpft Hanna Schmidig war, und ohne die Federführung seiner Frau würde auch Franz-Xaver Schmidig nicht zu weiteren Informationen bereit sein.

«Eines müssen Sie mir erklären: In der Vermisstenmeldung heisst es, dass um schonendes Anhalten gebeten wird. Gibt es etwas, das ich unbedingt erfahren müsste?»

Schmidig sah seine Frau an. Nachdenklich legte er die Stirn in Falten, was Hanna erwiderte. Valéries Augen wanderten von einem Gesicht zum anderen. «Ja?»

«Seppli leidet unter einem geistigen Defizit. Er ist nicht nur ein schwacher Schüler, er hat ein zerebrales Problem.»

Valérie trat vor das Haus. Die Rotoren des Helikopters ratterten. Der Luftzug, der dabei entstand, wirbelte Feuchtigkeit durch die Luft und Gegenstände wie tanzende Partikel im Auge eines Hurrikans. Über den Bergen hatte es aufgeklart. Blauer Himmel tauchte zwischen Wolkenschlieren auf, als hätte ein Maler ein abstraktes Gemälde auf die Leinwand der Natur gepinselt. Die Menschen waren aus ihren Häusern gekommen. Sie räumten Wege und Plätze frei. Dort, wo einst blühende Gärten gestanden hatten, überzog ein Film aus Lehm die Erde. Eine einsame Pflanze, die dem Schutt getrotzt hatte, sah etwas verloren aus. Ein trauriges Bild. Es würde Monate dauern, bis die Wiesen wieder leuchteten, die Pflanzen sich erholt hatten und der Schmutz aus den letzten Winkeln beseitigt war. Dann würde der Winter einkehren und das Desaster einige Zeit unter einer weissen Decke verbergen. So gesehen hatte der Schnee eine gute Seite.

Sie spürte einen warmen Atem an ihrem Nacken. Ehe Valérie sich umdrehen konnte, umfassten sie zwei starke Männerarme.

«Emilio!» Sie hatte ihn vermisst. Er war erst gestern Morgen aus dem Tessin zurückgekehrt. Eine alte Sache hatte ihn dorthingeführt. Worum es ging, wollte er nicht sagen. Da war sie wieder, diese Ungewissheit, die sie manchmal zum Verzweifeln brachte. Dieses Ungleichgewicht in ihrer Beziehung. Emilio hatte fast alles über ihre Vergangenheit erfahren. Nächtelang hatten sie wach nebeneinander im Bett gelegen, und Valérie hatte über ihre kaputtgegangene Ehe geredet und den Kampf um ihren Sohn. Wie er sich unter dem Einfluss seines Vaters von ihr entfremdet hatte, und wie fremd er ihr in den letzten Jahren geworden war. Emilio hatte ihr die Tränen getrocknet und ihrem Leben wieder einen Sinn gegeben.

«Ich werde mir heute die Unterkunft für Asylsuchende im Bisistal ansehen.» Valérie wand sich aus Zanettis Griff. «Möchtest du mich dabei begleiten?» Sie warf ihm einen schmeichelnden Blick zu, in der Gewissheit, dass er davon absehen würde.

«Nein», kam es prompt zurück. «Ich habe mich mit Franz Schuler verabredet. Er will mich zum Tatort begleiten.»

«Zum Fundort», korrigierte Valérie. «Noch wissen wir nicht, ob der Junge an der Starzlen umgebracht wurde.»

«Und ob er überhaupt umgebracht wurde», sagte Zanetti. «Ich

muss mich vergewissern, dass das unser Fall ist und dass ich die Ermittlungen definitiv einleiten kann.»

«Darauf allerdings deutet so ziemlich alles hin.» Valérie fuhr Zanetti über den Arm. Ihr war nicht klar, weshalb er ihre Arbeit in Frage stellte. «Die Ermittlungen sind bereits im Gange. Oder glaubst du, dass der Junge auf der Glarner Seite des Pragelpasses umgebracht wurde?»

Zanettis Blick verlor sich in ihren Augen. «Pass auf dich auf.» Er wollte loslaufen.

Valérie schluckte den Ärger hinunter. Emilio musste genauso unter diesem furchtbaren Fall leiden wie sie und verliess sich auf die letzte Hoffnung, dass es nicht ihrer war. «Wir hören voneinander», sagte Valérie gepresst. «Spätestens um zwei zum Brainstorming. Bis dahin bin ich zurück.»

Ihr einst schwarzer TT glich einer verdreckten Karre. Was Sturm und Regen nicht geschafft hatten, gelang der Schadenwehr. Unmittelbar neben Valéries Wagen hatten sie die Schläuche ausgefahren und beseitigten den Schutt von der Strasse, was allerdings nicht ohne Spuren zu hinterlassen vor sich ging. Einer der Schläuche war defekt; die Fontäne aus dem Leck hatte genau auf den TT gezielt.

Fluchen half nichts. Der Mann hinter dem Lenkrad zog die Schultern hoch, deutete mit den Händen eine Entschuldigung an und sah dann allerdings halb belustigt zu, wie Valérie in den Wagen stieg. Ihr Fehler. Sie hätte einen Streifenwagen nehmen können, als sie gestern von Biberbrugg hierhergefahren war. Der Schaden über dem rechten vorderen Rad war zum Glück nicht gross. Ein Kratzer, weiter nichts. Die Ursache war nicht ganz klar. Ein Randstein vielleicht. Aber sie hätte ihn vermeiden können.

Die Strasse ins Bisistal führte sie an Schutthaufen und Absperrungen vorbei. Dort, wo die Muota über die Ufer getreten war, verbarrikadierten Traktoren die abzweigenden Wege. Die Zufahrt zur Husky-Lodge war für Autos gesperrt. Valérie fuhr im Schritttempo, bis sie weiter oben die lehmige Strecke hinter sich gebracht hatte. Offenbar ein Bauer, der mit verschränkten Armen am Rad seines Traktors stand, nickte ihr zu. Als sie an ihm vorbeifahren wollte, stellte er sich ihr in den Weg. Valérie stoppte und liess die Fensterscheibe runter.

Ein beleibter Typ mit feistem Gesicht strahlte sie an. «Willst du, dass ich dir die Karre wasche, äh?» Sein Lachen widersprach jedoch seiner gedrungenen Körperhaltung. Ein komischer Kauz. Sein Alter war schwer zu schätzen, zwischen dreissig und fünfzig. Er hatte ein rotes Gesicht, das sich lichtende Locken umgaben wie ein Kranz, wären da nicht die auffälligen Geheimratsecken gewesen, die diesen Vergleich nur bedingt zuliessen. Sein Hemd hatte in den letzten Wochen kaum eine Waschmaschine von innen gesehen; es hing ihm hinten über den Hosenbund.

«Gibt's denn hier eine Waschanlage?»

Über das feiste Gesicht zog sich ein unheimliches Grinsen. «Nein, äh, aber genug Wasser und Druck auf der Leitung.»

Valérie wusste nicht, was sagen. Sie winkte ab und gab Gas im Leerlauf. Der Typ sprang zur Seite. Valérie hatte ihm diesen Reflex gar nicht zugetraut, wusste aber im nächsten Moment, dass sie sich mit dem Typen keinen Freund geschaffen hatte.

«Typisch Unterländer, äh», rief er ihr nach, als sie mit ihrem TT davonschoss.

Anmache brauchte sie nicht. Im Rückspiegel sah sie, wie der Mann ihr den Stinkefinger zeigte und sich davonmachte. Er schritt auf ein baufälliges Haus zu, das sie hinter dem Traktor nicht beachtet hatte. Sie sah Bretter und allerlei Unrat vor dem Eingang liegen, bevor sie sich auf den Weg konzentrierte und in eine Kurve fuhr.

Weiter oben befand sich die Strasse in einem besseren Zustand. Das Gewitter hatte hier hinten weniger gewütet als vorne bei der Abzweigung zum Pragelpass. Als hätte der Bödmerenwald die Gewitterzellen zweigeteilt.

Einsame Höfe, Holzschober und Chalets säumten den Weg. Zwischen zwei Häusern flatterte Wäsche im Wind. Schafe weideten im hohen Gras. Ein Meckern ertönte von den Feldern her. Ein friedliches Bild, welches das gestrige Unwetter vergessen liess. Erst auf einer Krete erreichte Valérie ein Restaurant mit Gartenterrasse, wo sich kein einziger Gast aufhielt. Valérie fuhr auf einen Parkplatz. Kaum war sie ausgestiegen, näherte sich ihr händeringend eine junge Frau in roten Shorts und einem Leibchen, das ihren prallen Busen aufreizend zur Geltung brachte. Valérie wusste nicht, weshalb sie an einen Bauernkalender denken musste.

«Da können Sie nicht parken. Heute ist das Gasthaus geschlossen», lamentierte sie.

«Ich will hier nicht parken. Ich möchte bloss eine Auskunft.»

«Aha.» Das Gesicht der Frau wirkte nun freundlicher, jedoch überrascht ob des Anblickes des verkrusteten Sportwagens. «Was wollen Sie denn wissen?» Sie strich sich die Hände an den Shorts ab.

«Ich suche die Unterkunft für Asylsuchende. Man hat mir gesagt, ich würde sie im Bisistal finden.»

«Die Einzigen? Und was wollen Sie von denen?» Die Miene der Frau verdüsterte sich wieder.

Valérie zückte ihre Dienstmarke. «Muss ich noch weit fahren?»

«Immer der Nase nach bis zum Sahli, zur Talstation der Glattalpbahn», brummelte die Frau und sah Valéries Marke aufmerksam an, «dann noch etwa hundert Meter weiter.» Sie tat so, als wollte sie etwas hinzufügen, überlegte und kratzte sich an der Nase. «Nehmen Sie sich bloss in Acht vor denen.»

***

«Mutter, wie oft habe ich dir schon gesagt, du sollst Livi keine Schokolade geben.» Fabia hob ihre Tochter auf, die es sich im Gras gemütlich gemacht hatte und mit einem Schokostängel Mund und Hände bekleckerte. Daneben trollte Floufi, der Zwergpudel, und schnappte sich die Hälfte des Schokostängels, um damit zu spielen. Klein Olivia brüllte wie am Spiess.

«Besser ein bisschen Schokolade als stundenlang die Flasche im Mund», hielt Maria Gwerder dagegen. «Das ist nicht gut für die Zähne.»

«Tee beruhigt sie. Ungesüsst macht er den Zähnen nichts.»

Fabia brachte ihre Tochter ins Haus. Seit zwei Wochen gab es zwischen ihr und ihrer Mutter immer wieder Streit. Wegen Kleinigkeiten wie zu nasser Windeln, zu kühler Bekleidung und zu wenig Körperhygiene. Mutter wusste immer alles besser. Fabia nervte es.

«Die Zeiten haben sich geändert», sagte sie dann, wenn sich Mutter gegen sie auflehnte. «Was früher richtig war, muss heute nicht zwangsläufig auch so sein.»

«Solange Olivia in unserem Haus lebt, gelten meine Massstäbe.»

Diese Leier kannte Fabia auswendig. Als Aussenseiterin in der Familie und jüngste Tochter war sie es sich gewohnt, Ratschläge zu erhalten, auch wenn sie bei ihr auf taube Ohren stiessen. Sie hatte als Einzige einen anderen Weg als den der Bäuerin gewählt. Ihr ältester Bruder und dessen Frau bewirtschafteten den Hof, auf dem auch ihre Eltern lebten. Den Sommer verbrachte er mit seinen Rindern auf der Glattalp und kam nur zwischendurch ins Tal, um nach dem Rechten zu sehen. Vater Gwerder besorgte in dieser Zeit den Hof, war jedoch selten anzutreffen, weil er jede freie Minute in der Beiz verbrachte. Was er dort tat, entzog sich Fabias Kenntnis. Aber Mutter war froh, wenn sie ihn nicht aushalten musste. Das bisschen Haushalten sei keine Anstrengung, war ihre Ansicht, nachdem sie sechs Kinder grossgezogen habe.

Nur noch ein paar Tage, dachte Fabia, dann breche ich die Zelte hier ab. Sie setzte Olivia in den Kindersitz, um ihr mit einem nassen Lappen den Mund abzuwischen.

«Das ist der Abwaschlappen, untersteh dich.» Maria Gwerder riss Fabia den Lappen entrüstet aus der Hand. Dann sah sie ihre Tochter lange nachdenklich von der Taille an abwärts an. «Das sind doch die Uniformhosen. Was hast du vor?»

«Ich bin ab heute wieder im Dienst.»

«Und Olivia? Du hast auch Mutterpflichten.» Es klang nicht sehr erheiternd.

«Livi ist doch so gern hier. Bei dir und bei Floufi …»

Maria Gwerder zauberte ein Taschentuch aus ihrer Rockschürze und wischte damit über Olivias Mund. «Hat es mit Seppli zu tun?»

«Wie kommst du darauf?»

«Ich habe gehört, dass in der Starzlen ein Kind gefunden wurde.» Maria Gwerder sagte es so dahin, als würde sie über das

Wetter reden. «Zudem habe ich heute Morgen um sieben die Schmidigs ins Dorf fahren sehen. Um diese Zeit sind sie sonst nie unterwegs. Zur gleichen Zeit warst auch du ausser Haus.»

Gut kombiniert, dachte Fabia. Von irgendwoher musste sie ihre detektivische Ader ja haben.

Draussen fuhr ein Wagen vor. Die Kieselsteine auf dem Weg zum Haus knirschten unter den Rädern. Für einen Moment war Fabia abgelenkt, denn mit Blick durch das geöffnete Fenster sah sie auf ein mit Schmutz überzogenes Auto, das mit viel Phantasie auf einen TT schliessen liess. Valérie!

Maria Gwerder hob Olivia mit der Routine einer gestandenen Mutter aus dem Hochsitz. «Ich gehe sie jetzt baden. Kümmere du dich um den Besuch.»

Somit war klar, dass Fabia weiterhin auf ihre Mutter zählen konnte. Eigentlich war sie froh um sie, auch wenn sie meist geteilter Meinung waren. Seit ihr Mann nach langer Arbeitslosigkeit endlich einen Halbtagesjob hatte, lud sie Olivia, wann immer sie konnte, im Bisistal ab. Fabia stieg die Treppenstufen runter auf den Vorplatz.

«Hallo, Valérie. Mit dir habe ich nicht gerechnet.» Fabia sah auf ihre Armbanduhr. «Um zwei im ‹Alpenblick› haben wir vereinbart. Oder gilt das nicht mehr?»

«Doch.» Valérie deutete auf ihren TT. «Habt ihr zufällig einen Gartenschlauch?»

«Ha … der sieht tatsächlich nicht mehr wie ein Sportwagen aus. Gleicht eher einer mit Kuhmist verdreckten Seifenkiste … Und deshalb kommst du zu uns? Wie hast du uns gefunden? Der Hof liegt ja nicht gerade an der Hauptstrasse.»

«Den Satelliten sei Dank.» Valérie sah sich um. «Schön habt ihr es hier. Jetzt verstehe ich, warum du deine Ferien hier verbringst.»

«Nur wegen Olivia, glaube es mir.» Fabia hielt die Hand vor den Mund. «Mutter nervt … aber nicht weitersagen. Sag schon, weshalb bist du hier?»

«Ich bin auf dem Weg zur Unterkunft für Asylsuchende. Leider fand ich keine Adresse. Ich möchte, dass du mich begleitest.»

«Liebend gern.» Fabia machte auf dem Absatz kehrt. «Ich werde es nur schnell meiner Mutter mitteilen.»

In diesem Moment schoss Floufi aus dem Haus und sprang schwanzwedelnd an Valérie hoch.

«Fuss, Floufi, Fuss! Was fällt dir ein?» Fabia wandte sich an Valérie. «Der Köter ist schon neun, benimmt sich aber wie ein Teenager.»

Valérie schob ihren linken Fuss vor. «Ich mag Hunde nicht. Kannst du ihn wegschicken?»

Fabia rief lachend den Hund zurück. «Ach ja, der Gartenschlauch. Komm, neben dem Schopf dort kannst du deinen Wagen abspritzen. Bis du fertig bist, bin ich zurück.» Sie blieb stehen. «Hast du die Unterlagen über die Asylunterkunft nicht eingefordert?»

«Ich möchte mir vor Ort selbst ein Bild machen.» Valérie betrachtete argwöhnisch den Hund.

Fabia eilte ins Haus. Floufi hinter ihr her, den sie – «Kriegst dein Znüni» – mit sich lockte.

Valérie wartete im sauberen Wagen. Das Dach hatte sie heruntergelassen, die Rückenlehne etwas nach hinten gestellt. Die Morgensonne malte Kringel auf den schwarzen Lack und die darin enthaltenen roten Farbpigmente, die nur in diesem Einfallswinkel des Lichts glänzten. Valérie hatte für diese Extravaganz ein Vermögen hingeblättert.

Gwerders wohnten in einem alten Bauernhaus, das mit der Scheune durch eine Art Veranda verbunden war. Dunkle Schindeln liessen lange heisse Sommer vermuten. An den Fenstersimsen hingen Blumenkisten, üppig gefüllt mit roten und weissen Geranien. Es duftete nach Heu. Von dem schweren Gewitter, das über das Muotatal gezogen war, gab es im Bisistal kaum Spuren. Ausser der Muota, die hinter dem Haus ihre Bahn im Flussbett zog und höher und trüber als üblich daherfloss, erinnerte nichts an die Sintflut des Vortags. Über allem lag etwas Frisches. Doch gerade diese Ruhe empfand Valérie als trügerisch. Etwas Rätselhaftes, wenn nicht gar Bedrohliches lag über dem Tal. Die Sonne hatte den frühen Tag aufgeheizt. Die letzten Wolken waren verschwunden. Bleiern wölbte sich der Himmel zwischen den Bergen und liess die Felsen gewaltig erscheinen. Valérie schloss die Augen. Manchmal stellte sie sich vor, dass es einen Knall geben und die Welt sich verfinstern würde. Sie wartete dann geradezu darauf, dass es geschehen möge. Nachts gewann diese Vorstellung noch an Kraft. Und wenn es Tag wurde und alles seinen gewohnten Lauf nahm, verschwand diese Furcht.

Heute aber blieb sie.

Das Öffnen der Beifahrertür riss Valérie aus ihren Gedanken. Es war Tag, die Sonne brannte, und Fabia wedelte mit einer Handvoll Erdbeeren neben ihrem Gesicht. «Frisch vom Garten. Willst du auch eine? Schau sie dir an, die sind grösser als die aus dem Supermarkt und auch noch ungespritzt.»

Valérie lehnte dankend ab und startete den Motor.

Fabia schob sich eine Erdbeere nach der anderen in den Mund und schmatzte ausgiebig. «Mutter lässt dich grüssen», sagte sie mit vollem Mund. «Sie war gerade mit Olivia beschäftigt, fand aber, dass sie dir Rede und Antwort stehen werde, wenn es um Seppli geht.»

«Sobald wir die Resultate aus der Rechtsmedizin haben», sagte Valérie, «werden wir uns in erster Linie des toten Kindes annehmen.» Sie fuhr vom Kiesweg auf die Hauptstrasse. «Jetzt aber würde ich gern erfahren, was es mit diesen Flüchtlingen auf sich hat. Kennst du die Leute von dieser Unterkunft?»

«Nicht näher. Sie sind erst seit letztem Herbst hier hinten. Die Muotathaler nennen sie ‹die Einzigen vom Sahli›, weil sie die einzigen Farbigen sind, die hier leben. Ein stillgelegtes Bauernhaus hat den Kanton dazu bewogen, einer Flüchtlingsfamilie ein Dach über den Kopf zu geben. Es gab viel zu reden. Man musste nämlich eine Heizung und einen Boiler für Warmwasser installieren. Es gibt noch immer Einheimische, die haben beides nicht, vor allem in den Bergtälern. Plötzlich kommen Fremde daher, und der Kanton stellt Anforderungen an die Gemeinden. Da regen sich schon mal die Gemüter.»

Mit Fabia über Flüchtlingshilfe zu diskutieren, behagte Valérie nicht. Sie verwies auf den kleinen See, der sich vor einer imposanten Felskulisse abzeichnete. «Hat der See auch einen Namen?»

«Sahlisee.» Fabia lachte. «Für uns war er immer nur der Badesee. In heissen Sommern verbrachten wir Kinder die Tage beim

Baden, während unsere Eltern das Heu ins Trockene brachten. Heute schwimmt kaum jemand mehr im See, mit Ausnahme von ein paar Campern, die ihre Zelte in der Nähe des Ufers aufstellen. ‹Alternativferien› nennen sie es.» Fabia deutete mit dem Finger auf ein Holzgebäude mit einem grauen Turm, das an ein Haus aus einem Westernfilm erinnerte. «Dort befindet sich die Talstation zur Glattalp.»

Valérie interessierte es im Moment nicht. «Und wo ist die Unterkunft?»

«Rechts der Talstation, hundert Meter in den Wald hinein.»

«Müsste nicht auch Schmidigs Haus hier sein?»

Fabia zeigte auf ein kleines Chalet in entgegengesetzter Richtung etwas oberhalb der Strasse zwischen einer verkrüppelten Tannengruppe. «Dort wohnen sie.»

«Ziemlich abgelegen. Wie kommt der Kleine denn zur Schule?»

«Ein Bus holt ihn jeden Morgen ab und bringt ihn abends wieder nach Hause.»

Valérie fuhr auf einen Schotterweg. Ihr Vorstellungsvermögen, der neunjährige Seppli Schmidig könnte in diesem abgeschiedenen Teil des Bisistals allein unterwegs gewesen sein, reichte nicht aus. Die Landschaft glich einer Wildnis, in der man sich nicht unbedingt gut zurechtfand. Der Junge litt unter einem geistigen Defizit, was immer das bedeutete. Er würde Mühe haben, das Elternhaus ohne Hilfe zu finden. Hatte man sie angelogen? Oder abgelenkt?

Die Flüchtlingsunterkunft, wie Valérie sie sich vorgestellt hatte, erwies sich als ein Haus von etwa zehn auf zehn Meter Fläche. Eine Holztreppe führte zu einer Veranda. Dahinter lagen die Tür und zwei Fenster, die offen standen. Keine Vorhänge, keine Blumen. Die Fassade sah nüchtern aus. Unter dem Giebeldach lag ein Fenster, das ein weiteres Geschoss vermuten liess. Die Äste einer Tanne verdeckten das halbe Dach, von dem eine Rinne hing. Ein schattiger Platz, der Kühle verbreitete, aber auch eine unheimliche Aura ausstrahlte.

Valérie parkte ihren TT vor der Treppe und schaltete den Motor aus. Erst jetzt vernahm sie Musik aus dem Innern des Hauses.

«Scheint jemand da zu sein.» Valérie stieg aus. «Klingt nicht gerade nach DJ Antoine.»

Fabia musterte erst skeptisch den Eingang, dann erheiterten sich ihre Gesichtszüge. «Das ist Semhar Yohannes, eine eritreische Sängerin.»

Valérie näherte sich der Holztreppe. «Nicht gerade die Musik, die unsereins hört.» Für ihren Geschmack klang die Stimme zu piepsig.

«Ich habe mal ein Video von ihr gesehen.»

«Und dich gleich an den Namen erinnert?» Valérie klopfte an die Tür.

«Wohl eher daran, was während des Videos sonst so passierte …» Fabia kicherte.

«Ein Seitensprung?»

«Untersteh dich.» Fabia zwickte Valérie in die Seite. «Ich bin verliebt wie am ersten Tag …»

«In Michael? Das nehme ich dir nicht ab.»

Die Tür liess sich mühelos aufstossen. Valérie warf einen Blick ins Innere. Es war nicht die Unordnung auf dem Tisch, die sie daran hinderte, einzutreten, denn vielmehr der Geruch. Ungewohnt für ihre Nase.

«Das ist Zigni», sagte Fabia im Ton der Überzeugung, «ein eritreisches Gericht. Das, was du riechst, ist die Berbere-Gewürzmischung mit Ingwer, Koriander, Kardamom, Bockshornklee und so weiter …»

«Du verblüffst mich immer wieder.»

«Zufall. Ich war erst kürzlich mit Michael in einem eritreischen Restaurant in Zürich. Bevor ich etwas Fremdländisches esse, will ich wissen, was. Da hat man es mir erklärt.»

«Du …?» Valérie wandte sich zu ihrer Kollegin um. Eine despektierliche Bemerkung blieb an ihren Lippen hängen.

«Michael und ich waren eingeladen. Eine Geburtstagsfeier mit exotischem Touch … war gar nicht übel. Allein wäre ich da niemals hingegangen …»

Die Musik verstummte. Valérie wartete vor der geöffneten Tür in der Hoffnung, jemand möge in der Küche erscheinen.

Sie erinnerte sich an die Aussage der Frau auf dem Weg zu

Fabia. Wovor musste sie sich in Acht nehmen? So ein Unsinn. Valérie vermutete, dass sich die Leute in diesem Haus mehr vor ihnen fürchteten als umgekehrt. Es kam wahrscheinlich nicht alle Tage vor, dass sie Besuch erhielten. Valérie kehrte über die Treppe auf den Vorplatz zurück. Unter dem Dach nahm sie eine Bewegung wahr. Da waren auf einmal dunkle grosse Augen, die sie anstarrten. Zwei Männer lehnten über den Fenstersims. Valérie zückte ihre Dienstmarke. «Polizei … Kann ich Sie kurz sprechen?»

«Glaubst du, die verstehen dich?» Fabia folgte ihrem Blick.

Valérie versuchte es auf Englisch. Die Männer verschwanden. Die Musik ging wieder an.

«Gehen wir doch einfach rein», sagte Fabia.

«Wir haben kein Recht dazu.»

«Im Land, wo sie herkommen, haben sie bestimmt nie etwas von einer Hausdurchsuchungsbescheinigung gehört. Zudem weist eine offene Tür auf Gastfreundschaft hin, nicht wahr?» Fabia hob ihre Schultern und kniff die Lippen aufeinander.

Valérie seufzte. «Du weisst, dass dem nicht so ist.»

Fabia ging erneut auf die Tür zu. «Oder Gefahr im Verzug? Der Geruch könnte Feuer bedeuten …»

In diesem Moment hörten sie eine Tür heftig ins Schloss fallen. Geistesgegenwärtig rannte Valérie auf die Rückseite des Hauses. Ein zweiter Eingang, als Fluchtweg benutzt, wurde sichtbar. Sie sah Richtung Bäume. Zwei Schatten, die zwischen den Stämmen verschwanden.

Der Wald verschluckte die Gestalten.

***

Louis hatte den Auftrag erhalten, zusammen mit einem Kollegen von der Streife sämtliche Haushalte im nahen Umkreis des Fundortes zu besuchen. Vielleicht hatte jemand etwas gesehen, bevor das Unwetter losbrach. Eine kleine Abweichung, welche die Monotonie des Alltags gestört hatte. Ein Fremder musste doch auffallen, wenn er mit einem kleinen Jungen oder einer blonden Frau unterwegs war. Oder war der Bub freiwillig mitgegangen? Dann musste man davon ausgehen, dass sich Täter und Opfer gekannt hatten. Ein Kind kann doch nicht einfach so verschwinden, ohne dass es bemerkt wird, dachte Louis.

Der erste Gang führte zum bisher einzigen Zeugen – dem Mann, der das tote Kind gefunden hatte. Er bewohnte mit seiner Frau das Haus unmittelbar neben dem Fluss gegenüber dem Eingang zum Hölloch.

Louis drückte die Klingel. Die Frau, mit der er am Vorabend gesprochen hatte, liess ihn eintreten und sagte, dass sie ihn und seinen Begleiter erwartet hatten. Die Frau sah anders aus als in seiner Erinnerung. Klein war sie, von schlanker Statur, und sie trug ein buntes ärmelloses Kleid. Ihre Haare hatte sie hochgesteckt. Alles in allem eine adrette Erscheinung. Zu elegant für dieses Tal, sinnierte er.

«Guten Tag, Frau Kälin. Geht's Ihrem Mann wieder besser?» Louis setzte den Fuss über die Schwelle.

«Dr. Rast war erst noch hier. Gusti ist stabil. Sie können zu ihm.» Frau Kälin führte die Polizisten ins Wohnzimmer. Durch das Fenster öffnete sich der Blick direkt auf die Starzlen, die sich ein wenig beruhigt hatte. Sie floss noch immer trüb, die Wucht der letzten Nacht schien jedoch gebändigt.

Herr Kälin sass versunken in einem bordeauxroten Sessel und hatte die Beine von sich gestreckt. Er machte auf Louis einen gefassten Eindruck. Doppelt so alt wie seine Frau, ging Louis durch den Kopf; er hätte ihr Vater sein können. Louis musterte Frau Kälin und fragte sich, was sie an dem Alten fand.

Louis nahm sich einen Stuhl und setzte sich Herrn Kälin gegenüber. «Erzählen Sie uns der Reihe nach, was Sie gestern beobachtet haben.»

Sein Kollege stellte sich in eine Ecke und sah sich die mit Gemälden und Fotos vollbehängten Wände an. Während Louis auf eine Antwort wartete, musterte er ein gerahmtes Bild, das auf einem Sideboard stand. Eine glückliche Familie. Kälin in jungen Jahren und Frau Kälin fast noch ein Mädchen. Mittendrin ein Junge. Etwa sieben mochte er sein.

Über Kälins von Sonne und Wetter gegerbtes Gesicht huschte ein Schatten, der sich im ganzen Wohnzimmer festsetzte. «Es war etwa halb drei, als die Kirchenglocken zu bimmeln begannen.

Hier hinten bedeutet es, dass sich ein grosses Unwetter nähert. Manchmal vertreiben die Glockenschläge die Wolken. Nur diesmal versagten sie ihren Dienst.»

Louis nahm seinen Notizblock zur Hand und hörte geduldig zu. Frau Kälin bot Kaffee an und brachte frische Buttergipfel an den Tisch.

«Das Unwetter brach mit einem ungeheuren Tempo über Muotathal herein», fuhr Kälin fort. «Wie eine Walze krachte die Starzlen zu Tale. Schon einmal hatte das Wasser meinen Keller überflutet. Ich wollte sichergehen, dass es sich diesmal nicht wiederholt. Ich brachte die Sandsäcke vor den Eingang … Dann sah ich ihn.»

«Wen sahen Sie?»

«Den Toten.»

«Wussten Sie denn, dass er tot war?»

«Junger Mann, ich kann einen toten von einem lebenden Menschen unterscheiden. Zudem lag sein Gesicht dem Wasser zugewandt. Der Körper wurde von den reissenden Fluten bereits überspült.»

Louis notierte. «Sein Gesicht war dem Wasser zugewandt. Sie konnten es also nicht sehen. Woran dachten Sie, als Sie ihn so liegen sahen?»

Zwischen Kälins Augen entstand eine tiefe Falte. «Was ich dachte? Ja … dass da jemand tot ist.»

«Woran erkannten Sie es?»

«Junger Mann, Sie wiederholen sich.» Kälin rutschte in eine andere Sitzposition. Offensichtlich rang er mit sich, denn sein Blick richtete sich auf das Sideboard und blieb dort eine geraume Zeit haften.

Louis beobachtete ihn. Er zweifelte an Kälins Aussage, weil sie mit dem, was er bei seinem Eintreffen in Stalden gesehen hatte, nicht übereinstimmte. Selbst aus unmittelbarer Nähe wäre man nicht darauf gekommen, dass der Tote ein Junge war, denn vielmehr eine kleine, zierliche Frau mit blonden Haaren. Kälin aber hatte die blonden Haare bis anhin nicht erwähnt.

«Herr Kälin», tastete sich Louis voran. «Wie steht es um Ihre Augen? Sehen Sie gut?»

Diese Frage brachte Kälin endgültig aus dem Konzept. Er drehte seinen Kopf über die Schultern in Richtung seiner Frau, als könnte sie ihm aus dem Dilemma helfen.

«Du hattest doch die Brille nicht auf, Liebling», sagte sie und strich sich mit den Händen über das geblümte Kleid. Ihre gepflegte Art wirkte auf Louis seltsam unpassend zwischen all den alten Möbeln, den schmuddeligen Vorhängen und dem Geruch nach einer Kräuteressenz, die schon bei ihrem Eintreten in der Luft gelegen und sich seither intensiviert hatte.

«Hatte ich die Brille nicht auf?» Kälin sah verdattert auf seine Hände.

«Wie war das eigentlich mit Ihrem Keller? Wurde der geflutet?», fragte Louis.

«Geflutet?» Kälins Stimme hatte eine höhere Oktave angenommen. Er krächzte vor Aufregung, und Louis wurde sich seines Herzproblems bewusst. «Nein, die Sandsäcke … ich hatte ja die Sandsäcke dorthin gelegt …»

Louis entdeckte Schweisstropfen auf Kälins Stirn. Er wollte zum Schluss kommen und nicht schuld sein, wenn der Alte eine erneute Krise bekam. «Dann riefen Sie die Polizei?»

Kälin fasste sich wieder. «Ja, ich getraute mich, ehrlich gesagt, nicht, ins Flussbett zu steigen.»

«Erinnern Sie sich an jemanden, den Sie vor dem Unwetter in der Nähe der Starzlen gesehen haben?»

Kälin dachte nach. In sein zerfurchtes Gesicht schoben sich noch mehr Falten. «Niemand, der mir fremd vorgekommen wäre.»

«Und das Kind … haben Sie das Kind gesehen? Vorher, als es vielleicht noch am Leben war?»

«Nein, zumindest habe ich keines bewusst wahrgenommen.»

«Eine blonde, kleine Frau vielleicht?»

«Warum hätte ich eine …» Kälin schlug sich mit der Faust an die Stirn. «Sie bringen mich ganz durcheinander.»

«War sonst noch jemand draussen, als das Gewitter losging?» Louis liebäugelte mit den frischen Gipfeli auf dem Tisch, während sein Kollege sich ungeniert davon bediente. Frau Kälin schenkte ihm ein verzerrtes Lächeln und schob ihm eine mit Kaffee gefüllte Tasse zu. Louis lehnte dankend ab. Er hatte nicht vor, hier Wurzeln zu schlagen.

«Mir ist niemand sonst aufgefallen», sagte Kälin.

«Wo befand sich Ihre Frau?»

Kälin warf ihr einen gehetzten Blick zu. «Sie war drin, glaube ich.»

«Ist das so?» Louis wandte sich an Frau Kälin, während er nach dem gerahmten Bild auf dem Sideboard griff. «Waren Sie in der Wohnung? Waren Sie nicht neugierig, ob das Unwetter Schaden anrichtete?»

«Stellen Sie das Bild sofort wieder an den Platz zurück!» Frau Kälin funkelte Louis mit dunklen Augen an. «Sofort.»

«Ist Ihr Sohn auch da?»

«Sie sollen das Bild wieder hinstellen», befahl jetzt auch Kälin. «Haben Sie nicht gehört, was meine Frau gesagt hat?»

«Er war unser Sohn … Lukas», kam es zaghaft über Frau Kälins Lippen. Ihr Ärger hatte sich verflüchtigt und einem traurigen Gedanken Platz gemacht. «Er wurde uns vor acht Jahren genommen.»

***

«Geh du links des Weges», rief Valérie Fabia zu, «ich gehe rechts. Es fehlte noch, dass uns die zwei Typen entkommen.»

«Die sind flink wie Wiesel.» Fabia griff nach ihrer Glock.

Valérie nahm ihre Handbewegung wahr. «Übertreib mal nicht. Die fürchten sich vor uns. Flüchtlinge sind gebeutelte Menschen. Ich möchte nicht wissen, was ihnen alles auf der Flucht in die Schweiz widerfahren ist.»

«Nimmst du sie etwa in Schutz?» Fabia blieb stehen, offenbar nicht mehr gewillt, die Verfolgung aufzunehmen. «Sie sind Schmarotzer. Gibt man ihnen den kleinen Finger, greifen sie nach der ganzen Hand. Nein, mehr noch, sie ziehen an deinem Arm … oder schlimmer: Sie dringen in deine Seele ein und saugen sie von innen aus …»

«Sei nicht so dramatisch.» Auch Valérie entschied sich dazu, stehen zu bleiben.

Fabia zog eine Schnute. «Solange es arme Leute in unserem Land gibt, sehe ich nicht ein, weshalb man Flüchtlinge auf einer Sänfte tragen sollte.»

Valérie war nicht gewillt, einer sich anbahnenden Diskussion Nahrung zu geben. Sie kannte Fabias Hang zur Ausländerfeindlichkeit und wusste, dass ihre Ansichten ins Bodenlose ausarteten, falls man nicht dagegenhielt oder ihre verbalen Angriffe ins Leere laufen liess. Auf der einen Seite war sie die weltoffene Frau, die der familiären Tradition den Rücken gekehrt hatte, auf der anderen Seite floss zähes Blut durch ihre Adern. Heimat bedeutete ihr alles. Es galt, sie zu verteidigen, sollte jemand an den Grundfesten rütteln. Fabias Meinung nach sollte jedes Land zuerst um das Wohl der eigenen Bevölkerung besorgt sein. Erst dann kamen die anderen. Sie hatte einmal durchblicken lassen, dass sie auch deshalb den Beruf der Polizistin gewählt hatte. Sie sah sich als Wächterin der Schweiz, des Kantons Schwyz. Im Innersten des Muotatals.

Die beiden Frauen trennten sich. Fabia schlug den Weg links ein. Valérie pirschte auf eine Felsformation zu, in der sie die flüchtigen Männer vermutete. Sie ging davon aus, dass die Männer ihr in diesem Wald überlegen waren. Im letzten halben Jahr mussten sie viel Zeit dafür aufgewendet haben, diesen Flecken auszukundschaften, wenn sie sonst nichts zu tun hatten. In diesem Punkt gab sie Fabia recht: Es wäre besser, die Flüchtlinge arbeiten zu lassen, sollte die Integration gelingen. Beschäftigte Menschen kamen weniger auf abwegige Gedanken und wurden seltener kriminell.

Im einfallenden Sonnenlicht tanzten Insekten einen Reigen. Der Boden dampfte und roch nach feuchtem Moos. Valérie blieb stehen. Sie drehte sich vor Ort, versuchte, in dem Dickicht des Waldes etwas auszumachen. Doch da war nichts als der Gesang der Vögel und das Zirpen der Grillen, ein weit entferntes Rascheln, das von einem Tier stammen musste, das leise Summen eines Linienjets hoch über ihr. Nicht die Töne, die Valérie sich wünschte. Kein Sprechen, kein Atmen in unmittelbarer Nähe. Der Wald hatte jegliche menschlichen Zeichen in Blätterwerk und Tannenzweigen verschlungen. Valérie setzte sich wieder in

Bewegung. Ihre Jagd drohte im Desaster zu enden, bevor sie richtig begonnen hatte. Sie hätte damit rechnen müssen, dass die jungen Männer vor ihr Reissaus nahmen. Sie waren wie Wild, das sich vor dem Jäger fürchtete. Sie hatten zwar in diesem Land ein vorübergehendes Zuhause gefunden, aber ihr Lebensraum war im hintersten Zipfel des Bisistales eingeschränkt. Valérie hätte ihre Marke nicht zeigen sollen. Sie hatte die Männer damit nur erschreckt.

Sie blieb wieder stehen.

Es war dieser Moment, der sie aus der Fassung brachte. Das Aufblitzen eines Gegenstands, der im Gebüsch vor ihr lag. Eine Machete! Unverkennbar der kurze Griff und die lange, vorne abgerundete Klinge. Instinktiv wich Valérie zurück. Bilder schoben sich ineinander. Ein Kaleidoskop. Ein Déjà-vu, das sie einen Moment die Beherrschung verlieren liess. Kochend heiss fuhr es in ihre Poren. Wenn jetzt etwas geschah, würde keiner ihr helfen können. Fabia war in entgegengesetzter Richtung unterwegs. Valérie überlegte. Sie hatte die jungen Männer im Wald verschwinden sehen. Hatten sie eine Waffe getragen? Warum lag die Machete hier? Ein solches Messer verlor man nicht einfach so. Geistesgegenwärtig griff Valérie nach ihrer Glock, zog sie aus dem Halfter und entsicherte sie. Ihre Pupillen flackerten, während sie die Gegend neben und hinter sich absuchte. Im Augenwinkel behielt sie die Machete im Blick.

Ihr Blackout war nur von kurzer Dauer. Der Ermittlerinstinkt war zurückgekehrt, liess ihre hitzigen Gedanken auskühlen. Sie war nicht das Opfer. Würde es niemals wieder sein.

Warum hätte sie sich von zwei halbwüchsigen Eritreern einschüchtern lassen sollen? Und überhaupt: Hatte das Messer eine Bedeutung? Sie stand einen Fuss von der Machete entfernt. Diese sah nicht danach aus, als wäre sie vor Kurzem fallen gelassen worden. Bei genauerem Hinsehen entdeckte sie Spuren von braunen Tannennadeln, Ameisen an der Klinge.

Entwarnung.

Valérie stiess Luft aus und die Anspannung von sich. Ich drehe durch, musste sie sich eingestehen, und im selben Augenblick kamen Selbstzweifel darüber, das Trauma überwunden zu haben.

Sie torpedierte sich mit Vorwürfen. Sie hätte Henry Vischers Therapiestunden weiterhin besuchen sollen. Verdrängen hiess nicht vergessen.

Sie sicherte die Glock, schob sie zurück ins Holster und holte einen Asservatenbeutel aus ihrer Hosentasche. Sie grub ihre rechte Hand in den Beutel und nahm die Machete an sich. Auf der verschmutzten Klinge liess sich nicht ablesen, ob und wann das Messer als Tatwaffe benutzt worden war. Weder waren Blut noch andere Spuren darauf zu erkennen. Die leise Ahnung jedoch blieb, dass einer der beiden jungen Männer das Messer verloren oder absichtlich hierhergebracht hatte, in der Meinung, es würde nicht gefunden. Andererseits gab es überhaupt kein Indiz dafür. Zudem glaubte Valérie nicht an so viel Glück. Und schon gar nicht an Zufall.

Sie ging weiter in den Wald hinein. Sie erreichte einen Anstieg. Das Gelände wurde felsig und schlecht begehbar. Wurzeln breiteten sich über den Boden aus wie Tentakel eines Ungeheuers. Sie war vom Weg abgekommen. Über ihr der Himmel und … oh Wunder: die Tragseile der Glattalpbahn. Die Talstation konnte nicht weit von ihr entfernt liegen. Den Kopf in den Nacken gelegt, folgte sie dem Seil, das im üppigen Grün des Waldes wieder verschwand.

Bei der Talstation stiess sie auf Fabia.

«Wo zum Henker bist du gewesen?» Fabia machte ein verdriessliches Gesicht. «Hast du dein Handy nicht dabei? Ich habe dich überall gesucht, nachdem ich die Hetze nach den Eritreern aufgegeben hatte. Warum müssen wir denen nachrennen, wenn sie so oder so wieder in ihr Haus gehen werden? Jeder Parasit kehrt zu seinem Wirt zurück.» Sie deutete auf den Asservatenbeutel. «Was ist denn das?»

Valérie hielt den Beutel auf Augenhöhe. «Habe ich gefunden.»

«Könnte das die Mordwaffe sein?»

«Ich werde sie ins Labor schicken. Ich mache mir jedoch keine Hoffnungen.»

«Vielleicht haben die Jungs tatsächlich etwas auf dem Kerbholz.» Fabia wuselte mit der Hand über ihren Bubikopf.

Valérie griff nach ihrem iPhone. Der Akku war voll, nachdem

Zanetti ihr sein Aufladegerät ausgeliehen hatte. «Du hast mich fünfmal hintereinander angerufen?» Sie schmunzelte, während sie Fabia musterte. «Sorry, ich hatte es auf lautlos gestellt.» Sie wählte Louis' Nummer. Er nahm ihren Anruf nach einer gefühlten Ewigkeit entgegen. Enttäuscht klang er, als Valérie ihn nach einem möglichen Erfolg fragte. Nicht sicher, dass sie ihrerseits einen verzeichnen konnte, bat sie ihn, mit Verstärkung in den hintersten Teil des Bisistales zu fahren. Ungern gab sie zu, dass ihnen die beiden Männer entwischt waren. Die Machete erwähnte sie vorerst nicht.

***

Noch immer schaufelte die Schadenwehr von der Strasse den Schlamm, der mit zunehmender Hitze einzutrocknen drohte. Der Schmutz hatte sich wie brüchiger Lehm auf dem Asphalt festgesetzt. Das Unwetter hatte den Ort Stalden in eine Mondlandschaft verwandelt. Kaum ein Flecken Grün war unversehrt geblieben. Was das Wasser nicht geschafft hatte, hatte der Hagel vernichtet. Den zerstörten Dorfteil an diesem wiederum sonnigen Tag zu sehen, trieb auch den hartgesottenen Kerlen die Tränen in die Augen.

Dominik Fischbacher, der Kripo-Chef, war eingetroffen. Die Hauptstrasse von Schwyz nach Muotathal sei wieder durchgehend befahrbar, informierte er, als er den Speisesaal betrat. Der Bettbach habe sich zurückgezogen. «Der Wasserfall gleicht einem gigantischen Teil der Niagarafälle. Die Gischt reicht noch immer bis zur Brücke und zeichnet die Umgebung als apokalyptisches Bild …»

Was war in den gefahren? In all dem Drama um das getötete Kind hatte Fischbacher Zeit gehabt, auf dem Weg nach Stalden die Natur zu bestaunen, um sie jetzt wie ein Poet zu beschreiben. Valérie hätte ihm diesen Zug nicht zugetraut.

«Und in diesen Wirren ist ein Kind zu Tode gekommen», hielt sie dagegen, «als hätte das Unwetter die gnadenlose Kulisse gestellt.»

Wenn Fischbachers Blicke hätten töten können, wäre sie jetzt tot vom Stuhl gefallen. «Was willst du damit andeuten? Dass ich mir keine Gedanken über diese entsetzliche Tat mache?»

«Wir haben ein totes Kind, und du ...» Sie schluckte das Ende des Satzes hinunter.

«Du musst mir gar nichts sagen.» Er wandte sich von ihr ab und verliess den Raum.

Es war nicht das erste Mal, dass sie Fischbacher dabei ertappte, wie er von den wesentlichen Dingen ablenkte. Sie wusste, wie er litt. Als sie gestern Abend noch einmal mit ihm gesprochen und ihn über den Kindsmord informiert hatte, hatte er die Stimme verloren. Eine ganze Minute lang hatte er nichts gesagt. Später hatte sie erfahren, dass er sich zum ersten Mal während seiner Amtszeit als Kripo-Chef mit einem Kindsmord auseinandersetzen musste. Sie hatte über seine Sensibilität gestaunt, obwohl sie schon vorher vermutet hatte, dass sein Inneres weich wie Butter war. Aber so durch den Wind wie gestern hatte sie ihn noch nie erlebt, was seine Bemerkung von vorhin wiederum relativierte. Die Wirklichkeit war zu brutal, um ihr Platz einzuräumen.

Valérie war schon um halb zwei zurück gewesen. Die Teamsitzung lag ihr schwer im Magen. Nebst Fischbacher waren auch Schuler und seine Leute sowie Zanetti eingetroffen. Sie hatten den kurzen, jedoch nachhaltigen Disput zwischen Fischbacher und ihr nicht mitbekommen. Besser so, dachte Valérie und sah zu, wie Zanetti sich am Ende des Tisches hinsetzte. Sie hegte den leisen Verdacht, er wolle ihr ausweichen. Ein Blick zwischen ihnen genügte, um ihre Bedenken aus dem Weg zu räumen.

Valérie deutete auf den Flipchart. Sie hatte Notizen darauf geheftet, Gedankenstützen, die ihr halfen, ins Chaos ein wenig Ordnung zu bringen. «Seit dem Leichenfund sind fast vierundzwanzig Stunden vergangen», begann sie. «Den Todeszeitpunkt können wir auf plus/minus elf Uhr am Morgen festlegen. Konnten schon weitere Zeugen vernommen werden?»

«Die müssen erst gefunden werden», intervenierte Louis. Er sass ihr gegenüber, hatte eine Tasse Ovomaltine vor sich und biss nun herzhaft in einen der Nussgipfel, die er von der Bäckerei Schelbert mitgebracht hatte.

Valérie sah ihn mit zusammengekniffenen Augen an. Louis

hatte genug Zeit gehabt, nach allfälligen Zeugen zu suchen, fand sie. Dennoch kommentierte sie es nicht. Es reichte, wenn Fischbacher nicht gut auf sie zu sprechen war. Louis wollte sie nicht vergraulen.

«Gestern Morgen stieg eine Gruppe von Leuten ins Hölloch ein …», sagte er.

«Das war um zehn der Fall.» Fabia schob eine Aktennotiz über den Tisch. «Ich konnte mit dem Guide sprechen. Er stieg mit zehn Frauen und Männern in die Höhle ein. Während sechs Stunden waren sie drin. Sie kehrten rechtzeitig zurück, bevor das Gewitter losbrach. Aufgefallen sei ihm nichts. Aber die mussten auch ziemlich mit sich selbst beschäftigt gewesen sein. Eine der Frauen habe kurz vor dem Ausstieg unter Atemnot gelitten.»

Valérie wurde hellhörig. «Dann müsste ein Arzt vor Ort gewesen sein.»

«Diesen Gedanken hatte ich auch. Doch die Frau habe sich wieder erholt. Danach seien sie in die Husky-Lodge zurückgefahren.»

«Unmöglich, dass jemand ein Kind am Fluss ablegt, ohne gesehen zu werden.» Valérie kreiste mit einem Stift die Wörter «unbekanntes Kind» ein. Stimmte der Todeszeitpunkt nicht? War es möglich, dass sich Stieffel geirrt hatte?

«Die Aussage von Kälin, der den Toten gefunden hat, ist etwas fadenscheinig.» Louis kramte nach seinem Notizblock.

«Inwiefern?»

Valéries Aufmerksamkeit hatte er.

Louis erzählte von dessen Überzeugung, dass er einen toten Jungen gesehen habe. Weder eine kleine Frau noch eine Frau mit blonden Haaren. «Allerdings ist es möglich, dass er ein Problem mit seinen Augen und die Brille vergessen hatte. Wenn ihr mich fragt, lügt er oder beide, also auch seine Frau, oder er ist gesundheitlich nicht auf dem Damm … Zudem haben sie vor acht Jahren ihren Sohn verloren.»

«Könnte das nicht ein Motiv sein?», sagte der Kollege, der Louis begleitet hatte.

Valérie drehte nervös an ihrem Schreibstift. «Ich gehe davon aus, dass du diesem Verdacht nachgegangen bist.»

«Ich habe das bereits getan», sagte Louis. «Lukas Kälin. Als er neun Jahre alt war, hatte ihn sein eigener Vater auf dem Traktor überfahren. Er hatte ihn nicht gesehen, als der Junge hinter den Rädern nach etwas suchte.»

Valérie spürte einen Stromstoss in ihrem Körper.

«Verflucht», stiess Fabia hervor. «Der Ort muss verflucht sein. Da verunfallen Kinder, verschwinden oder werden getötet ...»

Valérie zog ihre Augenbrauen hoch. Sie verabscheute es, wenn der gesunde Menschenverstand ihrer Kollegin einer emotional geprägten Phantasieüberlegung unterlag. Andererseits war Fabia im Muotatal aufgewachsen und hatte dort die Schule besucht. Der Fall musste das Bild ihrer heilen Welt arg ins Wanken gebracht haben. Valérie liess Fabias Bemerkung unkommentiert und wandte sich an Louis. «Was weisst du darüber?»

«Damals lief ein Verfahren gegen den Vater aufgrund unterlassener Aufsichtspflicht.»

«Das war ein Unfall», sagte Fabia. «Ich erinnere mich wieder. Die Kälins kamen nie darüber hinweg.»

«Dagegen spricht die junge Frau Kälin», intervenierte Louis. «Für eine trauernde Mutter, die ihren Sohn verloren hat, scheint sie sehr fidel zu sein. Sie war hip angezogen, auch sonst eher schräg –»

«Lass dich von ihrer Garderobe nicht blenden.» Fabia begehrte gereizt auf. «Man kann die Trauer auch verdrängen.»

«Das ist acht Jahre her», stellte Valérie fest.

«Richtig!» Fabia schniefte. «Aber wenn Kinder sterben, existiert die Zeit nicht.»

Valérie drehte sich nach Louis um. «Was glaubst du, ist Kälin ein verlässlicher Zeuge?»

«Er scheint mir gesundheitlich sehr angeschlagen.»

«Dann müssen wir ihn eventuell von der Zeugenliste streichen.» Valérie war nicht glücklich darüber, zumal die Liste dann leer sein würde. Ihr waren zudem die Hände gebunden. Solange die definitiven Resultate aus der Rechtsmedizin nicht eingetroffen waren, wusste sie nicht, wo genau sie beginnen sollte. Kälins Verlust ihres Sohnes als Motiv für einen Kindsmord zu sehen, war an den Haaren herbeigezogen. Und warum hätte Kälin seine Entdeckung melden sollen, wenn er selbst etwas mit dem Toten zu tun hatte? Valérie blickte auf ihre Armbanduhr. «Es ist jetzt drei Uhr. Kehren wir zurück nach Biberbrugg und bereiten uns auf eine intensive Zeit vor.»

«Ist das dein Ernst?» Nachdem ihre Kollegen den Speisesaal verlassen hatten, kam Fischbacher an ihren Tisch. Valérie schob Schreibblätter zusammen, bündelte sie und liess sie in einer Mappe verschwinden. «Da draussen läuft ein Mörder herum, und du schickst deine Leute nach Hause?»

Was war nur in ihren Chef gefahren? Sie sah ihn mit gerunzelter Stirn an. «Diese Tatsache freut mich auch nicht. Glaube mir, ich werde heute Nacht kein Auge zumachen können. Aber wir sollten im Minimum einen Ansatz bekommen. Einen kleinen Hinweis aus der Bevölkerung. Wir warten auf die Antwort einer Firma, die Latexmasken herstellt, ob in letzter Zeit solche bestellt wurden, von wem und mit welchem Sujet. Die Maske könnte uns eventuell weiterhelfen.»

«Gibt es diese nicht in jedem Internet-Party-Shop zu kaufen?» Fischbacher strich sich nachdenklich über die Stirn.

«Eine Cameron-Diaz-Maske? Ich gehe davon aus, dass sie eine Spezialanfertigung ist. Zudem fehlen ihr die Aussparungen für die Augen. So etwas muss doch auffallen. Deshalb besteht die Möglichkeit, dass wir zumindest hier auf einen kleinen Hinweis treffen.»

«Und warum sollte der einzige Zeuge als nichtig erklärt werden?»

Valérie riss die Augen auf. «Wie bitte?»

«Du hast mich schon richtig verstanden. Louis …»

«Louis?» Valérie schluckte ihren Ärger hinunter. «Was hat er denn gesagt?»

Fischbacher machte eine Scheibenwischerbewegung. «Ach, nichts.»

Valérie überwand ihren inneren Zwiespalt. «Es tut mir leid wegen vorhin … Meine Bemerkung war nicht angebracht. Ich …»

«Mir tut es auch leid.» Fischbacher setzte sich. «Ich habe falsch reagiert. Dieser tote Junge … das ist einfach zu viel. Dann diese

Vermisstenmeldung dieses Seppli Schmidig … Wenn diese beiden Fälle miteinander zu tun haben, dann …»

Valérie stellte sich hinter ihn, legte ihm die Hände auf die Schultern. «Wir werden den Schweinehund fassen, das verspreche ich dir.»

«Was ist nur aus uns geworden?» Fischbacher drehte sich zu Valérie um. «Das Grauen hat bereits das Muotatal erreicht. Ich dachte, hier hinten sei die Welt noch in Ordnung.»

Auch für Valérie unfassbar.

Die Bilder liessen sie nicht mehr los. Ihre Seele wehrte sich dagegen, sie zu akzeptieren. Das verstümmelte Gesicht des Toten hatte sich in ihr eingebrannt. Jetzt brannte sie selbst, von innen heraus, war diesem Vorgang schutzlos ausgeliefert. Sie würde ungebremst fallen, sollte diesen Sturz niemand aufhalten.

Vielleicht wäre es damals, nach dem Anschlag auf ihr Leben und dem Spitalaufenthalt, doch besser gewesen, Henry Vischers Hilfe weiterhin anzunehmen. Stattdessen hatte sie ihn abgewimmelt, Stärke demonstriert, wo keine mehr war.

Jetzt war das geschehen, was sie hatte verhindern wollen: dass sich ihre Wut auf den Schützen in Rache transformierte. In ein Gefühl, gegen das sie noch nie hatte kämpfen müssen. Sollte es sich ihrer bemächtigen, müsste sie den Fall auf der Stelle abgeben.

Ihre Gefühle, wenn sie explodierten, blendeten ihren Verstand aus. Über die Jahre hatte sie sich einen eisernen Schutzschild umgelegt, den kaum jemand zu durchstossen vermochte. Wurde sie zu Tatorten gerufen, mimte sie die kalte Ermittlerin. Sie analysierte, wo andere haderten. Sie ging mit System vor. Suchte zuerst nach Fakten, dann das Motiv.

Sie hatte gelernt, sich den immer wieder neuen Bedingungen anzupassen.

Dies alles fiel auseinander. Lag wie ein Scherbenhaufen vor ihr. Sollte sie nicht in der Lage sein, sich selbst aufzufangen, würde sie zerbrechen an diesem Fall.

DREI

Ghebreheimanot Gebrehiwet!

Louis betrachtete ihn mit Argwohn. Ausgerechnet ihm wurde der junge Eritreer für eine erste Einvernahme zugeteilt. Er sass im Vernehmungszimmer auf dem Sicherheitsstützpunkt, dem SSB, in Biberbrugg. Das gleissende Licht der Neonröhre verlieh seiner schwarzen Hautfarbe einen eigentümlichen Gelbstich. Unterhalb der hohen Stirn schienen die Augen zu verschwinden. Das Alter des Mannes wäre schwer zu schätzen gewesen, hätte Louis es nicht dem Ausweis entnommen.

Achtundzwanzig, stand da. Valérie hatte von einem Teenager gesprochen, als Louis den Auftrag erhielt, mit zwei Polizisten aus Muotathal zur Talstation Sahli zu fahren. Die Festnahme war ohne Zwischenfall verlaufen. Die verdächtigen Männer hatten sich abführen lassen. Wie Fabia vermutet hatte, waren sie ins Haus zurückgekehrt und hatten dort weitergemacht, wo sie vor ihrer Flucht begonnen hatten – ihr Mittagessen zu kochen. Anwesend war auch die Frau des Eritreers gewesen. Insgesamt waren es acht Leute, die in dem Haus lebten. Die drei Kinder seien beim Spielen im Wald, hiess es.

Ghebreheimanot Gebrehiwet. Louis spürte etwas Eigenartiges von ihm ausgehen. War es dieser geheimnisvolle Blick, der ihn wie ein verletztes Tier aussehen liess? Seine Körperhaltung? Die Körperausdünstung? Er sprach weder Deutsch, noch verstand er es. Seit einer halben Stunde wartete Louis auf einen Dolmetscher. Vielleicht hätten sie auf die Kinder warten müssen, die unter Umständen bei der Übersetzung hätten helfen können. Zwei Jungen im Alter von zwölf und vierzehn sowie ein Mädchen von neun Jahren.

«Ich verstehe nicht, warum ihr Kerle unsere Sprache nicht erlernt, wenn ihr bei uns leben wollt.» Louis führte Selbstgespräche, zumal er von dem Wachmann, der neben der Tür stand, kaum Notiz nahm. Gebrehiwet sah ihn verständnislos an. «Seit letztem Herbst seid ihr hier und profitiert von unseren Steuergeldern.»

Louis blätterte das Dokument durch, das ihm Valérie überreicht hatte. Fichen über einen Asylbewerber. Sein Leben war darin festgehalten. Als siebtes Kind der Familie Gebrehiwet war er aus Italien herkommend in die Schweiz gelangt. Zusammen mit seiner Frau, seiner Tochter, zwei Neffen, den Eltern und einem Bruder. Seit einem halben Jahr erhoffte er sich einen positiven Asylentscheid. In Asmara hatte er sich mit Gelegenheitsjobs über Wasser gehalten, zusammen mit seinem Bruder in einer Autowerkstatt gearbeitet und aus Ersatzteilen, die ihnen zugetragen worden waren, ausgediente Wagen instand gestellt. Bis er angezeigt wurde. Ein Freund hatte ihm unterstellt, er würde Autos stehlen, sie in Einzelteile zerlegen und mit diesen gutes Geld auf dem Schwarzmarkt machen. Offenbar hatte Ghebreheimanot Gebrehiwet Angst bekommen. Seit diesem Vorfall habe er sich nicht mehr sicher in seiner Haut gefühlt. Da er und seine Familie der eritreisch-orthodoxen Minderheit angehörten, seien sie zudem geplagt und verfolgt worden. Als man ihr Haus angezündet habe, seien sie obdachlos geworden. Das sei der Grund gewesen, weshalb sie sich auf eine Flucht nach Europa vorbereiteten. Unklar war, wo sich die anderen Geschwister von Ghebreheimanot aufhielten.

Eine etwas hanebüchene Begründung, um gleich aus dem Land abzuhauen, fand Louis. Er konzentrierte sich auf die nächste Seite.

Für die Überfahrt auf dem Roten Meer hatte die Familie den grössten Teil ihres Ersparten ausgegeben. Eine Schlepperbande hatte sie zuerst zum Suezkanal gebracht. Auf eine Weiterfahrt hatten die Gebrehiwets einen Monat lang im Versteckten warten müssen. Ein ägyptischer Staatsangehöriger hatte sie in seinem Zelt untergebracht, das er zum Hüten seiner Schafherde benutzte. Er hatte den letzten Nakfa für die Organisation einer Mitfahrgelegenheit über das Mittelmeer kassiert. In Port Said war die Familie einem weiteren Schlepper übergeben worden. Da das Geld fehlte, hatten sie als Pfand Ghebreheimanots jüngste Schwester zurücklassen müssen. Die Fahrt nach Sizilien war die Hölle gewesen. Nur knapp waren sie einer Katastrophe entkommen. Die sizilianische Marine hatte sie auf dem offenen Meer aufgegriffen und sicher nach Lampedusa gebracht.

Louis fixierte das dunkle Gesicht seines Gegenübers. Warum hatte er sich nicht selbst geopfert? Oder seinen Bruder? Oder existierte noch eine andere Version dieser Flucht?

Louis' iPhone zirpte wie ein Feld voller Grillen. Er hatte sich unlängst diesen penetranten Klingelton heruntergeladen, um ihn von den anderen unterscheiden zu können. Valérie.

«Wie weit bist du?» Sie klang genervt. «Ich warte hier vor deiner Tür.»

«Warum kommst du nicht herein?»

«Ich gehe davon aus, dass du noch mitten in der Vernehmung bist.»

«Der Dolmetscher steht noch aus. Und bei dir?» Louis schritt auf die Tür zu, öffnete sie und trat hinaus.

Valérie stand vor ihm mit dieser geballten Ladung Weiblichkeit, die ihn immer ein wenig an eine Amazone erinnerte. Für eine Frau hatte sie eine erstaunliche Grösse. Heute trug sie eine leichte Sommerhose und ein knappes Shirt, das nicht nur ihre Formen, sondern auch die Muskulatur an ihren Oberarmen betonte. Eine faszinierende Frau, die Louis manchmal um den Verstand brachte. Sie hätte jeden Kerl haben können. Ausgerechnet den Staatsanwalt hatte sie sich ausgesucht. Louis hatte es ihr bis heute nicht verziehen.

Valérie steckte ihr iPhone weg. «Bei mir war er auch nicht.»

«Das heisst wohl, dass wir die Eritreer wieder gehen lassen müssen?»

«Ähm …» Valérie sah aus, als suchte sie nach den passenden Wörtern. «Zanetti meint, die Tatsache, dass sie vor uns geflohen sind, und die Machete reichten aus, um sie achtundvierzig Stunden festzunageln.»

«Es geht doch nichts über eine gute Beziehung zum Staatsanwalt», stichelte Louis. Er mochte Zanetti nicht, woraus er auch keinen Hehl machte. Er versuchte oft, ihn bei Valérie anzuschwärzen. Der Grund, weshalb Zanetti aus Lugano nach Schwyz gezogen war, gab noch immer Nährboden für Spekulationen.

«Teamsitzung um zwei», sagte Valérie. «Bis dahin sollten die ersten Ergebnisse aus der Rechtsmedizin eingetroffen sein.»

Louis blickte auf sein iPhone. «Dann bleiben mir noch ein paar

Stunden. Du hast recht. Ich kann diesen Eritreer nicht wieder laufen lassen.»

«Weil er ein Schwarzer ist?»

Louis missbilligte Valéries Bemerkung. Und wenn sie ihn wie jetzt mit diesen schwarzen Augen ansah, ahnte er, dass sie wusste, was hinter seiner Stirn vor sich ging. Ja, verdammt: Er hatte Mühe mit diesen Fremden, die wie die Zombies über Europa hereinbrachen. Sein Vater war viele Jahre im Kongo tätig gewesen. Er hatte dort für ein Projekt gearbeitet, das der Bevölkerung zu einer selbstständigen Bewirtschaftung ihres Landes verhalf. Er hatte landwirtschaftliche Gefährte eingeführt und die Leute in deren Handhabung unterrichtet. Er hatte ihnen beigebracht, wie man Ackerbau betrieb und Trinkwasser zubereitete. Als er seinen Job erledigt hatte, kam er zurück in die Schweiz. Es sei ein hartes Jahr gewesen, hatte er berichtet. Mit vielen Entbehrungen und zuweilen auch Orientierungslosigkeit. Er hatte die Menschen dort nie richtig fassen können, geschweige denn eine Freundschaft aufbauen. Die einzige Beziehung hatte er mit einer Frau gepflegt, was ausschlaggebend war für die Trennung zwischen ihm und Louis' Mutter.

Louis erinnerte sich an Vaters zweiten Besuch bei den Kongolesen. Als er von diesem zurückgekehrt war, erzählte er, die Felder seien in einem desolaten Zustand und die Traktoren verschwunden. Die Bevölkerung habe es nicht geschafft, aus dem Schlamassel auszubrechen. Im Gegenteil, es sei schlimmer geworden.

Jetzt waren sie hier. Wenn nicht aus dem Kongo, so aus Eritrea. Für Louis gab es keinen Unterschied. Sie kamen wie eine Walze, um die hohle Hand zu machen. Asylsuche nannten sie es. Meist waren es junge, starke Männer, die ihrem eigenen Land den Rücken kehrten. Frauen und Kinder liessen sie in der Regel zurück. Gebrehiwet hatte die Hälfte seiner Sippe mitgebracht. Er würde sich hier breitmachen. Louis musste sich zusammenreissen, um seinen Anstand zu wahren.

Valérie hatte ihren Blick noch nicht von ihm abgewandt.

«Du weisst, wie ich darüber denke», versuchte er, sich zu rechtfertigen.

«Die Nationalität tut hier nichts zur Sache, Louis», sagte sie, als hätte sie seine Gedanken gelesen. «Wir sollten unseren Job tun und uns nicht von niederen Gefühlen leiten lassen.»

Louis hatte sich in die Idee verbissen, Ghebreheimanot Gebrehiwet so lange zu bearbeiten, bis er mit der Wahrheit herausrückte. Sollte er mit dem Mord an dem Jungen nichts zu tun haben, würde er ihn wegen Waffenbesitzes zur Strecke bringen. Bei der Festnahme hatten sie auch eine Schrotflinte sichergestellt.

***

Das Chalet lag idyllisch auf einer kleinen Anhöhe, umgeben von zwei Tannen, die angesichts ihrer Form schon mehreren Stürmen getrotzt haben mussten. An einer Leine, die zwischen dem Haus und einer stillgelegten Trafostation gespannt war, flatterte Wäsche im Wind. Ein friedliches Bild, das an die Heimatromane von Gottfried Keller erinnerte.

Fabia zweigte auf eine Naturstrasse ab, die zum Chalet führte. In einem angrenzenden Garten blühten Astern jeglicher Couleur. Ein Kopftuch tauchte auf, eine opulente Gestalt – eine Matrone, die besser in einen Fellini-Film gepasst hätte als ins Bisistal. Fabia stellte den Motor ab, stieg aus und näherte sich dem Garten. Sie hatte Valérie den Vorschlag unterbreitet, dass sie mit Hanna Schmidig reden wollte. Sie kannte sie aus den Erzählungen ihrer Mutter, hatte sie bei ihren Eltern auch schon mehrmals angetroffen, wo sie einander das Du angeboten hatten, schon Seppli wegen. Der Junge war während der Ferien oft auf dem Hof, wo er mit Olivia und Floufi spielte. Hanna hatte einmal durchblicken lassen, dass sie es sehr schätze, wenn sie Seppli an einem sicheren Ort wähnte. So könne auch sie ab und zu einer Tätigkeit nachgehen, die sie vor der Vereinsamung abhalte. Wenn Seppli bei den Gwerders weilte, fuhr Hanna nach Schwyz.

Hanna reckte sich. Mit der einen Hand strich sie sich eine Strähne aus dem Gesicht, mit der anderen fuchtelte sie mit einer Harke, an der Grünzeug hing.

«Ach, du bist es.» In ihrer Stimme lag etwas Unbeteiligtes, welches Fabias Verdacht, Hanna könnte sich dem Schicksal ergeben haben, verstärkte.

Ihr Kind wurde vermisst, und die Mutter jätete Unkraut. Das passte nicht zusammen.

«Können wir reden?»

Hanna Schmidig legte die Harke beiseite, riss das Tuch von ihrem Kopf und verliess den Garten. «Jetzt auf einmal?»

«Hanna, bitte, wenn wir deinen Sohn finden wollen, muss ich alles über ihn erfahren. Warum verschliesst du dich?» Fabia übte sich in Geduld. Sie deutete auf den Garten. «Schöne Blumen habt ihr.»

«Ich muss mich mit etwas beschäftigen», sagte Hanna auf dem Weg zum Haus, «sonst werde ich verrückt.»

Die beiden Frauen setzten sich auf eine Bank, die im Schatten einer Tanne stand.

«Erzähl mir über deinen Sohn», bat Fabia, die ihre voreilige Meinung revidierte. Da war eine Mutter, die vor Verzweiflung nicht wusste, wie ihr geschah.

«Bis vor einer halben Stunde habe ich überall in Muotathal und in Schwyz herumtelefoniert. Das tue ich bereits seit Tagen. Ich kann ja nicht untätig herumsitzen.» Hanna strich sich immer wieder nervös über ihre Stirn, auf der sich die Sorgenfalten tief eingekerbt hatten und sie älter erscheinen liess, als sie war. «Niemand weiss etwas über Sepplis Verbleib. Sogar den Schulleiter habe ich angerufen. Nebst den Klassenlehrerinnen, die in den Ferien weilen, kennt er unseren Sohn noch am ehesten. Aber selbst er kann sich keinen Reim darauf machen, warum Seppli nicht nach Hause gekommen ist … an diesem Sonntagabend. Ich habe extra frische Schokoladencrème mit Meringues gemacht, weil Seppli das so gerne mag …» Hannas Stimme versagte.

Fabia zückte ihren Notizblock. «Wie, sagst du, heisst der Schulleiter?»

«Habe ich seinen Namen denn erwähnt?» Hanna starrte schniefend vor sich hin. «Daniel Mahler. Ich habe ihn auf seiner privaten Nummer angerufen.» Sie griff in ihr Schürzenkleid und holte ein Mobiltelefon daraus hervor. Sie suchte darauf nach Nummer und Adresse und nannte sie. «Er hat mir versprochen, sich umzuhören … Stell dir vor, umzuhören. Denen geht es am Arsch vorbei, was mit meinem Bub geschehen ist.» Sie blickte auf, fixierte Fabia mit tränennassen Augen. «Glaubst du, ihm ist das gleiche Schicksal widerfahren wie dem Bub, den man in der Starzlen fand?»

«Mal nicht gleich den Teufel an die Wand.»

«Du bist doch hier, weil du einen Zusammenhang siehst. Ich bin ja nicht blöd. Seit wann kümmert sich die Kriminalpolizei um ein vermisstes Kind, wenn sie nicht ahnte, dass es sich um ein Verbrechen handelt?»

Fabia schluckte leer. Damit hatte sie nicht gerechnet. Hanna hatte sie längst durchschaut. «Du irrst dich. Ich bin ... deinetwegen hier. Zudem tun wir unser Bestes, um deinen Sohn zu finden.»

«Jetzt plötzlich? Musste es zuerst einen Toten geben, damit man uns ernst nimmt?»

Hartes Geschütz. «Was fehlt deinem Jungen? Was hat er für ein Defizit. Was heisst das bei Seppli konkret?»

Es schien, als wäge Hanna ab, ob sie Fabia einweihen wollte.

«Wir alle haben Seppli in unser Herz geschlossen.» Fabia legte ihre Hand auf Hannas Knie. Die damit erzeugte Nähe löste endlich die Zurückhaltung der Frau.

«Ich hatte eine sehr schwere Geburt. Stundenlange Wehen und keine Kraft mehr. Zudem war mein Becken zu eng ... ja, schau nur ... mein Körpervolumen sagt rein gar nichts über den Geburtskanal aus ... und die Nabelschnur lag nicht optimal. Seppli hat ein Geburtsgebrechen wegen Sauerstoffmangels. Sein Gehirn ist geschädigt. Deshalb tickt er anders. Wir haben uns damit abgefunden. Er ist unser Sohn. Er ist, wie er ist. Wir konnten uns zwar lange nicht mit dieser Diagnose anfreunden. Aber unser Glaube hat uns dabei geholfen.»

«Ihm fehlen zwei Zehen?»

«Was hat das damit zu tun?» Hannas Mund war von Bitterkeit gezeichnet. Fabia schwieg. «Ich weiss, was du sagen willst. Diese Anomalie deutet darauf hin, dass er auch ohne Sauerstoffmangel ...», Hanna deutete Gänsefüsschen an, «nie ein normaler Bub geworden wäre. Gut möglich. Ich weiss es nicht. Er ist ein aussergewöhnliches Kind, das wir angenommen haben, weil Gott es so wollte ...»

«Ihr habt früher in Wollerau gewohnt? Warum seid ihr umgezogen?»

«Ich war es leid, mich für meinen Buben immer rechtfertigen zu müssen. Als er kleiner war, schlug er jedem Menschen, dem wir begegneten, mit der Faust in den Bauch. Einfach so. Man sieht es Seppli nicht an, dass er ein Manko hat. Ich wurde dauernd aufs Schlimmste beschimpft, dass ich den Jungen nicht richtig erziehe, dass ich meine Pflichten nicht ernst nehme ... Ich konnte nicht mehr. Daher entschieden wir uns, hierherzuziehen. Wir wollen nichts anderes als unsere Ruhe haben. Hier hinten haben wir sie. Franz-Xaver fand eine neue Stelle bei der Druckerei Triner in Schwyz.»

«Und Seppli macht dieser lange Weg mit dem Bus nichts aus?»

«Nein, im Gegenteil. Er mag es, entweder mit dem Schulbus oder mit den öffentlichen Verkehrsmitteln unterwegs zu sein. In dieser Hinsicht ist er schon sehr selbstständig.»

«Könnte er am letzten Sonntag nicht in den Linienbus gestiegen sein?»

«Daran haben wir auch schon gedacht. Aber der Buschauffeur erinnert sich nicht an ihn.»

Fabia erfuhr, dass nichts ausgelassen wurde, um Sepplis Weg zu analysieren. «Wo ist dein Mann?»

«Was denkst du? Er hat sich freigenommen. Er ist auf der Suche nach unserem Sohn.»

«Hast du dich auch bei der Familie Gebrehiwet nach ihm erkundigt?»

Hannas Gesicht verdüsterte sich. «Selbstverständlich. Aber die konnten uns auch nicht weiterhelfen. Franz-Xaver und ich suchten danach das ganze Gelände ab. Riefen immer wieder nach Seppli. Am Schluss waren auch ein paar Unterländer dabei, die uns bei der Suche halfen.»

«Wie denkst du über die Gebrehiwets?»

«Nicht unsere Freunde ... Wir mochten es nicht, wenn Seppli bei ihnen war. Aber Kinder – vor allem, wenn sie so gestrickt sind wie Seppli – merken schnell, ob ihnen jemand gut oder böse gesinnt ist. Vielleicht haben wir uns geirrt. Diese Fremden sind unheimlich.»

«Du glaubst, dass sie etwas mit Sepplis Verschwinden zu tun haben?»

«Denen kann man nicht trauen. Franz-Xaver hat sie schon länger in Verdacht. Im Dorfladen verschwinden in letzter Zeit Konservendosen, einfach so ... Bevor die Einzigen hier im Tal einquartiert wurden, war das nicht der Fall. Die sind kriminell. Das ist nicht nur Franz-Xavers Meinung. Wenn man den ganzen Tag nichts tut, kommt man bestimmt auf abartige Gedanken. Dort, wo die Familie herkommt, herrscht doch Krieg, oder?»

«Nein, Hanna. Sie sind aus einem anderen Grund hier. Aber ich verstehe dich. Ich ...» Fabia bemerkte, dass sie zu weit ging. Ihre Meinung zählte nicht. «Wie findet Seppli sich in der Schule zurecht?»

«Er geht gerne hin. Aber am liebsten ist er unterwegs.»

«Könnte es sein, dass er bei jemandem ins Auto gestiegen ist?»

Hanna fuhr zusammen. «Genau das befürchteten wir zuerst auch. Aber nein, wir haben es Seppli immer wieder eingebläut, nicht in fremde Wagen zu steigen ... was weiss ich ... vielleicht hat er es trotzdem getan.»

Fabia erhob sich. «Ich verspreche dir, dass wir alles unternehmen, um dir deinen Sohn zurückzubringen.»

«Tot oder lebendig ...» Hanna sah sie entsetzt an. «Mach mir nichts vor, Fabia. Ich spüre, dass er nicht mehr zurückkommt.»

***

Im Konferenzraum des SSB herrschte eine angespannte Stimmung. Die Gespräche waren verhalten, auf Zimmerlautstärke reduziert. Selbst Louis hielt sich zurück. Keine Sprüche, keine infantilen Bemerkungen. Er sass am Tisch und blätterte in einem Ringheft. Seine Augen verrieten jedoch, dass er sich nicht auf den Text konzentrierte.

Valérie setzte sich zu ihm. Sie fühlte sich einer Erschöpfung nahe. Die Ermittlungen schienen im Boden zu versickern, ehe sie richtig begonnen hatten. Kam dazu, dass Fabia unbedingt mit Schmidigs reden wollte. Warum war sie noch nicht zurück?

Es war an der Zeit, dass sie ihrer Truppe zu verstehen gab,

wer hier der Chef war. Genau dies war zum Scheitern verurteilt. Der Vorfall im Dezember hemmte sie noch immer, ihrem Team gegenüber die Stärke zu zeigen, die man von ihr gewohnt war. Sie legte einen Briefumschlag auf den Tisch. Fischbacher hatte ihn ihr in die Hand gedrückt, bevor er sich verabschiedete. Er habe eine Besprechung mit Regierungsrat Auf der Maur, hatte er als Ausrede gebracht. Er könne der Teamsitzung nicht beiwohnen. Wenn Auf der Maur auf den Plan rief, würde es schon bald unangenehme Fragen hageln. Valérie machte sich auf alles gefasst.

Sie öffnete den Umschlag, überflog den Bericht aus der Rechtsmedizin und blieb überrascht an einem Absatz hängen. Sie musste die Sätze zweimal durchlesen, um zu begreifen, was hier stand. Es fuhr ihr eiskalt über den Rücken.

«Ist dir nicht gut?», fragte Louis besorgt. Er musste ihr den Schrecken angesehen haben.

Valérie schob ihm, gegen ihre Gewohnheit, das Dossier zu. «Hier, lies selbst … den mittleren Absatz.»

Louis stützte die Ellenbogen auf und legte das Kinn auf die Hände. Valérie sah ihm an, dass der Bericht auch ihn aus der Fassung brachte. Sein Adamsapfel hüpfte mehrmals auf und ab, bevor er den Text zu kommentieren versuchte. Ihm fehlten die Worte.

«Wo steuert unsere Gesellschaft denn hin?», fragte sie mehr sich selbst und erinnerte sich an Fischbacher neulich, der genau das gefragt hatte.

«Du glaubst, da räumt wer auf?»

«Ich darf nicht daran denken.» Sie schluckte eine Träne runter, fuhr sich über die Augen und erhob sich. Ihre Begrüssung fiel knapp aus. Kein Fragen nach den Befindlichkeiten ihres Teams, keine aufmunternden Worte. Die brutale Realität hatte sie eingeholt, mit Stieffels Bericht, der vor ihr lag. Ein Stück Papier, auf dem die Sätze wie eine Drohung hervorstachen, mit der stillen Aufforderung, der Ursache auf den Grund zu gehen und damit zu verhindern, dass noch mehr Kinder verschwanden.

An diesem Tag dachte Valérie zum ersten Mal daran, ihren Job an den Nagel zu hängen. Sie hinterfragte ihre Tätigkeit bei der Polizei, war sich auf einmal nicht mehr sicher, ob sie nicht schon vor eineinhalb Jahren hätte aussteigen sollen, damals, bevor sie beschlossen hatte, nach Schwyz zu ziehen. Als Juristin hätten ihr zig Möglichkeiten offengestanden. Sie hätte geregelte Arbeitstage gehabt, um achtzehn Uhr schon Feierabend machen können und wäre vor allem nicht mit dem Allerschlimmsten konfrontiert worden. Tausend Gedanken jagten durch ihren Kopf. Ein Flash, während sie in fragende Gesichter sah. Ihr Team erwartete ein Statement.

Heute war das Ausmass des Bösen mit brutaler Härte in ihr Bewusstsein gedrungen. Und sie erinnerte sich an *Mamans* Worte kurz vor ihrem Tod, dass der Teufel schon längst auf die Erde zurückgekehrt sei – in Form von lächelnden Gesichtern. Valérie streckte den Rücken. Sie würde dem Ungeheuer die Maske vom Gesicht reissen und es entlarven.

Mit zitternden Händen nahm sie den beschriebenen Bogen auf. Sie schloss die Augen und atmete durch.

***

Fabia hetzte über die Böschung vor dem Parkplatz und wäre beinahe über ihre eigenen Füsse gestolpert. Sie war spät dran. Ausgerechnet heute, wo sie – so hatte sie geglaubt – alle Zeit der Welt hatte. Es hatte damit begonnen, dass ihr Wagen den Geist aufgab. Sie hatte sich darüber geärgert, weil es schon lange ihr Anliegen gewesen war, ein neues Familienauto zu kaufen. Aber Michael war dagegen gewesen. Er müsse zuerst wieder einen Job haben und ordentlich verdienen. Ein Leasing kam seines Erachtens auch nicht in Frage. Er wolle, wenn schon, ein Auto, das ganz ihnen gehörte. Im Sahli war der Bus ohne Fabia abgefahren. Sie war der Muota entlang zu dem elterlichen Hof gewandert, um Mutters Wagen zu holen. Mutter war nicht da gewesen, also war ihr nicht erspart geblieben, auf den nächsten Bus zu warten. In Schwyz hatte sie den Anschlusszug verpasst, der sie nach Biberbrugg hätte bringen sollen. Wie in ihren unbeschwerten Jugendjahren hatte sie Autostopp gemacht. Ein Typ hatte sie schliesslich mitgenommen. Er sei auf dem Weg nach Pfäffikon, hatte er erzählt, zum Vögele Kulturzentrum. Er habe dort eine Ausstellung. Vorsorglich hatte Fabia ihm ihren

Polizeiausweis gezeigt. Er hatte das nicht sehr witzig gefunden und sie deshalb oberhalb des Stützpunkts quasi aus dem Auto gejagt.

Unterwegs hatte sie kaum ein Wort gesprochen, sich seinen Anekdoten hingegeben und ihren Blick im Vorbeiziehen der Landschaft vertieft. Sie war angespannt. In erster Linie ihrer Mutter wegen, die sie auf dem iPhone nicht hatte erreichen können. In der Regel blieb sie mit Olivia im Haus oder im Garten. Für längere Spaziergänge war es ihr im Moment zu heiss. Seit dem Mord an dem unbekannten Jungen beim Hölloch und dem vermissten Seppli war Fabia mulmig zumute. Hatte es ein Psychopath auf Kinder abgesehen? Wann würde er das nächste Mal zuschlagen? Wen würde er als Opfer aussuchen?

Fabia winkte nur halbherzig einem Kollegen zu, der vor der Tür eine Zigarette rauchte. Ich mache mich verrückt, dachte sie und betrat das Gebäude. Sie versuchte noch einmal, ihre Mutter zu erreichen, sprach wiederum eine Nachricht auf Band, dass sie sie anrufen möge. Sie holte tief Luft, als sie die Türfalle zum Sitzungszimmer nach unten drückte.

Valérie geriet einen Moment aus dem Konzept, als Fabia den Raum betrat. Sie liess einige Zeit verstreichen, bis sich ihre Kollegin gesetzt hatte. Sie hasste Unpünktlichkeit. Dennoch unterliess sie es, Fabia mit Vorwürfen zu torpedieren. Eine Rüge war jetzt nicht angebracht. Das ganze Team befand sich in einem Ausnahmezustand. Und gerade Fabia musste es arg mitgenommen haben.

«Der Bericht von Res Stieffel ist heute eingetroffen.» Valérie merkte, wie sehr ihr die übliche Resonanz in der Stimme fehlte. «Es ist schrecklich, wenn wir uns mit einem Kindsmord auseinandersetzen müssen.» Wieder musste sie schlucken. «Die Obduktion hat Folgendes ergeben: Das bis dato unbekannte Kind war neun Jahre alt. Es starb an den Folgen einer Erstickung. In seiner Lunge wurden Stoffpartikel gefunden, die von einem Kissen herrühren. Dieselben Partikel wurden auch seinen Fingernägeln entnommen ... Die Verstümmelung des Gesichts erfolgte durch ein Skalpell. Sie wurde post mortem durchgeführt ...»

«Entsetzlich», tönte es vom Ende des Tisches. «Gehst du von einem Ritualmord aus?»

Valérie hatte keine Erklärung dafür gefunden. Sie hatte sich in der letzten schlaflosen Nacht durch zahlreiche Internetportale gelesen, auf denen rituelle Verunstaltungen thematisiert waren. Sie war auf verschiedene Berichte über die Verstümmelung von Gesichtern gestossen. Bei einigen Naturvölkern wurden Löcher in die Oberlippen geschlagen oder gebohrt. Man steckte Holzpflöcke oder zusammengerollte Blätter in den Wundkanal. Dies verhinderte die Wundheilung. Durch Einbringung immer grösserer Keile erweiterte man die Öffnung schnabelförmig. Ein ähnliches Ritual zelebrierte man mit den Ohrläppchen, was jedoch weit weniger gefährlich war als die Verstümmelung der Lippen. Diese Vergrösserungen dienten dazu, die Lippen entweder mit Schmuck zu zieren, oder aber es existierte ein ganz anderer Grund: Man wollte die Frauen des entsprechenden Stammes für die Männer der Nachbarstämme abstossend aussehen lassen. Valérie sah dabei keine Verbindung zum Mord. Wer ein Gesicht so zurichtete wie bei dem Jungen, hatte offenbar ein Problem mit der Identität des Opfers, oder er hatte im Blutrausch gehandelt. Für Valérie war beides nicht nachvollziehbar. Sie wandte sich an Henry Vischer. «Hast du dir Gedanken darüber gemacht?»

«Wir können einen Ritualmord nicht ganz ausschliessen. Nur fehlen mir Verbindungen. So etwas Abartiges hat es noch nie gegeben ... zumindest nicht in unserer zivilisierten Gesellschaft.»

Kurz flammte eine Diskussion auf, und es wurde die Frage aufgeworfen, ob die Gesellschaft sich in einer Rückwärtsspirale zum Mittelalter befand. «Seit wir den religiösen Fanatikern uneingeschränkten Einlass in unser Land gewähren», fand jemand, «hat dieser Trend zugenommen.»

Valérie rief zur Vernunft. «Es hilft nichts, wenn wir das Wenn und Aber gegeneinander ausspielen. Es ist nicht unsere Aufgabe, Missstände aufzudecken ...»

«Nein», rief jemand aus der Reihe, «das ist Aufgabe unserer Politiker. Nur haben sie in den letzten Monaten ihre Unfähigkeit bewiesen ...»

Valérie winkte ab. «Lasst uns unsere Arbeit tun.» Sie wartete, bis sie der vollen Aufmerksamkeit gewiss war. «Der Junge litt an

Trisomie 21. Er hatte eine geistige Beeinträchtigung. Einen Verwandtschaftsgrad mit Schmidigs können wir aber ausschliessen.»

«Wie bei Seppli», entfuhr es Fabia. «Seppli hat auch ein geistiges Manko.»

«Soweit ich informiert bin, ist Seppli nicht mongoloid», bemerkte Louis und kassierte von Valérie einen tadelnden Blick. Sie würde sich nie an seine Art gewöhnen.

«Ihr wisst, was das bedeuten könnte», sagte sie.

«Das muss nicht zwangsläufig so sein», fand Louis.

«Trotzdem befürchte ich es.» Valérie strich sich eine losgelöste Strähne hinters Ohr. «Wir müssen davon ausgehen, dass Sepplis Verschwinden mit unserem Fall zu tun hat. Es kann kein Zufall sein, dass beide Kinder unter einer geistigen Beeinträchtigung leiden. Der Täter hat es auf solche Kinder abgesehen.»

«Litt», korrigierte Louis. «Litt, zumindest unser Opfer. Das heisst, dass wir uns zuerst um das verschwundene Kind kümmern sollen?» Louis schob den Stuhl zurück.

«Das eine tun und das andere nicht lassen», sagte Fabia, während sie ihre Kollegen am Tisch der Reihe nach ansah.

«Genau darauf wollte ich zu sprechen kommen.» Valérie ergriff einen Filzstift und stellte sich damit an den Flipchart. «Wir müssen herausfinden, ob es in den letzten Jahren schweizweit Übergriffe auf Kinder mit Beeinträchtigungen gab. Ich will zudem alles über die Verwandten von Seppli Schmidig erfahren. Checkt die Familienmitglieder, Freunde der Schmidigs, Kindermädchen, falls es solche gibt. Ich selbst werde mich später um die Schule, respektive um den Leiter der Heilpädagogischen Schule kümmern.»

Schuler, der Chef der Kriminaltechnik, liess ein Räuspern vernehmen. «Uns liegt ein Bericht vor, dass die Maske, die man beim Mordopfer gefunden hat, von einer einheimischen Maskenbildnerin stammt. Sie fertigt Wachsmasken an.»

«Die Cameron-Diaz-Maske?» Louis hätte sich beinahe verschluckt. «Also doch eine Spezialanfertigung. Aus Wachs, sagst du?»

«Ist das zu hundert Prozent sicher?» Valérie kamen Zweifel. So, wie sie die Maske in Erinnerung hatte, bestand diese aus Latex. Zudem war sie der Meinung gewesen, dass diese Maske nicht von Hand, sondern maschinell angefertigt worden war. Sie suchte nach Schulers Rapport. «Hier steht, dass es eine von Hand gemachte Latexmaske ist.»

«Das ist richtig», sagte Schuler. «Auf Wunsch stellt sie auch Latexmasken her.» Er schob eine Aktennotiz über den Tisch. «Der Name der Künstlerin steht im Bericht. Sie lebt und arbeitet an der Bahnhofstrasse in Schwyz, hat dort ein eigenes Atelier.»

«Ich kenne die Frau», sagte Louis. «Lina Rotenfluh ist ihr Name. Meine Mutter liess bei ihr auch schon Masken herstellen. Ich glaube, da gibt es noch welche auf ihrem Estrich.»

«Latexmasken?» Fabia kniff die Augen zusammen.

«Nein, Wachsmasken», sagte Louis.

«Soviel ich weiss», sagte Fabia, «trägt man die Wachsmasken nur einen Tag lang. Danach kann man sie auf den Mist werfen … oder ins Feuer. Am Güdeldienstagabend werden die Masken auf dem Hauptplatz in Schwyz verbrannt.»

Valérie wandte sich an Louis. «Kannst du das übernehmen? Vielleicht erinnert sich Frau Rotenfluh, für wen sie die Diaz-Maske herstellen musste oder an wen sie sie verkauft hat.» Sie blickte in die Runde. «Ich habe ein verdammt ungutes Gefühl, was das Verschwinden des kleinen Seppli betrifft.» Den nächsten Satz schluckte sie hinunter. Auch wenn sie sich im Moment sehr verletzlich fühlte, mussten das ihre Kollegen nicht wissen. Sie sehnte sich nach Emilio, nach seinen warmen Händen. Er würde ihr die Beklemmung wegstreicheln, für einen Moment. Bei ihm hatte sie gelernt, den Beruf vom Privaten zu trennen, weil es sie sonst zerfrass. In letzter Zeit immer mehr. Ganz war es ihr noch nicht gelungen. Und mit dem neuen Fall würde es wieder schwieriger werden. «Wie weit seid ihr eigentlich mit der Familie Gebrehiwet? Gibt es da Neuigkeiten?»

«Es hat sich noch kein Dolmetscher gemeldet», sagte Louis. «Aber unsere Befragungen im Muotatal haben ergeben, dass man denen so etwas zutrauen würde. Mein Bauch sagt mir auch, dass die etwas mit dem Verschwinden von Seppli zu tun haben. Wir sollten die Familie observieren.»

«Seit wann spricht dein Bauch?» Fabia sah ihren Kollegen halb belustigt an.

«Bauchgefühl reicht auch nicht aus für eine Observierung.»

Valérie kehrte zum Tisch zurück, schob die Berichte zu einem Haufen zusammen und steckte sie in ihre Mappe. Gewiss liesse sich ein kompetenter Dolmetscher finden, nachdem der letzte nicht aufgetaucht war. Sie verteilte beschriftete Blätter. «Hier sind ein paar Namen und Adressen drauf, denen ihr nachgehen müsst. Zum Beispiel den Buschauffeuren, die den Kurs ins Bisistal fahren. Es sind deren zwei, wie man mich informierte. Befragt die Lehrerpersonen, die Seppli Schmidig unterrichten, falls sie nicht in den Ferien sind. Und Louis, verfolge die Spur der Maske. Ich hab's bereits erwähnt: Bis morgen um die gleiche Zeit will ich alles darüber wissen.» Sie sah ihre Kollegen der Reihe nach an. «Gibt es schon Neuigkeiten über den unbekannten Toten? Ich nehme an, ihr habt das Foto im ganzen Tal herumgezeigt.»

Jemand liess ein lautes Stöhnen vernehmen. «Ein schwieriges Unterfangen. Ohne das Gesicht zu kennen, fällt eine Identifizierung schwer. Und wer begegnet schon einem nackten Kinderkörper ausser seine eigene Mutter?»

Valérie räusperte sich. «Genau darum geht es. Wir müssen die Eltern ausfindig machen. Jetzt haben wir die Gewissheit, dass es sich bei dem Toten um einen Jungen mit Downsyndrom handelt. Die Suche können wir deshalb einschränken.»

«Wie wäre es, wenn wir damit an die Medien gehen?», fragte Louis.

«Das möchte ich verhindern. Die betroffenen Eltern sollen es von uns erfahren.»

Obwohl es an der Zeit war, etwas zu essen, verzichtete Valérie darauf. Ihr Appetit war nicht wieder zurückgekehrt. Sie trank einen halben Liter Mineralwasser und machte sich auf den Weg nach Muotathal. Die Schadenwehr und Mitglieder der Schweizer Armee waren immer noch im Einsatz und bemühten sich, Normalität ins Leben zu bringen. Die Hauptstrasse zwischen Ried und Muotathal war nur einspurig befahrbar. Valérie wartete eine Ewigkeit vor einer roten Ampel, mit offenem Dach und Tannhäuser aus der Stereoanlage, ihr Gesicht der Sonne zugewandt, bevor sie die Hänge zur Linken ins Visier nahm. Dort waren Geröllawinen niedergegangen und hatten tiefe Narben in die

Landschaft geschlagen. Die Idylle hatte Risse bekommen, nicht nur des Unwetters wegen.

Die Ampel schaltete auf Grün. Valérie fuhr an, vorbei an Baggern und Lastwagen und an Bergen von Schutt und Gestein, die aus der Muota geschaufelt worden waren.

In Muotathal zweigte sie Richtung Bisistal ab. Nicht nach Stalden, wie sie es sich vorgenommen hatte. Ein Reflex, eine Ahnung vielleicht? Später würde sie es damit erklären, dass sie instinktiv entschieden hatte. Sie fuhr bei der Husky-Lodge vorbei, weiter ins Tal hinein.

Fast einschläfernd ruhig lagen die verstreuten Höfe und Häuser in der nachmittäglichen Gluthitze. Dort, wo gestern Bettwäsche im Wind geflattert hatte, hingen heute vereinzelt Hosen an der Leine. Kein Mensch weit und breit. Die Zeit wie angehalten. Es fühlte sich an, als hätte man einen Film auf Stand-by gestellt, als wären die einzelnen Szenen eingefroren. Valérie fuhr am Haus vorbei, wo ihr letzthin der komische Kauz begegnet war. Sie verlangsamte, schaute hinauf zum Eingang, vor dem sich Bretter stapelten, Dachziegel neben einem verwitterten Gartentor.

Es war dieses Gefühl, dieses Kribbeln in den Fingerspitzen, das sie anhalten liess. Sie verliess die Strasse, parkte in der Wiese. Sie stieg aus, ohne das Haus aus den Augen zu lassen. Sie ging den Weg hinauf. Je näher sie dem Gebäude kam, umso verfallener kam es ihr vor. Von der Witterung arg mitgenommene Fassaden und der Verdacht, dass hier seit Jahren nichts gegen den Zerfall unternommen wurde. Von den einstigen Schindeln waren wenige übrig geblieben. Poröses Holz, von Wurmbefall gezeichnete Latten. Verschmutzte Fenster, auf denen sich Risse wie Spinnweben über das Glas zogen. Die Jalousien hingen schief. Nicht vorstellbar, dass hier jemand wohnte.

Eine Holztreppe führte auf ein Podest. Valérie hämmerte mit der Faust an die Tür, denn eine Klingel existierte nicht. Sie wich einen Schritt zurück, als die Tür aufschwang und ein Geruch nach Moder ihre Nase streifte. Vor ihr baute sich der Mann auf, den sie als ungehobelt in Erinnerung hatte. Auch heute hing ihm das Hemd über die Hose. Doch es war nicht der Mann, der sie aus der Fassung brachte, sondern das, was sich neben und hinter ihm im Korridor befand. Ein Flur voller Schachteln, Bücher, Zeitungsbündel, Verpackungsmaterial und zusammengebundenem Karton, der bis zur Decke reichte. Der Mann hatte sich einen Weg durch dieses Gerümpel bahnen müssen, um zur Tür zu gelangen. Valérie befürchtete, kein Flecken würde im Haus unversehrt sein. Sie hatte schon von Messies gehört, jedoch noch nie einen persönlich getroffen. Jetzt stand er vor ihr, wusste nicht, was sagen, bis er sich an sie erinnerte. «Aha, die Lady mit dem Rennwagen. Dass du dich noch einmal nach hier hinten getraust.» Er griff sich ekelerregend in den Schritt.

Valérie holte ihren Ausweis hervor, während sie das unrasierte Gesicht betrachtete. Sie versuchte, ihrer Stimme Gehalt zu geben, und stellte sich vor. «Und wer sind Sie? Leider steht an Ihrer Tür kein Name.»

Er lachte, als hätte sie mit ihm gescherzt, und präsentierte eine Reihe gelbbrauner Zähne. Kein Zweifel: Das hier war ein Sonderling, ein armer Kerl, der weder Geld für ein würdiges Leben noch für einen Zahnarzt hatte und schon gar nicht für einen Unterricht in Umgangsformen.

«Ich bin Pragelhannes' Toni», sagte er, und Valérie musste davon ausgehen, dass er es ernst meinte.

«Haben Sie auch einen Nachnamen?»

«Imhof. Mein Vater stammte vom Pragelpass. Äh, bis zu seinem Tod lebte er dort oben. Kam nur im Winter herunter. Das hier war sein Haus. Meine Mutter lebt auch nicht mehr. Sie hatte sich zu Tode gesoffen, äh. Wegen meines Vaters. Dabei war der Vater einfach nur froh, wenn er mit seinen Rindviechern auf dem Pass sein konnte. Das war sein Leben. Mutter hatte es nie verkraftet. Sie sass zu Hause, äh, rum. Nach Abschluss der Schule blieb ich bis zu ihrem Tod bei ihr. Das ist jetzt dreissig Jahre her.»

Valérie stellte die Frage nach seinem Beruf.

«Ich bin, äh, gelernter Elektriker. Seit meinem Unfall mit dem Töff bin ich invalid. Ich lebe von der Rente. Die Gemeinde lässt mich in diesem Haus wohnen, obwohl man es abreissen müsste. Aber wo soll ich sonst hin?» Pragelhannes' Toni drehte sich um und bahnte sich einen Weg durch Karton und Papier. «Komm, folge mir!»

Sie fand sich in der Küche wieder, die wenigstens Platz zum Sitzen bot. Ein Tisch, davor zwei Stühle. Die Sicht durchs Fenster war auch hier eingeschränkt, weil ein Sammelsurium von alten Fernsehgeräten davor aufgebaut war. Die einen mussten noch mit Bildröhren ausgestattet sein, wie die Form vermuten liess. Auf der Ablage neben dem Herd stand ein Grammofon, das ein Antiquitätenhändler mit Handkuss entgegengenommen hätte. Darauf ein paar Schellackplatten. Wer hier hortete, musste vor Jahren damit begonnen haben.

«Sie sind Sammler?» Valérie versuchte, dem Alptraum hier den Druck zu nehmen, worauf Pragelhannes' Toni etwas pikiert reagierte.

«Du kannst das Kind ruhig beim Namen nennen, äh», knurrte er, und es schien, als hätte er die guten Manieren wieder verloren. «Es brennt dir auf der Zunge, nicht wahr? Ich bin ein Desorganisierter, ein Chaot, ein Psycho ... äh ... so denkt ihr. Aber ich kann mich von den Dingen nicht trennen, weil jedes Ding mir eine Geschichte erzählt. Da gibt es vieles aus der Zeit meiner Mutter und ebenso von meinem Beruf. Man kann die Sachen nicht einfach wegwerfen. Wie oft höre ich von Leuten, die ebendies bedauern. Meine Zeit wird kommen, und ich werde alles verkaufen können, weil man sich nach dem Alten zurücksehnt und es haben möchte ...»

Verschwunden war der erste Eindruck der Grobschlächtigkeit. Vor Valérie sass ein Mensch mit einem weichen Kern und einer sensiblen Seite. Zu gern hätte sie das ganze Haus angesehen, das so einiges an Geheimnissen hütete.

«Sagt Ihnen der Name Seppli Schmidig etwas?»

«Seppli Schmidig? Meinst du ... äh ... Franzxaverhannas? Nein!»

Valérie betrachtete ihr Gegenüber mit Argwohn. «Er ist ein Junge mit einer geistigen Einschränkung.»

Pragelhannes' Toni liess wieder ein Knurren vernehmen. «Die haben wir doch alle, äh ... eine geistige Einschränkung, meine ich. Wir schöpfen nicht aus den Ressourcen, die uns der Herrgott mit auf den Weg gegeben hat. Wo nimmst du also das Recht her, einen Menschen darauf zu reduzieren?»

Valérie war perplex, fand nicht unmittelbar die richtigen Worte. Das Bild, das Pragelhannes' Toni von sich gab, passte nicht zum übrigen. Sollte sie ihn auf die Liste der Verdächtigen nehmen? Die äussere Erscheinung widersprach seinem Intellekt, den Valérie hinter seiner Stirn vermutete. Allein das machte ihn verdächtig. Für heute allerdings war sie fertig mit ihm. «Ich werde wiederkommen», sagte sie, erhob sich und ging zurück zum Ausgang. Sie würde ihn noch einmal besuchen. Vielleicht mit Verstärkung.

Auf dem Weg zurück nach Muotathal fiel ihr Blick auf ein Haus, das sich vom Rest der eher bäuerlich angehauchten Gebäude dadurch abhob, dass es in die Landschaft passte wie die Faust aufs Auge. Es war ein Haus aus hellem Holz in der Form eines Kubus und von einer beeindruckenden Architektur. Unter den heruntergelassenen Rollläden vermutete sie grossflächige Fenster. Valérie fuhr auf den Parkplatz, auf dem sechs Personenwagen standen – alle in einem höheren Preissegment. Nicht nur die teuren Autos fielen ihr auf, auch die Beschriftung an der Fassade, was auf eine ungewöhnliche Einrichtung schliessen liess. «Klinik Dr. Urs Rast».

Klinik! Valérie war das Haus schon am Vortag aufgefallen. Doch es war vielmehr der Name des Klinikleiters, der sie jetzt zum Anhalten gezwungen hatte. Hiess nicht auch Sepplis Arzt Rast?

Valérie notierte die Autonummern. Sie stammten aus den Kantonen Schwyz, Bern, Luzern und Zürich. Dann ging sie auf den Eingang zu. Die Tür schwang von alleine auf, und Valérie fand sich in einem grosszügig konzipierten Empfangsbereich wieder, der durch warme Lichtquellen angenehm beleuchtet war. Ansonsten war es hier sehr puristisch. Ein Tresen, drei Yucca-Palmen in schlanken Töpfen, ein Schrank in goldfarbenem Lack. Einzig eine Statue, die in ihrer Art an Kleopatra erinnerte und eine eigenwillige Kreation eines Künstlers sein musste, der der weiblichen Anatomie der oberen Körperhälfte besondere Hingabe beigemessen hatte, zierte ein Bogentor zu einem Korridor, der in dahinterliegende Räume führte.

Valérie war nicht lange allein. Während sie die ausladenden Brüste der Marmordame bewunderte, ging zuhinterst im Flur eine Tür auf, und eine Frau im weissen Arztkittel kam auf sie zu.

«Oh, da sind Sie ja», rief sie schon von Weitem und streckte ihre Arme einladend aus. «Sie müssen Frau Müller sein. Willkommen. Mein Name ist Mara Rast.» Ihr Erstaunen hielt sich in Grenzen, als sie in Valéries Gesicht sah.

Valérie wies sich als Polizistin aus.

«Oh!» Mara Rast blieb stehen. «Ich dachte ...»

«Meine Narbe, ich weiss.» Valérie fuhr sich mit der Hand übers Gesicht. «Die ist im Moment kein Thema.»

«Das wäre ein kleiner Eingriff.» Mara Rast hatte sich schnell wieder gefasst. «Solche Narben behandelt man heutzutage mit einem Laser ... Polizei? Das ist ungewöhnlich. Bitte, was kann ich für Sie tun?»

Frau um die fünfzig, schätzte Valérie sie ein, mit einem Gesicht aus Alabaster, wären da nicht die Falten am Hals gewesen, welche das wahre Alter verrieten. Ansonsten schien an dieser Mara so ziemlich alles gebotoxt oder operiert worden zu sein. War sie das wandelnde Exempel dieser Klinik?

«Darf ich erfahren, was Sie hier anbieten?»

«Oh, in erster Linie plastische und ästhetische Chirurgie. Das allerdings ist Sache meines Mannes. Zusammen mit einem Assistenzarzt und unserem Pflegepersonal ...»

«Und Sie?»

«Oh, ich biete unter dem gleichen Dach Meditationen, spirituelle und psychische Hilfe an. Patienten mit Erschöpfungssymptomen kommen zu mir.»

Oder Patienten nach einer misslungenen Schönheitsoperation, dachte Valérie und spürte bereits eine Abneigung gegen das Ehepaar Rast, welches sie weder kannte noch jemals von ihm gehört hatte.

«Ist Dr. Rast anwesend?»

«Oh, mein Mann ist gerade in einer Behandlung.» Mara Rast wies auf ein Sofa hin, das Valérie hinter den Yucca-Palmen nicht bemerkt hatte. «Sie können solange auf ihn warten.»

«Darf ich mich ein wenig umsehen?»

«Oh, das … das geht natürlich …» Mara Rast überlegte. «Sie können selbstverständlich über den Flur gehen. Die Räume jedoch sind von mir belegt und nicht zugänglich, bis auf einen. Der liegt ganz hinten links. Dort ist das Wartezimmer. Ich weiss zwar nicht, wonach Sie suchen. Aber ich will sehen, wann mein Mann bei Ihnen sein kann.» Sie hielt inne. «Vielleicht sollten Sie ihm Ihre Narbe einmal zeigen …»

Valérie schwieg. Perfektion war hier das Mass aller Dinge. Nach den Regeln des Chirurgen und dessen Frau allerdings, was wiederum die Ernsthaftigkeit dieser Ansichten streitig machte. Es gab wissenschaftliche Abhandlungen, wie ein Gesicht proportioniert sein musste, damit es dem gängigen Schönheitsideal entsprach. Auch der wohlgeformte Körper fiel in dieses Schema, das von einer Minderheit vorgegeben wurde und nach dem vor allem junge Menschen strebten. Sogar Colin hatte sich schon darüber geäussert, weil er fand, seine Nase sei zu gross geraten. Valérie hatte sich kurz und heftig auf eine Diskussion mit ihm eingelassen. So etwas Bescheuertes aus dem Mund ihres Sohnes zu hören, war an der Grenze zum Irrsinn. Von ihr hatte er diesen abartigen Zug nicht. Eher von ihrem Ex-Mann Willy, der das Aussehen der Frauen grundsätzlich kritisierte, kamen sie nicht nach seinem Schönheitsideal.

Valérie ging durch den Flur. Der Geruch nach Chloroform begleitete sie, seit sie in die Klinik getreten war. An den Wänden hingen Bilder von schönen Menschen, hauptsächlich von weissen Frauen mit blonder Mähne, was das Klischeehafte bestärkte. Auch im 21. Jahrhundert war man nicht vom Marilyn-Monroe-Mythos abgewichen.

Valérie stiess die Tür zum Wartezimmer auf. Sie sah geradewegs auf ein Frauengesicht. Wie vom Blitz getroffen blieb sie stehen.

«Frau Lehmann?»

Valérie fuhr erschrocken herum. Über den Flur hastete Mara Rast mit wehendem Arztkittel. Sie sah aus wie ein urzeitlicher Vogel kurz vor dem Abheben. «Frau Lehmann. Mein Mann wurde früher fertig als angenommen. Aber er musste gleich weg, wie mir der Assistenzarzt sagte. Der ist auch nicht mehr da.»

Valérie wandte sich wieder zu dem Bild um. Sie konnte sich

von dessen Anblick kaum mehr lösen. Mara Rasts Worte verschwanden vor ihrem geistigen Auge, liessen ein Echo zurück, das sich in den vier Wänden als Drohung ausbreitete. «Er musste gleich weg. Er musste gleich weg …»

«Frau Lehmann? Alles in Ordnung mit Ihnen?» Mara Rast sah ihr den Schock bestimmt an.

Valérie zeigte auf das Bild, das sie so sehr aus der Fassung gebracht hatte. «Dieses Porträt …»

«Cameron Diaz, ich weiss … eine Flause meines Mannes. Er behauptet, in ihr das perfekte Gesicht zu sehen.» Mara Rast näherte sich dem Porträt, das über einer Reihe von Stühlen hing. «Betrachten Sie die Augenpartie. Keine Schlupflider, nein, die Augen liegen optimal, etwas tiefer in den Höhlen als üblich, aber diese Tiefe verleiht dem Gesicht die besondere Ästhetik. Und eine blaue Iris. Blau wie die Fjorde in Norwegen. Schön geschwungene Augenbrauen, leicht nach oben hin schräg gestellte Augen. Ich persönlich finde die Nase etwas breit, doch ihr schön geformter Mund macht diesen minimalen Makel wett. Brauen, Nasenbein und Mundwinkel müssen einen harmonischen Bogen bilden. Und sehen Sie die Bäckchen? Als wären sie unterspritzt. Aber eben … das ist Geschmackssache. Ein Gesicht ist eigentlich erst schön, wenn man das Profil betrachtet und feststellt, dass Stirn, Augen, Nase, Mund und Kinn in der Proportion perfekt angeordnet sind. Zudem muss die untere Gesichtshälfte immer etwas weiter vorne stehen als die Stirn … Was hat Sie vorhin so erschreckt?»

Der Stich in Valéries Brust gab endlich nach. «Existieren in diesem Haus Cameron-Diaz-Masken?» Erst jetzt fiel ihr auf, wie unüberlegt diese Frage war.

«Masken? Oh, das entzieht sich meiner Kenntnis.» Mara Rasts Augen nahmen die Form von Murmeln an. «Warum sollte es in unserer Klinik solche Masken geben? Mein Mann operiert nicht nach der Vorlage von Masken, sondern geht einzig und allein auf die Wünsche des Patienten ein. Na ja, manchmal gibt er Tipps. Dazu ist er ja da.»

Valéries Phantasien arteten aus. Sie fragte nicht, ob Rast seinen Patientinnen solche Masken aufsetzte, um ihnen die Illusion zu geben, dass sie ähnlich wie Cameron Diaz aussehen könnten, wenn sie sich denn unters Messer getrauten. Lag im Gesicht der Amerikanerin das Geheimnis um den bestialischen Mord?

Cameron Diaz und die Handfertigkeiten eines Chirurgen? Res Stieffel hatte berichtet, dass dem Jungen das Gesicht mit einem Skalpell entfernt worden war.

«Seit wann praktiziert Ihr Mann in dieser Klinik?»

«Seit rund zwei Jahren.» Mara Rast nahm Valérie am Arm und zog sie aus dem Wartezimmer. «Vor drei Jahren wurde hier hinten die Stelle als Allgemeinmediziner frei. Urs bewarb sich, wahrscheinlich als Einziger, und bekam den Job. Während eines Jahres hatte er im Dorf die Praxis seines Vorgängers.»

«Allgemeinmediziner? Er ist doch plastischer Chirurg …»

«Oh ja, natürlich. Aber man suchte nach einem Hausarzt für die Muotathaler. Urs schlug zwei Fliegen mit einer Klappe. Er liebäugelte schon lange mit dem Kanton Schwyz. So konnte er sich endlich einen Traum erfüllen. Eine Privatklinik für Ästhetik und nebenbei Arzt für die Wehwehchen der Bevölkerung.»

Das klang despektierlich. Valérie hätte eine solche Aussage der totalsanierten Dame nicht zugetraut, zumal diese sich sehr darum bemühte, einen sympathischen Eindruck auf ihre Besucherin auszuüben.

«Läuft das Geschäft mit den einheimischen Patienten gut?»

«Oh nein, ganz im Gegenteil.» Mara Rast seufzte theatralisch. «Der grösste Teil von ihnen weigert sich noch immer, sich von meinem Mann behandeln zu lassen. Erst, wenn es schnell gehen muss und niemand sonst aus Schwyz notfallmässig ausrücken kann, kommen die Patienten zu uns. Von der Illusion, der geliebte Landarzt zu sein, hat Urs sich schon längst distanziert. Er ist da, wenn man ihn braucht. Seine grosse Leidenschaft allerdings gilt der plastischen Chirurgie. Da konnte er zumindest aus der Privatklinik von Professor Huguenin in Bern ein paar Patienten mitnehmen. Professor Huguenin stand damals kurz vor seiner Pensionierung. Seine Klinik sollte an eine Arztgemeinschaft aus Deutschland verkauft werden. Urs hatte also keine Chance, dort Wurzeln zu schlagen … Und unter demselben Dach mit Deutschen wollte er nicht arbeiten.»

«Wann kann ich Ihren Mann am besten erreichen?»

«Oh, am besten rufen Sie ihn an und vereinbaren einen Termin. Ich kann nicht einfach über seine Zeit verfügen. Das müssen Sie verstehen.» Mara Rast fixierte sie eine Weile mit stechendem Blick. Ihre Iris hatte die Farbe von Smaragd. «Ihnen würde eine meiner Meditationen auch guttun. Wenn Sie wollen, können Sie in einer Viertelstunde gleich mit mir kommen. Ich habe zwei Frauen und drei Männer, die anwesend sein werden. Was meinen Sie?»

Bevor Valérie ihre kategorische Abneigung gegen solche Zusammenkünfte kundtat, überlegte sie, dass dies eine Gelegenheit bot, sich in dieser Klinik umzusehen. Überhaupt herauszufinden, worum es hier tatsächlich ging. Andererseits war sie so erschöpft, dass sie sich nach nichts anderem sehnte, als in den Armen ihres Geliebten zu liegen und den Tag für kurze Zeit zu vergessen.

«Darf ich mich vielleicht für morgen anmelden?»

«Oh, das freut mich aber.» Mara Rast ging zum Tresen, setzte sich und tippte auf der Computertastatur ein paar Buchstaben ein. «Morgen um halb elf wäre perfekt. Da sind nur Frauen in der Gruppe. Für den Anfang wäre das für Sie sicher von Vorteil. Wenn Sie noch jemanden mitbringen wollen, hätte ich nichts dagegen.»

Offenbar buhlte Mara Rast um Kundschaft.

***

Es war ein lauer Sommerabend auf dem Balkon. Die Konturen des Grossen und des Kleinen Mythen zeichneten sich wie Scherenschnitte vor der dämmernden Kulisse ab. Ein silberner Punkt bewegte sich am Himmel und zog einen Kondensstreifen hinter sich her. Ansonsten trübte keine Wolke die Klarheit der bald hereinbrechenden Nacht.

Valérie hatte es sich auf ihrem Gartenstuhl bequem gemacht, ihre Füsse auf die Brüstung gestellt. Zanetti kam aus der Küche und brachte zwei Mojitos mit klirrendem Eis und übertrieben vielen Minzblättern. Vorher hatte er für sie beide Vitello tonnato zubereitet. Dazu hatte er Toast und Weisswein serviert. Ein Feriengefühl wie in Italien und fast so romantisch. Sardinien, weil sie noch nie dort gewesen waren. Valérie hatte die Buchung storniert, nachdem der Fall mit dem Kürzel «CD» auf ihrem Pult gelandet war. Sie rechnete damit, dass er sie länger beanspruchen könnte. Emilio hatte nicht viel gesagt, als sie ihm die Stornierung bekannt gegeben hatte. Überhaupt sagte er nie etwas, wenn sie eigenmächtig Entscheidungen traf, die beide tangierten. Manchmal fehlte ihr die Auseinandersetzung zwischen ihnen, die Dispute und Diskussionen. Kontroversen, die sie miteinander reifen liessen. Ihr gegenseitiges Aneinanderprallen fand unter der Bettdecke statt. Da fanden sie zumindest die Verbindung mit dem anderen. Und Valérie kam der Verdacht, dass sie die Grenze von der Körperlichkeit zur geistigen Leidenschaft noch lange nicht geknackt hatten.

Gab es vielleicht doch etwas, das so schwer gewichtete, dass er den Mut nicht fand, es ihr zu sagen? Einmal nur hatte er durchblicken lassen, dass er für eine Beziehung nie Zeit gehabt hatte. Ein paar oberflächliche Affären, schneller Sex und Angst davor, sich binden zu müssen. Sein Job als Anwalt habe ihn gefordert, ihm kaum Spielraum für Privates gelassen. Vierzehn Jahre war er auf dem Ministero pubblico gewesen. Vierzehn Jahre, in denen er versucht hatte, einem Sumpf aus Intrigen und Korruption Herr zu werden. Als die italienische Mafia ihn ins Visier genommen hatte, trat er den Rückzug an und kündigte. Sein Leben sei ihm zu kostbar gewesen, hatte er gesagt, sein Gerechtigkeitssinn unangetastet. Man habe ihm viel Geld geboten, wenn er den Boss einer kriminellen Bande als Rechtsbeistand vertreten hätte, ihm eine Villa am Luganersee und ein Honorar in exorbitanter Höhe in Aussicht gestellt. Es sei verlockend gewesen. Er habe darüber geschwiegen. Als er Lugano verlassen hatte, kannte nicht einmal sein Chef den Grund.

Valérie sah ihm zu, wie er die Mojitos auf den Campingtisch stellte. Sein Lächeln galt ihr. Sie hätte alles gegeben, um hinter seine Stirn zu blicken, wo sich ein ungelöstes Rätsel um seine Person rankte. Warum war er wiederholt im Tessin gewesen? Darüber schwieg er auch heute.

«Prost, mein Schatz.» Zanetti hob sein Glas. «Kommst du klar mit deinem Fall?»

Er musste bemerkt haben, dass sie sich von diesem auch nach Feierabend nicht zu lösen vermochte.

«Ich war heute in einer Schönheitsklinik», sagte Valérie.

«Doch nicht wegen deiner Narbe.»

Sie blickte ihn konsterniert an. War sie doch ein Thema?

«Das würde mich enttäuschen.»

«Du gehst davon aus, dass ich zum reinen Selbstzweck unterwegs bin?»

«Nein, das meinte ich nicht.» Er nahm einen Schluck aus seinem Glas, stellte es zurück und fuhr sich mit der Hand über den Mund. «Ich sehe in dein Gesicht, und dann sprichst du über diese Klinik.»

«Wir müssen sie uns näher ansehen.» Valérie erzählte vom Bild der amerikanischen Schauspielerin und ihrem Verdacht, eine Verbindung zwischen der Maske und dem Porträt zu sehen.

«Das ist sehr weit hergeholt», äusserte sich Zanetti. «Ich meine, diese Frau ist in jedem Magazin zu sehen. Ihr Gesicht ist nicht unbekannt. Das dürfte vielleicht auch den Täter dazu bewogen haben, ebendieses Gesicht für seine Abscheulichkeiten zu verwenden.»

«Was will uns der Täter damit sagen? Er verstümmelt das Gesicht. Bedeckt es mit einer Maske. Was hat er in dem Gesicht gesehen? Woran hat es ihn erinnert, dass er so gnadenlos vorgeht?»

«Woran denkst du?»

«Das ist es ja. Ich komme auf keinen Nenner.» Valérie schloss die Augen, gab sich ganz den Geräuschen um sie herum hin. Da war dieser Gesang der Vögel, entferntes Rauschen des Verkehrs, weit weg das Lachen eines Kindes und der Glockenschlag der Kirchenuhr. Zehnmal. Valérie erhob sich. Sie hatte den Mojito nicht angerührt. «Ich muss mich schlafen legen. Folgst du mir, mein Darling?»

«Wie könnte ich dem widerstehen.» Er hob sie mit seinen kräftigen Armen auf und trug sie ins Schlafzimmer.

VIER

Der Sahlisee im Bisisital glitzerte an diesem Vormittag, als hätte jemand eine Handvoll Diamanten auf ihn gestreut. Valérie erkannte den Grund für das bewegte Wasser, als sie daran vorbeifuhr: Zwei Kinder badeten darin. Sie sah zwar nur deren Köpfe, hörte aber das Gekreische der beiden.

Der Weg zum Haus der Familie Gebrehiwet führte ein Stück weit in den Wald hinein. Wie bereits zwei Tage zuvor wirkte die Umgebung verlassen, das Haus nicht einladend. Vor der Tür sass eine junge Frau und starrte Löcher in den Boden. Als Valérie ihren Wagen parkte, erhob sich die Frau von der Bank und verschwand im Haus. Für Valérie war dieses Misstrauen nicht erklärbar. Oder hatte sie Angst? Valérie verliess den Wagen, liess die Tür ins Schloss fallen und betrat über die Stufen die Veranda. Totenstille. Als hätte es die Frau nie gegeben, als wäre sie ein Schemen gewesen, der in Valéries Einbildungskraft entstanden war. Ein eigentümlicher Geruch umschloss sie. Etwas zwischen wilden Kräutern und Feuer. Valérie setzte sich auf die Bank. Zwischen den Stämmen seltsam verkrüppelter Tannen fiel ihr Blick auf den Sahlisee, der jetzt wie ein Bleiband in der Landschaft lag. Die Kinder hatten das Wasser verlassen oder sich ans andere Ende begeben, das von hier aus nicht sichtbar war.

Plötzlich ein Geräusch, dann ein Schreien. Die Kinder rannten auf sie zu. Zwei dunkelhäutige Jungen in Badehosen sprangen über die Treppe Richtung Tür. Wie angewurzelt blieben sie vor Valérie stehen, starrten sie mit schwarzen Augen an. Dann kicherten sie, hoben ihre Schultern.

Valérie blieb sitzen. «Hallo, ihr zwei. Wohnt ihr hier?»

Die Jungen lachten sie an. «Ja, das hier ist unser Zuhause.» Der jüngere von beiden machte einen Schritt auf Valérie zu. «Wenn wir nicht in der Schule sind, wohnen wir hier.»

Im letzten Herbst war die Familie hierhergezogen. Vorher hatten sie nie Kontakt mit deutschsprechenden Menschen gehabt. Das wusste Valérie aus den Akten. Es erstaunte sie, wie fehlerfrei die Jungs Hochdeutsch sprachen. Da schwang vielleicht ein kleiner Akzent mit, aber sonst.

Sollte sie es wagen und die Jungs nach Seppli Schmidig fragen? Kannten sie ihn?

«Wie heisst ihr denn?» Im Gegensatz zur Frau waren die Jungs sehr aufgeweckt und zutraulich.

«Ich heisse Madalo und mein Bruder Byduo.» Der grössere der beiden war ein dünnes Kerlchen, trug seine Kraushaare kurz, und wenn er lachte, glitzerten seine Zähne im Kontrast zur fast schwarzen Haut. «Ich bin vierzehn, mein Bruder ist zwölf.»

Valérie wandte sich an Byduo, ein Ebenbild seines Bruders, einen Kopf kleiner und genauso dünn. «Kennt ihr einen Jungen mit Namen Seppli?»

«Seppli?» Byduo lachte. «Das ist ein lustiger Name.»

«Klar kennen wir ihn», beantwortete Madalo die Frage. «Er kommt manchmal zu uns. Er wohnt gleich dort drüben.» Er streckte seine Hand aus.

Valéries Neugier war geweckt. «Wann habt ihr ihn denn zum letzten Mal gesehen?»

«Am Samstagabend», sagte Madalo, worauf Byduo korrigierte, es sei am Sonntagabend gewesen.

«Was jetzt?»

«Am Sonntagabend», wiederholte Byduo. «Ich habe es im Kalender gesehen. *Abo* war zuerst böse, weil Seppli uns beim Essen störte.»

«Abo?»

«Unser Vater», erklärte Madalo. «Wir nennen ihn *Abo*. Das ist Tigrinya, die eritreische Amtssprache, und heisst Vater.»

«Das war also am Sonntagabend.» Valérie rief sich Schmidigs Aussage in Erinnerung. Diese stimmte mit dieser überein.

Beide Jungs nickten einvernehmlich, nachdem sie den genauen Tag untereinander ausgehandelt hatten.

«Ist er bei euch geblieben?»

«Bis zur Nacht», sagte Madalo.

«Von wann bis wann?»

«Als die Sonne sich hinter den Bergen versteckte, kam er und ging wieder, als der Himmel violett wurde.»

Valérie lächelte in sich hinein. Offenbar war Zeit für diese Kinder ein dehnbarer Begriff, und dort, wo sie herkamen, hatten Stunden keine Bedeutung. «Ist euch an Seppli etwas aufgefallen?»

Beide Jungs lachten verschmitzt.

«Er ass ganz viel Zigni», sagte Byduo.

Das musste das Nationalgericht sein. Hatte es nicht auch vorgestern Zigni gegeben?

«Mit Ingwer, Kardamom und Koriander ...», sagte Valérie und heimste von den Jungs nicht nur einen erstaunten Blick ein, sondern sie brachten ihr sehr viel Sympathie entgegen.

Die Jungs tauten auf.

«Du kennst Zigni?», fragte Madalo.

Die Haustür öffnete sich geräuschvoll, und Valérie enthielt sich einer Antwort. Die Frau, die sie auf der Bank hatte sitzen sehen, trat auf die Veranda. Sie schaute zuerst die Jungs, dann Valérie an, ohne ihre Miene zu verziehen. Keine schöne Frau, ging es Valérie durch den Kopf. Ihre Gesichtshaut war von Narben übersät, die Lippen aufgesprungen, und die Haare hinterliessen den Eindruck, als klebten sie auf ihrer Stirn. Trotzdem ging ein gewisser Stolz von ihr aus. Sie hatte einen aufrechten Gang. Ihr Rücken war gerade, als hätte ihr jemand einen Stock ins Kleid genäht. Sie rief Madalo und Byduo zu sich.

«Das ist *Amo*, unsere Tante», sagte Byduo. «Ihr Name ist Rekik. Wir nennen sie *Amo*.»

«*Amo* wie die Tante», bestätigte Madalo. «Sie heisst Rekik, und *Gual*, also ihre Tochter, heisst Alemee.»

Valérie erhob sich und streckte die Hand zum Gruss aus. «Ich bin Valérie Lehmann.» Sie hatte den leisen Verdacht, dass die Jungs sich mit ihrem Geplapper über sie lustig machten.

«*Amo* will dich nicht grüssen», sagte Madalo. «Sie weiss, dass du von der Polizei bist. Du hast ihren *Seb* weggebracht.»

«Ihren *Seb*?»

«Das ist ihr Mann», sagte Madalo. «Sein Name ist Ghebreheimanot. Sie verzeiht nicht.»

Valérie liess die rechte Hand sinken. Sie ahnte, dass sie so nicht weiterkam. Auch wenn die Jungs die deutsche Sprache einigermassen beherrschten, spürte sie, dass ein Gespräch mit ihnen niemals in die Tiefe gehen würde. Zudem waren sie Kinder. Sie durfte ihnen nicht zu viel zumuten. Sie wollte jedoch mit Rekik sprechen. Doch dies gelang ihr nur, wenn Madalo und Byduo ihr als Dolmetscher zur Seite standen. Rekik sprach mit den Jungs. Valérie hatte keine Ahnung, worüber. Die Wörter klangen melodiös, hatten aber weder eine Ähnlichkeit mit den germanischen noch mit den romanischen Sprachen. Valérie verlauerte nur ihre Zeit. Eines war klar: Seppli war am Abend seines Verschwindens bei der Familie Gebrehiwet gewesen. Sie würde es so ins Protokoll schreiben. Seppli habe sich allein auf den Weg nach Hause gemacht, hiess es. Auf die Frage, ob sich noch ein anderer Junge in ihrer Nähe aufgehalten habe, bekam sie eine negative Antwort.

Zurück bei ihrem Wagen, überlegte sie, dass Seppli auf dem kurzen Weg zwischen den Gebrehiwets und seinen Eltern verschwunden sein musste. Was hatte sich der Kleine überlegt? Hatte ihn etwas abgelenkt?

Valérie startete den Motor. Ich muss mich in den Jungen versetzen, dachte sie, als sie auf die Strasse abbog. Es musste nach neun Uhr gewesen sein, als Seppli die Gebrehiwets verlassen hatte. Bis zu seinen Eltern waren es etwa hundertfünfzig Meter Distanz. War er jemandem begegnet, der ihn genauso anlockte, wie er den unbekannten Jungen aus der Starzlen angelockt hatte? War jemand auf Kinderfang?

Sie fuhr zur Talstation der Glattalpbahn und fragte die Frau am Schalter. Doch weder sie noch die Serviceangestellten des nahen Restaurants wollten etwas bemerkt haben. Am Sonntagabend sei viel los gewesen. Erst um halb zehn seien die letzten Gäste gegangen. Valérie bat um eine Namensliste dieser Gäste. Doch an diese erinnerte sich niemand mehr. Unterländer seien es gewesen, Zürcher oder so, erfuhr sie und musste schmerzlich feststellen, wie auch diese Hoffnung zerrann.

Sie kehrte zu ihrem Wagen zurück. Die Wirtin rief ihr nach, dass sie bereits gestern von der Polizei belästigt worden seien. Eine ganze Armada sei hier gewesen. Über Seppli Schmidig wollte man trotzdem nicht sprechen. Ein Junge, der ab und zu nach einem

Stück Brot gefragt habe, weiter sei nichts bekannt. Er sei schon etwas sonderbar gewesen.

Wenn Valérie eines nicht nachvollziehen konnte, war es diese Unschlüssigkeit der Menschen hier. Vielleicht würde sie es nie verstehen, wie das Völklein im hintersten Zipfel des Muotatals tickte. Welche Gründe ausschlaggebend dafür waren, dass man sich entweder mit Respekt oder mit Abneigung begegnete. Dazwischen lagen die vielen Facetten, die selbst eine auf dem psychologischen Standpunkt hart erprobte Valérie nicht begriff. Die Muotataler waren geprägt von den Bergen, den unwirtlichen Wintern, den trockenen Sommern und der Arbeit auf den abgelegenen Höfen. Vor allem die Einsamkeit im Bisistal musste die Leute zerfressen. Deshalb verstand Valérie auch nicht, weshalb sich die Schmidigs hier hinten niedergelassen hatten. Im wörtlichen Sinne am Ende der Welt. Mit einem Kind, das sich ihres Ermessens wohler unter anderen Kindern gefühlt hätte. Was hatten die Schmidigs zu verbergen? Wovor fürchteten sie sich?

Und warum schwiegen die Leute? Fabia hatte wenig über die Schmidigs zu berichten gewusst. Kaum genug, um ein Profil zu erstellen.

Unbefriedigt verliess Valérie das Sahli. Die Ruhe hier brachte sie fast zur Verzweiflung. Die Geheimniskrämerei tat ihr Übriges. Ein heisser Sommertag war es. Die Gegend wie ausgestorben. Valérie griff nach ihrem iPhone, wählte Schulers Nummer. Er nahm nach dem zweiten Klingelton ab.

«Franz, habt ihr die Strasse zwischen dem Haus der Familie Gebrehiwet und dem Haus der Schmidigs auf Reifenspuren überprüft?»

«Wir haben nichts unterlassen», kam es etwas unwirsch zurück. «Auf der Strasse wimmelte es nur so von Reifenspuren. Wenn du meinst, wir hätten einen Reifentyp herauskristallisieren können, irrst du dich. Das war, als suchte man nach der Nadel im Heuhaufen. Alles in Ordnung?»

Nichts war in Ordnung!

Valérie verabschiedete sich kommentarlos. Ich werde irre, dachte sie. Ich versteife mich auf die Suche nach dem vermissten Kind, obwohl ich in einem Mord ermitteln müsste. Getrieben von der Angst, dass auch Seppli nur noch tot gefunden werden könnte, raste sie talabwärts, vorbei an unbewohnt wirkenden Höfen. Einmal kam ihr ein Auto mit Basellandnummer entgegen. Ein Nordschweizer, der sich hier hinten verirrt hatte.

Auf der Höhe von Rasts Klinik hielt Valérie an. Sie stellte den TT so ab, dass er vom Haus aus nicht gesehen wurde. Valérie schlich zum Eingang. Auf dem Parkplatz standen doppelt so viele Autos wie am Vortag. Allem Anschein nach waren die Frauen für die vormittägliche Meditation bereits eingetroffen. Valérie notierte auch diese Nummern.

Am Empfang befand sich niemand. Der Flur war leer. Valérie wollte sich in Kleopatras Nähe vergewissern, dass in den nächsten Minuten niemand kam. Sie wartete. Die Meditation musste schon längst begonnen haben. Erwartete man sie nicht? Valérie betastete die übergrossen Brüste der Statue.

«Guten Tag!»

Valérie fuhr zusammen. Sie wandte sich zu dem Empfangstresen um. Dort stand ein Gott in Weiss.

«Schöne Figur, nicht wahr?» Der Göttliche lachte über sein ganzes Gesicht, das trotz seines Alters beneidenswert jugendlich wirkte.

«What's in a man's mind!»

«Auf den Mund gefallen sind Sie nicht.» Der Mann kam auf sie zu. «Urs Rast, und Sie sind?»

«Dr. Rast also … Oberleutnant Valérie Lehmann.» Sie grapschte nach ihrem Ausweis, der sich in ihrer Hosentasche nach unten verselbstständigt hatte. «Kantonspolizei Schwyz. Ich hätte da ein paar Fragen an Sie.»

«So, so! Wollen wir uns dort drüben hinsetzen?»

Der Ton gefiel ihr nicht. An dem Mann haftete etwas Belehrendes. Sie schritt Richtung Sofa, blieb jedoch davor stehen. Rast liess sich auf das weiche Teil fallen und genoss es offensichtlich, im Mittelpunkt ihrer Aufmerksamkeit zu sein. «Meine Frau hat mich bereits über Ihr Kommen unterrichtet. Mehr wollte sie dazu nicht sagen.»

«Das konnte sie auch nicht, weil sie keine Ahnung hat, weshalb ich hier bin.»

«Sie hätten sich für eine Meditation angemeldet …» Rast strich sich mit den Händen über seinen Bauch.

«Einen Versuch wäre es vielleicht wert. Aber zuerst müssen wir reden. Sie haben sicher gehört, dass wir am letzten Dienstagnachmittag während des Unwetters eine Leiche aus der Starzlen geborgen haben.»

Rast nickte. «Ja, das ist mir bekannt. Aber die Identität steht noch nicht fest, ist das richtig?»

«Dem ist so. Ich hoffe, hier auf Informationen zu stossen, die uns bei den Ermittlungen weiterhelfen können.»

«Ausgerechnet hier?» Rast bat sie, sich zu setzen. «Schiessen Sie los.»

«Ich bleibe lieber stehen.» Valérie zückte ihr Notizheft. «Zeitgleich mit dem Todesopfer geht es um ein vermisstes Kind. Seppli Schmidig. Wie wir von seinen Eltern erfahren haben, ist er Ihr Patient.»

«Seppli Schmidig, ja, das ist richtig. Seit gut einem Jahr kommt er regelmässig zu mir.»

«Können Sie mir etwas über seinen gesundheitlichen Zustand berichten?»

Rast wiegte schweigend den Kopf hin und her.

«Ich weiss, das Arztgeheimnis. Ich befürchte, dass sein Verschwinden mit dem toten Jungen von der Starzlen in Zusammenhang steht. Je eher wir reagieren und wissen, wo wir ansetzen können, umso grösser ist die Chance, ihn lebend zu finden.»

«Sie gehen davon aus, dass er einem Gewaltverbrechen zum Opfer gefallen ist?»

«Das habe ich nicht gesagt.»

«Ihre Anwesenheit ist Beweis genug. Kommen Sie, rücken Sie heraus. Ihr Besuch ist nicht von ungefähr. Wenn die Kantonspolizei hier zweimal auftaucht, ermittelt sie.» Rast schlug die Beine übereinander. «Meine Frau sagte, dass das Porträt von Cameron Diaz Sie ziemlich aus dem Gleichgewicht geworfen hat.»

«Da übertreibt sie. Es hat mich gewundert, dieses Gesicht hier anzutreffen.»

«Ein Allerweltsgesicht.» Rast lachte. «Ich weiss, meine Frau hat es anders erklärt.»

«Allerdings.» Valérie wusste nicht, wie viel sie dem Arzt verraten und wie weit sie ihm vertrauen durfte.

«Worum geht es wirklich?»

«Der Junge, den wir aus dem Fluss gezogen haben, trug eine Cameron-Diaz-Maske.»

Rast wurde kreidebleich. Einen Augenblick fiel seine Kinnlade nach unten. «Und jetzt sehen Sie einen Zusammenhang zu meiner Klinik?»

«Jemand könnte Ihre Tätigkeiten zum Anlass genommen haben, sich zu rächen. Nur will mir der direkte Zusammenhang nicht in den Kopf. Deshalb kommen wir nicht darum herum, jeglichen Verdacht auszuschöpfen. Ihre Frau sagte, dass Sie bis vor drei Jahren in einer Privatklinik in Bern gearbeitet hatten.»

Rast bestätigte es. «Es war aber mein Wunsch, mich selbstständig zu machen.»

«Ein paar Patienten haben Sie mitgenommen?»

«Das kann man so sagen. Die einen für Nachbehandlungen, die anderen für neue Eingriffe.»

«Darf ich diese Patientenliste einsehen?»

Rast schlug die Beine andersherum übereinander. «Sie werden verstehen, dass ich dem nicht zustimmen kann, wenn keine triftigen Gründe vorliegen. Ich habe mir nichts zuschulden kommen lassen. Sie müssten mir schon eine richterliche Bescheinigung bringen.»

Das würde schwierig sein. Das Bild von Cameron Diaz würde dafür nicht ausreichen. Das hatte auch Zanetti gesagt.

«Was können Sie mir über Seppli Schmidig berichten?»

«Sie lassen wohl nicht locker.»

«Einen kleinen Hinweis, damit ich sein Verschwinden verstehen kann. Hat es mit seiner Krankheit zu tun?»

Die Eingangstür schwang auf. Es erschien ein riesiger Blumenstrauss in Gelb und flammendem Orange. Dahinter tauchte ein Männergesicht auf. «Hallo, Dr. Rast. Ich habe Blumen für meine Mutter. Ist sie oben?» Er musterte Valérie wohlgefällig. Als er an ihr vorbeiging, streifte ein herbes Parfüm ihre Nase.

«Sie liegt in Zimmer vier auf der dritten Etage.» Rast wandte sich wieder an Valérie. «Seppli ist meines Wissens schon oft von zu Hause ausgerissen.»

«Was sagen Sie da?» Valérie liess sich erst jetzt neben Rast aufs Sofa sinken. «Das höre ich zum ersten Mal. Hat man ihn wiedergefunden? Wo war er denn?»

«Das müssten Sie die Eltern fragen. Am nächsten Tag ist er jeweils wieder zum Vorschein gekommen.»

«Diesmal nicht …»

«Wenden Sie sich bitte an Familie Schmidig.» Rast erhob sich. «Wenn Sie keine Fragen mehr haben, möchte ich mich für die nächste Operation bereitmachen.»

Valérie blieb wie ein geschlagener Hund auf dem Sofa sitzen. Rast verschwand über den Korridor, ohne sie eines weiteren Blickes zu würdigen.

Valérie sah auf die Armbanduhr. Kurz vor halb zwölf. Die Meditation hatte sie verpasst, oder sie würde mitten in die Sitzung hineinplatzen. Das wollte sie vermeiden. Trotzdem dachte sie nicht daran, schon zurückzufahren. Die Klinik war mit Patienten belegt, wenn sie das richtig verstanden hatte. Wo aber befand sich das Pflegepersonal? Weder am Empfang noch im gesamten Parterre war ihr jemand ausser dem Ehepaar Rast begegnet.

Valérie durchforstete den Flur. Sie drückte den Handgriff jeder einzelnen Tür. Alles verschlossen, bis auf das letzte Zimmer, in dem Cameron Diaz hing und sie mit diesen blauen Augen anhimmelte. Sofort war das verstümmelte Gesicht des Jungen allgegenwärtig.

Gab es überhaupt Patienten hier? Valérie dachte an den Mann mit den Blumen. Oder hatte Rast nur geblufft? Diente seine Klinik als Tarnung für abartige Neigungen? Wo sonst würde sie die Wahrheit finden, wenn nicht hier? Zumindest die Wahrheit über den Arzt. Warum mochte man ihn in Muotathal nicht? Und warum hatte er sich ausgerechnet in diesem abgeschiedenen Tal niedergelassen? Am Dorfende, wo sich nicht einmal der Ansatz für einen sich positiv entwickelnden Patientenstamm abzeichnete? Versteckte er sich womöglich?

Valérie kehrte durch den Flur zurück und folgte dem Weg, den Rast eingeschlagen hatte. Links des Tresens erreichte sie eine weitere Tür und dahinter einen Aufzug. Sie holte ihn aus dem Untergeschoss, stieg ein und liess sich nach unten fahren. Das

Gefühl, dass hier etwas nicht stimmte, hatte sich ihrer nicht zum ersten Mal bemächtigt.

Gähnende Leere vor ihr. Neonröhren verströmten kaltes Licht. Kein Laut. Kein Geräusch. Ganz zu schweigen von menschlichen Stimmen.

Vom Lift aus ging ein Korridor auf eine verglaste Tür zu, die mit «OP» beschriftet war. Aber auch davor und dahinter rührte sich nichts. Rast war wie vom Erdboden verschluckt.

Sonderbar, das alles. Und fremd. Valérie stiess die Glastür zu einem Vorraum auf, der durch eine zweite Glastür mit dem Operationssaal verbunden war. Weiter kam sie nicht. Diese Tür war verschlossen, der Raum dahinter fensterlos und kaum beleuchtet. Valérie war es nicht möglich, etwas zu erkennen. Alles lag in einem diffusen Licht, das das Inventar, war es denn vorhanden, in ein staubiges Fluidum packte.

Gab es weitere Operationsräume? Valérie kehrte zum Aufzug zurück. Sie bemerkte, dass er auf dem Geschoss über ihr stand. Sie drückte den Knopf und wartete.

Hörte sie nicht Stimmen? Sie kamen aus einer anderen Richtung. Oder aus dem Lift?

Auf einmal war sie sich nicht mehr sicher, ob ihr Vorhaben, allein hierhergekommen zu sein, richtig gewesen war. Was, wenn der Psychopath bereits auf sie lauerte, so, wie er auf das unbekannte Kind gelauert hatte? Vielleicht lag bereits der verschwundene Seppli auf dem Operationstisch, und ihm würde das gleiche Schicksal widerfahren. In einem anderen Raum, der hinter dem ersten lag. Rast würde die Dreistigkeit haben, das Kind während ihrer Anwesenheit zu schänden und zu töten.

Sie musste reagieren. Es blieb keine Zeit.

Valérie lehnte sich an die Lifttür. Jetzt schnappe ich komplett über, überlegte sie sich. Was war bloss mit ihr los? Sie, die bekannt dafür war, einen kühlen Kopf zu bewahren. Die in Ruhe ermittelte und deswegen auf Resultate kam. Sie spürte, wie kalter Schweiss ihr den Rücken hinunterrann.

Als sich der Aufzug in Bewegung setzte, blieb sie stehen. Sie griff an ihre Seite. Keine Pistole. Die lag im Handschuhfach ihres Wagens.

Der Aufzug stoppte auf ihrer Etage. Sie blieb stoisch ruhig, bis sich die Schiebetür öffnete.

«Du?» Es war wie ein Aufschrei.

***

Louis verzeichnete keine Erfolge. Seit dem Vormittag war er mit einem Kollegen von der Streife unterwegs. Sporadisch läuteten sie an den Haustüren in Muotathal, reichten das Körperbild des toten Jungen herum und ernteten nur Kopfschütteln und Unverständnis. Selbst die Besuche am Morgen bei den Lehrern der Heilpädagogischen Schule hatten nichts gebracht. Zwei von ihnen waren noch in den Ferien, acht andere versicherten, den Jungen nicht so gut gekannt zu haben, um ausreichend Auskunft über ihn geben zu können. Er komme zum Unterricht, wussten sie von ihren Kolleginnen, und spiele still vor sich hin. Am liebsten mit Puzzles. Da könne er stundenlang verweilen. Die Antworten in Bezug auf die Eltern fielen ausnahmslos positiv aus. Niemand hatte den Eindruck, Hanna und Franz-Xaver Schmidig würden ihr Kind aus egoistischen Gründen in die Schule abschieben. Sie seien im Gegenteil sehr besorgt darum, dass Seppli Fortschritte machte.

Vielleicht weiss der Pfarrer etwas, dachte Louis und sah ihn als letzte Option ihrer Befragungen. Priester kannten in der Regel ihre Gemeinde, zumal in einem Ort wie Muotathal.

Er fuhr zur Pfarrkirche Muotathal, nachdem er sich beim Pfarrer persönlich angemeldet hatte.

Die Kirche lag etwas erhöht oberhalb der Stumpenmatt in der Nähe des Gasthofs zum Hirschen, wo Louis sich mit dem Priester verabredet hatte. Seine Begleitung hatte er kurzerhand abgesetzt. Arbeitsaufteilung, hatte er gesagt, als sich der Kollege gezwungen sah, das Auto zu verlassen und mit dem Bus nach Stalden zu fahren.

Martin Knüsel erwartete ihn vor dem Eingang zum Gasthof.

«Wir können uns auf einem Spaziergang unterhalten», sagte dieser, ein junger, sympathischer Priester, der wahrscheinlich wusste, wo Gott hockte.

Louis lenkte widerwillig ein. Spaziergänge lagen ihm nicht. Schon gar nicht bei dieser Hitze, die sich im Dorf festzusaugen schien. Ein kühles Bier im Schatten wäre ihm lieber gewesen.

Knüsel stammte ursprünglich aus Küssnacht. Er war dort einige Zeit als Vikar tätig gewesen, bevor er in Muotathal zum Pfarrer geweiht wurde. Man kannte ihn hauptsächlich als Seelsorger und Religionslehrer.

«Schlimme Sache mit dem Jungen», begann er zeitgleich mit dem ersten Schritt über den Weg in Wil. Die Sonne prasselte herunter. Dies machte dem Pfarrer offenbar nichts aus. Nebst seinem dunklen Anzug trug er ein Hemd mit Stehkragen.

«Sie kennen die Leute hier im Muotatal. Ich gehe davon aus, da kommen einige von ihnen zur sonntäglichen Messe.» Louis gab sich Mühe, mit dem Pfarrer Schritt zu halten. Der war sportlich richtig gut drauf.

«Ich kann mich nicht beklagen. In diesem Tal zählen die christlichen Werte noch etwas, im Vergleich zu den Städten, wo die Kirchen leer stehen oder bestenfalls für Konzerte genutzt werden.» Er unterliess es jedoch, eine Moralpredigt zu halten. Und worin er die Ursache sah, liess er unkommentiert.

Louis hätte es gern erfahren, doch ihm brannten andere Fragen auf der Lippe als die über den Grund der verwaisenden Kirchen.

«Kennen Sie die Familie Schmidig persönlich?»

«Hanna und Franz-Xaver, selbstverständlich. Sie kommen jeden Sonntag zur Kirche, zusammen mit ihrem Sohn.» Knüsel lächelte sanft. «Seppli ist manchmal etwas gar zappelig. Aber Hanna scheint einen guten Draht zu ihm zu haben. Manchmal gelingt es ihr, Seppli eine Stunde ruhig zu halten. Ich habe eine grosse Achtung vor dieser Frau. Sie hat einen schweren Rucksack zu tragen. Sie sagte mir erst kürzlich, dass Gott ihr die nötige Kraft gibt. Jetzt aber werden sie auf eine harte Probe gestellt. Sie und ihr Mann. Am Montag waren sie bei mir, nachdem sie bei der Polizei die Vermisstenmeldung aufgegeben hatten.»

«Wie haben Sie ihnen geholfen?»

«Indem ich sie in meine Gebete einschloss.»

«Beten hilft wohl nicht immer», provozierte Louis. «Beim Jungen in der Starzlen kam der göttliche Segen zu spät ... Ist Ihnen sonst noch eine Familie bekannt, die ein geistig beeinträchtigtes Kind hat?»

Knüsel überlegte, blieb einen Moment stehen, bevor er wieder losmarschierte. «Nein, da fällt mir niemand ein.»

«Ein Junge mit Downsyndrom?»

«Nein. Ein Mädchen, aber das ist schon älter. Lebt jetzt in einer Wohngemeinschaft. Klara heisst es und kommt ab und zu zur Kirche. Ihre Eltern zogen vor einem Jahr nach Schwyz. Klara lebt noch immer in Muotathal. Sie arbeitet als Küchenhilfe in einem bäuerlichen Haushalt.» Knüsel liess sich eine geraume Zeit über wahre Integration aus und dass dies das einzig Erstrebenswerte sei, wolle man in Frieden neben- und miteinander leben.

«Wird eigentlich noch gebeichtet?» Louis erinnerte sich an die Zeit in Gersau, wo er als kleiner Junge jeden zweiten Samstagabend hatte zur Beichte gehen müssen, weil die Mutter es so wollte und weil sie darin die Eingliederung sah, die sie als gebürtige Thailänderin so sehr anstrebte. Dass sie ihrem Sohn damit die Kirche gänzlich zum Verleiden brachte, hatte sie nie eingesehen.

«Ja, ja, gebeichtet wird, wenn auch nicht mehr so oft wie früher», sagte Knüsel.

«Gab es in der nahen Vergangenheit Menschen, die eine Untat gebeichtet haben?» Louis merkte sogleich, wie unmöglich seine Frage war. Doch Pfarrer Knüsel nickte bedächtig. Das gehe unter das Beichtgeheimnis, sagte er.

«Sie würden es mir doch sagen, sollte die Beichte etwas mit dem Tod des Jungen zu tun haben?» Louis blieb stehen. «Sonst würden Sie sich strafbar machen.»

«Die Beichte ist ein heiliges Sakrament.» Knüsel schritt voraus, als würde es ihm leichter fallen, während des Gehens zu reden. «Ich würde Ihnen vielleicht einen kleinen Hinweis stecken, aus dem Sie Ihre eigenen Schlüsse ziehen müssten.»

Genau das hatte Louis nie begriffen. Wer räumte den Priestern das Recht ein, einen Täter zu schützen? Louis schätzte jedoch Knüsel nicht so ein, dass sich dieser hinter der Verschwiegenheit der Kirche versteckte. Er bat ihn, umzukehren und den Weg zurückzugehen. Vielleicht würde er ihn doch noch zu einem Bier überreden können.

Auf dem Parkplatz erwartete sie bereits eine Gruppe von Kindern. Knüsel begrüsste sie, bevor er sich an Louis wandte. «In ein paar Minuten beginnt der Religionsunterricht während des Ferienpasses. Ich muss mich hier von Ihnen verabschieden. Ich werde Sie kontaktieren, sollte mir etwas Seltsames auffallen.»

«Aha.» Das war's wohl. «Und was unterrichtet der Herr Pfarrer?»

«Den Islam.»

Louis kehrte zu seinem Auto zurück. Wieder nichts, das ihn in den Ermittlungen weiterbrachte. Trotzdem wollte er den Pfarrer im Auge behalten, schon wegen der Beziehungen, die er zu den Leuten im Dorf pflegte. Louis griff nach dem iPhone, wollte seinen Kollegen nach dem Ergebnis seiner Recherchen befragen und ob er ihn abholen solle, überlegte es sich aber anders. Er war es leid, auf den gemeinsamen Fahrten mit Kinderkram vollgequatscht zu werden. Konnte er etwas dafür, dass der andere frischgebackener Vater war? Vielleicht fand Louis auch deshalb keine Frau, weil man ihm die Abneigung gegen Kinder ansah.

Er startete den Motor und liess die Klimaanlage auf «low» laufen. Er wählte Valéries Nummer. Sie nahm nicht ab. Dabei hatte er sich mit ihr zum Mittagessen treffen wollen. Nachdem er sie im Frühling einmal zu Hause bekocht hatte, was einer verlorenen Wette zuzuschreiben war, musste er herausfinden, ob sie nebst der thailändischen Küche noch andere kulinarische Präferenzen hatte. Er hatte sich damals wirklich ins Zeug gelegt und nach einem alten Rezept seiner Mutter eine Dreipfefferschotenmahlzeit angerichtet. Er hatte geradezu darauf gelauert, dass Valérie vor Schärfe ihre Stimme verlor. Dieser Schuss war allerdings nach hinten losgegangen. Valérie schien resistent gegen scharfen Curry zu sein.

Was hatte sie ihm gestern gesagt? Dass sie heute noch einmal ins Bisistal fahren würde? Louis schlug den Weg Richtung Sahli ein. Auf der Höhe der Husky-Lodge zweigte er rechts ab. Bis gestern war die Brücke vorsorglich gesperrt gewesen, obwohl das Unwetter auf dieser Seite kaum Schaden angerichtet hatte. Louis verspürte Hunger. Zudem würde es nicht schaden, sich im Camp nach Seppli zu erkundigen. Vielleicht war er bei den Schlittenhunden aufgetaucht.

Im Gegensatz zum Ort Muotathal herrschte in der Husky-Lodge Hochbetrieb. Louis fuhr auf den Parkplatz neben dem Hauptgebäude, in dem die Rezeption lag. Dort standen die Leute Schlange, wie es aussah, alle zum Auschecken. Louis schlug den Weg Richtung Hundezwinger ein. Links von ihm floss die Muota wieder gezügelt im Flussbett. Einzig über die Schwelle, welche die Stromschnellen etwas hemmte, rauschte sie trübgrau und erweckte beim Betrachter den Eindruck unberechenbaren Wassers. Der Himmel war klar, die Hitze so gnadenlos wie die Tage zuvor. Rechts lag das Hüttendorf, das in der wilden Natur an die Kulissen eines Western erinnerte. Nach Winnetou hielt Louis vergebens Ausschau. Dagegen wimmelte es hier von Schulkindern und Erwachsenen, die ihre Bälger zu bändigen versuchten. Louis schritt an ihnen vorbei, kickte einen Ball weg, woraufhin ein aufgebrachter Junge ihn anschrie, was ihm denn einfiele. Louis schüttelte den Kopf. Seine Aversion kam nicht von ungefähr.

Vor dem Restaurant, das wie die Hütten ganz aus Holz gebaut war, sassen Gäste beim Mittagessen. Louis suchte vergebens nach einem freien Platz. Nicht nur die Plätze unter den Sonnenschirmen waren belegt. Es roch nach Bratwurst und Pommes frites. Sein Magen bekam Krämpfe.

Hinter der letzten Hütte stieg Louis eine Anhöhe hinauf und erreichte die Umzäunung des Husky-Geheges. Die Hunde dösten im Schatten; Louis' Anwesenheit bemerkten sie nicht. Er ging den Hag entlang zu einem Eingang. Ein Mann mit Bart, wahrscheinlich ein Hundeführer, reinigte dort Futternäpfe und schaute auf, als Louis ihn begrüsste. Louis stellte sich mit seinem Namen vor und zeigte seinen Ausweis. «Leiden die Hunde nicht unter dieser Hitze?», fragte er, während er den Ausweis in seiner Hosentasche verschwinden liess.

Über das Gesicht des Mannes huschte ein Lächeln. «Sie sind wetterresistent. Aber ehrlich gesagt ziehen sie die Kälte der Hitze vor. Sie vertragen bis zu fünfzig Grad minus.»

«Und womit sind diese Huskys im Sommer beschäftigt? Ich gehe davon aus, dass sie bewegungsfreudige Tiere sind.»

«Wir bieten unseren Gästen Trottinett-Touren mit unseren Hunden an.» Der Bärtige stellte die Futternäpfe zur Seite. «Weshalb ist die Polizei hier? Haben unsere Hunde etwas angestellt?» Über sein braun gebranntes Gesicht vollführten die Falten einen Freudentanz.

«Wir suchen einen Jungen namens Seppli Schmidig. Vielleicht haben Sie davon gehört.»

«Aha.» Der Mann strich sich mit der Hand über den Bart. «Ich weiss nur, dass man am Dienstag in der Starzlen einen Toten gefunden hat. Weiss die Polizei schon Näheres?» Offenbar brachte er den toten Jungen mit dem Vermissten in Verbindung.

Louis ging nicht darauf ein. Anstelle einer Antwort erkundigte er sich nach einem Jungen im Alter zwischen acht und zehn Jahren und wiederholte, was er an vielen Haustüren bereits gefragt hatte. Er reichte dem Mann Sepplis Bild. «Haben Sie diesen Jungen hier schon einmal gesehen?»

Der Bärtige griff nach dem Foto. Er schaute lange darauf. «Aber das ist …» Er schlug sich mit der Faust an die Stirn. «Das ist doch dieser Bub … Ich wunderte mich noch, weshalb er so spät am Abend hierherkommt … mit seinen Eltern oder so. Die Gäste checken meistens schon am Vormittag ein.»

Louis' Aufmerksamkeit war geweckt. «Wann war das?»

«Ich glaube am letzten Sonntag. Ja, am letzten Sonntag. Ich führte drei meiner Hunde aus. Ich war dort drüben bei der Muota.» Er streckte seinen rechten Arm aus und wies zum Fluss. «Da fuhr ein Wagen vor. Ich erinnere mich. Er hielt vorne beim Empfang an. Der Junge kam direkt auf mich zu. Er hatte mich wohl mit den Hunden gesehen, obwohl es schon dunkel war.»

Louis zeigte auf das Bild. «Und Sie sind sicher, es war dieser Junge?»

«Ja, ich bin mir ganz sicher. Er ging dann allerdings zum Wagen zurück. Als ich die Hunde ins Gehege gebracht hatte, schaute ich beim Empfang vorbei. Da sah ich ihn wieder.»

«Wann war das?»

«Nach etwa zehn Minuten …»

«Um welche Uhrzeit?»

«Hm … zehn oder so. Auf jeden Fall lehnte der Junge am Tresen und war mit etwas beschäftigt … mit einem Plüschtier, ich weiss es nicht mehr.»

«Und die Eltern? Haben Sie auch seine Begleiter gesehen?»

«Nein, keine Ahnung. Ich ging dann, weil ich mir das Tennismatch zwischen Andy Murray und Novak Djokovic ansehen wollte. Ich wohne gleich hinter der Brücke.»

«Haben Sie sich die Autonummer gemerkt?»

«Nein. Aber die Automarke. Es war ein Q5, ein dunkelblauer, dunkelgrauer oder schwarzer Q5.»

Louis bedankte sich und reichte dem Bärtigen seine Karte. «Bitte melden Sie sich, sollten Sie den Jungen noch einmal sehen.»

Er griff zum iPhone. Der Versuch, Valérie zu erreichen, scheiterte. Sollte er Fischbacher informieren? Er ging zurück zum Gebäude, wo die Rezeption lag. Die Warteschlange hatte sich aufgelöst. Hinter dem Tresen sortierte eine junge Frau Formulare. Dunkelhaarig war sie und eine Augenweide.

«Hallo, mein Name ist Louis Camenzind. Ich bin Leutnant bei der Kantonspolizei Schwyz.» Er wies sich aus. «Können Sie mir sagen, wer am letzten Sonntagabend hier anwesend war?»

Die Frau, Typ Superwoman in engen Jeans und Bluse, schenkte Louis ein Lächeln, dass ihm ganz warm ums Herz wurde. «Ja, ich.»

«Erinnern Sie sich an eine Familie, die hier eingecheckt hat?» Louis legte Sepplis Foto auf den Tisch. «Mit diesem Jungen hier.»

Sie hatte lange Wimpern. Das fiel Louis als Zweites auf, als sich die Dame über die Tastatur ihres PCs beugte. Allerdings gefiel ihm das, was sie einrahmten, noch besser. Als sie ihn ansah, glaubte er, in zwei leuchtende Sterne zu blicken. Seine chronische Not an Frauen machte ihm das Leben allmählich schwer. Hinter jeder Frau dachte er seine Zukünftige zu sehen.

«Hallo?» Da war sie wieder, diese Goldkehlchenstimme, die ihn in die nüchterne Realität zurückholte. «Ich erinnere mich. Aber wir hatten an diesem Abend leider keine Zimmer mehr frei.»

Louis hustete seinen Kloss im Hals weg. «Haben Sie ihnen geraten, sich anderswo eine Bleibe zu suchen?»

«Nein, das war nicht nötig. Der Herr sagte, dass ich mich nicht darum bemühen solle.»

«Es war also ein Mann.» Louis stützte seine Arme auf dem Tresen ab. «Sah es aus, als ob der Mann der Vater des Jungen war?»

«Davon ging ich aus.»

«Fiel Ihnen auf, wie sich der Junge ihm gegenüber benahm?»

«Sie haben kaum ein Wort miteinander gesprochen. Der Mann rief ihn herbei, und der Junge setzte sich artig ins Auto.»

Ein zutraulicher Junge also. Was hatte ihm der Mann versprochen? Womit hatte er ihn geködert?

«Hat er den Jungen mit seinem Namen angesprochen?»

«Das weiss ich nicht. Mir fiel nur auf, dass der Junge sich so sonderbar benahm. Ich meine, nicht so, wie sich ein Kind in seinem Alter benimmt. Er war einerseits sehr zappelig und andererseits … schwer zu sagen … es dünkte mich, als sei er nicht ganz …»

«Wollten Sie ‹nicht normal› sagen?»

Sie blickte ihn mit grossen Augen an. «Das darf man heute ja nicht mehr sagen. Aber unter uns: Ja, so kam er mir vor.»

«Haben Sie sich zufällig die Nummer des Fahrzeugs gemerkt?»

«Nein, das habe ich nicht. Warum auch? Ich dachte nicht daran, dass ich heute danach gefragt würde.» Wieder dieses Lächeln.

Louis stiess Luft aus. «Haben Sie die Automarke erkannt?»

«Ein Ranch Rover oder so …» Sie kicherte. «Ich mache mir nichts aus Autos. Vielleicht war es aber auch ein Jeep …»

«Farbe?»

«Dunkel. Keine Ahnung.»

Sie machte sich nichts aus Autos. Endlich eine Frau, die nicht auf Sportwagen stand. Die sich vielleicht mit einem einfachen Kombi begnügte. Einem Kombi wie seinem.

Louis kniff den Mund zusammen.

Drei Autotypen, keine Nummer. Wahrscheinlich Seppli Schmidig in Begleitung eines fremden Mannes. Sein Vater konnte es unmöglich gewesen sein, weil dieser in derselben Zeit nach seinem Sohn gesucht hatte. Neun Kilometer von der Husky-Lodge entfernt.

«Erinnern Sie sich wenigstens an das Gesicht des Mannes?»

«Keine Ahnung. Ein Allerweltsgesicht. Zudem kann ich mir nicht alle Gesichter merken.»

Louis überreichte ihr seine Visitenkarte. «Sollte Ihnen dazu noch etwas einfallen, oder der Fremde taucht mit diesem Jungen noch einmal auf, bitte melden Sie sich umgehend bei der Polizei.»

«Wird er denn gesucht?»

Louis setzte eine ernste Miene auf. «Es ist wichtig.» Eine Weile blieb er stehen. Er nahm allen Mut zusammen, mit der Gewissheit, dass er eine Abfuhr erhalten würde. «Haben Sie heute Abend schon etwas vor?»

Der perplexe Blick seines Gegenübers traf ihn wie ein Geschoss. «Ja, allerdings, ich gehe mit meiner Frau essen.»

Die Welt war verrückt. Die Gesellschaft daran, im Chaos zu versinken. Der Bilderbuchtag übertünchte bloss das Desaster, das von Jahr zu Jahr zunahm. Die Erde blutete ob ihrer Krebsgeschwüre, die sich in Form jeglicher Abtrünnigkeit bemerkbar machten, und vor allem der Psychopathen, die sie bevölkerten. Sodom und Gomorra! Die sieben Todsünden. All das ging Louis durch den Kopf, als er zu seinem Wagen zurückkehrte. Und jetzt das noch: Da stand die schönste Frau der Welt vor ihm, und sie gab sich als Lesbe zu erkennen. Oder hatte sie ihn veräppelt?

Zurück in seinem Auto, wiederholte Louis den Anruf auf Valéries iPhone. Keine Chance, sie zu erreichen. Er rief Fabia an. Sie meldete sich nach dem zweiten Klingelton.

«Weisst du, wo sich Valérie aufhält?»

«Im Bisistal.»

«Verdammt, da bin ich auch. Wo genau?»

«Ich hatte sie erst noch am Draht. Sie sagte mir, dass sie noch einmal bei den Gebrehiwets vorbeischauen würde. Eigentlich müsste sie längst auf dem Weg zurück sein.»

Louis beendete die Verbindung. Anstatt nach Muotathal zu fahren, bog er auf die Strasse Richtung Sahli–Glattalp ab.

Es war kurz nach zwölf, als er am Strassenrand in der Nähe eines modernen Gebäudes Valéries TT entdeckte. Er fuhr auf den grossen Parkplatz, im selben Moment, als die Tür aufschwang und eine Gruppe von Frauen nach draussen und ihm entgegen kam. Louis musterte die Frauen, als sie an ihm vorbeigingen und ihn keines Blickes würdigten. Auf ihren Gesichtern bemerkte er jenes vergeistigte Lächeln, bei dem er sich immer fragte, ob es von einer Überdosis Cannabis stammte oder ob sie gerade einen befriedigenden Fick hinter sich hatten. Als er aber den Empfang betrat und auf der Tafel neben dem Tresen den Hinweis auf eine Meditationsstunde las, erkannte er den Grund. Hatte sich Valérie etwa für diesen Kurs angemeldet?

Niemand da, der ihn darüber aufklären konnte. Louis passierte die offen stehende Tür hinter dem Empfangstresen und gelangte zum Aufzug. Er betrat ihn, las die Schilder, die die Stockwerke beschrieben, und drückte den Knopf für die erste Etage: «Büro Dr. Rast».

«Louis! Was tust du denn hier?» Valérie spürte, wie die Anspannung von ihr wich.

«Dasselbe könnte ich dich fragen. Hast du dein iPhone nicht in Betrieb?»

«Es liegt im Wagen.» Dass auch ihre Pistole dort war, verschwieg sie ihm.

«Du hast mich runtergezogen. Eigentlich wollte ich zu Dr. Rast.»

«Wir sind hier schon richtig. Unten liegen die Operationsräume. Ich hatte vorher mit dem Arzt gesprochen. Er war unterwegs zu einer Operation. Aber seither ist er verschwunden.» Valérie zog Louis aus dem Lift. «Hier stimmt etwas nicht.»

«Warum nicht?»

«Das hier ist eine Klinik. Da müsste man doch Pflegepersonal antreffen. Aber ausser Herrn und Frau Rast bekam ich niemanden zu Gesicht.»

«Da war eine Frauengruppe, die mich fast über den Haufen stiess.»

Louis übertrieb mal wieder. Valérie zwickte ihn in die Seite. «Warum wolltest du zu Rast?»

«Na ja, eigentlich hatte ich deinen TT entdeckt. Ich wollte sichergehen, dass alles seinen gewohnten Lauf nimmt. Was jetzt?»

«Wir gehen wieder.»

«Ich bin also vergebens hierhergekommen?» Louis schritt den Korridor entlang.

Valérie folgte ihm. «Wir haben keine Berechtigung, hier zu sein.»

«Warum treffe ich dich hier unten an?»

«Weil ich ein ungutes Gefühl hatte?»

«Was ist der Grund?»

Valérie erzählte vom Cameron-Diaz-Porträt im Wartezimmer.

«Und jetzt glaubst du, dass Rast etwas damit zu tun hat?»

Valérie schwieg. Hätte Zanetti ihr diese Frage gestellt, hätte sie sie mit Ja beantwortet. Falls sie mit ihrem Verdacht nicht richtiglag, würde Louis es wieder zum Anlass nehmen, sie zu ärgern.

Louis drückte die Türfalle zum Operationssaal. «Geschlossen.»

«Wir sollten wirklich gehen.»

Ein Geräusch liess beide zusammenzucken. Es kam aus der Richtung, in der sich der Aufzug befand.

«Hast du das auch gehört?» Louis griff nach seiner Pistole.

«Das hier ist eine Klinik für plastische Chirurgie», sagte Valérie, «und kein Schiessstand. Steck die Knarre wieder ein.»

In diesem Moment ging die Lifttür auf, und Rast betrat den Flur. «Ich dachte doch, dass ich jemanden gehört hätte … Was tun Sie denn hier unten?» Er war sichtlich aufgebracht.

«Ich hätte noch eine Frage an Sie.» Valérie bemühte sich um einen gefassten Eindruck.

«Ihr Eindringen in meine Klinik dürfte ein Nachspiel haben.»

Valérie wollte sich nicht einschüchtern lassen. «Wäre jemand am Empfang gewesen, hätte ich nicht hinter Ihnen herrennen müssen.»

Rast beruhigte sich etwas. «Entschuldigen Sie bitte.» Allem Anschein nach hatte er kein Bedürfnis, sich mit Valérie auf eine Diskussion einzulassen. «Worum geht es?»

«Kennen Sie Toni Imhof?»

«Wer soll das sein?»

Valérie überlegte. «Pragelhannes' Toni?»

Über Rasts Gesicht huschte ein schnelles Lachen. «Pragelhannes' Toni. Natürlich. Anton Imhof. Er ist einer der wenigen, der mich als seinen Hausarzt akzeptiert. Er gehört seit drei Jahren zu meinen Patienten.»

«War er in den letzten Tagen einmal hier?»

«Nein.» Rast hob die Hand. «Und bitte fragen Sie mich nicht weiter aus.»

Valérie verkniff sich eine Bemerkung.

Louis allerdings hatte da keine Skrupel. «Sie sind Schönheitschirurg, nicht wahr?»

«Das ist ein dehnbarer Begriff.» Rast hob seine Brauen. «Aber jetzt entschuldigen Sie mich, man braucht mich.»

«Noch eine Frage ...» Louis tat so, als hielte er den Arzt am Ärmel fest. «Wie viele Mitarbeiter haben Sie?»

«Sechzehn.» Rast drückte auf den Liftknopf. Die Schiebetür ging auf.

«Wo befinden die sich?»

«Auf den Etagen, im Operationssaal.» Er lächelte.

«Wäre es möglich, Ihre Mitarbeiter zu sprechen?»

«Melden Sie sich an. Auf Wiedersehen.» Er blieb stehen, bis Valérie und Louis die Kabine betreten hatten und er sich sicher war, dass der Lift sie nach oben brachte.

«Verdammt! Was war das soeben?» Louis' Hand blieb in der Luft stehen. «Arroganter Scheisskerl. Müssen wir uns das gefallen lassen?»

«Wir werden wiederkommen», sagte Valérie. «Aber dazu brauchen wir einen richterlichen Beschluss.»

«Auf welcher Grundlage?»

«Mir wird schon etwas einfallen.»

***

Sie hatte die Rollläden heruntergelassen und brütete vor ihrem Computer. Nach dem Mittagessen mit Louis, das sie verspätet und innert kurzer Zeit bei Haug auf dem Postplatz in Schwyz eingenommen hatten, war Valérie nach Biberbrugg zurückgekehrt. Louis hatte sich zwar bemüht, den Anstand zu wahren und sie nicht auf ihre Liaison mit Zanetti anzusprechen, aber in seiner Anwesenheit war ihr selten wohl. Bei Louis hatte sie immer das

Gefühl, sein überschüssiges Testosteron bestimme sein Leben. Er hatte ihr von seinen Ermittlungen berichtet und war enttäuscht gewesen, nichts Befriedigendes zu ihrem Fall beizutragen. Valérie dagegen hatte sich über ihre Nachforschungen nicht sonderlich ausgelassen. Bevor sie nicht sicher war, in welche Richtung sich diese entwickeln würden, gab sie sich bedeckt.

Hätte sie ihn auf seinen Aufenthalt in Ried ansprechen sollen? Er war nämlich wieder aus dieser Richtung angefahren, wie er ihr angedeutet hatte. Mehr erfuhr sie nicht.

Sie hatte sich an diesem Nachmittag mit dem Schulleiter Daniel Mahler verabredet. Er wollte sie gleich in Biberbrugg treffen, da er vorher in Einsiedeln zu tun hatte. Bis zu seiner Ankunft hatte sich Valérie nun einiges vorgenommen. In erster Linie wollte sie in Erfahrung bringen, was Urs Rast in Bern tatsächlich getan hatte. Gab man einen gut bezahlten Job einfach so auf, um auf dem Land Allgemeinmediziner zu werden? Andererseits hatte er offen zugegeben, dass er sich in erster Linie als Chirurg sah. Aber warum gerade im Muotatal? Nein, noch besser: im Bisistal, das ausser den Einheimischen wohl niemand kannte. Valérie öffnete das Ripol und tippte seinen Namen ein. Vielleicht hatte er sich etwas zuschulden kommen lassen. Eine Operation war missglückt, und er hatte Anzeigen am Hals. Oder sogar eine Anklage? Valérie suchte vergebens. Es gab keine beruflichen Verfehlungen, nichts. Der Arzt hatte einen tadellosen Leumund. Dies bestätigten auch die Berichte über seine ehemalige Tätigkeit in der Privatklinik von Professor Huguenin. Er hatte sich als Koryphäe auf seinem Gebiet ausgezeichnet. Er hatte über zehn Jahre in der Klinik gearbeitet. Vorher war er im Zürcher Stadtspital Triemli als Unfallchirurg tätig gewesen. Nichts trübte seinen Werdegang. Auch über seine Frau Mara liess sich nichts Negatives finden. Seit zwanzig Jahren verheiratet, hatte sie zuerst als Arztgehilfin bei einem Kollegen ihres Mannes eine Anstellung gehabt. Vier Jahre vor dem Umzug nach Muotathal hatte sie sich auf einem zweiten Studiengang weitergebildet und durfte sich heute diplomierte Physiotherapeutin nennen.

Valérie protokollierte alles. Obwohl im Leben des Ehepaares

Rast alles gut zu verlaufen und kein Wässerchen ihre Tätigkeit zu trüben schien, war sich Valérie nicht sicher, ob sie letztlich nicht doch noch einen dunklen Fleck finden würde. Zum Beispiel anhand eines missglückten Eingriffs. Allein das Nichtvorhandensein einer einzigen Anzeige verunsicherte sie. Wie oft hatte sie von solchen Operationen gelesen, die vor dem Richter gelandet waren? War es möglich, dass Rast ein Genie auf seinem Gebiet war? Im wahrsten Sinne des Wortes ein Gott in Weiss? Aber warum war er in dieses Tal gezogen? In der Stadt hätte ihn jede fünfte Frau konsultiert, die fand, sie wolle ihre Schönheit nicht dem Zufall überlassen.

Valérie schloss die Akte «Rast», die sie vorsorglich angelegt hatte. Sie widmete sich wieder dem Ripol und suchte dort nach Fällen, in denen es um getötete und vermisste Kinder ging. Valérie stiess auf über dreissig ungelöste Fälle in der Schweiz, in denen Kinder verschwunden und nicht wiederaufgetaucht waren. Sie ging jedes einzelne Profil durch. Einige unter ihnen stammten aus den 1980er Jahren. Und vor dreizehn Jahren waren auffallend viele Kinder im Kanton Bern verschwunden – alle im Alter zwischen acht und zwölf und aus unterschiedlichen Schichten. Bis heute waren sie nicht wieder zum Vorschein gekommen. Valérie vertiefte sich in jede einzelne Akte. Sie verglich das Alter, die Herkunft und das Geschlecht der Kinder.

Sie stutzte.

Mit zitternden Händen griff sie nach dem Telefon. Sie wählte Zanettis mobile Nummer.

«Darling!» Er freute sich offenbar, sie zu hören.

«Emilio, bist du in deinem Büro?»

«Ja, bin ich. Du klingst aufgeregt, was ist los?»

«Kannst du zu mir kommen? Ich bin da auf etwas gestossen, das mich sehr beunruhigt.»

Jemand klopfte an die Tür.

«Nein, warte …» Valérie erhob sich mit dem Hörer in der Hand. Sie öffnete die Tür.

«Valérie», sagte einer ihrer Kollegen, «ich bringe dir Herrn Daniel Mahler, den Schulleiter von Schwyz.»

Valérie nickte und wandte sich wieder an Zanetti. «In einer

halben Stunde kannst du vorbeikommen. Bei mir steht noch eine Befragung an.» Valérie legte auf und bat Mahler, auf einem ihrer Stühle Platz zu nehmen.

Daniel Mahler. Gross gewachsen, schlank, mit einem jungenhaften Gesicht, auf dem sie vergeblich nach einer Strenge suchte. Er trug eine kurze khakifarbene Hose und ein weisses Hemd, das ihm bis zur Brust offen stand. Weder eine Goldkette noch Haare waren zu sehen. Dafür glänzte seine Haut wie Bronze. Er musste erst kürzlich aus den Ferien zurückgekehrt sein.

«Herr Mahler, ich danke Ihnen für Ihr Kommen.» Valérie gebot ihm, Platz zu nehmen. «Es gibt einige Fragen zum Verschwinden eines Kindes sowie eines toten Jungen, dessen Identität bis heute nicht geklärt ist.»

«Und warum rufen Sie mich? Ich bin nur der Leiter der Heilpädagogischen Schule.»

«Wir müssen davon ausgehen, dass die beiden Kinder, um die es geht, in Ihre Schule gingen ...»

«Das klingt so, als würden beide nicht mehr leben.» Mahlers Gesicht verlor allmählich die Farbe.

«Seppli Schmidig gilt als vermisst», korrigierte Valérie. «Auf ihn komme ich später zu sprechen.» Sie legte das Körperbild des toten Jungen auf den Tisch. «Es geht um diesen Jungen. Bis anhin wissen wir nur, dass er unter dem Downsyndrom litt. Er dürfte etwa neun Jahre alt sein. Aber er wird weder vermisst, noch haben wir Kenntnis davon, wer seine Eltern sind.»

Mahler hob das Bild auf. «Auf den ersten Blick ist das sehr schwierig. Ich sehe die Kinder nicht unbekleidet. Ein mageres Kind. Neun, sagten Sie? Er muss nicht zwangsläufig in unserer Schule gewesen sein.»

«Da gebe ich Ihnen recht. Wir haben jedoch unsere Befürchtungen, dass es bei dem toten Kind und dem vermissten Seppli Schmidig Parallelen gibt.»

«Seppli kenne ich gut. Er ist seit einem Jahr bei uns. Vorher ging er in Ausserschwyz zur Schule.» Mahler sah noch immer auf das Bild. «Dünn und beinahe unterernährt, trotzdem etwas aufgedunsen ... Das war er schon immer ... Die Arme ... die Blutergüsse darauf irritieren mich zwar etwas. Aber ja, er könnte es sein …» Mahler rang um seine Haltung. «Linus Schelbert. Er besuchte die dritte Klasse.»

«Sind Sie sicher?»

«Nicht zu hundert Prozent.»

Valérie nahm die Personalien auf, fragte Mahler nach den Eltern des Kindes, erfuhr wenig, das ihr weiterhalf. Sie seien sehr bescheiden, sagte Mahler, lebten zurückgezogen im vorderen Dorfteil von Muotathal. Er habe nicht den Eindruck, dass der Junge vernachlässigt worden sei. «Werden Sie es den Eltern beibringen? Ich sorge mich sehr, da sie es kaum verkraften werden …»

«Das ist unser Job, leider.» Valéries Blick blieb an Mahlers Augen hängen. «Wie werden die Kinder denn in Ihrer Schule individuell gefördert? Können Kinder wie Linus oder Seppli später selbstbestimmt und selbstständig leben?»

Mahler war offensichtlich froh darüber, dass Valérie vom Tod des Jungen ablenkte. «Das ist schwierig, zum jetzigen Zeitpunkt mit Bestimmtheit zu sagen. Ich persönlich setze auf die soziale Inklusion.»

«Und das heisst?»

«Jeder Mensch wird so, wie er ist, von der Gesellschaft akzeptiert. Die Besonderheiten eines Menschen werden zwar wahrgenommen, aber man grenzt sie nirgends mehr aus und muss sie auch nicht extra integrieren. Wenn man bedenkt, dass die körperlich und geistig beeinträchtigen Menschen noch vor fünfzig und mehr Jahren versteckt wurden, hat sich die Situation positiv verändert. Wir können keine Wunder vollbringen, aber in ein paar Jahren werden diese Menschen so in unsere Gesellschaft integriert sein, dass sie nicht mehr als Aussenseiter gelten. Unsere Sonderschule wird es nicht mehr geben, in der integrativen Berufsausbildung sind wir schon sehr weit. Ich bin zuversichtlich.»

Valérie wünschte es ihm. «Nochmals zu Seppli Schmidig. Was können Sie mir über ihn erzählen?»

«Er ist sehr zutraulich, was mich schon immer beunruhigt hat. Er kennt zwar seine Grenzen. Aber bei solchen Kindern sind sie flexibel. Für Seppli existiert nur das Gute. So wurde er erzogen, so lebt man es ihm vor. Ich kann mir durchwegs vorstellen, dass er danach greift, wenn man den Köder auswirft.»

«Wie meinen Sie das?»

«Eine Tüte voller Schleckereien, ein junges Hündchen … Er würde in die Falle laufen.»

«Haben Sie das seinen Eltern auch gesagt?»

«Selbstverständlich. Aber sie sehen eben auch nur das Gute …»

Valérie führte Mahler nach Beendigung der Befragung zur Tür. «Ich bitte Sie, vorerst alles für sich zu behalten, was Sie hier gehört und mitgeteilt haben.»

«Das ist doch klar.» Mahler reichte ihr die Hand zum Abschied. «Falls Sie Hilfe brauchen, rufen Sie mich an.»

Valérie kehrte zurück zum Pult und tippte den Namen «Linus Schelbert» unter den Vermisstenmeldungen ins Ripol ein. Der Name tauchte nirgends auf. Die Eltern vermissten ihr Kind nicht. Was hatte das zu bedeuten?

Zanetti kam mit einer Viertelstunde Verspätung und einer Schachtel Pralinen.

«Die kannst du gleich wieder mitnehmen», sagte Valérie. «Du weisst, dass ich keine Schokolade esse.»

Er stellte die Schachtel trotzdem auf ihren Tisch. «Wo kann ich dir helfen?»

Valérie öffnete das Dokument der vermissten Kinder. Sie drehte den Bildschirm so, dass auch er freien Blick auf ihn hatte. «Hier, vor dreizehn Jahren. Ich erinnere mich an die Fälle. Sie gingen durch die ganze Schweiz. Innerhalb von zehn Monaten verschwanden acht Kinder im Alter zwischen acht und zwölf Jahren, drei Mädchen und fünf Jungs.»

«Schrecklich! Und nun siehst du Parallelen zu unserem Fall?»

«Schau», Valérie fuhr mit dem Cursor auf einen Text, «bei den vermissten Kindern handelt es sich um Kinder mit körperlicher und geistiger Beeinträchtigung. Und hier», sie scrollte nach unten, «gibt es ein Tötungsdelikt. Ein Junge von neun. Ihm wurde das Gesicht verstümmelt.»

«Wurde in diesem Zusammenhang auch eine Maske gefunden?»

«Nein. Aber der Fall sorgte damals für eine grosse Medienpräsenz. Nach rund zwei Wochen war sie verebbt, wie das ist bei den Medien. Neue Schlagzeilen treffen ein, die alten werden vergessen …»

«Also keine Maske. Und trotzdem ziehst du etwelche Parallelen.»

«Der Verstümmelung ging ein Erstickungstod voraus. Wie beim toten Kind in Muotathal. Es könnte sich um Linus Schelbert handeln … ich hatte soeben den Schulleiter hier. Der Täter von Bern konnte bis heute nicht gefasst werden.»

«Gibt es wenigstens DNA-Abgleiche?»

«Nein, sonst hätten wir sie gefunden. Der Täter hatte akribisch darauf geachtet, weder Haare noch Fingerabdrücke noch Körperflüssigkeiten am Tatort zurückzulassen.» Valérie drehte sich zu Zanetti um. «Der Mord geschah in derselben Zeit, als Urs Rast in Bern praktizierte. Auch die Kinder verschwanden in dieser Zeitspanne. Und nun tauchen die Rasts in Muotathal auf, und wieder verschwinden Kinder mit einer Behinderung.»

«Krallst du dich nicht an etwas fest?»

Für Valérie stand fest: Sie musste diese Spur verfolgen, obwohl es ihr sogar an Indizien mangelte.

«Warum sollte er beeinträchtigte Kinder zum Verschwinden bringen?» Zanetti schien sich ihre Gedanken sehr zu Herzen zu nehmen.

«Oder warum tötet er sie?» Valérie legte ihre Hände in den Nacken. «In Bern sah man keinen Zusammenhang zwischen den verschwundenen Kindern und dem Mordopfer. Das könnte sich nun ändern.»

«Jährlich verschwinden Kinder und tauchen wieder auf.»

«Oder sie bleiben für immer verschollen … wie Seppli Schmidig … Ich brauche eine richterliche Verfügung für eine Hausdurchsuchung in der Klinik von Dr. Rast.» Valérie berichtete über die Abwesenheit von Pflegepersonal, obwohl Rast von einer Operation und darüber gesprochen hatte, dass er Patienten im Haus habe.

«Ich werde sehen, was sich machen lässt.» Zanetti strich ihr über die Stirn. «Sehen wir uns heute Abend bei mir?»

«Bei dir?» Das war neu. Bis anhin hatte er sie nie zu sich nach Hause eingeladen. Seine Ausreden hatte sie ihm nicht abgenommen. Keine passenden Möbel, zu wenig Bettwäsche, eine zu kleine Wohnung. Die Liste war lang. «Eine Einweihungsparty etwa?» Nach Scherzen war ihr allerdings nicht zumute. «Gern ein andermal. Ich habe heute noch zu tun.»

«Morgen ist Samstag.» Zanetti klang enttäuscht.

«Ich kann mich nicht zurücklehnen, bevor ich die Wahrheit nicht kenne.»

FÜNF

Man hatte einen anderen Dolmetscher gefunden, nachdem der letzte aus unerfindlichen Gründen nicht auf dem Polizeiposten in Biberbrugg erschienen war. Das hatte zwangsläufig zu Diskussionen geführt, wobei auch die Kosten kurz ein Thema wurden. Der Sachbearbeiter Kommunikation hatte sich rechtfertigen müssen, dass seine Quelle wohl die falsche gewesen sei. Er hatte aber umgehend für Ersatz gesorgt.

Louis hatte diesen am Abend zuvor auf dem Bahnhof in Pfäffikon abgeholt und ihn ins Hotel Post in Biberbrugg gefahren. Eine Anweisung von oben, die man besser nicht kommentierte. Indhobuur, ein vierzigjähriger Somalier und seit fünf Jahren in der Schweiz, sprach perfektes Deutsch. Er hatte an der Universität Zürich Germanistik studiert, nachdem er in Frankreich die Grundschulen und das Gymnasium besucht und sich danach mit verschiedenen Jobs als Übersetzer seinen Lebensunterhalt verdient hatte. Er war erst gestern aus Paris eingereist, wo er bei seiner Familie zu Besuch gewesen war. Ein redseliger Mensch, der seine halbe Lebensgeschichte erzählte, während Louis ihn chauffierte. Alles andere hatte er seiner Vita entnommen und sich gewundert, dass der einstige Flüchtling zu so einer Karriere fähig war. Der sprichwörtliche Tellerwäscher, der es zum Hotelmanager geschafft hatte.

Louis hatte die in U-Haft sitzenden Eritreer schon frühmorgens aus der Zelle geholt. Es war höchste Zeit, sie ins Vernehmungszimmer zu führen, bevor sie wieder auf freien Fuss kamen. Die gesetzlichen achtundvierzig Stunden waren bald um.

Den Anfang machte er mit Ghebreheimanot Gebrehiwet, dem jüngeren der beiden Männer, dessen Bruder Lemlem hiess. Nachdem man sie vor zwei Tagen in die Zelle geführt hatte, hatten sie sich kaum gewehrt, hatten die Prozedur der Körpervisitation kommentarlos über sich ergehen lassen, Fingerabdrücke gegeben und sich danach schweigend auf die Pritsche gelegt. Sie hatten ihr Schicksal ergeben angenommen.

Louis verabscheute solche Befragungen. Sich auf die Aussagen von Übersetzern zu verlassen, hiess, ihnen ganz und gar zu vertrauen. Er setzte sich an den Tisch, installierte das Aufnahmegerät und legte die im Asservatenbeutel eingepackte Machete auf den Tisch.

Sie war erst gestern Abend spät aus dem Labor zurückgekommen, wo sie auf Fingerabdrücke und Blutspuren untersucht worden war. Wie zu erwarten, gab es keine Übereinstimmungen mit den spärlichen Spuren, die man beim toten Kind gefunden hatte. Die Machete wies weder Blut noch andere Sekrete auf. Weshalb sie unweit des Flüchtlingsheimes gefunden worden war, blieb ein Rätsel, das Louis heute zu lösen gedachte. Er setzte auf gezielte Spekulation.

«Dieses Messer lag im Wald neben Ihrem Haus.» Louis sah Gebrehiwet an, auf dessen dunklem Gesicht sich Schweissperlen bildeten. «Es gehört Ihnen, nicht wahr?»

Indhobuur übersetzte. Gebrehiwet schwieg.

Louis schlug ein Ringheft auf. «Ich habe hier den Bericht aus dem Labor. Wie zum Teufel kommen Ihre Fingerabdrücke auf die Machete?»

Endlich wurde Gebrehiwet gesprächiger. Louis verfolgte den Wortabtausch zwischen den beiden Männern. Es wurde zwischendurch sehr laut.

«Er sagt», Indhobuur kam mit dem Oberkörper nach vorne, «ja, das sei sein Messer. Es diene ihm für die Jagd. Er habe es jedoch im Wald verloren, das sei in der Zeit der Tag- und Nachtgleiche gewesen.»

Louis verschränkte die Arme. Das konnte ja heiter werden. Sie ermittelten in einem Mordfall, und er verschwendete seine Zeit damit, sich mit einem Cowboy auseinanderzusetzen. Gemäss Labor hatte Gebrehiwet kaum einen Erfolg verzeichnen können. Kein Tierblut. Er hatte die einheimischen Wildtiere wohl unterschätzt. «Und die Schrotflinte? Gehört diese auch zu Ihrem Waffenarsenal?»

Louis wartete geduldig, bis Indhobuur übersetzt und Gebrehiwet geantwortet hatte.

«Sie sei ein Geschenk von einem Bauern aus dem Bisistal.»

«Sie ist beschlagnahmt.» Louis musste die Richtung ändern. «Kennen Sie Seppli Schmidig?»

Indhobuur dolmetschte. Wieder Schweigen, als müsste sich der Eritreer überlegen, ob eine Antwort darauf Sinn machte. Seine Augäpfel bewegten sich zwischen Indhobuur und Louis hin und her.

«Seppli Schmidig, ein kleiner Junge, der oft mit Ihren Neffen gespielt hat», half Louis nach. Er sah auf die Uhr. Die Zeit zog sich dahin. Eine Zigarette wäre jetzt eine Alternative gewesen. Nikotin beruhigte ihn. Er riss sich zusammen. «Seppli ...»

Endlich kam wieder Bewegung in Gebrehiwet. Er gestikulierte wild, während er sprach.

«Er habe ihm nichts angetan», sagte Indhobuur. «Seppli sei bis spät bei ihnen gewesen, habe noch Zigni mit ihnen gegessen und sich dann auf den Weg gemacht. Wohin, das wüssten die Götter.»

Klar doch, die Götter. Es war zum Verzweifeln. «Wann war das?»

«So, wie er sagt, am Sonntagabend.»

«Am Sonntagabend», stellte Louis lapidar fest.

«Zwei Nächte vor dem grossen Unwetter», fügte Indhobuur an, der sich offenbar das Recht herausgenommen hatte, den Wortlaut zu verändern. Konnte man ihm trauen? Louis hätte sich lieber direkt mit dem Eritreer unterhalten.

Louis kochte innerlich. Solche Leute befanden sich nun in seinem Land und wollten integriert werden. Sie bemühten sich nicht, seine Sprache zu lernen. Sie gingen mit einer Machete auf die Jagd. Wie im Wilden Westen.

Äusserlich blieb er ruhig. In den letzten Monaten hatte er an sich gearbeitet, nachdem ihm bei einer Vernehmung die Sicherungen durchgebrannt waren. Seither richtete Fischbacher ein Auge auf ihn.

***

Die Häuser am Dorfanfang von Muotathal wirkten verlassen. An den Fenstern waren die Markisen heruntergelassen oder die Jalousien zu. Es schien, als bereitete sich jedermann wieder auf einen heissen Julitag vor. Valérie erinnerte sich an die Sommertage in Fully, als *Maman* am Morgen das Haus durchgelüftet hatte und alles verschloss, sobald die Sonne ihre Strahlen über den Berg sandte. Auf diese Weise war die Kühle oft über den ganzen Tag im Haus geblieben, in den dunklen Räumen, vor denen die Glut von draussen abprallte. Hier musste es genauso sein. Valérie hatte die Adresse der Familie Schelbert auf der Navigation eingetippt. Trotzdem bekundete sie Mühe, das Haus zu finden. Da gab es wohl die Strasse, aber die Nummern nicht. Sie parkte auf einem Weg, der zu einer Baustelle führte. Dort entstand ein zweigeschossiges Gebäude mit Giebeldach, was typisch war für diese Gegend. Auch hier rührte sich nichts. Es war Samstag. Man hatte die Arbeit niedergelegt.

Valérie stieg aus. Sie schritt die Pfade zwischen den Einfamilienhäusern ab, suchte nach beschrifteten Briefkästen. Diese waren entweder beim Eingang oder in der Nähe eines Gartenzauns angebracht. Über die Hälfte der hier Ansässigen hiessen Schelbert. Suchte sie die Nadel im Heuhaufen?

Ein Geräusch schreckte sie auf. Ein Hund schoss auf sie zu. Er kläffte wie irre und sprang an einem geschlossenen Gittertor hoch. Valérie griff instinktiv nach ihrer Glock. Sie hätte diesen Köter kaltblütig niedergeschossen, hätte nicht ein Zaun sie vor ihm geschützt. Wie sie diese Viecher hasste. Durch das Drahtgeflecht der Umzäunung sah sie direkt in einen weit aufgerissenen Hunderachen. Kalte Augen funkelten sie an. Der hier war brandgefährlich.

Jemand pfiff die Bestie zurück. Valérie nahm ihre Hand von der Pistole. Der Mann, der neben dem nun knurrenden Hund auftauchte, hatte ein freundliches Gesicht, war etwa um die fünfunddreissig und trug Shorts. Den Oberkörper hatte er entblösst. Ein Tattoo in der Form eines Totenkopfs mit Flügeln breitete sich von seinem Brustbein bis zum Bauchnabel aus und zog Valéries Aufmerksamkeit auf sich. Sie starrte ihn an, als hätte er die Pest.

Er dagegen entschuldigte das unflätige Benehmen seines «Baron», wie er den Hund nannte, während er ihn an die Leine nahm und ihm befahl, sich zu setzen. «Er ist ein junger Frechdachs», sagte er. «Er braucht noch eine gehörige Portion Erziehung. Kann ich Ihnen helfen? Ich habe gesehen, dass Sie schon eine Weile nach etwas Ausschau halten.» Jetzt glotzte er unverschämt auf ihre Narbe.

«Ich suche die Familie Schelbert.» Valérie liess den Hund nicht aus den Augen. Obwohl der Gartenhag sie von ihm trennte, war ihr beim Anblick des Tieres nicht geheuer. Da wurde wohl ein Kampfhund abgerichtet, so wie der die Zähne fletschte. Seinem Besitzer traute sie es durchwegs zu, eine solche Kreatur zu halten. Dagegen konnte auch sein Grinsen nichts ausrichten.

«Ha, das dürfte schwierig sein. Haben Sie denn einen Vornamen?»

«Benno Schelbert ... Benno und Regina.»

«Ach so ... Bödmerenkäsers Benni und seine Regi.» Der Mann zeigte auf ein unscheinbares Haus am Ende der Quartierstrasse. «Dort drüben wohnen sie. Aber sie sind seit Mitte Juli in den Ferien.»

«Wissen Sie vielleicht, für wie lange?»

«Sie kommen erst nächsten Samstag wieder. In der Regel fahren sie drei Wochen im Sommer nach Italien auf den Campingplatz. In die Nähe von Jesolo. Ja, eigentlich fahren sie immer nach Jesolo. Das liegt unweit von Venedig.»

«Mit den Kindern?»

«Wie bitte?» Der Mann versuchte, den an der Leine reissenden Hund zu besänftigen. «Baron! Fuss!»

«Hat die Familie Schelbert Kinder?»

«Ja, zwei ... wobei ...» Valérie sah ihm an, dass er nach den richtigen Worten rang. «Der Kleine, also Linus, der ist mongoloid.»

«Was wollen Sie damit andeuten?»

«Eine schwierige Situation ...»

«Für die Eltern oder für die Nachbarn?»

«Für die Eltern. Sie waren immer so sehr an ihn gebunden. Ich denke, dass ihnen die Ferien ohne ihren Sohn guttun. Deshalb haben sie ihn auch alleine ins Lager geschickt. Ja, einmal muss man auch einen solchen Bub zur Selbstständigkeit erziehen. Das habe ich dem Benni schon immer gesagt. Nur Regi hatte da so ihre Bedenken.»

«Linus ist nicht mitgefahren?»

«Nein. Nur Maya, aber die hat ihre Freundin mitgenommen. Linus ist an einem anderen Ort. Es gibt da dieses Lager im Unterengadin. Dort fährt er jeweils hin. In diesem Jahr zum ersten Mal alleine …»

Valéries Hoffnung, beim Toten könnte es sich trotz Mahlers Vermutung nicht um Linus Schelbert handeln, löste sich in einer grenzenlosen Ohnmacht auf. Sie holte ihren Notizblock hervor und fing an zu schreiben. «Sie können mir bestimmt den Namen des Campingplatzes nennen.»

«Ja, sicher. Es handelt sich um den Camping Waikiki. Ich erinnere mich nämlich, als mir Benni vor zwei Jahren erzählte, sie würden nach Waikiki reisen. Ich verwechselte das mit dem Stadtteil von Honolulu und dem berühmten Strand, sagte, dass ich da auch schon einmal gewesen sei. Hätte mich gewundert, wenn die so weit geflogen wären … mit Linus. Das hätte ich nicht begriffen … Kennen Sie Hawaii?»

Valérie notierte. «Das ist gewiss, dass sie auf diesem Campingplatz sind?»

«Ja, sicher.» Der Mann trat näher an den Zaun heran. «Warum wollen Sie das wissen?»

«Der Junge … Linus, der ist also in einem Lager. Wo denn genau?»

«In Schuls. Das ist am grünen Inn …» Er lachte und brachte den Totenkopf zum Hüpfen.

«Kennen Sie die Adresse?»

«Nein, aber es ist ein Ferienheim für Behinderte …»

Valérie unterliess einen entsprechenden Kommentar. «Ich danke Ihnen.» Sie steckte den Block ein. Mit dem erneuten Gekläffe im Rücken kehrte sie zu ihrem Wagen zurück. Sie setzte sich hinein, griff nach dem iPhone und wählte die Nummer der Einsatzzentrale.

Daniel Christen meldete sich.

«Dani, ich brauche eine Auskunft.»

«Wer ist am Telefon?»

«Valérie.»

«Warum meldest du dich bei mir?»

«Weil meine Leute unterwegs sind.»

«Was kann ich für dich tun?»

«Setz dich mit dem Betreiber des Campings Waikiki in Jesolo in Verbindung. Familie Schelbert aus Muotathal ist dort in den Ferien. Ich muss sie umgehend sprechen. Dann brauche ich die Adresse eines Ferienlagers für beeinträchtigte Menschen in Schuls. Wahrscheinlich ein Schwyzer Ferienheim. Hast du's?»

«Bis wann?»

«Jetzt gleich.»

«Ich werde mich beeilen.»

Valérie startete den Motor, fuhr an und rollte bis zur Hauptstrasse. Sollte sie noch einmal zur Klinik fahren? Es liess ihr keine Ruhe.

Der Juli lag schwer über dem Muotatal. Die Hitze hatte sich nach dem heftigen Gewitter Anfang Woche wieder über die Landschaft ausgebreitet. Ein seltsamer Geruch lag in der Luft wie der Hauch des Todes. Obwohl die Sonne auf sie niederprasselte, hatte Valérie das Dach ihres Roadsters heruntergelassen. Der Wind kühlte jedoch kaum. Sie fuhr durch den Ort, der sie an ein Geisterdorf erinnerte. Sie überquerte die Muota. Beim Stützli nahm sie den Weg Richtung Bisistal. Auf der Höhe der Husky-Lodge hielt sie kurz an, sah aber davon ab, ins Hüttendorf zu fahren. Seit Louis' Recherche vor Ort wurde auch nach einem schwarzen, grauen oder blauen Q5, einem Ranch Rover und einem Jeep gefahndet.

Die Klinik von Dr. Rast war geschlossen, was Valérie merkwürdig fand. Sollten sich hier tatsächlich Patienten aufhalten, wurden sie isoliert. Oder eingesperrt? Sofort waren diese Bilder da. Der geschändete Linus und der vermisste Seppli. Hätte sie doch einen Grund gehabt, die Klinik zu durchsuchen? Oder überreagierte sie? Immer weiter fuhr sie ins Tal hinauf. Sie passierte das heruntergekommene Haus des Pragelhannes' Toni. Sie stoppte, fuhr rückwärts in die Wiese und stieg aus.

Seit ihrem letzten Besuch hatte sich vor dem Haus noch mehr Unrat angesammelt. Nebst einem verrosteten antiken Bettgestell lagen Harasse auf einem Haufen. Valérie umging die Hindernisse.

Sie klopfte an die Tür, die nur angelehnt war. Als sich niemand meldete, stiess sie die Tür auf. Im Flur herrschte ein unverändertes Chaos.

«Hallo, jemand da?» Valérie zögerte. Sie griff nach ihrer Glock. Es beruhigte sie, obwohl sie nicht daran dachte, von ihr Gebrauch machen zu müssen. «Hallo?»

Keine Antwort. Das Hausinnere schwelte unter der gnadenlosen Hitze, die hier in alle Fugen drang. Ein eigenartiger Geruch, der sie an Salmiak erinnerte, breitete sich aus. Valérie entdeckte den Zugang zu einer Treppe, die eine Etage höher führte. Auf jeder Stufe lag Gerümpel, und es grauste sie. Auf dem obersten Treppenabsatz versuchte sie, eine Tür aufzustossen. Etwas klemmte. Valérie lehnte sich mit der ganzen Körperkraft dagegen. Es gab ein schleifendes Geräusch. Endlich gelang es ihr, sich in den dahinterliegenden Raum zu drücken. Unmittelbar hinter der Tür lag ein Jutesack. Der Form nach zu urteilen, hatte Pragelhannes' Toni ihn mit Zeitungen gefüllt. An einer zerfetzten Stelle schien Papier mit Druckerschwärze durch. Valérie tastete den Sack ab. Sie war auf alles gefasst. Eindeutig Zeitungen. Sie atmete auf.

Der Weg zu einem der Zimmer war mühsamer als eine Wanderung auf den Grossen Mythen. Nein, so etwas hatte sie noch nie zuvor erlebt. Das Haus ächzte unter der Last des Mülls. Im ersten Zimmer befand sich ein Doppelbett. Mit Ausnahme eines Schranks, der die ganze linke Wand einnahm, zwei Nachttischen, einer Kommode und einem durchgesessenen Sofa gab es hier zumindest ein paar freie Zentimeter. Valérie betrachtete zuerst das Bild über dem Bett: Maria mit dem Jesuskind und einer Armada von Engeln, die Mutter und Kind bewachten. Ein einziges Fenster ging nach draussen. Rechts neben der Kommode, auf der eine Waschschüssel und zwei Krüge standen, führte eine Tür ins nächste Zimmer. Valérie stiess sie auf. Im Raum war es dunkel. Sie tastete die Wand ab, suchte vergebens nach einer Lichtquelle. Sie betrat das Zimmer. Allmählich gewöhnten sich ihre Augen an die Dunkelheit. Schemenhaft erkannte sie ein Bett, einen Schrank und wiederum verschiedene Kartons, die den Weg dorthin versperrten. Valérie holte ihr iPhone aus der Hosentasche, strich über den Touchscreen und suchte nach der Taschenlampenfunktion. Der helle Strahl traf die Wand über dem Bett.

Dort hing Cameron Diaz.

Fast zeitgleich mit dem Schock drang von unten her ein Geräusch nach oben. Ein Poltern aus dem unteren Stock, als sie begriff, worauf ihr Blick gefallen war. Ihr mulmiges Gefühl hatte sie nicht getäuscht. Hatte Pragelhannes' Toni etwas mit dem Mord an Linus Schelbert zu tun? War es möglich, dass sie in diesem Haus den vermissten Seppli Schmidig finden würde? Valérie kehrte ins angrenzende Schlafzimmer zurück, wollte von dort aus in den Flur gelangen. Plötzlich wurde die Tür zugezogen. Valérie vernahm das metallene Geräusch eines sich drehenden Schlüssels. Sie stiess gegen die Tür. Zu spät. Sie war gefangen.

Ihr ganzer Körper stand auf Kampfbereitschaft. Sie würde die Tür eintreten, wenn es sein musste. Andererseits würde es schwierig sein, weil der Rahmen den Stoss blockierte. «Hallo? Sind Sie das, Herr Imhof?»

Von draussen vernahm sie nur ein hektisches Atmen, das sich wie das Hecheln eines Hundes anhörte.

«Herr Imhof? Ich bin es, Valérie Lehmann. Bitte öffnen Sie die Tür.»

«Du bist unbefugt in mein Haus getreten.»

Also doch Pragelhannes' Toni. Valérie wusste nicht, ob sie erleichtert aufatmen sollte. Stand vielleicht der Mörder vor der Tür? Oder weshalb hatte er das Bild von Cameron Diaz im Zimmer nebenan aufgehängt? Gehörte es ebenso zu den gesammelten Dingen, die er im Verlaufe seines Lebens zusammengetragen hatte? Oder was hatte dies zu bedeuten? Ihr schwindelte. Das Bild verfolgte sie, wohin sie auch ging. An Zufall durfte sie nicht denken, eher an Berechnung oder an ein perfides Spiel, das jemand mit ihr trieb. Einen kühlen Kopf bewahren. Es gab für alles eine Erklärung. Sie griff erneut nach ihrem iPhone und stellte fest, dass der Akku leer war. Klar, die Lampe hatte den letzten Rest Energie verbraucht.

«Herr Imhof, bitte lassen Sie mich aus dem Zimmer. Wir können uns in Ihrer Küche miteinander unterhalten.»

«Da kannst du lange betteln, äh. Das ist Hausfriedensbruch, du hast dir unbefugt Zutritt zu meinem Heiligtum verschafft, aber das brauche ich einer Bullentusse wie dir nicht zu sagen.»

Wo hatte er nur die guten Manieren gelassen? Valérie lehnte sich an die Tür. «Hören Sie, in ein paar Minuten wird es auf Ihrem Grundstück von Polizisten wimmeln. Wollen Sie das? Lassen Sie mich raus.»

Grosses Schweigen.

«Herr Imhof?»

«Äh, das beeindruckt mich nicht. Du bist in mein Haus eingedrungen. Die Polizei soll ruhig kommen.»

Dumm war er nicht. Es nützte nur noch eines: der Schritt nach vorn. «In Ihrem Zimmer hängt ein Bild von Cameron Diaz. Können Sie mir erklären, warum?»

Ein raues Lachen. «Hätte ich Arnold Schwarzenegger aufhängen sollen, äh? Zugegeben, seine Muckis gefallen mir … aber ich stehe nun mal auf Frauen.»

«Warum Cameron Diaz? Wo haben Sie dieses Bild her?»

«Das geht dich, äh, einen Scheissdreck an!»

Valérie ging auf das Fenster zu. Der Blick nach draussen stimmte sie nicht zuversichtlicher. Wenn sie sprang, würde sie es nicht unverletzt überstehen. Sie lehnte sich über den Sims. Auch die Dachrinne war nicht in greifbarer Nähe. Verdammt! Warum war sie so unvorsichtig gewesen? Sie überlegte. Louis war damit beschäftigt, Zeugen zu mobilisieren, Fabia besuchte an seiner Stelle die Maskenbildnerin in Schwyz. Niemand würde sie vermissen. Und Emilio? Nein, an Telepathie glaubte sie nicht. Gedankenübertragung funktionierte bei ihr nicht. Sie stellte sich wieder an die Tür. «Ich werde schiessen, wenn Sie nicht augenblicklich aufmachen.»

«Das wirst du nicht. Dieses Risiko gehst du nicht ein. Die Kugel könnte dich selbst treffen.»

Es schauderte sie. Der war sich seiner Sache sehr sicher. War er auch fähig, ein Kind zu töten?

Allmählich verlor Valérie die Geduld. «Ich werde Ihnen nichts tun.» Sie startete einen letzten Versuch.

«Das sagt ihr immer.» Pragelhannes' Toni zögerte. Valérie

vernahm ein leises Stöhnen. «Ich habe nichts mit dem Mord an diesem Bub zu tun … äh.»

«Ich weiss.»

«Warum bist du dann hier? Ich bin nicht blöd. Klar doch, es ist einfacher, einen wie mich zu verdächtigen. Aber ich bin der Falsche.»

«Dann lassen Sie mich jetzt raus. Wir können in aller Ruhe miteinander reden.»

Valérie hörte, wie Pragelhannes' Toni den Schlüssel drehte. Er stiess die Tür auf. Valérie griff nach der Glock.

«Pfoten weg, äh, oder ich schlage dir mit der Harke ins Gesicht!»

«Ist ja gut.» Valérie hob beschwichtigend die Hände, während sie die Harke im Visier behielt. Nein, sie würde sich niemals mehr von einem Mann schlagen lassen.

***

Die Vernehmung der beiden Eritreer war beendet. Herausgekommen war nichts. Indhobuur hatte sich rasch verabschiedet und sich auf Kosten der Polizei mit einem Taxi nach Pfäffikon fahren lassen. Die Gebrüder Gebrehiwet durften ins Bisistal zurückkehren. Im Gegensatz zum Dolmetscher mussten sie ihre Reise selbst organisieren und auch bezahlen. Ein wenig Mitschuld trugen sie am Ganzen. Hätten sie sich nicht so auffällig benommen, wäre ihnen das ganze Theater erspart geblieben – auch Louis.

Frustriert ging er nach draussen, wo er sich eine Zigarette anzündete. Die Vernehmung hatte den ganzen Vormittag gedauert. Jetzt stand der Rapport an. Am Nachmittag hatte Valérie zur Teamsitzung geladen. Da wollte er vorbereitet sein. Sein iPhone schnurrte.

«Louis, Dani Christen am Apparat. Weisst du, wo die Lehmann steckt? Ich versuche sie seit geraumer Zeit zu erreichen. Aber da kommt nur die Combox. Ich habe sie gebeten, mich umgehend anzurufen. Bis jetzt hat sie sich nicht gemeldet.»

«Wo brennt's denn?» Louis schnippte die Zigarettenkippe weg. In letzter Zeit war ihm aufgefallen, dass Valérie nicht immer erreichbar war. Mit ihren Gedanken war sie auch oft abwesend. Hatte das mit dem Unfall im Dezember zu tun? Oder mit Zanetti?

«Sie hat mich beauftragt, zwei Adressen herauszusuchen.»

«Warum du? Ist das nicht Aufgabe der Kommunikation?» Louis angelte nach einer neuen Zigarette.

«Ich hatte grad Zeit.»

«Schiess los!»

«Benno und Regina Schelbert befinden sich tatsächlich auf dem Waikiki Camping in Jesolo. Sie sind bis nächsten Samstag dort. Hast du etwas zum Schreiben? Ich habe die Nummer des Campingplatzes.»

«Mach es nicht spannend. Schick mir die Adresse per Mail. Sonst noch was?»

«Die Ansprechperson für das Ferienlager in Schuls habe ich auch. Er heisst Peter Widmer …»

«Kannst du auch gleich mitschicken.» Louis ging zurück ins Gebäude. Seine Laune war im Keller.

«Ich glaube, es eilt», sagte Christen.

Louis drückte ihn weg. Er wählte Valéries Nummer. Vielleicht hatte er mehr Glück. Er stellte die Nummer ein. Sofort schaltete sich der Anrufbeantworter ein. Louis musste sich zurückhalten, dass er nicht ausfällig wurde. Was war nur los mit ihr? Sollte er Fischbacher informieren? Oder Zanetti? Ein bisschen Stimmung würde nichts schaden. Im Büro angekommen, wählte er die Nummer des Kripo-Chefs. Nach dem ersten Klingelton überlegte er es sich anders und wählte Zanetti an.

Dieser nahm das Gespräch gleich entgegen.

«Louis Camenzind, guten Tag, Herr Staatsanwalt.» Louis versuchte es auf die nette Art, obwohl er diesen Zanetti einmal mehr hätte auf den Mond schiessen können. An einsamen Abenden hatte er nach ihm gegoogelt. Hatte gehofft, auf einen schwarzen Fleck in seinem Leben zu treffen. Auf etwas, das ihn als Wolf im Schafspelz entlarvte. Er hatte es bis heute nicht geschafft. «Wissen Sie, wo sich Valérie Lehmann aufhält?»

«Warum sollte ich das wissen?», kam es barsch zurück.

Hoppla! Auch beim Staatsanwalt schienen die Nerven einer Zerreissprobe ausgesetzt.

Weil du mit ihr das Bett teilst! Louis druckste herum. Das ging ihn nichts an. Aber dieser Zanetti hatte Dreck am Stecken, war er sich sicher. Er wollte Valérie davor bewahren, dass sie gegen eine Wand lief oder womöglich in etwas involviert wurde, das sie nicht verdiente.

«Ich dachte …» Ja, was dachte er? «Ich dachte nur …» Was für eine Blamage. «Ich brauche eine Handyortung.»

«Das müsste die Ermittlungsleitung anfordern. Und so, wie ich Frau Lehmann kenne, würde sie das direkt beim Richter tun.»

Das sass. Louis wollte sich nicht geschlagen geben. Er hielt noch einen letzten Trumpf in der Hand. «Ich brauche eine Ortung von Valérie Lehmanns Handy.»

«Was ist Ihre Begründung?» Dieser Kerl war die Ruhe selbst.

«Sie ist seit heute Morgen offline.»

Auf der anderen Seite der Leitung war es erstaunlich still.

«Sind Sie noch dran?»

«Ja, ich überlege mir gerade, wo sie sein könnte. Hat sie nicht gesagt, dass sie die Familie Schelbert in Muotathal aufsucht? Vielleicht fahren Sie da mal hin. Und jetzt entschuldigen Sie mich bitte.» Zanetti brach die Verbindung ab.

Nein! Das hatte nicht nach der grossen Liebe geklungen. Dieser Typ war eiskalt. Louis würde es Valérie beweisen, dass mit ihm etwas nicht stimmte. Er fuhr mit dem Finger über die Ortungs-App und gab Valéries Telefonnummer ein. Nichts geschah. Ihr iPhone war ausser Betrieb.

Das warf ein neues Licht auf die Situation. Louis überlegte. War seine Kollegin in Gefahr? Befand sie sich wieder einmal auf einem Alleingang? So wie gestern, als er sie in dieser Klinik gefunden hatte? Wenn sie sich etwas in den Kopf gesetzt hatte, verfolgte sie es bis zum bitteren Ende. Sie hatten das schon oft diskutiert. Nachdem sie von Fischbacher einen Rüffel bekommen hatte, nahm sie sich zusammen. Sie selbst duldete es auch nicht, wenn ihre Kollegen allein unterwegs waren.

Valérie war also in Muotathal gewesen. Die Schelberts hatte sie jedoch nicht angetroffen, sonst hätte sie sich nicht nach einer Adresse in Jesolo erkundigt. Wohin war sie danach gefahren? Zur Klinik? Louis war es leid, sich um seine Kollegin zu kümmern.

Trotzdem fühlte er sich ihr gegenüber verpflichtet. Vor einem halben Jahr hatte sie ihm auch den Rücken freigehalten. Eigentlich war sie eine loyale Kollegin. Er musste nach ihr suchen, ob er wollte oder nicht.

Er rief Fabia an. Sie war nach dem Besuch bei Lina Rotenfluh zu ihrer Mutter gefahren. Sie vereinbarten, sich auf dem Gelände von Rasts Klinik zu treffen.

Der Asphalt auf der Schlagstrasse flimmerte wie eine Fata Morgana. Louis preschte mit erhöhter Geschwindigkeit von Biberbrugg nach Schwyz. Links und rechts zog die Landschaft rasant an ihm vorbei. Er hatte kaum Augen für die Schönheit der Natur, die sich an diesem Sommertag von ihrer grandiosen Seite zeigte. Dort die Rigi, an ihrem Fuss der Lauerzersee, auf dem die zwei Inseln Schwanau und Roggenburg wie Pelzkugeln zu schwimmen schienen. Auf der Höhe des Verkehrsamts zweigte er links ab. Über die Herrengasse kam er aufgrund des Gegenverkehrs nur langsam voran. Louis entdeckte das Haus der Ex-Staatsanwältin Jole von Reding und fragte sich, ob sie dort noch wohnte, nachdem sie in ihrem letzten Fall ziemlich für Furore gesorgt hatte. Er hatte gelesen, dass der dubiose Club aufgelöst worden war. In die Herrengasse war seither Ruhe eingekehrt.

Bis nach Ried kam er wieder gut voran. Diesen Weg kannte er mittlerweile auswendig. Jede Unebenheit war ihm vertraut. Wie oft war er hierhergefahren, um seine Position zu beziehen? Ein Undercover-Einsatz nach Feierabend. Unfreiwillig und zum Warten verdammt, mit der vagen Hoffnung, dass er sie eines Tages doch noch sehen würde. Die Frau, die ihm den Verstand geraubt hatte, in einer Nacht. Er hatte sie am Morgen nach ihrem Zusammensein in Ried abgesetzt. Sie hatte ihm versprochen, sich zu melden. Sie hatte es nicht getan. Das war jetzt einen Monat, vier Tage und dreizehn Stunden her. Er hatte nach ihr gesucht. Jeden Abend von Neuem. Sie war wie vom Erdboden verschluckt.

Louis ging vom Gas. Sie war aus seinem Wagen gestiegen und hatte den Weg zu diesem Haus eingeschlagen, aber da wohnte sie nicht. Sie hatte ihn versetzt. In seinen Erinnerungen sah er sie von hinten, mit diesen halblangen blonden Haaren und dem wohlgeformten Po, der sich unter ihrem Rock abzeichnete. Es war das letzte Bild, das er von ihr hatte.

Sein iPhone schnurrte über die Freisprechanlage. Louis meldete sich, noch ganz vergeistigt von seinen Visionen.

«Ich bin's, Fabia.»

«Bist du schon vor Ort?»

«Nicht bei der Klinik. Du, ich habe Valéries Wagen gefunden, neben einer abbruchreifen Hütte. Ich habe ein ungutes Gefühl. Soll ich nach ihr suchen?»

Louis schlug mit der Hand aufs Lenkrad. «Verdammt, nein! Gib mir die Koordinaten durch. Ich werde gleich bei dir sein.»

***

Es ging ganz schnell. Da war dieser Reflex, der ihren Verstand komplett ausschaltete. Mit dem rechten gestreckten Bein fuhr sie in die Höhe. Sie traf die Harke, die in der Folge im grossen Bogen Richtung Jutesack flog. Pragelhannes' Toni war ob dieses Angriffs so überrascht, dass er einen Moment konsterniert stehen blieb. Einzig vor seiner Brust flatterten die Hände, aus denen die Harke weggespickt war. Er hatte kaum mehr Zeit, sich zur Wehr zu setzen, da lag er auch schon auf dem Boden. Valérie drehte ihn mit einem Griff auf den Bauch, riss seine Arme nach hinten, was es ihm unmöglich machte, sich zu wehren, und hielt ihn fest. Sie holte die Handschellen hervor, legte sie um Pragelhannes' Tonis Handgelenke und schnappte sie ein.

«Du tust mir weh!» Erst jetzt brachte er einen Ton heraus.

«Das hätten Sie sich früher überlegen sollen.» Valérie stiess ihm in die Kniekehle. «So, und jetzt aufstehen. Ich verhafte Sie wegen des dringenden Verdachts auf Freiheitsberaubung und Mord. Sie haben das Recht zu schweigen.»

«Das würde dir so gefallen, äh … mit mir nicht.»

«Alles, was Sie jetzt sagen, kann vor Gericht gegen Sie verwendet werden.» Valérie zog ihn auf die Beine und wunderte sich, wie flott das ging. Es war das erste Mal nach ihrem Spitalaufenthalt, dass sie körperlichen Einsatz zeigte. Hatte also das Aufbautraining im «One» doch etwas bewirkt? Sie war wieder die Alte und spürte Genugtuung.

Der Weg zurück über die Treppe glich einem Balanceakt. Pragelhannes' Toni drohte ihr und liess sich von ihren Sprüchen nicht beeindrucken. «Du hast keine Zeugen. Da wird Aussage gegen Aussage stehen.»

«Mir genügt das Bild in Ihrem Zimmer.»

Er zählte eine ganze Reihe von Schimpfwörtern auf. Valérie stiess ihn durch den Flur ins Freie.

Dort warteten bereits Louis und Fabia.

«Ihr kommt gerade richtig», sagte Valérie und sah in zwei weit aufgerissene Augenpaare. «Bringt ihn nach Biberbrugg!»

«Und du?» Louis' Gesicht hatte die Farbe einer reifen Tomate angenommen.

«Ich habe noch etwas zu erledigen.»

«Stopp!» Louis hielt sie zurück. «Christen hat dich gesucht.» Er überreichte Valérie die Notiz mit den Adressen. «Du hast ihn nach der Nummer des Campingplatzes in Jesolo gefragt. Die Schelberts sind dort seit Mitte Juli in den Ferien.»

Valérie las. «Das ist sehr sonderbar. Die Schelberts verreisen ohne ihren Sohn. Sie schicken ihn in ein Ferienlager, wo er wahrscheinlich nie eingetroffen ist. Das müsste doch auffallen. Wenn ich mein Kind allein nach Schuls schicke, will ich doch wissen, ob es dort gut angekommen ist ...»

«Ausser den Eltern ist auch etwas zugestossen», sagte Fabia, die diese Erklärung als die plausibelste betrachtete.

«Die Eltern müssen wohlauf sein», hielt Louis dagegen, «sonst hätte Christen das erfahren.»

Valérie wandte sich an Fabia. «Kannst du mir dein Handy ausleihen? Meines hat keinen Akku mehr.»

***

Sie trafen sich im Sitzungszimmer wieder: Valérie, Louis, Fabia und die Ermittler, die am Fall Linus Schelbert arbeiteten. Dominik Fischbacher war zusammen mit Zanetti eingetroffen, Franz Schuler dagegen allein.

«Es ist an der Zeit, dass wir der Presse ein Statement geben», sagte Fischbacher. «Die machen ziemlich Druck –»

«Nein, das ist noch zu früh», fuhr ihm Valérie ins Wort. «Zuerst müssen Benno und Regina Schelbert ihren Sohn identifizieren. Ich habe mich heute Mittag mit ihnen in Verbindung gesetzt. Sie sind nun unterwegs in die Schweiz.»

«Wie hast du es ihnen beigebracht?»

«Ich teilte ihnen mit, dass wir wahrscheinlich ihren Sohn gefunden hätten und es zum jetzigen Zeitpunkt schwierig sei, mit ihm zu sprechen.»

«Und das nahmen sie dir ab?» Louis überreichte ihr ein beschriebenes Blatt. «Hier, dieser Anruf ging vor einer Viertelstunde bei uns ein. Peter Widmer, der Leiter des Jugendlagers in Schuls, rief an.»

«Was wollte er?»

«Was wohl?» Louis genoss es, Valérie hinzuhalten. «Nachdem du die Schelberts angerufen hattest, benachrichtigten sie ihn umgehend. Sie waren wohl sauer, weil Widmer sie über den Verbleib ihres Sohnes nicht informiert hatte. Du hast da etwas in Gang gesetzt.»

«Davon mussten wir ausgehen.» Valérie blieb gelassen. «Ist dieser Widmer jetzt erreichbar?» Sie wartete Louis' Antwort nicht ab. Sie griff nach dem Papierbogen und erhob sich. «Ihr entschuldigt mich. Ich bin gleich zurück.»

Sie eilte in ihr Büro und wählte dort die Nummer von ihrer Festnetzstation aus. Peter Widmer meldete sich umgehend, als hätte er auf ihren Anruf gewartet. Er gab zu, dass ihn Schelberts Anruf aus dem Konzept gebracht habe. «Das ist eine massive Anschuldigung», sagte er. «Nachdem Benno Schelbert mich am 15. Juli angerufen und mir mitgeteilt hatte, dass Linus nun nicht nach Schuls fahren würde, habe ich ihn von der Liste gestrichen. Ich weiss, wie schwierig es ist, wenn solche Kinder, fernab ihrer Eltern, allein in ein Ferienlager reisen sollten. Das haben die Schelberts sicher eingesehen und ihre Entscheidung getroffen, wenn auch kurzfristig. Ich hatte Verständnis dafür.»

«Haben Sie nach dem Grund gefragt, weshalb sie die Marschrichtung änderten?»

«Nein. Linus war bereits im letzten Sommer bei uns in Schuls. Die Mutter hatte ihn damals mit dem Zug gebracht. Während der Dauer des gesamten Lagers war er sehr traurig. Wir hatten grosse Mühe mit ihm. Aber es war uns wichtig, dass wir seinen Herzschmerz zusammen mit ihm bewältigten. Die Eltern erfuhren erst im Nachhinein von dieser nicht einfachen Situation. Aber ein Lager ist da, um die Eltern zu entlasten. Wir wissen, worauf wir uns einlassen … In diesem Jahr hätte ich Linus am Samstag, den 15. Juli, in Zug übernehmen müssen. Doch dann kam dieser Anruf …»

«Von wem?»

«Von Herrn Schelbert.»

Durfte sie Widmer glauben? «Kannten Sie Herrn Schelbert persönlich?»

«Nein, ich hatte bis anhin immer nur mit Frau Schelbert zu tun. Sie kümmert sich in der Regel um den Jungen. Sie war es, die ihn vor einem Jahr in meine Obhut gab.» Widmer zögerte. «Ehrlich gesagt hatte ich mich noch gewundert, dass nicht Frau Schelbert mich anrief, sondern ihr Mann.»

«Hat Herr Schelbert Sie auf Ihr Handy angerufen? Haben Sie die Nummer gespeichert?»

«Keine Ahnung.»

«Ich muss Sie bitten, umgehend die Nummern zu notieren, von denen Sie am 15. Juli angerufen wurden. Die Nummern und die jeweilige Anrufzeit. Oder können Sie sie bereits auf eine einzige Nummer eingrenzen?»

«An diesem Tag war es ziemlich hektisch. Da reisten noch andere Kinder alleine an. Aber ja, wenn Sie es wünschen, werde ich Ihnen die entsprechenden Nummern mailen. Wann soll ich –»

«Jetzt gleich.» Valérie lehnte sich in ihrem Sessel zurück. Was war da schiefgelaufen? «Ich muss Sie bitten, am Montag unserer Vorladung zu folgen. Wir müssen Ihre Aussage protokollieren.»

«Kann das nicht warten?», kam es wenig euphorisch zurück. «Ich muss ein Lager leiten und kann nicht einfach von der Bildfläche verschwinden.»

Valérie überlegte sich, ob sie eine Reise ins Unterengadin machen oder jemanden von ihrem Team dorthin schicken sollte.

«Bestimmt gibt es in Ihrem Lager jemanden, der Sie vertreten kann.»

Am Ende der Leitung blieb es eine Weile still, bis Valérie ein leises Seufzen hörte.

«Ist Linus etwas passiert?»

«Darüber kann ich nicht am Telefon sprechen.» Sie teilte Widmer ihre Mailadresse mit, verabschiedete sich von ihm und hängte auf.

Sie verstand die Welt nicht mehr. Da gingen Kinder mit einer schweren geistigen Beeinträchtigung alleine auf Reisen. Sah Inklusion so aus, sie möglichen Gefahren auszusetzen? Sollten sie sich selbstständig zurechtfinden? Was hatte Mahler gesagt? In ein paar Jahren würden diese Menschen nicht mehr auffallen, weil sie zum Bild einer facettenreichen Gesellschaft gehörten. Weil man sich dann auf sie eingestellt hatte und sie endlich gleich behandeln würde. War das nicht eine Illusion auf Kosten der Betroffenen? Es waren Schutzbedürftige, die auf die Hilfe anderer angewiesen waren, auch wenn das nicht in die auf Erfolg und Perfektion getrimmte Gesellschaft passte.

Valérie ging zurück ins Sitzungszimmer. Dort hatte Fischbacher die Leitung übernommen und besprach das weitere Vorgehen. Valérie unterbrach ihn. «Sobald die Schelberts hier ankommen, werde ich mit ihnen in die Rechtsmedizin fahren. Res Stieffel weiss Bescheid. In der nächsten Stunde werden mir von Peter Widmer Telefonnummern übermittelt, von denen aus er am 15. Juli angerufen wurde.» Valérie informierte über das eben geführte Gespräch mit dem Lagerleiter. «Ich muss sicher sein, ob der Anruf tatsächlich von Schelbert ausging, und wenn ja, warum. Es kommt mir allerdings suspekt vor, dass der eigene Vater seinen Jungen ins Verderben laufen lässt. Oder er hat mit dessen Tod etwas zu tun …» Daran allerdings wollte Valérie nicht glauben.

***

Zum letzten Mal hatte Valérie Res Stieffel vor gut einem Jahr in der Rechtsmedizin besucht, als der tote Regierungsrat auf dem Seziertisch gelegen hatte. Da war die Kirche noch im Dorf gewesen und Stieffel ihr wohlgesinnt. Heute herrschte Eiszeit zwischen ihnen. Ihn wieder in diesem wasserabstossenden Mantel und der Haube zu sehen, erweckte bei ihr den Eindruck, ihre letzte Begegnung wäre erst gestern gewesen. Sein blasses Gesicht im Neonhell des Sektionssaales sah ebenso gespenstisch aus wie vor einem Jahr. Nur der tote Körper war ein anderer. Er lag auf dem Alutisch, zugedeckt bis über den Kopf. Doch nicht allein dieser Anblick, vielmehr die Vorstellung, dass es sich dabei um einen neunjährigen Jungen handelte, liess Valérie schaudern. Sie wusste bereits, wie der Tote aussah. Die erste Begegnung mit ihm hatte sich in ihrer Seele stigmatisiert. Stieffel hatte, wie er sagte, das verstümmelte Gesicht einbandagiert. Wenn der Junge tatsächlich Linus war, wollte er den Eltern diesen Anblick ersparen.

Diese standen bei der Tür, nicht schlüssig, ob sie den Raum betreten oder von der Distanz aus den Leichnam ansehen wollten. Regina Schelbert war eine bodenständige Frau, gut genährt und braun gebrannt, was wohl Venetiens Sonne zu verdanken war. Sportlicher und weniger rund präsentierte sich ihr Mann, der sie um fast zwei Kopflängen überragte. Wie Fremdkörper standen sie da in grünen Überzügen, die sie vor der Tür hatten anziehen müssen. Valérie führte sie zum Tisch. Sie hatte vorgängig lange mit ihnen gesprochen, sie darauf vorbereitet, dass eine Identifizierung nicht zu umgehen sei, wollten sie erfahren, was mit ihrem Sohn geschehen war. Valérie hatte sie noch nicht befragt. Das wollte sie für später aufheben.

Sie hatte mit einem Drama gerechnet, mit Anschuldigungen und Vorwürfen. Nach dem Telefongespräch hatten sich beide damit einverstanden erklärt, sofort nach Schwyz zu fahren, um eine allfällige Verwechslung auszuschliessen.

Nur schrittchenweise näherte sich das Ehepaar Schelbert den letzten Zentimetern bis zum Tisch. Sie hielten sich an der Hand, als wären sie fähig, einander im Augenblick der Wahrheit zu stützen. Ein angespannter Moment, in dem sich Valérie die Frage stellte, woher ein Gerichtsmediziner die Kraft nahm. Immer wieder war er mit dem gleichen Leid konfrontiert.

Res Stieffel ergriff das Tuch am Fussende und zog es über

den toten Körper. Da war dieser Geruch nach Formaldehyd, der aus den Poren des Leichnams zu strömen schien. Die dünnen, wenngleich schwammigen Beine, der unterentwickelte Leib, der T-Schnitt, der sich vom Scham- bis zum Brustbein zog. Stieffel hatte den Körper obduziert, die Organe herausgenommen, sie untersucht und danach wieder in den Körper zurückgelegt, bevor er ihn zunähte. Alles war noch vorhanden, wenn auch anders in der Anordnung.

Dass es ihr Sohn war, brauchte Regina Schelbert nicht zu sagen. Valérie hatte sie beobachtet, als ihre Augen den Jungen absuchten. Da war ein grosses Wiedererkennen in ihrem Blick gewesen, bevor sie ihre Pupillen verdrehte und in die Arme ihres Mannes sackte. Etwas länger hielt Benno Schelbert der Erkenntnis stand. «Ja, er ist es», sagte er nur, während er seine ohnmächtige Frau hielt.

Wider Erwarten sorgte sich Stieffel um einen Stuhl, auf den er Frau Schelbert setzte. Allmählich kam die Frau zu sich. Stieffel verabreichte ihr ein Beruhigungsmittel. Wie in Trance griff sie nach der Tablette, steckte sie ebenso paralysiert in den Mund und trank einen Wasserbecher halb leer.

Was danach folgte, hätte Valérie gern ungeschehen gemacht. Nach dem grossen Schock stand die Befragung an. Gern hätte sie den Eltern Zeit gelassen, um sich mit dem Verlust ihres Sohnes auseinanderzusetzen, um überhaupt zu begreifen, was geschehen war. Würde ein Tag reichen? Valérie fühlte sich unter Druck. Sie musste weitermachen, weil das Leben von Seppli Schmidig auf dem Spiel stand. Eine solche Szene wie eben würde sie nicht noch einmal verkraften.

Es war nach Mitternacht, als Valérie mit den Schelberts nach Muotathal fuhr. Zurück in ihr Heim, in dem sie vor wenigen Stunden erst angekommen waren. Die Koffer, die sie in Jesolo überstürzt hatten packen müssen, standen noch im Flur.

Unterwegs hierher hatte sich Valérie mit dem Hundebesitzer von neulich in Verbindung gesetzt und ihn gebeten, bei den Schelberts vorbeizuschauen. Er stand vor der Tür und nahm seine Nachbarn in den Arm. Trost muss so aussehen, dachte Valérie und revidierte ihre negative Meinung von letzthin.

«Wir werden Sie am Montag zu einer ersten Einvernahme nach Biberbrugg vorladen.» Valérie brauchte Überwindung.

Schelbert nickte beherrscht, als bemühte er sich, sich mit der traurigen Begebenheit abzufinden.

SECHS

«Wir müssen reden.»

Valérie war gerade aus ihrem Büro auf den Flur getreten, als der Polizeipsychologe Henry Vischer ihren Weg kreuzte.

«Eigentlich hätte ich heute meinen freien Tag.» Henry blieb abrupt stehen. Er musterte seine Kollegin von oben bis unten. «Dir würde es auch guttun.»

«Du kannst freimachen, wenn unser Fall gelöst ist.» Valérie zog ihren Kollegen ins Büro. «Mein Aussehen geht dich zudem nichts an.» Sie lächelte gekünstelt. «Setz dich. Ich kann dir Kaffee anbieten.»

«Willst du mich bestechen?»

Valérie deutete auf ihre ferrarirote Kaffeemaschine. «Sie ist zu wenig in Betrieb. Ich habe sie nicht gekauft, um sie brachliegen zu lassen. Espresso oder Lungo?»

Henry liess sich auf einem der Stühle nieder. «Weder noch, danke.»

«Ach ja, schon vergessen, du trinkst ja nur Sake.» Valérie setzte sich hinter ihr Pult. Sie mochte Henry. Er war ihr ein guter Freund geworden, auch deshalb, weil sie nach ihrem Unfall auf ihn hatte zählen können. Mehrmals war sie bei ihm in seinem japanischen Zuhause gewesen, hatte mit ihm Reiswein getrunken und versucht, ihr Trauma aufzuarbeiten. Nicht lange genug, wie Henry fand. Aber sie hatte dann auf einmal Überdruss gehabt. Der Frühling war gekommen, und sie war mit Emilio auf Biketouren gegangen, was für sie gleich viel bedeutete wie eine Stunde Therapie.

«Hast du es dir doch noch anders überlegt?» Henry faltete seine Hände und sah Valérie fragend an.

«Bei mir ist alles okay … so weit.» Sie wandte ihren Blick ab. Natürlich würde Henry ihr ansehen, dass ihr Körper eine ganz andere Sprache sprach. Aber sie wusste auch, wie tief jemand wie Henry bohren konnte, bis sogar all jenes aus den Tiefen der Seele herausgeholt war, was Valérie lieber dort liess. Vorwärtsschauen! Auf diesem Grundsatz baute sie auf. Was geschehen war, kann nicht korrigiert werden, war ihre Meinung. Seit sie Emilio kannte, hatte sie einen Grund, die Vergangenheit ruhen zu lassen. Doch seit dem fürchterlichen Mord an Linus Schelbert hatte sich alles verändert.

«Ich möchte verstehen, was im Kopf dieses Ungeheuers vorgeht, das Kinder auf so bestialische Weise umbringt.»

«Du sprichst von mehreren Kindern?»

Valérie berichtete über den Fall vor acht Jahren in Bern, der Parallelen zum Fall Linus aufwies. «Warum verstümmelt er post mortem das Gesicht, nachdem er den Jungen mit einem Kissen erstickt hat? Warum reicht es nicht, ihn leblos vor sich liegen zu sehen, wenn er ihn schon töten muss?» Valérie ahnte, dass da eine grosse Wut im Spiel gewesen sein musste. Wut gegen ein unschuldiges Kind. Gegen Kinder überhaupt. «Er hat sich die Schwächsten in der Gesellschaft ausgesucht. Was hat das zu bedeuten? Sag es mir, Henry! Du hast doch sonst immer eine Antwort parat.»

«Das übersteigt meine Kompetenz. Ich habe mir das Gehirn auch schon darüber zermartert. Womöglich hatte er als Kind selbst ein Trauma.»

«Das ist eine billige Ausrede. Warum sieht euresgleichen die Ursache immer in der Kindheit?» Valérie war nicht zufrieden mit seiner Antwort. «Eine Ausflucht, damit man sich seiner Verantwortung entziehen kann? Mörder werden zum Opfer, man zollt ihnen Respekt, weil sie eine schwierige Vergangenheit hatten. Die wirklichen Opfer geraten in Vergessenheit oder werden selbst zu Tätern gestempelt, weil sie die Lust zum Quälen in ihren Peinigern provoziert haben … So denkt ihr doch. Oder warum sind die Klapsmühlen voll von solchen Psychopathen? Sie werden gehätschelt und mit Handschuhen angefasst. Ihr wollt es nicht wahrhaben, dass Mörder in ihrer vollen geistigen Zurechnungsfähigkeit töten … aus Hass, Macht- oder Unterdrückungsgelüsten oder an der puren Freude am Gemetzel –»

«Val–»

«Nein, sag jetzt nichts!» Valérie hob abwehrend ihre Hand. «Der Mensch ist grundsätzlich böse. Das hat schon der deutsche

Philosoph Immanuel Kant erkannt. Das Böse steckt in uns allen. Das ist keine seelische Deformation. Nur die Moral vermag uns davor zu bewahren, den letzten Schritt zu tun. Wir tragen die Verantwortung für unser Handeln.»

«Alles in Ordnung mit dir?» Henry sah sie sorgenvoll an.

«Nichts ist in Ordnung, Henry. Absolut nichts. Ich kann kaum mehr schlafen. Ich sehe immerzu dieses Gesicht, das keines mehr war. Diese Maske, deren Rolle ich nicht verstehe. Mich verfolgen die Bilder dieser amerikanischen Schauspielerin in Rasts Klinik, das Bild in Pragelhannes' Tonis Haus. Ich versuche, eine Verbindung herzustellen, und komme auf keinen Nenner.»

Kam dazu, dass Lina Rotenfluh zugegeben hatte, ein Dutzend Masken nach Vorlage von Cameron Diaz angefertigt zu haben. Nicht aus Wachs, sondern aus Latex, was für sie eher ungewöhnlich gewesen sei. Ein Auftrag, der Kunde habe bar bezahlt. Ans Gesicht könne sie sich aber nicht erinnern, sie, die täglich mit Gesichtern zu tun habe, mit echten und genauso mit unechten. Sie habe an eine Theateraufführung gedacht, an eine private Vorstellung, an die Fasnacht vielleicht. Die Leute heutzutage hätten manchmal nicht nachvollziehbare Phantasien, wenn es darum ging, sich zu verstellen. Lina Rotenfluh hatte die Maske von der Starzlen wiedererkannt.

Elf davon befanden sich noch immer im Besitz des mutmasslichen Täters. Er hatte einen Plan, und diesen würde er bis ans bittere Ende verfolgen.

Valérie musste ihn stoppen. Jetzt. Sofort.

«Vielleicht lässt du dir erklären, wie er ticken könnte.» Henry startete einen erneuten Versuch. «Was ausschlaggebend für sein Tun war. Ihn in seinem Denken zu verstehen, könnte dich zu ihm führen.»

«Wie kann ich ihn verstehen? Ihn, der sich an unschuldige Kinder heranmacht?»

«Das beweist, dass er selbst sehr schwach ist –»

«Transformierte Schwäche», unterbrach sie ihn. «Ich sollte nach einem Mann Ausschau halten, der einem Schwächling entspricht? Dann komm mit mir auf die Strasse. Sie begegnen dir zuhauf.»

Henry schluckte betroffen. «Es könnte auch eine Frau sein.»

«Frauen tun so etwas nicht … die allerwenigsten.» Valérie dachte an ihren ersten Fall in Schwyz und zweifelte an ihrer Überzeugung.

Henry musste es ihr angesehen haben. «Der Fall in der Herrengasse …»

«Nett von dir, dass du mich daran erinnerst. Das geschah aus Rache … aus den niedersten Gefühlen heraus.»

«Das ist schon mal ein Ansatz. Der Mörder handelt aus Rache.»

Valérie erhob sich. «Du machst es dir schon verdammt einfach. Warum sollte sich jemand an Kindern rächen?»

«Weil er als Kind genauso gequält wurde.»

Valérie spürte, wie ihre Kinnlade nach unten sank. Henry hatte vielleicht doch recht. Er war der Psychologe. Die Psyche gehörte in sein Fachgebiet. Er hatte ihr schliesslich auch aus dem Dilemma geholfen. Sie hatte es nicht vergessen.

«Woran denkst du?»

Sie sah in seine warmen Augen. «Entschuldige bitte. Ich weiss nicht, welcher Teufel mich geritten hat.»

«Du wirst mit diesem Fall mit deiner eigenen Kindheit konfrontiert.» Er sagte es ganz ruhig.

Valérie kehrte zu ihrem Sessel zurück, liess sich darauf fallen und starrte auf den Bildschirm.

«Möchtest du darüber reden?»

Im schwarzen Monitor glaubte sie, ein Gesicht zu erkennen. Das Gesicht eines jungen Mädchens, dem die Liebe eben erst begegnet war. Am Ufer des Lac Supérieur auf dem Creux de Branson. Ein Traum, kaum gelebt, war zerstört worden. Am Morgen danach …

«Valérie?»

Sie hob ihre Arme. «Nicht jetzt, Henry, nicht jetzt.»

***

Der Abend kochte wie eine brodelnde Kasserolle. Um neun zeigte das Thermometer noch immer dreissig Grad an. Nachdem Valérie sich von Henry verabschiedet und den Plan für die kommende Woche vorbereitet hatte, kehrte sie in die Rubiswilstrasse zurück. Ihre Wohnung lag im Hochparterre mit Blick auf die Mythen. Nicht das, was sie sich für ihre Zukunft vorstellte. Nach der Trennung von ihrem Mann Willy war sie froh gewesen, raschmöglichst ein Dach über dem Kopf zu bekommen. Eine günstige Dreieinhalb-Zimmer-Wohnung, in der auch genügend Platz für ihren Sohn Colin war. Valérie hatte sich damit abgefunden, dass er jetzt seinen eigenen Weg ging – weg von seinem Vater, was ein Trost, wenn auch ein kleiner war. Sie hätte ihn gern bei sich gehabt und all das nachgeholt, was sie einst verpasst hatte: ihrem Kind eine gute Mutter zu sein. Sie hatte immerzu nur ihre eigene Karriere gesehen. Wozu hatte sie studiert? Nicht aus dem Grund, danach an den Haushalt gebunden zu sein. Familie und Karriere waren in ihren Augen nicht vereinbar, die Leidtragenden letztlich die Kinder, und die Mütter waren schuld, wenn sie auf Abwege gerieten.

Abstruse, nicht greifbare Gedanken beherrschten Valérie, während sie auf dem Balkon den Tisch deckte. Emilio hatte sich angemeldet. Heute Abend würde sie ihn nach dem Grund fragen, weshalb er zum wiederholten Mal in Lugano gewesen war.

Er traf mit einer halben Stunde Verspätung ein und wirkte nervös. Er hatte Blumen von der Tankstelle mitgebracht. Valérie holte eine Vase und stellte sie ins Wasser.

«Heute gibt's nur Käse und Brot. Dafür einen Rotwein …»

«Und dich zur Nachspeise.» Zanetti setzte sich.

Er sah sie an wie damals in Küssnacht. Sein Blick hatte wie eine Bombe in ihr Herz eingeschlagen, trotz des widrigen Grunds ihrer Begegnung. Er hatte sie erobert in einer einzigen Nacht. Valérie glaubte noch immer, sie wären sich ähnlich, obwohl da manchmal Zweifel kamen. Er schien ihr so nah und doch so fremd. Und sie hätte viel dafür gegeben, endlich den ganzen Mann kennenzulernen.

Valérie schnappte sich ein Stück Brot und setzte sich damit auf den Campingstuhl. Sie zog die Beine an und beobachtete Emilio. Sollte sie ihn darauf ansprechen? An diesem lauen Abend, an dem kein Wölkchen den Himmel trübte? Könnte sie, wenn sie sich mit Emilio befasste, das Furchtbare ihres Falles verdrängen? Sie zupfte weiches Brot aus der Rinde und steckte es in den Mund.

«Woran denkst du?» Er hatte ihren Blick wohl gespürt.

«An dich. An deine Geheimnisse. Wie kommt ein renommierter Anwalt dazu, sich wegen eines dubiosen Geschäftsmannes von Lugano nach Schwyz versetzen zu lassen? Warst du auf der Flucht?»

«Ich mag deine Offenheit.» Er griff nach dem Rotweinglas. «Aber manchmal fühlt man sich als Angesprochener überrumpelt. Wie kommst du darauf, ich könnte auf der Flucht gewesen sein?»

«Die Geschichte mit der Mafia. Ist das der Grund, weshalb du andauernd ins Tessin fährst? Ich weiss nichts über dich. Dein Leben ist nicht einmal eine Wundertüte. Denn in ihr könnte ich mich bedienen, könnte Stück für Stück daraus nehmen und das Rätsel um dich lösen. Aber du bist vergleichbar mit einer verschlossenen Muschel ...»

«Ein köstlicher Vergleich.» Er lächelte.

«Du Schuft, ich kann dir nicht einmal böse sein. Aber ich möchte alles über dich erfahren. Hast nicht du gesagt, dass alles Vergangene Teil von einem ist, das uns zu dem macht, was wir sind?»

«Das ist richtig. Aber es gibt Dinge, die muss man zuerst selbst verarbeiten, bevor man über sie sprechen kann.»

«Du machst mir Angst.» Valérie wandte ihren Blick ab. Sie beobachtete ihre Nachbarin, Frau Annen, die auf ihrem Balkon schräg über ihr Lampions an einer Leine befestigte. In zwei Tagen feierte die Schweiz ihre Gründung. Nicht nur Frau Annen, das ganze Quartier hatte Fassaden, Fenster und Terrassen mit Schweizerkreuzen und roten Lämpchen geschmückt. Man kann den Patriotismus auch übertreiben, dachte Valérie.

Zanetti stellte sein Glas zurück. «Wenn ich dir die Wahrheit sage, würdest du mich verstehen?»

«Das kann ich dir erst sagen, wenn ich sie kenne.» Valérie griff nach einem Stück Käse. Einem Bödmeren Alpkäse. Sie hatte ihn auf dem Schwyzer Wochenmarkt gekauft.

«Ich bin geschieden.»

«Aha.» Valérie legte den Käse auf ihren Teller zurück. Wenn sie ehrlich mit sich selbst war, hatte sie so etwas geahnt. Emilio war kein Mann, der allein sein konnte. Nicht der eingefleischte Junggeselle, als der er sich gab. «Kein Weltuntergang. Ich bin auch geschieden und lebe …»

Emilios Augen hatten etwas Trauriges, etwas Fremdes, das sie so nicht an ihm kannte.

«Entschuldige, das war nicht sehr klug … Du trauerst deiner Frau noch immer nach.» Valérie hätte eine heimliche Zusammenarbeit mit einem Mafiaboss eher verkraftet als die Tatsache, Emilio könnte seine Ex-Frau noch lieben. Es fühlte sich an, als stünde plötzlich eine unüberwindbare Schranke zwischen ihnen. Hatte sie sich in diesem Mann so getäuscht?

«Nein, ich trauere ihr überhaupt nicht nach. Wir trennten uns bereits vor acht Jahren. Seit vier bin ich geschieden. Aber …»

«Ja? Du hast dich wieder in sie verliebt? So was kommt vor.» Ihre Stimme klang brüchig, ihr Hals schmerzte ob der unterdrückten Tränen. Oder aus Wut oder Frust, weil sie sich selbst etwas vormachte. Auf einmal dachte sie, auf viele Fragen eine Antwort zu bekommen. Emilios Wohnung, die er ihr vorenthielt, seine Ausreden an den Wochenenden, wenn sie etwas für sie geplant hatte und dann eine Abfuhr erhielt. Die regelmässigen Reisen ins Tessin. Was war sie doch für eine Närrin. Sie würde das hier beenden müssen. Alles oder nichts, war ihr Credo. Und die zweite Geige wollte sie nicht spielen. Niemals.

Das passte alles zu ihrer momentanen Gemütslage. Erst dieser Fall, dann Emilios Geständnis. Jemand im Himmel mochte ihr ein wenig Glück nicht gönnen.

«Milena ist schwer krank», sagte Zanetti. «Sie hat Krebs und niemanden mehr, der sich um sie kümmert. Ich fühle mich verpflichtet, sie hie und da zu besuchen und ihr das Sterben zu erleichtern …»

«Milena!» Valérie war durcheinander. Vor ihrem inneren Auge erschien eine wunderschöne Frau. Eine Milena. Dunkelhaarig und gut gebaut. Ein Vollblutweib, das sie sich neben Emilio durchwegs vorstellen konnte. Dass er selbstlos war, hatte sie schon früh erfahren. Aber dass er sich für seine Ex aufopferte, das fand sie trotzdem daneben. «Warum erzählst du mir das erst jetzt? Emilio, glaubst du, ich –»

«Tut mir leid. Ich wollte dich nicht damit belasten und schon gar nicht brüskieren. Das zwischen uns ist etwas Einmaliges. Ich möchte dich nicht verlieren.»

Valérie war einerseits gerührt, andererseits wütend. «Aber das tust du doch nicht … du Dummkopf.» Sie erhob sich, ging um den Tisch herum und setzte sich auf seine Knie. Mulmig war ihr zumute und seltsam schwindlig. «Schätzt du mich so ein, dass ich kein Verständnis dafür habe?» Sie kniff ihm in die Wangen, fühlte sich plötzlich unbeschwert. Ein Wechselbad der Gefühle war es. Die dunklen Gedanken hatten sich mit dem letzten Abendlicht verflüchtigt. Trotz der hereinbrechenden Nacht kehrte das Glücksgefühl zurück, das sich ihrer im letzten halben Jahr bemächtigt hatte.

Zanetti strich ihr liebevoll übers Gesicht. «Danke, ich war wirklich ein Dummkopf.»

In der Küche klingelte das Telefon.

Valérie löste sich von ihm, auf einmal froh, eine Ausrede gefunden zu haben. «Sorry, ich muss mich melden. Es könnte Colin sein.» Sie hastete zur Festnetzstation, hob den Hörer ab und meldete sich.

«Louis hier! Störe ich?» Er liess sie nicht zu Wort kommen. «Wir haben eine weitere Vermisstenmeldung.»

Valérie stöhnte leise auf. «Sag, dass es nicht ein Kind ist.»

«Doch, sonst wäre sie bei der Fahndung gelandet. Die Kleine von Familie Gebrehiwet ist verschwunden – Alemee.»

***

«Das macht alles keinen Sinn.» Valérie stand in der Küche der Flüchtlingsfamilie und starrte auf die Frau, die seit ihrer Ankunft den Kopf rhythmisch in den Nacken und wieder zurück auf die Brust warf. Valérie versuchte, sie zu besänftigen, doch alles Reden nützte nichts. Erstens verstand sie kein Wort, und zweitens schien es, als habe sie alles um sich herum ausgeblendet.

Sechs schwarze Augenpaare starrten Valérie an. Sie vermochte nicht zu deuten, ob aus Vorwurf oder Abscheu. Ghebreheimanot, ihr Ehemann, setzte sich als Erster an den Tisch, ihm folgten

Lemlem, Rekiks Schwiegereltern sowie Madalo und sein Bruder Byduo.

Dass kein Dolmetscher zur Stelle war, sah Valérie als Problem an. Obwohl sie den beiden Jungs das Übersetzen durchwegs zutraute, wollte sie sie nicht unnötig belasten. Louis sah es anders, und Zanetti, der mit Valérie ins Sahli gefahren war, wollte sich offenbar nicht einmischen.

Valérie zitierte Madalo an ihre Seite. «Seit wann ist eure Cousine weg?»

«Seit der blauen Stunde.»

«Es hat also gedämmert, als Alemees Verschwinden bemerkt wurde.»

«Ja, sie spielte draussen, ist aber nicht zum Essen zurückgekehrt.» Madalo warf immer wieder verstohlene Blicke zu seiner Tante, die nicht zur Ruhe gekommen war.

«Wo waren du und dein Bruder in dieser Zeit?»

«Im See. Wir sind dort geschwommen.»

«Habt ihr ein Auto gesehen? Einen grossen dunklen Wagen zum Beispiel?»

«Hier sind viele grosse dunkle Wagen», sagte Madalo. «Am Morgen kommen sie bis zur Talstation, und am Abend fahren sie wieder weg.»

«Ist euch etwas Sonderbares aufgefallen? Ein Mann vielleicht, der hier herumschleicht?»

«Hier schleichen immer Männer herum.»

«Was sind das für Männer?» Valérie wechselte mit Zanetti Blicke. Sie wusste, dass sie so nicht weiterkam.

«Fremde Männer mit fremden Frauen. Sie fahren mit der Bahn auf die Glattalp. Manchmal gehen sie zu Fuss.»

«Touristen», brachte Louis die Bemerkung an. «Das sind Touristen, Wanderer, was weiss ich ... Das bringt nichts.»

«Hab ihr ein Foto von Alemee?» Valérie liess sich nicht so schnell aus der Ruhe bringen.

Madalo wandte sich an Ghebreheimanot und schwafelte drauflos.

Der Eritreer verschwand in einem Zimmer, das hinter der Küche lag. Er kam mit einem Pass zurück. Madalo riss ihn aus seiner Hand, schlug die Seite mit dem Foto auf und zeigte es Valérie. «Das ist Alemee. Da war sie zwei Jahre jünger.»

Valérie spürte, wie Eiseskälte sie von den Füssen an erwischte und sich nach oben ausbreitete.

Dieses Gesicht! Völlig entstellt und geschunden.

«Was ist mit Alemee passiert?»

Madalo sah wieder seine Tante an, diese reagierte nicht. «Alemee war im Haus, als es brannte.»

Was für ein Leid musste dieser Familie widerfahren sein. Jeder liebende Vater hätte Frau und Kinder in Sicherheit gebracht, sollte so etwas geschehen. Sie hatte die Akte der Gebrehiwets studiert. Das Verständnis für ihre Flucht wurde immer grösser.

«Ich muss alles über Alemee erfahren», sagte Valérie. «Geht sie zur Schule?»

«Erst nach den grossen Ferien.» Madalo gestikulierte wild, redete Eritreisch und Deutsch durcheinander. «Rekik sagte, dass sie nicht gut genug sei für die Schule. Sie geht darum in eine andere Schule.»

«In eine Heilpädagogische Schule?», fragte Valérie, worauf ihr Madalo keine Auskunft geben konnte. Sie ahnte Schlimmes.

Hatte sie soeben eine Verbindung zwischen Linus, Seppli und Alemee gefunden? Dass es in diesem Fall um Kinder mit einer geistigen oder körperlichen Beeinträchtigung ging, stand fest. «Ich muss noch einmal mit dem Leiter der Heilpädagogischen Schule sprechen.» Sie wandte sich an Louis. «Vereinbare einen Termin mit ihm und lasse es mich wissen.»

Während sich Louis auf den Weg nach Schwyz machte, nahm Valérie die Personalien der kleinen Alemee auf. Warum hatte sie das Mädchen bei ihren letzten Besuchen nicht gesehen? Hatte man es aus Scham versteckt? Sie wandte sich wiederum an Madalo. «Berichte mir, was du über deine Cousine weisst.»

Sie wurde jäh unterbrochen. Ghebreheimanot stellte sich mit verschränkten Armen vor ihr auf. Seine Gesichtszüge wirkten angespannt, seine schwarzen Augen waren aufgerissen. Valérie spürte seine Angst. «Sie mich fragen.»

«Sie sprechen Deutsch?»

«Ein bissen.» Ghebreheimanot versuchte ein Lächeln, das ihm misslang.

«Hast du das gewusst, Madalo?» Valérie hatte sich an den Jungen gewandt, der sich hinter seinem Bruder versteckt hatte. «Ihr habt uns veräppelt.»

«Bitte, nicht böse sein», sagte Ghebreheimanot. «Ich nicht wollen Ärger.»

Den hatte Valérie allerdings schon. Sie schluckte ihn hinunter. «Erzählen Sie. Was ist mit dem Gesicht Ihrer Tochter geschehen?»

«Madalo schon erzählen. Alemee verbrennen in Haus. Ich holen aus Flammen.»

«Wurde sie ins Krankenhaus gebracht?»

«Ein weisser Doktor sie pflegen. Er raten, wir weggehen. Er bringen uns in Kontakt mit eine Freund.»

Valérie wechselte einen Blick mit Zanetti, bevor sie sich wieder nach Ghebreheimanot umdrehte. «Hat Ihre Tochter Freunde im Bisistal? Geht sie auswärts spielen?»

«Nein, nein, nicht spielen. Sie immer sein zu Hause.»

«Sie haben Sie eingesperrt?»

«Rekik sie beschützen.»

Dieses Beschützen hatte viel gebracht.

«War Ihre Tochter überhaupt schon mal draussen, seit Sie hier im Sahli sind?»

«Sie lieber bleiben in Haus. Sie helfen kochen.»

«Fehlt ihr etwas? Ist sie gesundheitlich angeschlagen?»

Ghebreheimanot starrte sie fassungslos an. «Ich nicht verstehen.»

«Ist Alemee krank? Hat sie ein Gebrechen?»

«Nein, nicht brechen … sie Doktor … er sie untersuchen.»

«Wir müssen noch einmal einen Dolmetscher aufbieten.» Valéries Geduld war am Ende.

Madalo stiess seinen Onkel zur Seite. «Alemee ging manchmal heimlich zu Seppli», sagte er und wartete die Reaktion seines Onkels ab. Dieser jedoch schwieg.

«Dann ist sie vielleicht dort», sagte Valérie. «Habt ihr bei den Schmidigs schon nachgefragt?»

«Ja, wir waren dort. Aber sie wollten nichts von uns wissen. Frau Schmidig hat vor uns auf den Boden gespuckt.»

Die Nerven lagen wohl überall blank.

«Habt ihr kein aktuelles Foto von Alemee?»

Nein! Warum auch? Offenbar hatte man das kleine Mädchen vor aller Welt verstecken wollen. Jetzt war es abgehauen. Valérie ging davon aus, dass Alemee ausgerissen war, weil sie es in diesem Gefängnis nicht mehr aushielt. Auch sie hatte Träume, wollte die Welt entdecken, vielleicht den Wald, oder hatte sie sich auf den Weg nach Muotathal gemacht? Eine leise Hoffnung, dass es sich in Alemees Fall nicht um ein Verbrechen handelte, flammte auf, und Valérie versuchte, die Eltern zu beruhigen.

Der Mond verschwand in der Form einer halben Zitronenscheibe hinter den Berggipfeln. Die Scheinwerfer des TTs bohrten sich wie kalte Finger in die Dunkelheit. In ihrem Lichtkegel flimmerte der Asphalt; vereinzelt Häuser und Bäume wie Schemen am Strassenrand. Die Nacht hatte sich als schwarzes Laken über das Tal gelegt. Himmel und Erde verschmolzen ineinander zu einem grenzenlosen Nichts. Nur hie und da ein Aufglimmen schwach beleuchteter Fenster in der Ferne. Und wieder überkam Valérie das seltsame Gefühl, dem Teufel begegnet zu sein, obwohl sie sein Erscheinungsbild nicht kannte.

Zanetti neben ihr war in Gedanken vertieft, deren Ursprung kaum derselbe war wie ihrer. Vielleicht dachte er darüber nach, was er ihr am Abend offenbart hatte und wie er es sonst hätte formulieren können, damit es anders und nicht so klar herübergekommen wäre. Valérie konzentrierte sich auf die Strasse. Zanetti war verschwunden wie das Kribbeln in ihrem Innern. Sie hörte sein Atmen, und es blieb ihr fremd. Sie hätte sich für ihre Neugier ohrfeigen können. Warum hatte sie danach gefragt? Und warum war sie selbst nicht ehrlich zu ihm gewesen?

Sie hatte eindeutig ein falsches Zeichen gesetzt. Sie fand es nicht richtig, was er da tat – den frommen Samariter mimen. Das passte nicht zu ihm. Sie hätte ihm das gleich sagen sollen. Jetzt war es zu spät.

Seine Stimme drang aus diesem schwarzen Schatten; Valérie erschrak. Sie passte so gar nicht in das Bedrohliche der Nacht. Sie wäre gern bei ihren eigenen Gedanken geblieben in der Monotonie des Motorenbrummens. Keine Musik. Nicht einmal Tannhäuser.

Er wollte über die verschwundenen Kinder sprechen.

«Können wir das nicht auf morgen verschieben? Mein Gehirn ist nicht mehr so aufnahmefähig, wie es sein sollte», sagte Valérie mit einem tiefen Seufzer.

Zanettis Hand landete auf ihrem Knie. «Ich wollte dich heute nicht verletzen.»

«Das hast du nicht.» Valéries Lachen kam zu schnell. Und mit ihm ein Verlangen, das seine Berührung ausgelöst hatte. Er brauchte sie noch immer nur anzufassen, um ihren Verstand auszuschalten. «Emilio, vielleicht reden wir ein andermal darüber. Ich bin jetzt zu müde.»

Sie erreichten Muotathal, das im fahlen Schein der Strassenbeleuchtung seltsam leer wirkte. Sie fuhren am Fliegerdenkmal vorbei. Valérie zeigte auf die Statue, die sich ganz schwach gegen den dunklen Himmel abzeichnete. «1938 zerschellten vier von fünf Fokker am Drusberg, nachdem sie zu tief in eine Nebelwand geflogen waren. Das Monument wurde zum Gedenken an die Piloten errichtet. Damals muss das ein grosses Drama gewesen sein.»

«Es ist immer wieder ein grosses Drama, wenn Menschen sterben.»

Zanetti dachte wohl an jemand anderen. Valérie musste sich zusammenreissen, um nicht heftig aufs Bremspedal zu treten. Vollbremse! Und sie hätte damit endlich ausdrücken können, was sie tatsächlich umtrieb.

Sie fuhr wieder schneller. Kurz vor Ried liess sie auf Zanettis Seite das Fenster runter. «Hörst du es auch? Dieses Rauschen? Das ist der Bettbach, der mich am letzten Dienstag beinahe mitgerissen hätte. Ein paar Minuten später, und mich gäbe es vielleicht nicht mehr.»

«Was willst du damit andeuten?»

«Nichts.»

«Du bist eine starke Frau, Valérie. Diese Masche passt nicht zu dir.»

Sie schwieg. Er hatte sie durchschaut. Sie wollte jetzt nichts mehr schüren. Wenn sie weitersprach, kam nichts Gutes mehr heraus. Bis nach Schwyz redeten sie nicht mehr.

Zurück in der Wohnung, tranken sie die angefangene Weinflasche leer.

In der Nacht lagen sie nur nebeneinander. Zanetti hatte sich schweigend auf die Seite gedreht. Kurze Zeit später vernahm sie sein regelmässiges Atmen.

SIEBEN

Das Vernehmungszimmer auf dem Stützpunkt in Biberbrugg durchwogte an diesem Morgen ein Geruchgemisch aus Schweiss und Kaffee. Als Valérie den Raum betrat, waren Regina und Benno Schelbert bereits vor Ort. Fabia hatte sie hierhergebracht, bevor sie die Maskenbildnerin aus Schwyz in einem anderen Zimmer in Empfang nahm. Valérie hatte darauf bestanden, Lina Rotenfluh noch einmal zu befragen.

Sie setzte sich.

Schelberts schienen sehr gefasst. Sie trugen Schwarz, was im Kontrast zur gebräunten Haut seltsam bedrückend wirkte.

Valérie schlug ihren Ordner auf. Auf der ersten Seite erschien das Bild des geschändeten Jungen. Valérie blätterte weiter. Seine Eltern sollten sein Gesicht so in Erinnerung behalten, wie sie es gekannt hatten.

«Was ist das?» Benno Schelbert deutete auf die Seiten. «Ist das unser Sohn?»

«Benno, lass gut sein.» Regina strich ihrem Mann beruhigend über den Arm. Sie selbst wirkte lethargisch.

Valérie schaltete das Aufnahmegerät ein. «Ich muss Sie jetzt mit Fragen konfrontieren, die für Sie unangenehm sein könnten. Aber ich muss alles über Linus erfahren. Wann er in der letzten Zeit wo gewesen ist –»

«Es ist einfach nicht zu fassen.» Benno Schelbert schlug mit der Faust auf den Tisch. «Dieser Widmer lügt das Blaue vom Himmel. Ich habe ihn nicht angerufen. Warum hätte ich so kurzfristig meinen Sohn vom Lager abmelden sollen? Wir waren doch unterwegs nach Jesolo, kurz nachdem wir Linus in Schwyz auf den Zug gebracht hatten.»

«Ich hatte schon immer ein ungutes Gefühl.» Regina Schelberts Stimme klang monoton.

«Aber wir mussten ihn zu mehr Selbstständigkeit erziehen, das war auch Mahlers Meinung», sagte Schelbert.

«Hättest du nur auf mich gehört. Linus war noch zu klein,

um allein zu reisen. Warum habe ich mich nicht gegen dich durchgesetzt?»

«Es nützt jetzt nichts, sich mit gegenseitigen Vorwürfen zu quälen», sagte Valérie.

«Nein, wohl nicht.» Schelbert griff nach der Hand seiner Frau. «Das ist unser Schicksal.»

«Sie fuhren Ihren Sohn also nach Schwyz. Wann war das?»

«Wir waren um zehn nach neun am Bahnhof. Der Zug fuhr um neun Uhr vierundzwanzig ab.»

Valérie machte sich Notizen. «Wurde er im Zug von jemandem in Empfang genommen?»

«Nein. Wir brachten ihn bis in sein Abteil und warteten danach so lange auf dem Perron, bis sich der Zug in Bewegung setzte», sagte Schelbert. «Ich schwöre, unser Sohn sass in diesem Zug.»

Regina seufzte. «Er hat uns noch zugewinkt. Hätte ich gewusst, dass ich ihn danach nicht mehr lebend sehen würde, hätte ich mich ...» Ihre Stimme brach.

Valérie wartete beschämt. Der Verlustschmerz traf auch sie, obwohl ihr Vorstellungsvermögen nicht ausreichte, um die Qual von Linus' Eltern zu ermessen.

«Musste er umsteigen?»

Schelbert nahm seine Frau in die Arme. «Ja, in Zug. Um neun Uhr vierundfünfzig hätte er in Zug umsteigen sollen. Aber dort sollte eigentlich der Lagerleiter auf ihn warten.»

«Der dann nicht gekommen ist, weil Sie ihn angerufen hatten.»

«Bei Gott, ich habe ihn nicht angerufen. Wie kommt er darauf?»

Valérie griff nach ihrem iPhone und wählte Fabias Nummer. «Ist Peter Widmer schon da?»

«Er wartet unten. Soll ich ihn dir hochbringen?»

«Tu das.» Valérie unterbrach die Verbindung und wandte sich an Schelbert. «Wissen Sie, ob der Zug auf der Strecke Schwyz–Zug anhält?»

«In Arth-Goldau.»

«Um welche Zeit?»

«Warum müssen Sie das wissen?»

«Vielleicht stieg Linus in Arth-Goldau aus dem Zug.»

«Um neun Uhr einunddreissig. Aber das ist nicht möglich. Er wusste, dass Widmer ihn abholen würde.»

«Kannte Linus jemanden in Goldau, den er eventuell angetroffen hatte und dem er blind gefolgt wäre?»

Es klopfte. Die Tür ging auf, und Fabia sah ins Zimmer. «Er ist jetzt da.»

Valérie unterbrach die Befragung und drückte den Aus-Knopf am Aufnahmegerät.

Peter Widmer. Sein Auftritt war von Einschüchterung geprägt. Nicht die Respektperson, die Valérie erwartet hatte. Er war jung, keine dreissig, trug knielange Hosen und ein hellblaues Shirt mit dem Aufdruck «Der Berg ruft». Eine Sonnenbrille hatte er ins kinnlange Haar geschoben, das jeglichem Modestil dieses Sommers widersprach. Unsicher näherte er sich dem Ehepaar Schelbert, streckte die Hand zum Gruss aus, was unerwidert blieb. Er zögerte. «Mein Beileid. Ich habe gehört, was passiert ist.»

«Bitte, nehmen Sie Platz.» Valérie deutete auf den leeren Stuhl am Tischende und hoffte, Schelbert könnte die Beileidsbezeugung nicht für weitere Tiraden zum Anlass nehmen. «Wir sind gerade dabei, Linus' Reise am Samstag vor zwei Wochen zu rekonstruieren.» Sie schaltete das Aufnahmegerät wieder ein. «Es ist jetzt acht Uhr zweiunddreissig. Wir fahren fort mit der Befragung. Dazugekommen ist Peter Widmer, Leiter des Ferienlagers in Schuls. Herr Widmer, Sie behaupten, dass Benno Schelbert Sie am 15. Juli angerufen hatte, bevor Sie Linus auf dem Bahnhof in Zug hätten in Empfang nehmen sollen.»

«Das ist keine Behauptung.» Widmer wirkte verstört. «Er hat mich tatsächlich angerufen.»

«Mögen Sie sich daran erinnern, was er Ihnen mitgeteilt hat?»

«Wortwörtlich kann ich es nicht wiedergeben. Aber er sagte, dass sie Linus nun doch nicht ins Lager schicken würden.»

«Das ist eine Unterstellung.» Schelbert war aufgebracht. «Das habe ich nicht gesagt. Wie hätte ich auch … Ich hatte Herrn Widmer nicht am Telefon.»

Valérie hob die Hand, während sie Widmers Reaktion beobachtete. Dieser schien sich seiner Sache nicht mehr sicher zu sein.

«Herr Widmer, hat er Ihnen auch gesagt, weshalb er Linus nicht ins Lager schicken wollte?»

Widmer schloss die Augen. «Nein, hat er nicht … aber er, er klang irgendwie anders als Herr Schelbert.» Er riss die Augen wieder auf.

«Wie, anders?» Valérie sah ihn auffordernd an.

«Die Stimme klang höher.»

«Aber er nannte den Namen Linus.»

«Ja, er meldete sich mit Schelbert und sagte, er sei Linus' Vater und dass sein Sohn nicht nach Schuls fahre … Dann hängte er auf.»

«Haben Sie die Telefonnummern notiert? Sie haben vergessen, sie mir zu mailen.»

Widmer kramte sein Portemonnaie aus der Hosentasche. «Sorry, ich … war ein wenig von der Rolle.» Er legte einen Zettel auf den Tisch. «Von diesen Nummern wurde ich angerufen. Die erste ist die Nummer meiner Freundin. Die habe ich unter dem Namen Alice abgespeichert. Die zweite gehört meiner Schwester Bianca, und die dritte … Der Anruf ging um neun Uhr vierundvierzig bei mir ein, also zehn Minuten bevor ich Linus hätte entgegennehmen sollen.»

«Aber Sie kennen die Nummer nicht?»

«Nein, sie sagt mir nichts.»

«Haben Sie sich denn nicht vergewissert, ob Herr Schelbert Sie tatsächlich angerufen hatte? Haben Sie seine Nummer nicht gespeichert oder diejenige seiner Frau?»

«Nein, ich … habe nur die Nummer von Frau Schelbert. Nein, ich rief nicht zurück.»

«Hatten Sie denn gar keine Bedenken, dass es sich bei dem Anruf um einen Irrtum handelte?»

«Nein, nein …» Widmers Verunsicherung wuchs. «Sie wollen mich fertigmachen?»

Valérie kniff die Lippen aufeinander. Ruhig Blut! «Haben Sie Ihr Handy da? Wir müssen es überprüfen.»

Widmer reichte es ihr. «War mir klar, dass die Nummern allein nicht reichen.»

«Haben Sie sich vergewissert, dass Linus mit dem Neun-Uhrvierundfünfzig-Zug nicht ankam? Oder was taten Sie nach dem Anruf?»

«Ich wartete, wollte sichergehen, dass Linus nicht doch im Zug sass.»

«Hatten Sie dem Anrufer nicht geglaubt?»

«Doch, ich ging davon aus, dass es Herr Schelbert war. Aber das ist ein Reflex … ich … wenn man vierzig Kinder überwachen soll, macht man schon mal etwas instinktiv.»

«Hatten Sie noch andere Kinder erwartet?»

«Ja, aber diese kamen eine Stunde früher. Die warteten alle im Restaurant … mit den anderen Leitern.»

Valérie wandte sich an Schelberts. «Gab es einen Grund, weshalb Ihr Sohn erst eine Stunde später nach Zug hätte fahren sollen?»

«Nein. Das war so abgemacht.»

«Um noch einmal auf die vorherige Frage zurückzukommen: Fällt Ihnen jemand ein, der Linus in Goldau aus dem Zug gerufen haben könnte?»

Schelbert sah seine Frau an. «Nein, uns fällt niemand ein.»

«Wer alles wusste, dass Linus an diesem Tag allein nach Zug reisen sollte?»

Schelbert hob die Schultern. «Niemand.»

Nach der Befragung blieb Valérie allein zurück. Sie war sich plötzlich sicher, dass Linus in Arth-Goldau den Zug verliess, nachdem ihn jemand aus dem Abteil gelockt hatte. Wahrscheinlich derselbe, der Widmer angerufen hatte. Sie brauchte den Abonnenten der dritten Telefonnummer. Grosse Hoffnungen machte sie sich allerdings nicht. Die Frage blieb, ob Linus seinem Mörder bereits im Zug begegnet war oder erst in Arth-Goldau. Sie griff nach dem Telefon und rief Fischbacher an.

«Wahrscheinlich kenne ich Ort und Zeit, in der Linus Schelbert von seinem Mörder abgefangen wurde.» Valérie schilderte dem Kripo-Chef ihre Befürchtungen und das, was bei der Befragung herausgekommen war.

«Ist es nicht möglich, dass der Junge einfach *nicht* ausgestiegen ist?»

«Dieser Zweifel bleibt ... gebe ich zu. Wir müssen eine Medienmitteilung herausgeben. Einen Zeugenaufruf. Ich meine, auf der Strecke Schwyz–Zug pendeln viele Personen.»

«Unter der Woche, ja ... aber am Samstag?»

«Wir müssen die SBB in Kenntnis setzen und erfahren, wer am 15. Juli vormittags Dienst hatte. Ob ein Zugbegleiter mitfuhr, ob ihm etwas aufgefallen ist, ob er sich an Leute erinnert, die er kennt. Ich werde das sofort in die Wege leiten.»

«Das könnte ich dir abnehmen. Ich habe vernommen, dass du noch eine Befragung mit Lina Rotenfluh hast.» Er räusperte sich verhalten. «Übrigens haben wir grünes Licht für eine Hausdurchsuchung in der Klinik von Dr. Rast bekommen.»

«Das ging aber fix.» Valérie atmete erleichtert auf.

Sie begab sich nach nebenan, wo Fabia sie bereits erwartete und dabei war, Schreibblock und Stifte bereitzulegen.

«Ich wäre froh, wenn du das Protokoll führen könntest. Damit hätten wir schon mal Zeit gespart.» Valérie begrüsste Lina Rotenfluh und setzte sich ihr gegenüber an den Tisch.

Meinte sie das nur, oder hatte die Frau ihre Arme voller Farbkleckse?

Lina Rotenfluh sah an sich hinunter. «Entschuldigen Sie, ich war mitten in einer Arbeit, als ich von Ihren Kollegen abgeholt wurde. Wenn ich meine Masken bemale, vergesse ich die Zeit. Ja, man hatte mich vorher angerufen. Aber eben ...» Sie strich sich mit dem Handrücken über ihre Wange.

Valérie hatte sie in Verdacht, nicht ganz bei der Sache zu sein. Auch sonst kam ihr die Frau, die kaum älter war als dreissig, etwas vergeistigt vor. Als trüge sie eine der Masken, die sie in ihrem Atelier herstellte. Ihre langen, in der Farbe nicht definierbaren, seidig glatten Haare fielen auf schmale Schultern. Ihr ganzes Wesen wirkte filigran.

Valérie legte das Bild der Maske, die man bei dem toten Jungen gefunden hatte, auf den Tisch. «Frau Rotenfluh, diese Maske stammt aus Ihrer Werkstatt, ist das richtig?»

«Ja, das ist meine Kreation. Eine Latexmaske, obwohl ich eigentlich Wachsmasken herstelle. Es war eine ziemliche Herausforderung.»

«Wie viele von denen haben Sie angefertigt?»

«Zwölf. Es war eine Bestellung. Aber das habe ich schon zu Protokoll gegeben.» Über Lina Rotenfluhs Gesicht huschte ein Schatten tiefster Besorgnis. «Ist es wahr, dass diese Maske mit einem Mord zu tun hat? Das wäre ja grauenvoll ...»

Valérie las aus dem Bericht, der vor ihr lag. «Hier steht, dass Sie die Masken einem Mann verkauften.»

«Das ist richtig. Er bestellte sie per Telefon und kam sie zwei Wochen später abholen.»

«Wann war das?»

«Am 14. Juli. Hier ist die Quittung.» Lina Rotenfluh legte eine von Hand ausgestellte Zahlungsbestätigung hin. «Ich nehme an, die brauchen Sie.»

Valérie kniff die Augen zusammen und las. «Hat er keinen Namen genannt?»

«Nein.»

Valérie wurde nicht schlau aus der Frau. «Er hat zwölf Masken bestellt, und Sie fragen ihn nicht nach seinem Namen?»

«Er hat eine Anzahlung gemacht.»

«Soeben sagten Sie, dass er die Masken per Telefon bestellte.»

«Ja, aber es kam eine Anzahlung per Post ... in einem Umschlag.» Lina Rotenfluh rutschte auf dem Stuhl hin und her. «Das war so abgemacht.»

«Und das haben Sie kommentarlos so angenommen?» Valérie kam es sehr suspekt vor. Trotz ihres zurückhaltenden Wesens vermochte Valérie sich nicht vorzustellen, dass die Frau nicht nach dem Namen gefragt hatte. Es handelte sich doch um eine eher grosse Bestellung. Valérie gab sich nur bedingt zufrieden.

«Mir ist aufgefallen, dass die Aussparungen für die Augen fehlen.»

Lina Rotenfluh sah Valérie verdattert an, als hätte sie ihr soeben eine unverschämte Frage gestellt. «Das war der Wunsch des Kunden. Er wollte die Augen genau so, wie ich sie gemalt habe ... ohne Löcher.»

«Haben Sie sich nicht darüber gewundert?»

«Ich dachte mir, dass er sie vielleicht selbst anbringen würde, je nach Gesichtsform des Trägers ...»

Valérie wurde nicht schlau aus der Frau. Allein diese Tatsache war unbegreiflich. «Erinnern Sie sich, wie der Mann ausgesehen hat?»

«Auch diese Antwort kennen Sie. Nein, ich erinnere mich nicht.»

Valérie gelang es nicht, dies zu glauben. «Er bestellt Latexmasken, macht eine Akontozahlung in einem Couvert, was unüblich ist, und Sie wollen sich nicht an sein Gesicht erinnern?»

Lina schüttelte unmerklich den Kopf.

«Ist sonst etwas in Ihrem Gedächtnis zurückgeblieben? Etwas Ungewöhnliches, was dem Kauf vorausgegangen war? Können Sie sich vielleicht an sein Auto erinnern?»

Lina schloss ihre Augen. Ihre Lider waren schwarz wie die Aussparungen auf einer Maske, was sie einen Moment lang wie eine venezianische Karnevalslarve aussehen liess.

Eine Inszenierung, ging es Valérie durch den Kopf. Oder Mensch und Beruf waren schon so ineinander verschmolzen, dass sie dieses Bild zwangsläufig von sich geben musste. Wie Hund und Herrchen, die sich einander desto mehr glichen, je länger sie zusammen waren.

«Er fuhr ...», Lina Rotenfluh schlug erst jetzt die Augen wieder auf, «er fuhr einen schwarzen Wagen. Einen grossen schwarzen Wagen.»

«Warum haben Sie uns das nicht schon früher mitgeteilt?»

«Ich wurde nicht danach gefragt.»

«Konnten Sie die Autonummer erkennen?»

«Nein.»

Wäre auch zu schön gewesen. Dennoch wollte Valérie es nicht darauf beruhen lassen. Ihr gegenüber sass eine Frau, die in ihrer Art so grazil war, dass Valérie unweigerlich eine hochempfindliche Seele erahnte. Da steckte mehr in ihr, als sie zugeben wollte. Hatte sie Angst? Valérie griff nach ihrem Schreibblock, schlug ihn auf und reichte ihn über den Tisch. «Hier, Sie können doch zeichnen. Strengen Sie sich an. Versuchen Sie, das Gesicht des Mannes wiederzugeben.»

«Ich ... kann nicht ...» Ihr ohnehin blasses Gesicht wirkte jetzt fast durchsichtig.

«Ich weiss, dass Sie dazu fähig sind. Ich spüre es. Bitte, haben Sie keine Angst. Sie würden uns einen grossen Gefallen tun, wenn Sie Ihre inneren Kräfte mobilisieren würden.»

Valérie rechnete mit allem: dass die Maskenbildnerin aufstand, ihr den Block ins Gesicht schlug, sie anschrie und davonrannte.

Nichts dergleichen geschah. Lina Rotenfluh nahm den Stift zur Hand. Valérie hielt den Atem an. Sollte sie beginnen, ein Gesicht auf das Blatt zu zeichnen, würde Valérie sich zurückhalten und sie nicht mit Vorwürfen torpedieren, weil sie der Polizei nicht die Wahrheit gesagt und sich deswegen strafbar gemacht hatte. Valérie würde sich mit dem Resultat von heute zufriedengeben und es als einen Erfolg verbuchen. Gespannt wartete sie auf den ersten Strich.

Fabia klopfte mit einem Schreibstift auf den Laptop. Valérie schrak von ihren Gedanken hoch. Lina Rotenfluh sass über das Papier gebeugt.

«Sollen wir Sie alleine lassen?» Valérie winkte Fabia zu sich. «Wir warten draussen.»

«Du hast Nerven», sagte Fabia, als sie die Tür hinter sich geschlossen hatten. «Das ist Nötigung.»

«So ein Schwachsinn! Ich aktiviere bloss ihr Gedächtnis. Die Frau ist Künstlerin, ihre Bilder entstehen während des Arbeitsprozesses. Was sie in ihrem Unterbewusstsein abgespeichert hat, wird oft in der Erinnerung nicht sichtbar. Hat sie aber die Möglichkeit, ihrer Hand freien Lauf zu lassen, kommen die Bilder von alleine.»

«Hat dich Henry angesteckt?» Fabia setzte sich mit Schwung auf den Fenstersims. «Oder agierst du neu als Psycho-Tante?»

Valérie lächelte. «Seit mein Leben am Tod vorbeigeschrammt ist, bin ich empfindlicher geworden in Bezug auf mein Gespür.»

«Ach, und jetzt glaubst du, hellsehen zu können?»

«Wie geht es deiner Tochter?»

Fabia verdrehte ihre Augen. «Du lenkst ab.»

«Hast du deine Mutter letzthin gefunden?»

«Ja, das war typisch. Sie ist mit Olivia auf die Glattalp … mit der Bahn hochgefahren, dann zum See gewandert … Sie hätte es mir sagen können. Stattdessen liess sie mich im Ungewissen, ausgerechnet …» Fabia hüpfte vom Fensterbord. «Ich hatte Angst um meine kleine Livi.» Und fast im gleichen Atemzug fuhr sie fort: «Louis hat eine Neue …»

«Eine Neue? Hatte er denn je einmal eine?» Valérie fiel es schwer, dies zu glauben, nach all den Avancen, die er ihr immer wieder machte. «Warum enthält er sie uns vor?»

«Sie stammt aus Ried.»

Das also war das Geheimnis. Jetzt verstand sie auch, weshalb Louis dort zu tun hatte.

«Er ist nicht sehr glücklich darüber.»

«Und warum nicht?»

«Er hat sie anscheinend aus den Augen verloren.»

«Und er erzählte dir das einfach so …?»

Die Tür ging auf. Valérie und Fabia unterbrachen ihr Gespräch.

Zaghaft schob sich die zierliche Lina Rotenfluh auf den Flur. Valérie kam sie in diesem Moment wie ein Gespenst vor. «Ich bin fertig.» In ihrer Hand hielt sie den Block. «Ich hoffe, ich enttäusche Sie nicht.»

Valérie führte sie zurück ins Zimmer. Sie legte den Block auf den Tisch. Noch versteckte das Deckblatt die Zeichnung. Valérie hob das erste Blatt an, legte es zurück und erstarrte.

***

Louis riss das Fenster auf. Luft! Er brauchte Luft. Vor knapp einer Stunde hatte er mit der Vernehmung von Pragelhannes' Toni begonnen und war schon nach wenigen Minuten ins Schwitzen geraten. Louis war von Anfang an mit Vorurteilen belastet gewesen, die er jetzt revidieren musste. Dieser Mann passte in kein Schema. Ein Sammler, ein Zerlumpter, ein Ausgesteuerter, ein Ungehobelter – die Liste war lang. Demgegenüber war jene Empfindlichkeit in ihm zu erkennen, die ihn als einen intelligenten Menschen auszeichnete. Zwei grundlegend unterschiedliche Seiten, die Louis zur Verzweiflung brachten.

Nachdem man Pragelhannes' Toni am Tag seiner Festnahme nach Biberbrugg gebracht hatte, durchforstete man sein Haus. Der Kriminaltechnische Dienst mit fünf Mann war aufgeboten worden, zwei Mitarbeiter aus dem Labor, die vor Ort die ersten Spuren analysierten. Was unter dem Dach gefunden worden war, musste Jahre schon dort gelegen haben. Zum Keller hatte Pragelhannes' Toni selbst keinen Zutritt mehr gehabt. Schulers Leute waren auf verschimmelte Vorräte gestossen, auf kaputte Möbel, die wahrscheinlich schon die Urgrossmutter gesammelt hatte, im Zentrum auf eine Werkbank mit oxidierten Werkzeugen. Das Bild von Cameron Diaz war das einzige geblieben. Nirgends sonst im Haus hatte man etwas ähnlich Verdächtiges gefunden. Erste Spuren hatten keine Resultate gebracht. Jetzt wartete man noch auf die definitiven Berichte.

Louis hätte es gern unterlassen, wieder von vorne zu beginnen. Doch dies schien ihm die einzige Möglichkeit, Pragelhannes' Toni aus der Reserve zu locken. Bis anhin hatte er sich wortkarg und überlegen gegeben. Von einem Kind wollte er nichts wissen. Cameron Diaz sei seine Muse. «Es ist keine Sünde, sie an der Wand hängen zu haben», waren seine Worte. «Sie ist nicht nur schön, äh. Sie ist wunderschön.»

«Woher haben Sie das Bild?» Louis setzte sich wieder. Der Schreibstift in seiner Hand verselbstständigte sich und malte Männchen auf den Notizblock.

«Äh, aus der Klinik.»

«Das ist ja schon mal ein Fortschritt.» Louis knallte den Schreibstift gegen die Wand. Pragelhannes' Toni fuhr zusammen.

«Willst du mich umbringen, du Chinese, du?»

Louis schluckte es hinunter. Solche Äusserungen war er sich gewohnt. Sobald sich Menschen in Bedrängnis fühlten, schlugen sie verbal um sich. Worte waren oft heftiger als reale Schläge. Louis hatte sich mit den Jahren einen dicken Panzer angeeignet, der heute jedoch seine Risse bekam. Was glaubte der Kerl, wer er war?

«Ich brauche den Namen und die Adresse dieser Klinik.»

«Urs Rast … äh, er ist der Gott der alten Weiber, die glauben, mit dem Skalpell könne man ihre Bösartigkeit herausschnipseln. Jede Sünde gräbt sich einem ins Gesicht. Das Alter bringt es an den Tag.»

«Wie ist das bei Ihnen?»

«Habe ich es nötig, äh, mich unters Messer zu legen? Haben die Muotathaler Frauen es nötig? Es sind die Weiber aus Zürich und Bern, die in unsere friedliche Welt kommen. Bei uns, glauben sie, kenne man sie nicht. Sie gehen in die Klinik als alte verschrumpelte Gestalten und verlassen sie in der Maske einer Cameron Diaz, äh. Ja, so ist das. Rast ist ein Betrüger. Er verfälscht die wahren Gesichter. Vielleicht solltest du lieber dort mal ansetzen, als dich an einem armen Lump zu vergreifen … äh …»

«Das Bild stammt aus der Klinik des Dr. Rast?» Louis spürte die Anspannung. Mit aller Gewalt versuchte er, Ruhe zu bewahren. «Sie haben das Bild in der Klinik bekommen?»

«Nein, bei meinem letzten Besuch habe ich es mitlaufen lassen. Da hängen noch zahlreiche andere Bilder. Die merken das gar nicht, wenn eines fehlt.» Pragelhannes' Toni lachte verschmitzt.

«Haben Sie auch Masken mitlaufen lassen?»

«Masken? Huere Siech, äh? Warum sollte ich Masken klauen? Meinst du die Gurkenmasken, die sich unsereins gegen Mitesser auflegt?» Pragelhannes' Toni schlug sich mit der Hand aufs Knie. «Meine Mutter hat sich auch immer Salatgurken aufgelegt. Gott hab sie selig. Sie hat dabei wie ein Alien ausgesehen. Kennst du den? Da kommen zwei Muotathaler zum Kiosk und fragen nach Gurkenglacé –»

Louis unterbrach den Redeschwall. «Bitte lassen Sie das und beantworten Sie meine Frage: Haben Sie Linus Schelbert getötet? Haben Sie ihm das Gesicht verstümmelt, eine Maske aufgesetzt und ihn anschliessend am Ufer der Starzlen abgelegt?»

Pragelhannes' Toni juckte so schnell von seinem Stuhl auf, dass der Polizist in der Zimmerecke nach vorne stürzte.

«Lass gut sein, Tom.» Louis hob die Hand. «Und Sie setzen sich wieder hin.» Er wandte sich erneut an Pragelhannes' Toni.

«Warum willst du mir einen Mord anhängen? Ist das jetzt eure neue Masche? Nur weil ich das Bild einer amerikanischen Schönheit aufgehängt habe, macht mich das noch lange nicht zum Täter. Ich würde mal bei diesem Edelmetzger vorbeischauen. Von ihm stammen diese Bilder. Vielleicht hat er ja auch Masken, wie du sie suchst, äh. Und jetzt lass mich wieder raus, Bulle!»

«Sie werden vorerst in Untersuchungshaft kommen.»

«Aus welchem Grund?»

«Sie haben unsere Ermittlerin Valérie Lehmann eingesperrt und mit einer Harke bedroht.»

«Ich will einen Anwalt.»

«Den werden Sie bekommen. Eine letzte Frage: Wo waren Sie am Samstag, den 15. Juli?»

«Wann? Am Vormittag oder am Nachmittag?»

«Am Morgen zwischen neun und zehn.»

«Ich war in der Alp-Wirtschaft im Sahli. Du kannst gern dort nachfragen ...»

***

«Henry, ich brauche deinen Rat. Kannst du in mein Büro kommen?»

Valérie legte den Telefonhörer auf die Station zurück und starrte auf die Zeichnung vor ihr. Wie war das möglich? War sie gerade von Lina Rotenfluh zum Narren gehalten worden? Sie hatte das Vernehmungszimmer verlassen, ohne sich von der Maskenbildnerin zu verabschieden. Diese war ziemlich durch den Wind gewesen, was auch Fabia festgestellt hatte. Die Zeichnung überspannte den Bogen.

Henry betrat Valéries Büro. Der Hauch eines dezenten Aftershaves begleitete ihn. Er hatte sich wohl frisch gemacht.

«Schau dir das an!»

«Was zum Teufel!»

«Genau das habe ich mir auch gedacht. Sie hat den Satan gezeichnet. Will die uns verschaukeln?»

Henry nahm das Blatt auf. «Sie ist diejenige, die Masken anfertigt, nicht wahr?»

«Ja. Ich bat sie, das Gesicht des Mannes zu zeichnen, der bei ihr die zwölf Cameron-Diaz-Masken gekauft hatte. Was hältst du davon? Soll ich die Zeichnung vernichten, oder sie als üblen Scherz ad acta legen?»

«Nein, das könnte etwas bedeuten.»

«Siehst du, daran dachte ich auch. Darum habe ich dich gerufen. Du wirst mir sicher eine Erklärung liefern.»

«Ist sie noch im Vernehmungszimmer?»

Valérie bejahte. «Ich werde mit meiner Truppe nun zur Klinik fahren. Wir haben den richterlichen Beschluss für eine Hausdurchsuchung.»

***

Punkt drei an diesem heissen Nachmittag fuhren auf dem Gelände der Klinik Dr. Rast vier Streifenwagen der Schwyzer Polizei vor. Ihnen entstiegen je vier uniformierte Polizisten. Valérie war mit Louis bereits vor Ort, betrat das Haus jedoch erst nach dem Eintreffen ihrer Kollegen.

An der Rezeption wurden sie von Rast und einer Dame, die Valérie hier noch nie zuvor gesehen hatte, nicht sehr freundlich in Empfang genommen.

«Das wird ein Nachspiel haben», empörte sich Rast. In der schlabberigen weissen Hose und dem weiten Kasack sah er aus wie der Boss einer Ferienanlage auf den Malediven. Er warf einen abschätzigen Blick auf den Papierbogen, den Valérie ihm nicht ohne Genugtuung unter die Augen hielt, dann auf Louis, der ihn flankierte.

«Lassen Sie uns unsere Arbeit tun», sagte Valérie. «Der Verdacht liegt nahe, dass Ihre Klinik zweckentfremdet beansprucht wird.»

«Soll das ein Witz sein? Ich bin Chirurg. In meiner Privatklinik liegen zurzeit über zwanzig Patienten. Sie können da nicht einfach hoch … Und wovon reden Sie? Zweckentfremdet wofür?»

«Meine Leute werden die Privatsphäre Ihrer Patientinnen wahren. Was uns interessiert, sind die Operationssäle.»

«Und deswegen tauchen Sie hier mit einer ganzen Fussballmannschaft auf?» Rast stellte sich verteidigend vor den Eingang, wohl mit der letzten Hoffnung, dem Einsatz hier ein Ende zu setzen. «Ihre Aktion basiert auf einem Irrtum.» Er sah auf seine Armbanduhr. «In der nächsten Stunde steht eine Operation an.»

Valérie nahm ihm beim Arm. «Herr Rast, sollte Ihre Klinik sauber sein, haben Sie nichts zu befürchten.» Sie winkte ihre Leute herbei und wies ihnen den Weg Richtung Aufzug.

«Was passiert hier?» Rast ging zurück zum Tresen, wo seine

Mitarbeiterin fassungslos und kreideweiss im Gesicht an der Wand lehnte.

«Das wüsste ich gern von Ihnen.»

«Hören Sie, eine Patientin ist bereits im Vorbereitungsraum. Sie wird gleich narkotisiert. Brechen Sie das hier ab …»

«Dann pfeifen Sie Ihre Leute zurück. Bevor wir hier nicht fertig sind, werden Sie nicht operieren.» Valérie spürte wieder Adrenalin. Was, wenn ihr Einsatz ins Leere lief?

«Herr Rast», versuchte sie es mit einem besänftigenden Ton. Es brachte nichts, wenn sie sich wie ein Berserker aufführte. Das hätte nur ihre Ohnmacht widergespiegelt. «Wir brauchen Ihre Patientenliste sowie die Liste Ihrer Mitarbeiter. Leider können wir es nicht umgehen. Kooperieren Sie mit uns, dann sind wir hier schnell fertig.»

«Und wozu?»

«Wir befürchten, dass sich in Ihrem Haus jemand aufhält, der für mindestens eine Straftat mit tödlichem Ausgang verantwortlich ist.»

«Die Frau hat sie nicht mehr alle …» Unter dem Bogen vor dem Flur zum Wartezimmer erschien Mara Rast und stürzte wie eine Furie auf die Rezeption zu. Sie als die ruhige, besonnene Therapeutin zu sehen, fiel Valérie auf einmal schwer. Da war eine Frau, die ihre Sicherheit in Gefahr sah.

Rast hob die Hand. «Beruhige dich, Mara, die Polizei macht nur ihren Job.» Hatte er sich soeben auf ihre Seite gestellt? Er hatte seinen Ton verändert. «Sie glauben, dass wir einen Mörder beherbergen?» Er schien sichtlich geschockt.

«Wir haben Grund zur Annahme.» Valérie legte das Bild der Cameron-Diaz-Maske auf den Tresen, ungeachtet dessen, dass die Empfangsdame diese Aktion mitbekam. «Wir haben diese Maske am Tatort gefunden. In Ihrer Klinik hängt ein Bild mit ebendiesem Gesicht. Kommt dazu, dass ein Patient von Ihnen ein solches Bild aus Ihrer Klinik hat mitlaufen lassen. Dem toten Jungen wurde zuerst das Gesicht mit einem Skalpell verstümmelt und danach eine Diaz-Maske aufgesetzt. Die Spur führt in dieses Haus.»

Grosses Schweigen.

«Vor dreizehn Jahren verschwanden in Bern und Umgebung acht Kinder mit einer körperlichen oder geistigen Beeinträchtigung, in derselben Zeitspanne, als Sie in der Privatklinik des Professors Huguenin praktizierten. Ausser einem Kind, das man tot aufgefunden hatte, kam keines jemals wieder zum Vorschein. Kaum sind Sie in Muotathal, verschwinden wieder Kinder, und eines wird tot aus der Starzlen geborgen.»

«Und jetzt glauben Sie, ich habe den Täter von Bern mitgenommen? Oder ich selbst bin das Ungeheuer?» Rast griff nach seinem Telefon. Sein Gesicht war ein einziges grosses Fragezeichen.

Wollte er etwa seinen Anwalt aufbieten?

«Was tun Sie da?» Valérie war daran, ihm den Hörer aus der Hand zu reissen.

«Ich werde die Operation verschieben. Das hier kann bestimmt länger dauern.»

Valérie atmete auf. «Ich bitte Sie, in Ihrem Büro auf mich zu warten.» Sie wandte sich an Mara Rast. «Herr Camenzind wird Ihnen so lange Gesellschaft leisten, bis ich zurück bin.»

«Wo wollen Sie hin?»

«In die Operationssäle.»

«Da können Sie nicht hin. Dort unten muss alles steril bleiben. Ich bitte Sie …» Rast trat mehrmals heftig auf den Boden auf.

Valérie missbilligte seine Ausbrüche. «Wir werden nichts anfassen, was keiner Relevanz bedarf.» Sie wandte sich an Louis. «Ich muss mich selbst davon überzeugen.»

Sie fuhr mit dem Aufzug eine Etage tiefer. Dort hatten sich bereits ihre Leute verteilt und durchforsteten die Räume. Vor einem Operationssaal, nur durch eine Glastür ersichtlich, waren sie stehen geblieben.

«Dort drin bereiten sie sich tatsächlich auf eine Operation vor», sagte der Einsatzleiter.

«Und wo sind die?»

«Dahinter muss es einen weiteren OP geben. Als wir hier ankamen, verschwand jemand in einer weissen Ärztekluft.»

«Worauf wartet ihr? Rast hat die Operation abgeblasen. Ihr

könnt rein.» Sie drückte die Türfalle. Diese gab nach. Der Operationssaal spottete allen Klischees, die man über solche Räume kannte. An der hinteren Wand war eine Uhr eingebaut, die stehen geblieben war. Valérie sah zur Decke, wo sie vergebens nach Anschlüssen für Strom, Wasser und Gase suchte. Druckluft, Sauerstoff und Lachgas – alles fehlte. Einzig neben dem Operationstisch lagen Bestecke bereit, Skalpelle, Löffel und Schalen.

Sie betrat den Raum, durchschritt ihn zügig bis zur nächsten Tür. Sie klopfte an.

Eine junge Frau im grünen Kittel öffnete, wahrscheinlich eine Operationsassistentin. Sie fing sie unter dem Türrahmen ab. «Bis hier und nicht weiter. Der Raum hier ist steril. Das habe ich Ihren Leuten schon gesagt. … Eigentlich eine Schweinerei, was Sie da machen. Wir operieren hier.»

Valérie blickte über ihre Schulter. Hinter einer Glaswand entdeckte sie das, was sie im vorderen Raum schon erwartet hatte – einen mit allen erforderlichen Apparaturen eingerichteten Operationssaal, diesmal komplett.

Hinter grünen Tüchern vermutete sie den Operationstisch, zwei Ärzte in Grün und bis auf die Aussparungen der Augen steril angezogen, beugten sich über den Tisch. Dass hier eine Operation im Gange war, sah ein Blinder.

«Hat Herr Rast Sie nicht erreicht? Die Operation ist abgesagt.»

«Leider zu spät. Die Patientin liegt in der Vollnarkose. Und jetzt muss ich Sie bitten, die Räume hier wieder zu verlassen.»

Das sah Valérie ein. Völlig konsterniert wandte sie sich zum Gehen um. Ihre Truppe schickte sie nach oben. «Überprüft die Patientenzimmer», sagte sie in harschem Ton. Sie selbst ging über die Treppe bis zu Rasts Büro im ersten Stock. Dort erwartete Louis sie, der mit den Fragen bereits begonnen hatte.

Ein in Dämmerlicht getauchtes Zimmer, modern ausgestattet und nicht das, was Valérie erwartet hatte. Hier bewies jemand wirklich Geschmack. Helle Möbel auf dunklem Parkett, ein paar Grünpflanzen unbekannter Herkunft in chromstahlfarbenen Übertöpfen, ein sicher sündhaft teures Sofa.

Valérie übernahm. Sie starrte auf die Mitarbeiterliste, die Rast auf seinem Pult bereitgelegt hatte. Ein Designerstück, überlegte sie, so ein Pult hätte sie auch gern gehabt.

«Haben Sie etwelches Personal von Bern hierher mitgenommen?»

Rast sah auf die Liste. «Leider nur zwei. Die anderen hatten sich dafür entschieden, sich bei der Nachfolge von Professor Huguenin zu bewerben. Mit Erfolg, was ich erst kürzlich erfahren habe.» Er fuhr mit dem Finger über zwei Namen. «Die Anästhesieschwester und ein Krankenpfleger arbeiten noch immer bei mir. Alle anderen habe ich frisch eingestellt, als ich die Klinik eröffnete. Und wenn Sie mich jetzt nach deren Leumund befragen wollen … sie sind alle lupenrein. Personalanstellungen lasse ich von Profis ausführen, die ihrerseits Beziehungen pflegen und ziemlich gut vernetzt sind. Kostet zwar etwas, aber zahlt sich über die Jahre alleweil aus.»

Valérie las die beiden Namen. «Rita Vonlanthen und Max Ott. Sind diese Leute jetzt im Haus?»

«Rita ist im OP», sagte Rast. «Leider befand sich die Patientin bereits in Vollnarkose … aber das wissen Sie ja schon. Und Max hält sich meines Wissens auf der Station im zweiten Stock auf.»

«Eine Zwischenfrage: Warum operieren Sie nicht selbst?»

«Ein einfacher Eingriff. Es geht um eine Brustverkleinerung. Diese mute ich dem Oberarzt durchwegs zu. Ist nicht seine erste …» Rast warf seiner Frau einen schnellen Blick zu.

Valérie wollte es bei dieser Antwort bewenden lassen. «Welchen Eindruck haben Sie von Max Ott?»

«Es gab noch nie Probleme –»

«Da war doch diese Sache mit seinem Hund», unterbrach Mara Rast ihren Mann.

«Das, glaube ich, gehört nun wirklich nicht hierher.»

«Wie war das mit dem Hund?» Valérie musterte erst Mara, dann Rast.

«Oh, er hat ihn umgebracht …» Mara verschränkte ihre Arme, gab sich kampfbereit.

Valérie sah Rast an, dass ihm das unangenehm war. «Was ist da geschehen?»

«Das ist schon lange her.»

«Wann?»

«Vor … einem Jahr … ungefähr.» Rast schüttelte den Kopf. «Es war ein kranker Hund.»

«Oh, das sehe ich anders», sagte Mara Rast. «Er hat ihn in einem unserer Operationssäle seziert. Richtiggehend auseinandergenommen. Und das mitten in der Nacht.»

Valérie wechselte ihren Blick von Mara zu Rast. «Sie haben ihn nach dieser Aktion nicht entlassen?»

«Er ist ein guter Pfleger, absolut zuverlässig.»

«Eine Schweinerei war das. Eine riesige Schweinerei.» Aus Mara Rasts Augen sprühte Abscheu. «Seither benutzen wir den Operationstisch nicht mehr … Das hat auch Konsequenzen für unsere Einnahmen.»

«Das hat andere Gründe», sagte Rast ruhig. «Der erste OP war nie vollständig eingerichtet. Sollte sich unsere Patientenzahl verdoppeln, wäre das aber eine Option.»

Valérie wandte sich an Louis, der den Wortwechsel kommentarlos verfolgt hatte. «Ich will Max Ott sprechen.»

ACHT

Der Frühstückstisch war festlich gedeckt. Zanetti hatte mit einem weissen Tuch und roten Tischläufern ein Schweizerkreuz darauf gezaubert. Ein 1.-August-Weggen mit Schweizerfähnchen stand prominent in der Mitte. Daneben eine Vase mit roten Rosen und weissen Cosmeen.

Das sah ihm ähnlich. Seit ihrem Gespräch auf dem Balkon gab er sich übertrieben Mühe, Valérie gut zu stimmen. Er hatte wohl gemerkt, dass ihr die Situation mit seiner kranken Ex-Frau noch immer auf dem Magen lag, obwohl sie nicht mehr darüber redete. Aber da war eine innere Abwehr, die sie nicht zu verfälschen vermochte. Emilio musste ihr den Unmut ansehen.

Es duftete nach gerösteten Kaffeebohnen. Valérie mochte diesen Geruch. Während sie eine Tasse unter den Kolben stellte, blickte sie zu den Mythen, die an diesem Morgen in ein silbernes Licht getaucht waren. Louis hatte sie gefragt, ob sie Lust hätte, frühmorgens auf den Berg zu wandern, ausgerüstet mit einer Stirnlampe, wie er das vor einem Jahr schon getan hatte. Der Schwyzer Nationalrat würde dort um sechs Uhr eine Festansprache halten. Valérie hätte auch darauf verzichtet, wenn der aktuelle Fall gelöst gewesen wäre. Trotzdem packte sie ein wenig Wehmut, wenn sie jetzt zum Gipfel sah. Noch vor Sonnenaufgang hatte sich eine Handvoll Menschen dort versammelt und bestimmt die Landeshymne gesungen. Als Dank, in der Schweiz geboren worden zu sein. Für einmal würde man zusammenhalten und an einem Strick ziehen, mit dem Gefühl, ein besonderes Privileg zu geniessen. Valérie fröstelte. Vielleicht waren es die gleichen Leute, die sich gegen Fremde wehrten, die glaubten, ihr Land gegen Eindringlinge und um ihren Besitz verteidigen zu müssen. Und genau damit bekundete sie Mühe. Für Valérie war es ein Grundrecht, sich dort niederzulassen, wo man sich vorstellen konnte zu leben. Es laut zu äussern, hätte ihr jedoch Unbill entgegengebracht.

Sie stellte die volle Kaffeetasse auf einen Unterteller und die zweite unter den Kolben. Zanetti legte seine Arme von hinten um sie und drückte sie an sich. Valérie mochte seinen kräftigen Griff. In ihm fühlte sie sich geborgen. Sie schmiegte sich an ihn. «Lass uns frühstücken. In einer halben Stunde sollte ich mich auf den Weg machen. Die Befragung von Max Ott steht an.» Sie wand sich aus Zanettis Armen und wandte ihr Gesicht ihm zu. «Er hat seinen Hund seziert. Meinst du, er wäre fähig, ein Kind umzubringen? Vor dreizehn Jahren war er schon in der Privatklinik von Professor Huguenin in Bern als Pfleger angestellt –»

«Ich habe die Akte gelesen», unterbrach Zanetti. «Versteifst du dich nicht allzu sehr auf die Klinik von Dr. Rast? Wie steht es eigentlich um die Maskenbildnerin? Weisst du schon Näheres?»

«Henry Vischer hat sich ihrer angenommen. Er wird es heute Nachmittag in der Teamsitzung zur Sprache bringen. Die Frau scheint mir ein zweites Gesicht zu haben. Sie weiss mit Bestimmtheit mehr, als sie zugeben will. Oder sie hat Angst. Solange der Täter auf freiem Fuss ist, getraut sie sich vielleicht nicht, sich dazu zu äussern. Haben wir doch alles schon gehabt.» Valérie fuhr mit ihren Lippen über Zanettis Kinn. «Dieser Fall frisst mich auf. Ich hatte mir ganz fest vorgenommen, mich wenigstens in meiner Freizeit nicht damit zu beschäftigen. Er geht mir so nah wie kein anderer Fall zuvor. Manchmal fühle ich mich ohnmächtig dem Bösen ausgeliefert.» Sie wich einen Schritt zurück. «Heute feiert die Schweiz ihren Geburtstag, die Menschen feiern mit, als wäre nichts geschehen. Sie vergessen das Leid vor ihrer Haustür, sehen nur sich selbst und kümmern sich bloss darum, wie sie den freien Tag verbringen wollen. Unterhaltung und Lustgewinn stehen an erster Stelle …»

Zanetti hob ihr Gesicht an. «Möchtest du den Fall abgeben? Ich hätte Verständnis dafür.»

Valérie liess sich zu einem Lächeln hinreissen. «Das entscheidest wohl nicht du. Und nein: Ich sehe ihn als meine Aufgabe an. Ich werde den Kerl zur Strecke bringen, auch wenn ich ihm Tag und Nacht auf den Fersen sein muss. Manchmal denke ich, dass ich ihm ganz nah bin. Dann scheint er wieder in einer anderen Welt zu existieren. Mich treibt etwas um. Ich bin nicht imstande, es zu benennen. Die Art und Weise des Vorgehens des Täters erinnert mich an etwas Vergangenes. Es zu greifen, fällt mir allerdings schwer, weil ich mir wahrscheinlich selbst im Weg stehe.»

«Warum hast du mit den Sitzungen bei Vischer aufgehört?»

Valérie rieb sich die Schläfen. «Ich fühle mich dann ganz schwach und verletzlich. Mir nützt es mehr, wenn ich mich während des Kraft- und Ausdauertrainings auspowere. Die Vergangenheit oder die Kindheit sind nicht immer Gründe für den aktuellen psychischen Befund. Aber die Psychologen und Psychiater stochern gern darin herum. Letztlich sollte man an sich selbst arbeiten und nicht zum Beispiel die Eltern dafür verantwortlich machen …» Valérie brach ab und schluckte schwer. Sie wusste, dass sie sich selbst belog, aber das musste Emilio nicht erfahren. Sie hatte eben erst ihren vierundvierzigsten Geburtstag gefeiert. Diese magische Zahl war Anlass genug, endlich alles hinter sich zu lassen, was ihr Leben aus der Bahn geworfen hatte. Mit Emilio hatte sie sich vorgenommen, ihr Leben neu zu ordnen oder von vorne zu beginnen. Dem stand sie heute jedoch wieder mit Skepsis gegenüber.

Nach dem Frühstück fuhr sie nach Biberbrugg. Auf dem Weg dorthin wurde ihr TT zweimal mit Petarden beschossen. Jugendliche liessen ihre Frösche in dem Augenblick knallen, als Valérie die Gruppe passierte. Vor einer Scheune loderte bereits ein Feuer, das der Ungeduld oder des Versehens wegen viel zu früh angezündet worden war. Kinder schwenkten Schweizerfähnchen. Vielerorts waren die Häuser mit Lampions geschmückt.

***

Valérie fand Max Ott in Gedanken versunken im Vernehmungsraum vor, wo Fabia ihn kurz vorher hineingeführt hatte. Er war ein korpulenter Mann mit einem Stiernacken und kurz geschorenen Haaren. Die Wangen dominierten sein Gesicht, als hätte er beiderseits zwei halbe Tennisbälle eingelagert. Dadurch verschwanden die Augen in den Hautfalten und erzeugten etwas Clowneskes. Kein schöner Mensch, der dort sass.

Ihm in sein Gesicht zu sehen, fiel Valérie schwer. Sich vorzustellen, wie er einen Hund aufschnitt, ebenso. Er hatte seine dicken Hände auf den Tisch gelegt. Sie waren kaum dazu in der Lage, ein Skalpell zu führen. Das waren Hände, die am Morgen einen Rücken massierten, Bandagen wechselten, bei der Körperwäsche halfen, die fern jeder Feinmechanik grosszügig etwas bewerkstelligten.

«Max Ott», begann Valérie, «wissen Sie, warum Sie hier sind?»

«Man hat mir gesagt, es gehe um den Kindsmord bei der Starzlen.» Otts Stimme klang warm und tief, war Widerspruch zu seinem Äusseren, gehörte nicht zu diesem Gesicht, war Ausdruck von etwas Fehlgeleitetem, passte einfach nicht.

Wenn Valérie die Augen schloss, sah sie andere Bilder. Sie versuchte, ihr Gegenüber als einen Täter zu sehen, der er wahrscheinlich nicht war. Ihr wurde bewusst, dass sie in diesem Moment von Vorurteilen überschwemmt wurde.

«Vor einem Jahr haben Sie Ihren Hund seziert.» Sie musste ihn darauf ansprechen, wollte seine Reaktion testen, ihn aus der fast schon übertriebenen Gelassenheit lotsen. «Was war der Grund für diese Handlung?»

Valéries Frage brachte Ott sichtlich in Bedrängnis. «Er war krank. Ich habe ihn von seinem Leiden erlöst. Er starb in meinen Armen. Ich wollte sehen, was ihn dahingerafft hatte.»

«Aber Sie verfügen über keine medizinischen Kenntnisse? Wie kommt es, dass Sie eigenmächtig einen Tierkadaver aufschneiden … und das auf einem Operationstisch, der für Menschen vorgesehen ist?»

«Hat sich Mara darüber beklagt? Sie mag mich nicht. Urs dagegen … er hat es auch nicht goutiert. Hat aber kein Drama daraus gemacht. Er schätzt meine Arbeit. Ich stehe schon seit fünfzehn Jahren in seinen Diensten.»

«Er hätte Sie anzeigen können.»

«Ja, vielleicht … hat er aber nicht.»

«Wie ist das mit kleinen Jungs?» Valérie begab sich auf schwieriges Terrain. «Kranke, kleine Jungs … oder Mädchen. Helfen Sie da ab und zu auch nach?»

Ott streckte seinen Rücken durch. Das Ausmass seines Körpervolumens wuchs noch an. «Bevor ich in der Privatklinik in Bern anfing, arbeitete ich in einem Pflegeheim für alte Menschen. Ich sah dort viel Leid. Oft verkraftete ich es fast nicht. Ich gebe zu, dass ich manchmal daran gedacht hatte, ein wenig nachzuhelfen, um ihnen einen würdigen Abschied aus diesem Leben zu ermöglichen. Alte, kranke Menschen … keine Kinder … Doch bevor ich überschnappte, wechselte ich zu Professor Huguenin. Dort lernte ich Urs kennen. Mit ihm hatte ich nie Probleme.»

«Was wollen Sie mir damit sagen?»

«Seine Frau bereitete mir mehr Sorgen. Sie hätte mich am liebsten aus dem Team geschmissen. Sie ist eine Teufelin. Ein Satansweib, vollgespritzt mit Chemie … Doch solange ich bei ihrem Mann arbeite, werde ich sie nicht verunglimpfen.»

«Eben haben Sie es getan.»

«Sie nehmen das Gespräch auf?» Ott zeigte auf das Aufnahmegerät und lächelte ein wenig. «An Mara ist praktisch nichts mehr echt. Ich weiss es, weil ich sie nach all ihren Operationen immer gepflegt hatte … sie und ihre Freundin. Die Frauen leiden unter einem krankhaften Jugendlichkeitswahn. Sie übertreffen sich gegenseitig in einem Operationsmarathon … Was wollten Sie mich wegen der Jungs fragen?»

Er versuchte offensichtlich, sie zu manipulieren, an ihren Gedanken anzudocken. Sie liess es nicht zu, dass er in ihr Gehirn vorstiess. Valérie zögerte. «Wo waren Sie am Dienstagvormittag, den 25. Juli?»

«Das war vor einer Woche, nicht wahr?» Otts Augen schienen in seinen feisten Wangen zu verschwinden. «Zu Hause.»

«Kann das jemand bezeugen?»

«Nein, ich lebe allein.»

«Befanden Sie sich nicht zufällig an der Starzlen?»

«Ich wohne zwar in deren Nähe, aber ich war im Haus und genoss meinen freien Tag vor dem Fernseher.»

«Können Sie sich an den Film erinnern?»

«Ja, sicher …» Ott verzog seinen Mund. Valérie sah ihn kritisch an. «Ich habe da meine eigenen Filme.»

Valérie notierte: *Unbedingt Bescheinigung für Hausdurchsuchung beim Richter einholen.* Vielleicht würden die Filme Aufschluss über Otts Neigungen liefern.

«Sind Sie im Besitz eines Autos?»

Ott schob seine Unterlippe vor. Jede seiner Gesichtsmuskeln kam zum Einsatz. «Ja, ich fahre Auto.»

«Welche Marke?»

«Einen schwarzen Toyota Land Cruiser. In einen kleineren Wagen passe ich nicht.»

Gab es da eine erste Übereinstimmung? Der Husky-Führer sowie die Empfangssekretärin in der Husky-Lodge und die Maskenbildnerin hatten sich an einen ähnlichen Wagen erinnert. Trotzdem zweifelte Valérie daran, dass der Mörder vor ihr sass. Oder liess sie sich von seinem selbstsicheren Auftreten dermassen täuschen? Der Mann war ihr unheimlich.

«Haben Sie bei Lina Rotenfluh in Schwyz Cameron-Diaz-Masken bestellt?»

Ott beugte sich über den Tisch und sah Valérie aus wässrigen Augen an, dass es sie fröstelte. «Nein!»

Valérie fand seine Antwort zu überstürzt. Hatte sie soeben eine erste Verunsicherung bemerkt? Sie hatte im Moment keine Handhabe, ihn auf dem Stützpunkt zu behalten, auch nicht das Recht, eine Speichelprobe von ihm zu nehmen. Sie forderte ihn lediglich auf, sich in den nächsten Tagen zu ihrer Verfügung zu halten, mit der Gewissheit, dass er seine Chance packte und untertauchte. Deshalb musste sie jetzt handeln.

Nachdem Ott das Vernehmungszimmer verlassen hatte, griff Valérie zum Telefon und verlangte Fischbacher.

***

Franz Schuler gab sich immer sehr viel Mühe für ein perfektes Auftreten. Bei den Teamsitzungen trug er stets die edelsten Anzüge. Das mochte wohl daran liegen, dass er von Natur aus eine aussergewöhnlich helle Haut hatte. Anzug und Krawatte lenkten von diesem Makel ab. Die letzten Tage hatten ihn gefordert. Valérie sah es ihm an. Ihn als Ersten zu Wort kommen zu lassen, würde ihm die Anerkennung geben, die er verdiente. Er und seine Leute hatten grossen Einsatz gezeigt. Nicht nur Rasts Klinik war gründlich durchsucht worden, auch das Haus der Familie Gebrehiwet sowie die Rezeption bei der Husky-Lodge, weil man inzwischen davon ausgehen musste, dass der mutmassliche Täter dort seine Fingerabdrücke hinterlassen hatte.

«Wir haben eine Konformität», sagte er unaufgeregt, «wobei wir von einem Glücksfall sprechen können. Zwischen dem kleinen Stück Stoff, das wir unter den Fingernägeln des Toten gefunden haben, und einem Speichelrückstand am Empfangstresen in der Husky-Lodge gibt es eine Übereinstimmung in der DNA. Wie es dazu kam?» Schuler fuhr sich mit der Hand über den Mund. «Die Sekretärin in der Husky-Lodge erinnerte sich, dass der unbekannte Mann mit dem Jungen bei seiner Ankunft niesen musste. Sie habe den Tresen zwar abgewischt. Trotzdem konnten wir unterhalb der Tischplatte Spuren sichern.»

Valérie war nicht die Einzige, die aufatmete. War das ein erster Durchbruch?

«Die Abgleiche zu Bern haben zudem eine weitere Übereinstimmung ergeben –»

«Stopp!» Valérie verwarf die Hände. «Bis heute ging ich davon aus, dass es von Bern keine vergleichbare DNA gäbe …»

«Sie war nicht in der Datenbank. Ich habe mich aus einem Impuls heraus mit dem Kommandanten der Kripo Bern in Verbindung gesetzt. Er hat mich durchgestellt bis zum Ermittler, der damals den Fall des getöteten Jungen geleitet hatte. Es gab durchwegs DNA-Spuren, die man zu der Zeit nicht ins Netz stellen konnte –»

Valérie unterbrach Schuler erneut. «Wie denn das? Seit 2000 ist die Strafverfolgungsbehörde in der Lage, mittels der DNA-Profil-Datenbank Abgleiche übers Netz durchzuführen. Vorher kam die DNA-Analyse nur im Direktvergleich zur Anwendung. Vor dreizehn Jahren aber waren wir bereits gut ausgerüstet. Warum wurde die DNA des Täters aus Bern nicht digital erfasst?»

«Vielleicht lässt du mich aussprechen.» Schuler blieb ruhig. «Aufgrund einer technischen Panne wurde es vergessen.»

Valérie kochte innerlich. Das durfte nicht wahr sein. War es möglich, dass ihre Berner Kollegen geschlampt oder es bewusst vergessen hatten? Nein, so weit durfte sie nicht denken. Eine technische Panne! Die hatte es wohl wirklich gegeben. Wo Menschen arbeiteten, gab es Fehler.

«Langer Rede kurzer Sinn», fuhr Schuler fort, «der Junge, der vor dreizehn Jahren am Berner Stadtrand tot aufgefunden wurde, trug dieselbe Fremd-DNA. Was wir bis heute nicht wissen, ist, wem sie gehört.»

«Das wird sich vielleicht ändern», warf Valérie besänftigt ein. «Ich habe den richterlichen Beschluss für eine Hausdurchsuchung bei Max Ott und für die Entnahme einer Speichelprobe.» Sie sah auf ihre Armbanduhr. «Soeben wird Max Ott von zwei Kollegen in Muotathal abgeholt. Sie wandte sich an Schuler. «Franz, ihr habt Ausserordentliches geleistet. Die Hände in den Schoss zu legen wäre jedoch verfrüht. Ich möchte, dass noch heute Nachmittag Otts Wohnung auf den Kopf gestellt wird. Konzentriert euch in erster Linie auf seine Filme. Sollte sich herausstellen, dass Ott nichts mit dem Verschwinden und dem Mord an den Kindern zu tun hat, möchte ich doch sichergehen, dass wir nichts ausgelassen haben. Ich bin dafür, dass wir eine Gegenüberstellung mit Anton Imhof und Max Ott auf der einen und Lina Rotenfluh auf der anderen Seite machen.» Ihre Augen suchten nach Henry. «Was ist bei deinem Gespräch mit Lina Rotenfluh herausgekommen?»

«Sie gab zu, sich an das Gesicht des Käufers ihrer Diaz-Latex-Masken zu erinnern. Dennoch war sie nicht in der Lage, ein Phantombild anzufertigen.»

«Sie hat den Teufel gemalt ...» Valérie spürte wiederholt ein Frösteln, wenn sie an diese Fratze dachte.

«Ein Reflex ... wie du vermutet hast ... die Frau ist ein Sensibelchen. Hat wohl eher nach ihrem Instinkt gezeichnet, was dann dieses abstrakte Bild zutage beförderte ...»

«Verstehe mal einer die Psychologen.» Valérie schüttelte leicht irritiert den Kopf. «Konzentrieren wir uns in erster Linie auf Max Ott.»

«Du vermutest ihn als Täter?», fragte Louis.

«Zumindest kommt er dem Bild, das ich mir von ihm mache, am nächsten.» Warum brachte Louis sie mit solchen Fragen immer wieder in Bedrängnis? «Sei du bitte darum besorgt, dass Otts Nachbarn in Muotathal befragt werden. Du, Fabia, widmest dich den Fällen in Bern. Fordere sämtliches Material an, auch das bereits archivierte.»

Fischbacher, der sich im Hintergrund gehalten hatte, bat um Aufmerksamkeit. «Heute Abend werden wir im Hotel Alpenblick in Muotathal eine Pressekonferenz abhalten. Die Leute werden langsam nervös. Unsere ersten Meldungen unmittelbar nach dem Auffinden des Toten reichten nicht aus –»

«Warum erfahre ich das erst jetzt?» Valérie unterbrach ihren Chef. «Sollte nicht *ich* entscheiden, wann und wie wir die Bevölkerung informieren?»

«Entschuldige», meldete sich Louis. «Das war meine Idee. Spekulationen über die Tat helfen uns nicht.» Er schob eine Zeitung über den Tisch. «Hier, das kommt dabei heraus, wenn wir Informationen zurückhalten.»

Valérie starrte auf die Doppelseite des Boulevardblatts von gestern.

«Ein Maskenmörder geht um. Führt die Spur in ein Schwyzer Maskenatelier?»

Valérie war zuerst sprachlos. Fielen Louis und Fischbacher ihr in den Rücken? Sollte sie gegen das eigenmächtige Vorgehen ihres Kollegen intervenieren oder es gutheissen?

«Du siehst, es ist höchste Zeit für ein Statement. Der Chef Kommunikation wird die Konferenz abhalten», sagte Fischbacher.

Valérie war einerseits erleichtert, dass Fischbacher sie nicht aufbot, dabei zu sein, andererseits musste sie davon ausgehen, dass er versuchte, sie zu entlasten. Sie schluckte den Ärger hinunter und willigte ein, obwohl das bereits beschlossene Sache war.

***

Muotathal stöhnte unter der gnadenlosen Hitze, die auch heute ihre Fortsetzung fand. Auf dem Dorfplatz waren bereits Tage im Voraus Tribünen errichtet worden. Politiker und andere Prominente würden zu Wort kommen, Jodlerclub und Kirchenchor für passende musikalische Umrahmung sorgen, der Trachtenverein die Tanzbeine schwingen und einheimische Bauern Stände für das leibliche Wohl aufstellen.

Oh du, mein Vaterland!

Valérie fragte sich, wie man es schaffte, das Drama einfach

auszublenden. Vor einer Woche hatte es in Muotathal durch ein Unwetter erhebliche Schäden gegeben. Noch waren Wunden sichtbar. In der Nähe hatte man ein Kind getötet, zwei weitere blieben verschwunden. Obwohl die Polizei sich zurückhaltend gegeben hatte, wusste hier jedermann, was geschehen war.

Valérie hätte die Feierlichkeiten schon aus Solidarität mit den Betroffenen abgebrochen. Sie hätte die Bevölkerung aufgerufen, sich über ihre veränderte Lebenssituation, den Fremdenhass und die zunehmende Verrohung der Gesellschaft Gedanken zu machen. Rückbesinnung, dachte Valérie, war hier fehl am Platz. Die alten Werte, die von einigen Politikern so vehement verteidigt wurden, gab es nicht mehr. Es hiess vorwärtsschauen und sich den Veränderungen anpassen.

Valérie fuhr zum Dorfrand. Otts Wohnung lag in einem unscheinbaren Haus, keine fünfzig Meter vom Fundort der Leiche entfernt.

Der Kriminaltechnische Dienst war bereits anwesend. Ott befand sich erneut in Biberbrugg, wo er vorläufig festgehalten wurde.

Auf der Schwelle zur Wohnung wäre sie beinahe über eine Katze gestolpert, die sich nun fauchend aus dem Staub machte. Valérie zog Plastikschuhe und Vinylhandschuhe über und betrat den Flur. Hier war schon länger nicht mehr gelüftet worden. Ein Mix aus Zwiebelsuppengeruch und Fliesenreiniger traf ihre empfindliche Nase.

Schuler und seine Leute vom KTD waren daran, Schränke und Schubladen zu öffnen und deren Inhalt zu durchsuchen. Jemand entnahm exponierten Stellen Fingerabdrücke. Ein anderer machte sich im Badezimmer auf die Spurensuche, steckte Zahnbürste, Kamm, Medikamentenschachteln in Asservatenbeutel und beschriftete sie.

Im DVD-Player unterhalb des Fernsehers wurde ein Pornofilm sichergestellt. In der Art gab es über ein Dutzend in einem Kasten daneben. Schmuddelige Sexhefte kamen zum Vorschein, eine Anzahl Sexspielzeuge mit Hinweis zur Gebrauchsanwendung, eine aufblasbare Gummipuppe – der ganz normale Wahnsinn eines alleinstehenden Mannes.

Valérie konzentrierte sich auf die DVDs. Sie wandte sich an Schuler und bat ihn, eine von diesen Scheiben in den DVD-Player zu schieben. Auf dem Cover war nicht ersichtlich, worum es im Film ging. Valérie bediente das Kästchen und liess die Bilder laufen.

Ott musste schwerhörig sein, denn der Ton riss Valérie fast aus den Socken. Die Leute des KTD, vom lauten Stöhnen aufgeschreckt, standen auf einmal im Wohnzimmer, worauf Valérie genervt reagierte. «Entschuldigung, der Ton stand fast auf dem Maximum. Ich stelle ihn sogleich leiser. Aber das Schäferstündchen könnt ihr gern zu Hause abhalten. Geht wieder zurück an eure Arbeit.»

Auf dem Bildschirm dominierten die Fleischfarben. Und Geschlechtsteile in Nahaufnahme. Yin und Yang in Aktion. Valérie spulte weiter. Ihre Meinung darüber war nicht gefragt. Was sie in den nächsten paar Minuten zu sehen bekam, stiess sie bloss ab. Erotik sah anders aus. Sie wechselte die DVDs selbst, sah sie sich im Schnelldurchlauf an. Männer mit Frauen, Frauen mit Frauen. Gruppenspiele. Keine Kinder. Nicht der leiseste Ansatz eines pädophilen Zuges. Erst die Szenen mit Pferden schockierten Valérie. Ott hatte demnach nichts ausgelassen, um seine abartigen Neigungen zu befriedigen.

Schuler erschien unter dem Türrahmen. «Schon etwas gefunden?»

Valérie stiess Atem aus. «Nicht den kleinsten Hinweis. Und ihr?»

«Wir wollen in den Keller. Aber dieser ist abgeschlossen, einen Schlüssel finden wir nicht, und ein Hauswart existiert hier auch nicht.»

«Dann brecht die Tür auf.» Valérie legte das Fernsehkästchen an seinen Platz zurück. «Wie ist es mit dem Estrich?»

«Ott teilt ihn mit einer Nachbarin.»

«Wo ist diese Nachbarin jetzt?»

«Wir schickten sie zurück in ihre Wohnung.»

Valérie folgte Schuler auf den Flur. Kurz inspizierte sie die angrenzende Küche, das Bad, zwei Zimmer. Ott lebte spartanisch. Im Schrank gab es kaum Kleider, dennoch verwunderte das wenige in der Wohnung Vorhandene, welches Chaos damit zu bewerkstelligen war. Nichts schien aufgeräumt, kaum etwas sauber. In der Küche stapelte sich verschmutztes Geschirr trotz der Abwaschmaschine. An der Wand neben dem Kühlschrank, in den Valérie zuerst keinen Blick zu werfen gedachte, hing ein Kalender aus dem vorletzten Jahr. Auf dem Tisch stand eine Vase mit Blumen, die ob der welken Blüten wie ein seltsames Kunstwerk aussah. Küchen- und Bodenwischtücher sowie Abwaschlappen lagen auf einem Haufen ineinander verknotet und rochen nach Schimmel.

Hatte Rast bei der Anstellung von Max Ott etwas Wichtiges übersehen? Wie sonst liess sich das Durcheinander hier erklären? Wie die Vernachlässigung eines Menschen, der jenseits seiner Arbeit im Elend ersoff? Ihm in dieser Situation einen Kindsmord anzuhängen, fand Valérie plötzlich sehr unwahrscheinlich.

Doch wie oft hatte sie sich in letzter Zeit von den Menschen täuschen oder beeinflussen lassen? Sie öffnete den Kühlschrank, besah sich den Inhalt. Eine angebrochene Tetrapackung Milch, Butter, Konfitüre, ein Fach mit frischen Tomaten, Käse, ein anderes mit Schokolade – Kinderschokolade. War das etwa ein Indiz?

Sie verliess die Küche, kehrte in den Flur und von dort ins Treppenhaus zurück. Nebenan betätigte sie die Klingel. «Gwerder», stand auf dem Schild. Hier hiessen alle gleich. Ein Dorf, wenige Familien. Letztlich alle miteinander verwandt.

«Ja?» Frau Gwerder hielt die Tür weit auf. Sie war eine kleine zierliche Frau um die siebzig mit kurzen grauen Haaren und einer Brille mit grossen runden Gläsern. «Frau Lehmann? Man hat mich über Ihren Besuch bereits informiert. Bitte treten Sie ein.»

Drinnen sang der Jodlerclub «Echo vom Mythen», auf dem Tisch flackerten rote Kerzen, 1.-August-Brötchen lagen in einem Korb, durch die offene Balkontür vernahm man Böllerschüsse. Von einem auf den anderen Moment war Valérie von der Armseligkeit in die heimelige Stube getreten.

«Heute Abend gibt's Raclette», sagte Frau Gwerder. «Wenn Sie mögen, sind Sie herzlich dazu eingeladen. Mein Mann und meine beiden erwachsenen Kinder werden auch da sein.»

«Haben Sie Ihren Nachbarn, Max Ott, auch eingeladen?» Valérie konnte nicht anders, als diese provokative Frage zu stellen, was ganz schnell eine Reaktion hervorrief.

«Herr Ott ist ein Sonderling. Aber bitte, nehmen Sie doch Platz. Kaffee oder Tee?»

«Ich habe bloss ein paar Fragen an Sie. Wenn es Sie nicht stört, bleibe ich stehen.»

Frau Gwerder setzte sich. «Ja nu, wenn es sein muss.» Über ihr freundliches Gesicht legte sich ein erster Schatten.

«Wie lange kennen Sie Max Ott schon?»

«Vor rund zwei Jahren ist er in die Wohnung nebenan eingezogen. Wir hatten von Anfang an wenig Kontakt. Er arbeitet ja auch zu den ungewöhnlichsten Zeiten. Wenn mein Mann und ich zu Bett gehen, verlässt er oft erst das Haus. Manchmal kommt er erst am Morgen zurück. Dann hören wir den Fernseher laufen … oder er hat Frauenbesuch. Da geht es vielfach drunter und drüber, wenn Sie verstehen, was ich meine.»

«Haben Sie je einmal Frauen bei ihm ein und aus gehen sehen?»

«Nein. Aber man hört halt so einiges.»

«Fiel Ihnen in letzter Zeit auf, dass er mit Kindern unterwegs war?»

Frau Gwerder griff nach einem Brötchen und zog das Schweiz-Fähnchen heraus. Lange starrte sie darauf. «Sie meinen wegen des toten Kindes in der Starzlen? Schlimme Sache. Aber den Max damit zu verbinden … nein, nein.»

Valérie hörte nur zu.

Frau Gwerder ereiferte sich. «Er mag zwar ein komischer Kauz sein, aber ein harmloser. Ich bin mir sicher, dass die Einzigen vom Sahli etwas damit zu tun haben. Seit diese Leute hier sind, geht so manches nicht mehr mit rechten Dingen zu und her. Die Verkäuferin vom Spar-Supermarkt zum Beispiel hat erzählt, dass andauernd Schokolade und dergleichen geklaut werde. Früher gab es das nicht. Wir sind rechtschaffene Leute im Muotatal. Wir sind wie eine Familie, wo jede zur anderen hält.»

Da nahm sie ihren Mund aber ganz schön voll. Valérie ahnte, was im Kopf von Frau Gwerder vorging. Der Stammesälteste, würde er noch leben, hätte schon dafür gesorgt, dass seine Söhne und Töchter im Tal blieben, und es nicht zugelassen, dass je etwas Fremdes in diese Idylle einbrach. Jetzt waren sie gekommen, die Andersartigen, hatten das friedliche Bild zerstört und waren daran, eine festgefahrene Kultur aufzumischen. Und während sie sich in den Häusern der Einheimischen niederliessen, verschwanden Kinder. Es waren die Schwarzen gewesen. Denen konnte man so etwas ohne Weiteres zutrauen. Aber niemals dem Max Ott oder dem Pragelhannes' Toni. Es waren arme Kerle, die früh ihre Eltern verloren hatten. Sie wurden zu Unrecht verdächtigt.

Frau Gwerder stiess das Fähnchen ins Brot zurück mit einer kräftigen Bewegung, die ihre Entschlossenheit signalisierte. «Bei den Flüchtlingen sollten Sie suchen …»

«Wo waren Sie eigentlich am Morgen des 25. Juli?»

«Das war am Tag, als in Muotathal die Welt unterging, nicht wahr? Auf dem Balkon. Ich habe die Geranien gesäubert, welke Blätter abgeschnitten und gedüngt. Da zogen bereits die ersten Vorboten des Unwetters über das Tal. Dann habe ich noch die Schuhe von meinem Mann geputzt und das Mittagessen zubereitet. Am frühen Nachmittag machte ich mein Mittagsschläfchen.»

«Sie haben nichts bemerkt?» Valérie trat auf den Balkon. Von hier aus war die Starzlen zwar zu sehen, der Blick zum Fundort des Leichnams blieb jedoch durch weitere Häuser verwehrt.

Frau Gwerder folgte ihr nach draussen. «Ich schaue ja nicht den ganzen Tag auf die Strasse.»

«Kennen Sie Seppli Schmidig?»

«Nein, ich weiss nur, dass nach ihm gesucht wird. Glauben Sie, dass er auch umgebracht wurde?»

«Alemee Gebrehiwet wird ebenfalls vermisst.» Valérie lehnte sich zwischen den Geraniumkisten über die Balkonbrüstung. Im Garten vor dem Haus stellte jemand einen Gasgrill auf. Kinder spannten Seile und befestigten Lampions. Zwei Jungs trugen Tische und Bierbänke herbei. Es herrschte eine ausgelassene Stimmung.

«Wer ist Alemee … Geb… Geb… was sagten Sie?»

«Die neunjährige Tochter der Flüchtlingsfamilie, die im Sahli lebt.»

«Von den Einzigen?» Frau Gwerder schlug ihre Hände vor den Mund. «Und jetzt sehen Sie einen Zusammenhang?»

Valérie kehrte in die Stube zurück. «Darüber darf ich mich nicht äussern. Das ist Teil der laufenden Ermittlungen.»

Ihr iPhone klingelte. Valérie wandte sich ab. «Louis?»

«Wo steckst du?»

«In Muotathal.»

«Gut so … nein, nicht gut. Man hat Seppli Schmidig gefunden.»

«Wo?» Valérie fuhr es in alle Knochen.

«Am Ufer der Muota, ganz in der Nähe der Husky-Lodge. Dort, wo der Fluss über die erste Geländestufe fliesst.»

***

Die Ambulanz war vor Ort, zwei Streifenwagen, Louis' Kombi und Zanettis Audi.

Als Valérie auf das Areal fuhr, war ob der neugierigen Gaffer fast kein Durchkommen. Sie betätigte die Hupe, worauf die Masse nur zögerlich auseinanderging. Valérie parkte neben Zanettis Wagen, verwundert darüber, weshalb alle so schnell hatten hier sein können. War es möglich, dass die Meldung bereits vor längerer Zeit eingegangen war und man sie ignoriert hatte?

Sie fand Zanetti neben der Ambulanz. Sie stellte sich zu ihm. «Was ist hier los? Warum erreicht mich die Nachricht erst so spät?»

Valérie sah sich um. Unterhalb der ersten Wasserlaufdämmung waren Sanitäter damit beschäftigt, einen Körper auf die Trage zu legen. So genau sah sie es nicht. Louis war in ihrer Nähe. Sie erkannte seinen dunklen Haarschopf. «Wer hat euch benachrichtigt?»

«Die Frau vom Empfang», sagte Zanetti. «Sie hatte Louis' Nummer.»

Hatte er ihr vielleicht bei seinem letzten Besuch einen Heiratsantrag gemacht? Valérie musste sich zusammennehmen. Ihr Nervenkostüm war dem Zerreissen nahe. «Lebt er?» Sie zog Zanetti mit sich.

«Wir müssen hier warten, bis die Spurensicherung da ist.»

«Warum ist dann Louis dort?»

«Er sorgt dafür, dass die Spuren nicht verwischt werden.»

«Lebt er? Sag schon!» Eine weitere Kinderleiche würde sie nicht verkraften, obwohl sie genau das befürchtete. Der Mörder hatte wieder zugeschlagen. Vielleicht mussten sie ab heute von einem Serientäter ausgehen.

«Ja, er lebt.»

Valérie atmete auf. «Gott sei Dank!» Sie zögerte. «Keine Maske?»

«Das weiss ich nicht.»

«Verdammt! Ich muss dorthin.» Valérie riss sich von Zanetti los. Sie stürmte auf die Absperrbänder zu, zeigte den Kollegen von der Streife ihren Ausweis und sprang über die Schranke.

Louis winkte ihr zu, als er sie kommen sah.

«Ist es wirklich Seppli?» Valérie gelangte ausser Atem in die Nähe der Sanitäter. Das Gesicht des Jungen war unversehrt. Einer der Helfer – Valérie ging vom Notfallarzt aus – legte ihm eine Sauerstoffmaske um. Ein anderer mass den Puls, checkte den Blutdruck, der Dritte legte eine Infusion. Routinierte Handgriffe, die über Leben und Tod entschieden.

«Meinst du, er kommt durch?»

«Das wissen wir noch nicht.»

«Wann wurde er gefunden?»

«Vor zwanzig Minuten.»

«Und du warst so schnell vor Ort?»

«Ich war kurz in Ried … essen.» Louis wandte den Blick ab.

«Dann erreichte dich die Nachricht. Du hättest sofort mich anrufen sollen.»

«Ich benachrichtigte Fischbacher. Fischbacher setzte sich umgehend mit Zanetti in Verbindung. Sorry, aber ich dachte, es müsse schnell gehen.»

«Ich war keine fünf Minuten von hier entfernt.»

«Das wusste ich nicht.»

«Wir werden uns darüber unterhalten müssen.» Sie liess Louis stehen und näherte sich dem vermeintlichen Notfallarzt.

«Valérie Lehmann. Ich bin die leitende Ermittlerin. Ich würde Sie nachher gern sprechen.» Sie sah auf den kleinen zugedeckten Körper und das Gesicht. Seppli hatte die Augen geschlossen, sein Atem ging flach. «Wird er durchkommen?»

«Wir bringen ihn nach Schwyz ins Spital und werden ihn gründlich untersuchen. Er muss schon eine Weile bewusstlos hier gelegen haben. Näheres kann man Ihnen erst heute Abend sagen.»

«Wurde er verletzt? Gibt es Spuren von Gewalt?»

«Ein paar Prellungen und Blutergüsse. Es ist noch nicht sicher, woher sie stammen.»

Valérie bedankte sich.

Louis stand auf einmal da. «Die Sekretärin, Sonja Holdener ist ihr Name, hat den Jungen entdeckt. Sie wartet drüben im Camp. Ich dachte, ich überlasse sie dir.»

«Gut gedacht», sagte Valérie schnippisch. «Und jetzt schau, dass die Spurensicherung möglichst rasch mit ihrer Arbeit beginnt. Hätte ich es früher erfahren, hätte ich Schuler sofort aufbieten können. Er und seine Truppe sind in Max Otts Wohnung … eigentlich hast du's gewusst.» Sie sah ihn an. «Habt ihr eine Maske sichergestellt?»

«Das ist Sache des KTD», antwortete Louis ebenso schnoddrig.

Valérie liess ihn stehen und kehrte zu Zanetti zurück.

In der Zwischenzeit hatten die Sanitäter Seppli Schmidig auf einer Trage in den Ambulanzwagen geschoben. Sie verliessen mit Martinshorn und Blaulicht die Husky-Lodge.

«Wurden die Eltern schon informiert?»

Zanetti bejahte. «Sie sind unterwegs nach Schwyz. Ich fand es besser, sie gleich dorthin zu schicken. Wenn ihr Sohn ankommt, werden sie schon dort sein.»

Unwesentlich später traf Schuler mit seinen Leuten ein. Valérie ging zum Empfang im vorderen Haus. Dort wartete bereits Sonja Holdener. Sie gab sich mit einem Kopfnicken zu erkennen. Valérie steuerte auf sie zu und reichte ihr die Hand. Diese fühlte sich trotz der Hitze kühl an. Die Frau musste noch unter Schock stehen.

«Kommen Sie ins Büro», sagte sie. «Dort können wir ungestört reden.»

Valérie folgte ihr in einen hübsch eingerichteten Raum, der das Versprechen ihrer Werbung hielt, die man überall lesen konnte. Hier begannen die Ferien.

«Frau Holdener, erzählen Sie mir bitte, wie und wann Sie

den Jungen am Flussufer entdeckt haben.» Valérie betätigte den Sprachmodus ihres iPhones und legte das Gerät auf den Tisch.

«Lebt er?» Sonja Holdeners Stimme vibrierte.

«Ja, er lebt und ist jetzt in guten Händen, auch dank Ihnen, die ihn gefunden hat. Was also können Sie mir darüber berichten?»

«Ich hatte Zimmerstunde. Normalerweise gehe ich hintenrum zum Zwinger. Wollte noch meine Hunde begrüssen. Heute ging ich ausnahmsweise aussenrum. Der Weg führte mich der Muota entlang. Sie hatte in den letzten Tagen ziemlich viel Wasser gebracht. Heute hatte ich das Gefühl, es werde endlich weniger. Oben kann man manchmal baden, wenn der Pegel tief liegt. Ich wollte mich vergewissern, ob ich es vielleicht heute nach Feierabend mal wagen könnte. Das ist natürlich ein Geheimtipp.» Sie machte eine Pause, in der Valérie sie ungeniert beobachtete. Sonja Holdener wirkte auf eine Art fahrig, wollte aber offensichtlich einen beherrschten Eindruck erwecken. Dies gelang ihr nur bedingt. «Ich schlendere also am Ufer entlang», fuhr sie fort, «da sehe ich etwas liegen. Ich dachte zuerst, es wäre ein Abfallsack. Die Leute werfen manchmal alles Mögliche in den Fluss. Aber dann sah ich, dass es ein Kind war. Ich erschrak ziemlich heftig. Ich rief nach meinem Chef. Der aber war nicht da. Meine Kollegin vom Service kam her und ein paar Gäste, die sich auf dem Areal aufhielten. Mir fiel ein, dass ich die Nummer von Louis Camenzind hatte, und ich rief ihn an. Er verbot mir, mich dem Kind zu nähern, wegen der Spuren und so. Ich sagte ihm, dass ich nicht sicher sei, ob das Kind lebe. Aber die Polizei war ziemlich schnell da.»

«Sie haben es nicht angerührt?»

«Nein, auf ausdrücklichen Wunsch von Herrn Camenzind nicht.»

«Falls Sie eine Liste von den Gästen haben, die sich in der Zeit im Camp aufhielten, brauche ich diese und ebenso von den Feriengästen.»

«Selbstverständlich.» Sonja Holdener legte ein Blatt Papier hin. «Ich habe mir so etwas gedacht. Die Namen der Hotelgäste stehen drauf. Die Namen der Personen, die sich im Restaurant aufhielten, kenne ich nicht.»

Valérie überflog die Liste. «Ist Ihnen am Kind etwas aufgefallen? Trug es eine Maske?»

«Eine Maske ... ja, die muss dort irgendwo noch liegen. Aber das Kind hatte sie nicht auf. Schrecklich, ich habe es im Internet gelesen. Da stand etwas von einer Maske, die dem Kind in der Starzlen übergezogen worden war.»

«Ist Ihnen im Lauf des Tages, insbesondere des Nachmittags, etwas Verdächtiges aufgefallen? Wurde der Wagen, den Sie neulich beschrieben, auf dem Gelände gesichtet?»

«Es war so viel los heute. Die Leute bereiteten sich auf die Party heute Abend vor. Jedermann packte mit an. Auch ich. Ich kann mich an kein Auto erinnern, das dem von letzthin ähnlich sah. Was natürlich nichts heisst ...»

«Ich muss Sie bitten, morgen Vormittag auf den Polizeiposten Schwyz zu kommen. Wir machen eine Gegenüberstellung.»

«Ja, selbstverständlich. Wann soll ich dort sein?» Sonja Holdener griff an ihren Hals und stiess Luft aus.

«Um elf.»

Während im Muotatal und im Bisistal überall die Höhenfeuer loderten, zitierten Valérie und Louis sämtliche Gäste und die Angestellten der Husky-Lodge ins Büro der Geschäftsleitung. Die immer gleichen Fragen brachten jedoch nicht den erhofften Erfolg. Niemand wollte etwas Verdächtiges gesehen haben, zuallerletzt einen Mann mit einem Jungen, der sich an der Muota aufhielt. Valérie ging davon aus, dass Seppli erst später am Flussufer abgelegt worden war, nachdem ihn der mutmassliche Täter missbraucht oder verletzt hatte.

NEUN

Definitiv keine Übereinstimmung mit der DNA, die auf dem Opfer gefunden wurde, und auch nicht mit der DNA von Anton Imhof und Max Ott, war die nüchterne Bilanz, mit der sich Valérie an diesem Morgen auseinandersetzen musste. Trotzdem wollte sie die Gegenüberstellung nicht ausfallen lassen. Umso grösser war die Hoffnung auf ein positives Ergebnis aufgrund der beiden Zeuginnen.

Lina Rotenfluh war bereits eingetroffen. Sie würde als Erste unter fünf Männern denjenigen identifizieren, der bei ihr die Diaz-Masken hatte anfertigen lassen. Sie hatte sich schön herausgeputzt, sah jetzt aus wie eine Porzellanpuppe oder eine aus Wachs aus dem Panoptikum von Madame Tussauds, ein Ebenbild ihrer Kreationen, die in langen einsamen Nächten entstanden. Lina Rotenfluh hatte erzählt, dass sie am liebsten nachts arbeite. Tagsüber schlief sie wohl. Dies erklärte auch ihre sonnenungewohnte Haut.

«Und die können mich echt nicht sehen?» Eine Frage, die sie offensichtlich quälte.

«Die können Sie nicht sehen.» Valérie hatte fünf Männer in den Spiegelsaal gebracht. Den Namen verdankte er einer portugiesischen Angestellten des Reinigungsinstituts, die den Gegenüberstellungsraum der sonderbaren Verglasung wegen so genannt hatte. Da die Polizisten diese Benennung witzig gefunden hatten, blieb sie bis heute bestehen.

«Lassen Sie sich Zeit. Konzentrieren Sie sich auf die Gesichter und sagen Sie mir, ob Sie den Mann wiedererkennen, der bei Ihnen die Masken abgeholt hatte.»

«Und wenn ich mich irre?»

«Noch einmal: Lassen Sie sich Zeit.»

Lina Rotenfluh machte den Eindruck, als würde sie demnächst hyperventilieren. Valérie hatte vorsorglich einen Plastiksack bereitgelegt. Es wäre nicht das erste Mal gewesen, dass sie einer nach Luft schnappenden Zeugin zu Hilfe kam.

Das Licht im Spiegelsaal ging an. Die Männer standen dort nebeneinander und hielten eine Nummer auf Brusthöhe. Unter ihnen befand sich auch Anton Imhof – Pragelhannes' Toni –, dem Valérie mehrmals eingebläut hatte, sich so zu benehmen, wie es sich gehörte. Das hier sei eine ernste Angelegenheit. Seinetwegen hatte sie zwei Durchgänge angeordnet.

Lina Rotenfluh starrte auf die Scheibe. Sie liess sich lange Zeit, um jedes einzelne Gesicht und die Statur dahinter zu studieren. Allein die Zeit, die sie dafür beanspruchte, liess einen negativen Ausgang vermuten.

«Der ist nicht da. Nein, der ist nicht anwesend.» Lina wandte sich zu Valérie um. «Kann ich jetzt gehen?»

«Nein, noch nicht. Es gibt einen zweiten Durchgang.»

«Und weshalb?»

«Wir haben zwei Verdächtige hier.»

Lina Rotenfluhs Gesicht wurde noch blasser. «Wann habe ich es denn ausgestanden? Das macht mich ganz nervös.»

Vier neue Polizisten und Max Ott. Lina Rotenfluh wartete, bis das Licht im Spiegelsaal wieder anging, und schnappte noch einmal nach Luft. Auch diesmal sagte sie, dass der Maskenkäufer nicht dabei sei.

«Sind Sie sicher?» Valérie hielt sich am letzten Strohhalm fest.

«Ganz sicher.»

Vielleicht war Lina Rotenfluh tatsächlich zu nervös. Valérie liess sie von Fabia abholen.

Bis zum Eintreffen von Sonja Holdener blieb noch etwas Zeit. Valérie liess auf dem Flur einen Kaffee aus dem Automaten. Der hier schmeckte auch nicht besser als der in Biberbrugg. Von draussen vernahm sie die Detonationen letzter Feuerwerkskörper, welche von ein paar Humoristen in den Himmel geschossen wurden. Auch sonst hatte der 1. August seine Spuren hinterlassen. Die Männer des Strassenreinigungsinspektorats sammelten Unmengen von Abfall ein. Der Alltag war zurückgekehrt.

Sonja Holdener erschien pünktlich um elf.

«Wissen Sie schon, wie es dem Jungen geht?», fragte sie als Erstes.

«Es geht ihm den Umständen entsprechend gut», wich Valérie

aus. Sie hatte in der Nacht mit dem behandelnden Arzt im Spital Schwyz Kontakt aufgenommen. Sie hätten Seppli in ein künstliches Koma versetzt. Mit mehr hatte der Arzt nicht herausrücken wollen. Valérie hatte deswegen kaum geschlafen. Nichts regte sie mehr auf als die Ungewissheit und der Umstand, nichts dagegen unternehmen zu können. Sie brauchte in erster Linie eine Aussage des Kindes, wenn es denn dazu fähig war. Doch das bezweifelte sie. Kam dazu, dass Alemee Gebrehiwet noch immer vermisst wurde. Die Vermisstenmeldung ging schweizweit durch alle Medien.

Noch einmal stellten sich die Männer in einer Reihe auf.

Sonja Holdener sah sich jedes Gesicht an. Schweigsam und höchst konzentriert. Der erste Durchlauf war ebenso erfolglos wie bei Lina Rotenfluh. Anton Imhof war von jeglichem Verdacht entlastet. Blieb nur noch Max Ott. Valérie setzte ihre Hoffnung auf Sonja. Wenn jemand mit einem Jungen spätabends ein Zimmer mieten wollte, war das doch sonderbar.

Die Männer standen stramm. Links aussen war Max Ott mit diesem riesigen Kopf und den Hamsterwangen. Valérie kam er wie ein Riesenbaby vor.

«Nein. Der Mann, der mit dem Jungen bei mir am Empfang war, befindet sich nicht unter ihnen.» Sonja Holdener wandte sich nach Valérie um und hob ihre Schultern. «Tut mir leid.»

***

Dominik Fischbacher hatte über den Mittag zu einer ausserordentlichen Sitzung geladen. Dass Valéries Team deswegen auf das Essen verzichten musste, nahm sie ihm übel. Nur die belegten Brote in der Tischmitte und jede Menge Mineralwasser trugen etwas zur Entspannung bei.

«Heute gibt's ausnahmsweise kein Viergangmenü», versuchte Fischbacher zu scherzen, was ihm aber keinen Applaus einbrachte. Die Leute von der Technik hatten gestern bis tief in die Nacht hinein Spuren gesichert. Schuler war danach zu deren Auswertung nach Schindellegi gefahren, wo er bis zum Morgengrauen gearbeitet hatte. Trotzdem erschien er auch heute im obligaten Anzug.

Valérie fühlte sich deprimiert. Dass die Gegenüberstellungen am Vormittag nichts gebracht hatten, enttäuschte sie. Der Täter hielt sich irgendwo auf, zusammen mit der kleinen Alemee. Mittlerweile ging jedermann davon aus, dass sie gekidnappt worden war – wahrscheinlich vom selben Täter, aufgrund der Gemeinsamkeiten der Kinder.

Die Hundestaffel hatte den ganzen hinteren Teil des Sahlis abgesucht. Eine Spur war zuerst aufgenommen worden, doch diese hatte sich bald verloren. Entweder war Alemee in ein Auto gestiegen oder war Richtung Sahlisee gegangen. Kurz war auch ein Taucher im Einsatz gewesen. Die Befragungen mit der Familie Gebrehiwet waren schleppend vorangegangen. Das Verschwinden ihrer Tochter hatte nicht nur deren Mutter in ein tiefes Loch gerissen. Im Haus der Gebrehiwets wurde getrauert. Valérie hatte ihnen psychologische Unterstützung angeboten, was sie vehement ablehnten.

Valérie wartete gespannt auf Fischbachers Ausführungen. Er hatte sich mit Auf der Maur getroffen. Gemeinsam hatten sie nach Lösungen gesucht. Dass diese nur von der Polizei geliefert werden konnten, hatte der Regierungsrat schliesslich auch eingesehen.

«Der heutige Stand der Ermittlungen lässt zu wünschen übrig», begann Fischbacher, worauf es im Sitzungszimmer augenblicklich ruhig wurde. «Ausser zwei zu Unrecht festgenommenen Muotathalern können wir am achten Tag nach dem Mord an Linus Schelbert keine Resultate liefern.»

«Immerhin kam Seppli Schmidig zum Vorschein», sagte Louis und heimste von Fischbacher einen nicht sehr netten Blick ein.

Auch Valérie wollte Fischbachers Bemerkung vorerst nicht auf sich beruhen lassen, entschied sich jedoch gegen ein Kontern. Sie wusste, wie sehr Fischbacher von oben unter Druck stand.

«Hat der Täter seine Taktik geändert?», warf Valérie die Frage ein. «Oder hat er kalte Füsse bekommen?»

«Ist der Junge schon vernehmungsfähig?» Fischbacher wirkte nervös. «Seine Aussage könnte uns weiterhelfen.»

«Das kannst du gleich vergessen», intervenierte Henry. «Seppli Schmidig ist gemäss Krankheitsbild nicht fähig, abstrakte Fragen zu beantworten. Ich war heute Morgen bei ihm im Spital. Die

Ärzte haben ihn zwar aus dem künstlichen Koma aufgeweckt. Der Junge ist aber verstört. Was mit ihm geschehen ist, dürfte ihn in seiner Entwicklung Monate zurückwerfen.»

«Was hatte man ihm angetan?»

«Der behandelnde Arzt geht davon aus, dass er über mehrere Tage eingesperrt war … und gefesselt. Dies bewiesen die Hämatome an den Handgelenken und an den Füssen. Seine Lippen seien zudem aufgeschürft gewesen, was auf eine Knebelung durch ein Klebeband hindeute. Er habe ausserdem kaum etwas zu essen bekommen und mit Sicherheit auch zu wenig Flüssigkeit. Der Körper habe Zeichen von Dehydrierung aufgewiesen … Man hat ihn über Tage gequält …»

«Besteht keine Möglichkeit, ihn trotzdem zu befragen?», fragte wieder Fischbacher.

«Er wird sich nicht äussern können. Das Jugendamt hat sich nun eingeschaltet. Eine Heilpädagogin will sich des Jungen annehmen. Eine Befragung ist schlicht unmöglich.»

Fischbacher sah es ein. «Gibt es im Minimum Spuren, die uns weiterhelfen?»

«Die Spuren werden noch ausgewertet», sagte Schuler. «Seine Kleider sind in der Forensik und werden untersucht.» Er griff nach einem Glas Wasser. «Abgesehen davon, dass er bekleidet am Ufer der Muota lag, beweist auch das unversehrte Gesicht, dass der mutmassliche Täter seinen Plan geändert hat.»

«Also doch», sagte Valérie. «Aber du gehst vom selben Täter aus.»

«Aufschluss können uns erst die Resultate aus dem Labor liefern», wiederholte Schuler. «Am Fundort wurde auch eine Maske sichergestellt.»

«Dieselbe wie bei Linus?»

«Wie bei Linus.»

«Was war der Grund, weshalb er diesmal nicht bis zum Letzten gegangen ist?», fragte Louis.

«Wir sind froh, hat er seine Abscheulichkeiten nicht zum Ende gebracht», sagte Fabia aufgebracht.

«Gibt es schon ein Täterprofil?» Fischbacher wandte sich an Valérie.

Sie schaute ihn verständnislos an. Anhand von nichts war es nicht möglich gewesen, ein Täterprofil zu erstellen. Warum fragte Dominik, wenn sie genau dies noch vor nicht allzu langer Zeit miteinander diskutiert hatten? Bis anhin hatten die Fakten gefehlt. Trotzdem hatte sie für sich ein Profil erstellt. Dieses würde aber niemanden am Tisch überzeugen können.

«Ja, habe ich.» Sie schlug ein Ringheft auf. «Das Resultat einer schlaflosen Nacht.» Sollten sie es nur erfahren. Feierabend hiess für sie nie wirklich zurücklehnen und abschalten. Wenn Emilio neben ihr eingeschlafen war, setzte sie sich an ihren Schreibtisch und arbeitete manchmal bis in die frühen Morgenstunden. Oft aber sass sie einfach nur da und zermarterte sich den Kopf.

«Ich gehe von einem Mann aus zwischen dreissig und sechzig. Er ist unauffällig, lebt allein, hat nur wenige soziale Kontakte. Er hat kein grosses Selbstwertgefühl, was sich dadurch zeigt, dass er sich an Kinder heranmacht.» Valérie warf Henry einen forschenden Blick zu. Die Diskussion mit ihm hatte sie nicht vergessen. Und wenn er, wie jetzt, ihr aufmunternd zunickte, wusste sie, dass er ihre Meinung teilte. «Dass er als Kind missbraucht oder vernachlässigt wurde, ist nur bedingt der Fall», mutmasste sie. «Seine Tat muss er akribisch vorbereitet haben. Nur so war es möglich, fast keine Spuren zu hinterlassen.»

«Wahrscheinlich haben wir es hier nicht mit einem Psychopathen, denn vielmehr mit einem Narzissten zu tun», wandte Henry ein. «Die akribischen Vorbereitungen, wie Valérie eben erwähnt hat, weisen darauf hin.»

«Dass Seppli Schmidig noch lebt», sagte Valérie, «dürfte einer grossen Verunsicherung zuzuschreiben sein –»

«Vielleicht sind es zwei verschiedene Täter», unterbrach sie Louis.

«Ein Nachahmer.» Die Stimme gehörte einem jungen, kürzlich vereidigten Wachtmeister.

Valérie ignorierte ihn. Sie hatte ihn nicht im Team haben wollen, zu vorlaut, zu grün hinter den Ohren, aber Fabia hatte sich für ihn starkgemacht, weil er wie sie aus dem Muotatal stammte.

«Die Maske beweist das Gegenteil. Sie wurde von Lina Rotenfluh ganz klar als eine von denen identifiziert, die sie an den Fremden verkauft hatte.»

«Was umtreibt ihn? Was könnte der Grund für seine Taten sein?» Fischbacher liess nicht locker.

Valérie zweifelte, dass sie im Sitzungsraum zu Lösungen gelangten. Die musste man draussen suchen, in Muotathal, wo die Jungs gefunden worden waren. Noch immer glaubte sie, den Schlüssel dazu in Dr. Rasts Klinik zu finden. Es musste etwas mit dem Arzt zu tun haben, auch wenn er nicht direkt daran beteiligt war.

Valérie erhob sich. Sie schritt auf die Pinnwand zu, an der es fast keine Lücken mehr gab. Sie war mit Tatortfotos, Notizen und Verbindungspfeilen fast komplett zugedeckt. Valérie zeigte auf Alemees Bild, das sie aus deren Pass kopiert und vergrössert hatte. Sie heftete die Porträts von Seppli Schmidig und Linus Schelbert gleich daneben. «Fällt euch etwas auf?»

Niemand wollte sich äussern.

«Aufgrund der Berichte aus Bern sind wir heute auf folgendem Wissensstand: Der Täter hat es auf Kinder mit Beeinträchtigungen abgesehen. Bis anhin gingen wir davon aus, dass es sich ausnahmslos um geistige und körperliche Defizite handelt. Die Kleine von den Gebrehiwets ist geistig und körperlich gesund, ihr Gesicht ist jedoch durch Brandnarben völlig entstellt.» Valérie sah in die Runde. «Eine Idee?»

«Henry, hilf du uns», forderte Louis ihn auf. «So kommen wir zu keinem Ende.»

Henry räusperte sich hinter vorgehaltener Hand. «Ich ahne, was du sagen willst, Valérie –»

«Der räumt auf», fuhr Louis ihm ins Wort. «Auf diese Idee kam ich schon vor einer Woche. Ist es das, was du uns sagen wolltest … Valérie?»

«Nur schon den Gedanken finde ich verwerflich. Aber ich glaube, das sind die Fakten, die uns bis anhin fehlten. Es sieht ganz danach aus, als möchte der Täter alles Kranke und Verunstaltete eliminieren. Entschuldigt meine unzimperliche Ansage.»

«Er möchte sie vielleicht von ihren Leiden erlösen», sagte Fabia.

«Dagegen spricht die Maske. Das Ebenbild von Cameron Diaz. In Hollywood galt sie lange als eine der schönsten Frauen.»

Ein Raunen ging durch die Reihen.

«Es geht meines Erachtens kaum um eine Erlösung, denn vielmehr um ein … Aussortieren.»

Plötzlich war dieses Wort in ihrem Kopf. Ihr schwindelte. Wie ein Blitz durchzuckte es ihr Gehirn: Säuberung. Es laut aussprechen wollte sie nicht.

«Aha», sagte Fabia, sichtlich aufgeregt. «Die Elite darf leben. Er entscheidet, wer würdig dazu ist –»

«Beruhige dich.» Valérie merkte, dass ihre These auf Widerstand stiess. Ihre Idee kam nicht von ungefähr. Sie hatte die Fälle der verschwundenen Kinder in Bern durchgesehen. Ausnahmslos handelte es sich hierbei um kranke Kinder. «Wir müssen unsere Ermittlungen ausdehnen. Ich will, dass sämtliche Angestellten von Rast befragt werden. Checkt die Lebensläufe, Vorstrafenregister, die Familien, Freunde, Bekannte. Wo waren sie beschäftigt, bevor sie in die Klinik kamen? Die Zeit läuft. Noch ist Alemee in seiner Gewalt. Ich will sie lebend.» Valérie schluckte schwer und wehrte sich gegen aufsteigende Tränen. «Ich … will … sie … lebend!»

Niemand getraute sich, etwas zu sagen. Bestürzt verliessen die Ermittler das Sitzungszimmer. Valérie blieb zurück. Ihre eigenen Worte hatten sie aufgewühlt. Bevor sie in die Klinik fuhr, musste sie noch einmal mit dem Leiter der Heilpädagogischen Schule sprechen. Er hatte sich sehr positiv über die soziale Inklusion geäussert. Valérie wollte mehr darüber erfahren. Sie sah auf die Armbanduhr. Louis hatte bereits einen Termin mit ihm vereinbart, den sie nicht hatte einhalten können. Es war Viertel nach eins. Der ganze Nachmittag lag vor ihr. Sie griff nach ihrem iPhone und suchte Daniel Mahlers Nummer heraus.

«Kann ich dich sprechen?» Dominik Fischbacher war neben sie getreten. Er klang gemässigt, nach dem, was er sich während der Sitzung erlaubt hatte. Er kam von alleine darauf und entschuldigte sich dafür, dass er vorhin so hartnäckig gewesen war. «Was hältst du davon, wenn ich eine Prävention an die Bevölkerung herausgebe?»

«Wegen der Kinder? Ich dachte, das sei schon geschehen.» Valérie schob ihr iPhone in die Hosentasche zurück.

«Wir hatten wegen einer möglichen Panik noch gewartet. Aber nun scheint es mir angebracht, wenn wir handeln.»

«Du zögerst?»

«Ich gehe davon aus, dass die Eltern gefährdeter Kinder so oder so ihre Mündel schützen.»

«Da bin ich mir nicht so sicher. Es fängt schon damit an, dass sie die Kleinen allein auf Reisen schicken.» Die Geschichte um Linus Schelbert lag ihr schwer im Magen. Andererseits war Linus in den Zug gesetzt worden und wäre am Zielort von einer ihm vertrauten Person abgeholt worden. Dass er von jemandem, den er vielleicht auch näher kannte, aus dem Wagen gelockt worden war, hätte auch einem nicht beeinträchtigten Kind passieren können.

«Manchmal kann man das Schicksal auch herausfordern», sagte Fischbacher.

«Mehr Umsichtigkeit würde schon genügen.» Valérie fuhr über Fischbachers Arme. «Ich bin dafür, dass du die Prävention startest.»

Als Fischbacher den Raum verlassen hatte, griff sie erneut nach dem iPhone und rief Mahler an.

***

Louis passte es nicht, Fabia auf seinem Beifahrersitz nach Muotathal zu chauffieren. Gern hätte er in Ried einen Zwischenstopp eingelegt, in der irren Meinung, seine Angebetete doch wiederzusehen. Mittlerweile hatte er seine Privatfahndung auf das Internet verlegt. Aber wie sollte er sie dort finden, wenn er weder den Nachnamen noch die Adresse kannte? Sie hiess Judith. Er hatte sie Judy genannt. Viel hatten sie nicht geredet, während und nach dem Tanzen in Schwyz. Er hatte sie abgeschleppt an einem Samstagabend im Juni. Aufgerissen. Niemand wollte Judy kennen. Sie war wie ein Komet in sein Leben geschossen und hatte es ebenso schnell wieder verlassen. Nichts war geblieben als ein verblassender Schweif. Er hatte sogar vergessen, wie sie aussah. Nur nicht das Bild von hinten, die blonden Haare und ihre schöne Gestalt. Vielleicht rannte er ja einem Phantom hinterher.

Fabia riss ihn aus seinen Gedanken. «Ich wäre froh, wenn wir mal eine Pause schieben könnten. Seit einer Woche arbeiten wir fast Tag und Nacht.»

«Wem sagst du das?» Louis gab sich wortkarg.

«Meine Tochter habe ich auch schon eine Ewigkeit nicht mehr gesehen.»

«Hm …»

«Und Michael schläft meistens schon, wenn ich nach Hause komme.»

«Hm …»

«Sag mal, ist das alles, was du dazu zu sagen hast?»

Er spürte, wie Fabia ihn von der Seite betrachtete.

«Ach ja, habe ganz vergessen, dass du ein Singledasein fristest.»

«Was dagegen?», brauste er auf.

«Ich dachte, da sei etwas im Busch … eine neue Flamme.»

«Dann bist du falsch informiert.» Louis drückte aufs Gaspedal.

Sie schwiegen. Draussen zog eine verbrannte Landschaft an ihnen vorbei. Die Hitze der letzten Tage hatte den Wiesen arg zugesetzt.

Vor der Husky-Lodge fuhr Louis langsamer. Vor ihnen tauchte die Klinik im nachmittäglichen Sonnenlicht auf.

«Da hat sich ein Stararchitekt ein Denkmal gesetzt», äusserte sich Fabia.

«Wird auch langsam Zeit, dass Muotathal aus dem Dornröschenschlaf erwacht. Oder glaubt ihr hier hinten, ihr seid nicht in der Zivilisation angekommen?»

«Du bist aber auch gut aufgelegt.» Fabia lachte spitz. «Immerhin sind wir hier vom Dreck und dem Lärm einer Grossstadt verschont. Manch einer verbringt seine Ferien im Muotatal. Und jetzt fahr endlich auf den Parkplatz!»

Louis bog kommentarlos aufs Gelände ab. Er zögerte.

«Kannst deine Karre ruhig zwischen den Mercedes und den Bentley dort parken.»

Louis stellte den Wagen unmittelbar neben dem Eingang ab.

Die erfrischende, noble Kühle der Privatklinik umschloss sie, als sie das Gebäude betraten. Louis sah sich um, registrierte vorerst nicht, wer sich hinter dem Empfangstresen aufhielt. Bedächtig schritt er über die Fliesen. Durch die Lamellen fiel Sonnenlicht und malte Streifen auf den Boden. Louis liess seine Finger über die Palmwedel fahren.

Heute galt es, die Mitarbeiter in der Klinik zu befragen. Sollte er den Anfang gleich bei der Empfangsdame machen? Sie hatte sich gerade hinter dem Computer gebückt. Oder versteckt? Warum hatte Louis das Gefühl, sie würde sich vor ihm verstecken? Er baute sich vor dem Tresen auf, legte seinen Ausweis darauf und sah über den Bildschirm des PCs hinweg.

«Judy?»

Nur zögernd bewegte sie sich in eine aufrechte Haltung. Mit der linken Hand strich sie Haarsträhnen aus dem Gesicht, die immer wieder nach vorne fielen. Genau wie damals in der Mything-Bar in Schwyz.

Die Freude über das Wiedersehen beruhte nicht auf Gegenseitigkeit. «Du?», sagte sie nur.

«Ihr kennt euch?», fragte Fabia.

Darf ich vorstellen? Das ist Judith, meine Muse, die mich nach einer erotischen Nacht einfach versetzt hat, dachte Louis. «Kannst du mich mal allein lassen?», bat er und wedelte mit der Hand Fabia von seiner Seite. «Ich habe etwas zu besprechen. Wir sehen uns in Rasts Büro.» Louis sah Fabia nach, als sie kopfschüttelnd in Richtung Aufzug ging. Er wartete, bis sich die Lifttür hinter ihr schloss.

Er wandte sich an die junge Frau. «Judy, was soll das? Warum hast du dich nach unserem Date nicht mehr gemeldet?»

«Ich … das hatte nichts mit dir zu tun.»

«Warum hast du mir nichts davon gesagt, dass du hier arbeitest?»

«Du hast mich nie danach gefragt. Du hast mich an diesem Abend und in der Nacht auch nie reden lassen …»

«So ein Blödsinn!» Louis ging um den Tresen herum auf Judith zu. «Ich dachte, mit uns sei alles klar.»

«Nicht dein Ernst, oder?»

«Warum bist du einfach so verschwunden?»

«Aus privaten Gründen vielleicht?»

Louis hätte sie am liebsten in die Arme genommen. Da stand sie, seine Göttin, in dieser weissen Hose und dem weissen Shirt. Sein Engel, der ihn in endlos langen Nächten zur Verzweiflung brachte. «Arbeitest du schon lange bei Dr. Rast?» Er versuchte, sein Zittern zu verbergen.

«Ende August … werden … es zwei Jahre … sein.»

Hatte er nur das Gefühl, oder genierte sie sich, ihm dies zu sagen? Sie schaute immer wieder weg. Er hätte jetzt gern all das getan, was er versäumt hatte. Sie gefragt, woher sie kam, in welcher Funktion sie hier war. Ob sie ihn mochte. Er spürte ihre Abneigung gegen ihn. Es war ihr nicht recht, dass er hier war.

Sie war wunderschön. Vielleicht doch eine Nummer zu gross für ihn? Aber sie war bei ihm zu Hause gewesen. Sie hatten miteinander geschlafen. Sie hatte ihm zärtliche Worte ins Ohr geflüstert.

«Ich muss dich leider auch … vernehmen.» Es war ihm unangenehm. Er hätte sich anderes vorstellen können, als sie über die Klinik auszufragen.

«Vernehmen? Weshalb willst du mich vernehmen?» Ihr Lachen missglückte. «Geht es um die verschwundenen Kinder?»

Um einen Psychopathen, der sich hier in der Klinik befand. Louis schwieg. Es könne auch ein Narzisst sein, hatte Vischer gesagt. Vielleicht ein Grössenwahnsinniger, einer, der sich als Auserwählter und dazu berufen fühlte, Kinder zu quälen, sie zu töten.

War es möglich, ihn in diesen Mauern hier zu finden? In einem Keller vielleicht, von dem nicht einmal Rast Kenntnis hatte?

Unmöglich! Rast hatte die Klinik gebaut. Steckte er selbst dahinter? Man hatte ihn bis anhin nicht verdächtigt. Sein Leumund sei sauber, hatte Valérie gesagt.

Ein Luftzug streifte Louis. Dort, wo eben erst Fabia verschwunden war, betrat eine Frau den Empfangsbereich.

«Judith? Hast du nichts zu tun?»

«Mam …» Judith wischte sich verlegen die Haare aus der Stirn.

«Ach, so ist das.» Louis musterte die Frau im weissen Arztkittel.

Sie hätte Judiths ältere Schwester sein können. Die grazile Figur, dieses Ebenmass des Gesichts. Bei näherem Hinsehen erkannte er, dass nicht die Natur, denn vielmehr ein Skalpell die Ursache für ihr perfektes Äusseres sein musste.

«Mara Rast», sagte sie.

Das war sie also. Die Frau des Schönheitschirurgen, Therapeutin, wie ihn Valérie informiert hatte, Meditationsleiterin und Mitbesitzerin dieser Klinik. Dass sie auch die Mutter des schönsten Wesens auf Erden war, stand nirgends. Jetzt war die Situation eingetroffen, die ihn quasi von einer Befragung entband – Louis war befangen. Trotzdem dache er nicht daran, die Befragung an Fabia zu delegieren. Er wies sich gegenüber Mara Rast aus. «Ich hätte da noch ein paar Fragen.»

«Ich habe davon gehört. Die Polizei breitet sich in unserem Haus aus wie eine Invasion von Ungeziefer.»

«Mam …» Judith hatte hier wohl nicht viel zu sagen.

Mara Rast hob das Kinn. «Oh, wir haben schon alles gesagt, was wir wissen. Uns mit dem Mord an einem Kind in Verbindung zu bringen, ist ein Affront sondergleichen. Ganz Muotatal redet schon über uns. Das ist nicht sehr förderlich für unsere Klinik, da wir noch immer in der Aufbauphase sind. Es ist nicht verboten ein Bild von Cameron Diaz aufzuhängen. Das ist lächerlich, wie Ihre Kollegin Frau Lehmann darauf reagiert hat.»

«Mam …» Wieder gelang es Judith nicht, ihre Mutter von weiteren Peinlichkeiten abzuhalten. Judith stellte sich jedoch entschlossen zwischen sie und Louis. «Mam, er tut nur seinen Job. Und bitte, lass uns nun allein.» Louis realisierte, wie Judith für ihn Position bezog.

Wider Erwarten drehte ihnen Mara Rast den Rücken zu und ging in die Richtung, aus der sie gekommen war.

«Wenn du Fragen hast», sagte Judith, «kannst du sie mir stellen. Wir können uns dort drüben hinsetzen.» Sie wies auf das Sofa neben den Palmen. «Bevor du fragst, Urs Rast ist nicht mein Vater.» Sie blickte ihn mit zusammengekniffenem Mund und gerunzelter Stirn an. Selbst mit dieser Grimasse sah sie wunderschön aus.

Sie setzte sich. Louis blieb stehen. Er zückte seinen Notizblock. «Name?»

«Judith Hediger. Hediger ist der Name meines Vaters. Mam hat ihn verlassen, als ich fünf war.»

War sie endlich bereit, über sich und ihre Herkunft zu erzählen? «Und hat dann Urs Rast geheiratet?»

«Ja, er war der Grund, dass sich meine Eltern trennten.»

«Du kommst klar mit ihm?»

Judith sah sich um, als müsste sie sich vergewissern, dass niemand lauschte. «Nein.»

«Und trotzdem arbeitest du in seiner Klinik?»

«Ich hatte keine andere Wahl. Mam wollte es so. Ich habe eine kaufmännische Ausbildung. Vielleicht sah sie in mir Potenzial.»

«Du warst auch schon in Bern?» Louis spürte ein erstes Unbehagen. Warum war das nirgends erwähnt worden?

«Ich hatte eine gute Anstellung bei den Bundesbahnen. Nach der Lehre arbeitete ich fünf Jahre bei den SBB. Aber Mam wollte unbedingt, dass ich beim Aufbau der Klinik mithelfe. Ich sollte hier den Empfang und die Administration leiten. Vielleicht wollte sie mich einfach auch in ihrer Nähe haben.»

«Mit welcher Begründung?» Louis war längst schon von einer klassischen Befragung abgedriftet. Jetzt wurde es persönlich. Ein Grund mehr, damit aufzuhören. Es würde nichts bringen, war bloss Befriedigung seiner eigenen Neugier.

«Sie war immer sehr besorgt um mich.»

Er konnte ihre Mutter durchwegs verstehen. Da wuchs eine herrliche Frau heran, die man beschützen musste. Judith hinterliess aber alles andere als den Eindruck von Schutzbedürftigkeit. Doch in seiner Verblendung konnte er sich auch irren.

«Und hier verdiene ich mehr.»

Louis nickte verdrossen. «Ist dir in letzter Zeit etwas aufgefallen, das anders war als sonst?»

«Wie meinst du das?»

«Mitarbeiter, die negativ auffielen, dein Vater … Dr. Rast, der sich sonderbar benahm, deine Mutter …» Louis suchte nach den passenden Worten. «Ihr habt eine Menge Privatpatienten. Gab es da zum Beispiel Vorfälle?»

«Du meinst, ob eine Operation missglückt ist?» Judith lächelte. «Urs ist ein Genie auf seinem Gebiet, das muss ich ihm neidlos zugestehen. Schau dir meine Mam an. Sie ist der lebende Beweis. Wie alt schätzt du sie?»

Louis begann zu rechnen. Vor sieben Jahren hatte Judith ihre Lehre abgeschlossen. Demnach müsste sie um die fünfundzwanzig sein. Ihre Mutter hatte sie wohl früh bekommen. «… Fünfundvierzig?»

Wenn Judith ihre Hände vors Gesicht hielt und kicherte, kam sie ihm wie ein kleines Mädchen vor. «Echt jetzt? Sie ist fünfundsechzig! Sechs Jahre älter als Urs.»

***

Über Brunnen hatte sich jenes monochrome Licht ausgebreitet, das den Beginn von etwas Unheilvollem ankündigte. Die Luft sirrte in der drückenden Schwüle dieses Nachmittags. Noch schien die Sonne, doch um ihren äusseren Rand hatte sich ein regenbogenfarbener Kreis gebildet. Die Luftfeuchtigkeit nahm stetig zu. Hinter den Bergen türmten sich erste Gewitterwolken übereinander. Der Vierwaldstättersee präsentierte sich als einzige glatte Fläche, nur durch den Bug der Schiffe zerschnitten und aufgewühlt.

Daniel Mahler wohnte in der Nähe des Föhnhafens, in einem Anwesen, das Valérie an ihre eigene Vergangenheit erinnerte, als sie noch mit Willy Lehmann zusammen gewesen war. Eine Villa mit barockem Touch, ein Herrenhaus, wo man sich zwischen Hecken und Blumenrabatten ohne Weiteres hätte verlaufen können. Protz und Prunk auf Kosten der Steuerzahler? Schliesslich war Mahler wie sie auch vom Kanton angestellt.

Valérie betätigte die Klingel neben der reliefbestückten Tür. Eine junge Frau öffnete. Eine Hausangestellte? In so einer Villa gab es sicher Bedienstete. Da war bereits der Gang zur Tür mit einer Anstrengung verbunden, die es zu delegieren galt.

«Sie wünschen?» An der jungen Frau haftete etwas Unsicheres. Ihre grossen melancholischen Augen flackerten, schienen nicht einen Punkt zu fixieren und schon gar nicht Valéries Gesicht. Ihr Blick wanderte ziellos umher. Gerade Nase, kleiner Mund, Fluchtkinn. Ein schmächtiger Körper. Das Alter war schwer schätzbar.

«Ach, da sind Sie ja.» Im Entrée tauchte Daniel Mahler auf, in Shorts und Leibchen. Er streckte seine Hand zum Gruss aus. «Und das ist Nené. Sie wohnt bei mir. Bitte seien Sie so gut und kommen Sie herein.»

Dass Nené nicht die Einzige war, die ihr Zelt bei Mahler aufgeschlagen hatte, bewiesen die vier jungen Leute, die am Küchentisch sassen und Kuchen assen.

«Wir haben gerade eine Pause eingelegt», sagte Mahler. «Wenn Sie möchten, können Sie sich bedienen. Es gibt Eistee und Zitronenkuchen. Nené hat ihn gemacht.»

Die Leute am Tisch lachten so laut, dass es Valérie fröstelte. Ihren unkoordinierten Bewegungen, den Reaktionen und dem Aussehen nach zu urteilen, handelte es sich bei ihnen um Menschen mit einer Beeinträchtigung.

«Ein grosses Haus, das Sie hier haben.» Mit etwas musste sie beginnen. Das herzliche Willkommen überraschte sie. Es war neu im Fundus ihrer Erfahrungsschätze. Das Haus war voller Leben. Eine Katze strich um Mahlers Beine, von oben klang Musik, und Lachen erfüllte die Küche von Neuem.

«Können wir uns unter vier Augen unterhalten?»

«Selbstverständlich.» Mahler führte sie ins angrenzende Wohnzimmer. Dieses wirkte nicht sehr aufgeräumt. Neben vier Sofas unterschiedlicher Farben stand ein Töggelikasten, neben dem Cheminée ein Crosstrainer – alles andere als das, was Valérie erwartet hatte. «Bitte, nehmen Sie Platz.»

Sie schob ein Badetuch zur Seite, bevor sie sich setzte. «Das ist also Ihre Idee der Inklusion.» Für Valérie war es ein Widerspruch. Die Leute hier schienen unter Mahlers Obhut zu stehen. Oder verbrachten sie die Ferien bei ihm?

«Nicht bloss eine Idee. Ich setze sie mit der WG um wie viele Leute auch, die ich kenne. Die Schwyzer Bevölkerung ist in dieser Hinsicht sehr aufgeschlossen. Es gibt viele hier, die lassen Menschen mit einer Behinderung bei sich wohnen oder arbeiten.»

«Im Haushalt? Ist das so etwas wie eine moderne Sklavenhaltung?»

Mahler strich sich über sein gebräuntes Gesicht. Zugegeben, er sah sympathisch aus. Ein Menschenfreund, ein lässiger Typ und völlig unkompliziert. «Das sehe ich nicht so. Es ist eine Win-win-Situation.»

Da kam der Theoretiker der Wirtschaftshochschule durch. Valérie hatte erfahren, dass Mahler auf einem zweiten Bildungsweg in Sankt Gallen studiert hatte, bevor er den frei gewordenen Posten als Schulleiter in Schwyz übernahm.

«So kann jeder vom anderen profitieren.»

«Heute geht es nur um Profit, nicht wahr?»

«Da muss ich Ihnen leider recht geben. Ich versuche, dem ein wenig entgegenzuwirken.» Mahler machte eine ausschweifende Armbewegung. «Meine Eltern wollten mit sechzig etwas Neues im sozialen Bereich anfangen. Heute leben sie in Peru und helfen, verschiedene Schulen aufzubauen. Mir haben sie kurzerhand diese Villa hier vererbt. Was soll ich allein mit einer Villa?, dachte ich mir ... Das war vor fünf Jahren. Als ich die Leitung der Heilpädagogischen Schule übernahm, sagte ich mir, warum nicht meine Schulabgänger hier wohnen und arbeiten lassen? Ich habe einen Therapeuten, der sich um meine kleine Familie kümmert. Zwölf Leute wohnen unter meinem Dach. Eine gute Zahl. Die Hälfte davon hat eine Beeinträchtigung. Die einen arbeiten im Haus, die anderen auswärts ... Ja, das ist echte Inklusion und hat mit Versklavung nichts zu tun. Im Herbst werde ich eine Flüchtlingsfamilie aufnehmen. Den Antrag beim Kanton habe ich bereits gestellt.» Mahler hielt inne und sah sie an. «Aber Sie sind nicht deswegen hier. Es geht um Linus und Seppli, wie Sie mir am Telefon gesagt haben. Ihr Kollege, Herr Camenzind, tönte es auch bereits an.»

«Wer könnte diesen Kindern etwas antun? Wenn ich mich in Ihrer Küche umsehe, begegne ich nur grosser Freude, die aus diesen Gesichtern strahlt.»

«Das ist nicht immer so», korrigierte Mahler. «Manchmal kracht es auch hier. Das ist menschlich. Aber wir versuchen, miteinander die Probleme zu lösen ... mit Anstand und Respekt.»

Und mit einer Ruhe, die anderen abhandengekommen ist, dachte Valérie.

«Ein weiteres Kind wird vermisst. Wir gehen davon aus, dass derselbe mutmassliche Täter es vor seinem Elternhaus im Bisistal entführt hat.»

«Ich habe davon gelesen. Ein eritreisches Mädchen. Traurig. Die Eltern im Muotatal sind aufgefordert, ihre Kinder über die Gefahren zu informieren und wachsam zu sein. Glauben Sie, er schlägt wieder zu?»

«Das ist nicht ausgeschlossen.» Valérie wurde sich ihrer Ohnmacht bewusst. «Ich muss in erster Linie alles erfahren, was im Umfeld von Linus und Seppli geschehen war, bevor sie verschwanden. Was können Sie mir über Linus Schelbert berichten? Hatte er ausser zu den Eltern zu anderen Menschen Kontakt? Hatte er Freunde unter Erwachsenen, eine Beziehung zu jemandem, den die Eltern nicht kannten? Wir gehen noch immer davon aus, dass Linus auf dem Weg von Schwyz nach Zug in Arth-Goldau die Bahn verlassen hatte. Er muss dort jemanden getroffen haben, der ihn aus dem Abteil dirigierte. Seine Eltern sagten uns, dass Linus zwar zutraulich war, aber niemals mit einem Fremden einfach so mitgegangen wäre. Da hätte es schon Überredungskunst gebraucht. Die Statistik zeigt, dass im Umfeld von Familie und Bekannten die meisten Übergriffe geschehen. Welches Verhältnis pflegten Sie eigentlich zu dem Jungen?»

«Verhältnis?» Mahler verzog seinen Mund, war ob der Frage perplex. «Ausser meiner halbjährlichen Gespräche mit ihm pflegte ich sonst kein Verhältnis, wenn Sie das unter Verhältnis verstehen. Bei den Gesprächen sind immer auch die Eltern und die Lehrer dabei.»

«Bei unserer letzten Begegnung erkannten Sie Linus anhand eines Körperbildes.»

«Aha, und jetzt zieht die Frau Kommissarin ihre Schlüsse.» Mahler räusperte sich. «Wir hatten tatsächlich einmal ein ausserordentliches Gespräch mit den Eltern, weil wir uns Sorgen über die Ernährung des Jungen machten. Täglich brachte er eine Literfalsche Cola mit und trank sie in den Pausen aus. Unser Schularzt wies uns, also mich, Linus' Lehrerinnen und einen Psychologen, darauf hin, den Jungen im Auge zu behalten. Ich war tatsächlich einmal bei einer Untersuchung dabei. Ich sollte mich davon überzeugen lassen, was er meinte. Wir banden danach die Eltern mit ins Gespräch ein. Sie versprachen, besser auf die

Ernährung ihres Kindes zu achten. Vor den Sommerferien hat das schon ganz gut funktioniert.»

«Und Seppli?»

«Ein ganz besonderes Kind. Die richtige Diagnose konnte bei ihm nie gestellt werden. Etwas zwischen zerebraler Bewegungsstörung und atypischem Autismus.» Mahler sah nachdenklich auf seine gepflegten Hände. «Er wird wohl nicht mehr so schnell in unsere Schule kommen.»

«Nein, das wird er nicht.» Valérie erhob sich. «Was für ein Auto fahren Sie?»

«In meiner Garage stehen zwei Vans mit je sieben Plätzen.» Mahler stand ebenfalls auf.

«Wo waren Sie am 15. Juli zwischen neun und zehn, als Linus verschwand?»

«Auf Korsika.»

«Gibt es Zeugen?»

«Das Reisebüro, bei dem ich gebucht hatte.» Mahler nahm Valérie beim Arm, was ihr unangenehm war. «Ich verspreche Ihnen, mich zu melden, sollte mir noch etwas in den Sinn kommen.»

Er hatte ihr die Worte aus dem Mund genommen. Valérie verabschiedete sich.

Draussen schlug ihr ein heisser Wind entgegen. Auf dem See fletschten die ersten Gischtwellen ihre Zähne. Die Sonne war verschwunden. Über den Berggipfeln wuchsen die Wolken in die Höhe.

Valérie fuhr zurück nach Schwyz in die Rubiswilstrasse, wo sie die Tagesrapporte zu Papier bringen wollte.

ZEHN

Das Gewitter, das sich bereits gestern am späten Nachmittag angekündigt hatte, entlud sich punkt ein Uhr über Schwyz.

Valérie stand am Küchenfenster und sah hinaus in die Nacht, die durch grelle Lichtblitze in den Momenten vor dem Donnern zum Tag gemacht wurde. Die Felsenpyramiden des Grossen und Kleinen Mythen tauchten bedrohlich aus der Schwärze auf, wirkten seltsam nah. Valérie glaubte, ein Gesicht auf den Felsen zu erkennen, eine riesige Fratze.

Als Kind hatte sie sich vor Unwettern gefürchtet, war ins Zimmer ihrer Eltern geflüchtet und hatte sich an *Maman* gekuschelt. Bei ihr hatte sie sich immer geborgen gefühlt. Dann war *Maman* erkrankt und während zweier Wochen im Spital stationär behandelt worden. Da hatte *Père* ihre Position eingenommen. Der liebende Vater, der sie zu sich ins Bett geholt, sie wegen *Maman* getröstet hatte. Sie hatte sich vor ihm geekelt, vor seinen rauen Füssen, seinen Händen, die sie dort berührten, wo es ihr unangenehm war. Da war sie neun Jahre alt gewesen.

Suchte sie am falschen Ort? Manchmal waren Väter zu allem fähig.

Valérie kehrte an ihren Schreibtisch zurück, wo sie noch einmal sämtliche Rapporte der vergangenen Tage durchgesehen hatte. Sie fischte nach Louis' Bericht über den ersten Zeugen im Fall Linus Schelbert: Gustav Kälin. Vor acht Jahren hatten er und seine Frau ihren Sohn Lukas infolge eines Unfalls verloren. Valérie wollte mehr darüber erfahren und loggte sich auf ihrem PC in Biberbrugg ein. Von dort gelangte sie auf das Schweizerische Fahndungssystem. Ein Unfall wurde immer registriert, die involvierten Wagen, Personen, Zeugen. Valérie kam zu keinen neuen Erkenntnissen. Louis hatte akribisch alles aufgeführt. Auf ihn war Verlass, obwohl das manchmal nicht so rüberkam.

Gustav Kälin, achtundsechzig Jahre alt, zum zweiten Mal verheiratet mit Darja, einer gebürtigen Moskauerin. Sohn Lukas war nur neun Jahre alt geworden. Das Bild eines Traktors hinter Polizeiabsperrbändern. Dem ersten Foto folgten viele. Ein zugedeckter Kinderkörper, eine Plastikschaufel, ein Kinderschuh – alles nummeriert. Dann der Rapport. Die Aussage des Vaters, wie es dazu gekommen war. Er hatte den Jungen übersehen. Hatte nicht damit gerechnet, dass er um die Zeit schon zu Hause war. Das Protokoll eines verzweifelten Vaters. Valérie erfuhr, dass er seit dem schrecklichen Unfall nie mehr ein landwirtschaftliches Gefährt angerührt hatte.

Lukas hatte die Schule in Muotathal besucht, war ein gesundes, aufgewecktes Kind gewesen. Kälin hatte angeklagt: den Lehrer, der den Unterricht vor dem Mittag hatte ausfallen lassen, den Hersteller des Traktors, weil Kälin von einem toten Winkel ausgegangen war, das Schuhgeschäft in Schwyz, weil Kälin vermutet hatte, Lukas sei wegen der billigen Schuhe ausgerutscht.

War es möglich, dass dieser verzweifelte Vater zu einer Kurzschlusshandlung fähig war, lange nachdem der Unfall geschehen war? Hatte sich zwischen dem Unfall und dem Mord an Linus etwas aufgestaut? Über die Jahre zusammengebraut?

Ein heftiger Donner rüttelte Valérie auf.

Kälin war kein Narzisst, sondern ein gebrochener Mann mit einem kranken Herzen. Seine unklaren Aussagen in Bezug auf den Leichenfund durften nicht zu stark bewertet werden. Und er war nicht im Besitz eines dunklen Q5 oder eines ähnlichen Wagens.

Sepplis Weg ins Verderben hatte im Sahli begonnen und in der Muota geendet. Linus dagegen hatte in Schwyz, als man ihn zur Bahn gebracht hatte, noch gelebt. Mussten sie ihre Suche ausdehnen?

Valérie öffnete Louis' Rapport des gestrigen Tages. Er war in Rasts Klinik gewesen, hatte dort die Empfangssekretärin befragt. Judith Hediger war ihr Name. Er hatte die Tatsache, dass sie Maras Tochter war, doppelt unterstrichen. Sie sei, wie Max Ott und die Operationsschwester, die Fabia später befragt hatte, vor zwei Jahren von Bern nach Muotathal gekommen. Urs Rast sei nicht ihr Erzeuger. Judiths Vater Manfred Hediger lebe heute in Winterthur. Valérie fragte sich, was es mit diesem Wissen auf sich hatte. Über Mara stand nicht viel in dem Bericht. Nur dass sie schon fünfundsechzig sei, was Valérie allerdings bezweifelte. Für dieses Alter wirkte sie zu agil, und äusserlich sah man es ihr überhaupt nicht an. Dann erinnerte sie sich jedoch an Maras faltigen Hals und revidierte ihre Meinung. Als sie Maras Geburtsdatum las, musste sie es wohl glauben.

In der Küche liess sie sich einen Kaffee einlaufen. Mit Blick nach draussen atmete sie auf. Das Gewitter war weitergezogen und nicht so heftig ausgefallen, wie es die Meteorologen vorausgesagt hatten. Sie zog die volle Tasse unter dem Kolben weg und ging damit zurück ins Büro. Sie setzte sich wieder und starrte auf den Monitor.

Hinter welcher Maske versteckte sich das Monster?

Pragelhannes' Toni alias Anton Imhof: heruntergekommen, aber nicht dumm. Die Tatsache, dass er ein Diaz-Bild bei sich zu Hause aufgehängt hatte, machte ihn verdächtig. Aufgrund seiner fehlenden DNA am Fundort des Toten und des negativen Ausgangs der Gegenüberstellung hätte Valérie ihn von der Liste streichen müssen. Er war wieder auf freien Fuss gesetzt worden, musste jedoch mit einer Anzeige wegen körperlicher Bedrohung rechnen. Auch wenn er nichts mit den Kindern zu tun hatte, ging etwas Gefährliches von ihm aus. Ein einsamer Messie, der zu Wutausbrüchen neigte.

Max Ott: Einziges Indiz war, dass er mit Rast nach Muotathal gekommen war. Sein Intellekt liess zu wünschen übrig. Ein empathischer Mensch, für den das Wohl seiner Patienten an erster Stelle stand. Ansonsten ein einsamer Mann, der sich die Freizeit mit Pornos versüsste. Machte ihn das kriminell? Weder die Maskenbildnerin noch die Sekretärin der Husky-Lodge hatten ihn wiedererkannt. So ein Mensch wäre schon seiner Physiognomie wegen aufgefallen.

Valérie strich ihn endgültig von der Liste. Sie suchte in den Tagesrapporten nach Sonja Holdener. Ihre Aussage zum Mann, den sie mit dem Jungen gesehen hatte, war sehr vage. Eins achtzig gross, zwischen vierzig und fünfzig Jahre alt, braun oder dunkelblond, mit normalem Haarschnitt, trug wahrscheinlich Jeans und Hemd. Keine besonderen Auffälligkeiten. Valérie stutzte. Diese

Aussage las sie heute zum ersten Mal. Sollte sie sich die Dame von der Husky-Lodge genauer ansehen?

Abermals geisterte das Wort «Säuberung» in ihrem Kopf herum wie neulich während der Teamsitzung. Sie gab das Wort in die Suchmaschine ein und traf auf die Erklärungen, die sie erwartet hatte. Politische Säuberung. Ethnische Säuberung.

War dies das Schlüsselwort?

Trotzdem hatte sie Mühe, es mit den Kindern von Muotathal in Verbindung zu bringen. Sie griff nach ihrem iPhone, wählte Zanettis Nummer, obwohl es weit nach Mitternacht war. Er war im Tessin unterwegs. Valérie wusste, warum. Sie hatte nichts dagegen eingewendet, als er ihr mitteilte, wie schlecht es Milena ging und dass die Ärzte mit allem rechneten. Nach mehreren Chemotherapien habe sie sich gegen eine weitere entschieden. Emilio dennoch in ihrer Nähe zu wissen, schmerzte.

Er nahm den Anruf nicht entgegen. Valérie sprach auf Band, dass sie ihn liebe und sich auf morgen freue, wenn er zu ihr zurückkommen würde.

Was redete sie da? War dieser verzweifelte Anruf das Resultat ihrer Eifersucht? Sie legte das iPhone zurück aufs Pult, sah wieder auf den Monitor. Des Rätsels Lösung lag nicht dort. Und trotzdem suchte sie weiter.

Sie war über der Tastatur eingeschlafen. Als Valérie am Morgen erwachte, stand die Sonne fast senkrecht am Himmel, und auf dem Monitor ihres PCs tanzten Zahlen einen wilden Reigen. Sie brauchte eine Weile, um sich zurechtzufinden. Ihr Genick schmerzte, und in der linken Schulter spürte sie ein heftiges Pochen.

Sie hatte bis in den frühen Morgen hinein gelesen, geschrieben und daran gezweifelt, ob es richtig war, was sie tat, oder ob sie sich mit ihrer Ahnung auf einer falschen Fährte befand.

Nie hätte sie es für möglich gehalten, sich einmal mit diesem Thema auseinandersetzen zu müssen.

Begonnen hatte es damit, dass Valérie Vergleiche zog zwischen den Schönheitsidealen und dem Umgang mit missgebildeten Menschen. Sie hatte nach Literatur gesucht, war auf verschiedene Seiten gestossen, auf Berichte, in denen das ausgehende 19. Jahrhundert beschrieben wurde. Hier stiess sie auf einen Artikel über Kinder, welche der Norm der damaligen Gesellschaft nicht entsprachen. Sie wurden verpönt, versteckt oder eingesperrt. Man liess sie dahindarben, was eine Rückwärtsspirale erzeugte. Ein schwaches Gehirn, das nicht gefördert wurde, endete in einer völligen Verblödung. Dies zu steuern, wurde ein Thema. Mit Beginn des 20. Jahrhunderts waren Regelungen zur Sterilisation eingeführt worden. Sie sollten die Ausbreitung sogenannten erblich bedingt minderwertigen Nachwuchses verhindern. Vorreiter waren die Vereinigten Staaten von Amerika gewesen. 1907 war im Staat Indiana das erste Sterilisationsgesetz in Kraft getreten. Mit dieser Massnahme hatte man die Erbkrankheiten ausrotten und die Rasse rein halten wollen.

War da wieder etwas im Gange?

Anhand von pränatalen Untersuchungen war es heute möglich, den Fötus auf genetische Defekte zu analysieren. Stellten sich Mängel heraus, war es erlaubt, einen Schwangerschaftsabbruch vorzunehmen. Somit würden weniger Kinder mit einer Behinderung zur Welt kommen. Der Mensch hatte schon längst den Part des Schöpfers übernommen.

Suchte Valérie zu weit?

Oder war etwas dran an ihren Gedanken?

Sah sich Linus' Mörder dazu berufen, die in seinen Augen lebensunwerten Menschen zu töten? Weshalb pickte er sich unter den Kindern die schwächsten heraus? Und warum setzte er ihnen eine Maske auf?

Welche abscheuliche Botschaft wollte er damit vermitteln?

Schönheit als Polarität zum Deformierten oder Schwachsinnigen?

Aber da würde Alemee nicht ins Schema passen. Das Mädchen war körperlich und geistig gesund. Ihre Verunstaltung stammte von einer Verbrennung.

Das konnte der Mörder vielleicht nicht wissen.

Auf der Küchenablage schnurrte das iPhone. Das musste Zanetti sein. Sie meldete sich.

«Valérie, wo steckst du? Die Teamsitzung ist seit zehn Minuten vorbei.»

Fischbacher!

Sie hatte ihn nicht mehr enttäuschen wollen, nachdem sie sich einen Lapsus nach dem anderen erlaubt hatte.

«Entschuldigung. Ich werde mich beeilen … Ich bin vor dem Computer eingeschlafen.»

«Hast du wieder eine Nachtschicht geschoben?»

«So ist es.»

«Valérie, du machst dich kaputt. Aber das muss ich einer erwachsenen Frau wie dir nicht sagen.»

«Ich kann nicht abschalten. Es geht einfach nicht.»

«Ich kenne das und weiss, wohin es führt.» Fischbacher war wider ihre Erwartung ruhig. Sie wusste von seiner Frau, dass er mehrmals an einer totalen Erschöpfung vorbeigeschrammt war.

«Willst du einen Tag lang aussetzen? Louis könnte deine Arbeit übernehmen. Er ist heute Morgen sowieso für dich eingesprungen und hat das Briefing geleitet.»

Valérie sah erschrocken auf ihre Uhr. Halb zehn. «Hat er neue Erkenntnisse zu unserem Fall?» Valérie wusste ja, worauf er bei den Ermittlungen gestossen war. Die Frage hätte sie sich ersparen können.

Fischbacher gab sich bedeckt. «Wann kannst du frühestens hier sein?»

«Ich würde mich ganz gern noch einmal in der Klinik umsehen.» Sie sah keinen Sinn darin, nach Biberbrugg zu fahren, würde dadurch nur viel Zeit verlieren.

«Gestern wurde jeder der Mitarbeiter in die Mangel genommen», sagte Fischbacher.

«Und? Keine Verdächtigen?»

«Die Vita einer Angestellten fällt aus dem Rahmen.»

«Die von Judith Hediger?» Valérie stellte sich Fischbachers Gesicht vor. «Ich habe Louis' Rapport von gestern gelesen.»

«Weisst du was? Ich werde Louis ebenfalls zur Klinik schicken. Ich glaube, er ist dir eine Erklärung schuldig.»

Fischbacher beendete das Gespräch.

Valérie wählte Zanettis Nummer. Wieder kam nur die Combox. Sie unterliess es, draufzusprechen. Heute Mittag spätestens würde er wieder hier sein. Das Ermittlungsverfahren stand unter seinem Patronat. Schon deswegen konnte er nicht einfach längere Zeit abwesend sein.

Es hatte merklich abgekühlt. Nach dem Gewitter der letzten Nacht sah der Himmel wie gewaschen aus. Auf dem Weg ins Muotatal liess sich Valérie wieder einmal von Richard Wagner berieseln. Tannhäuser – eine schwere Kost. Was ihre Freundin Katja wohl machte? Nach ihrer vorzeitigen Pensionierung war sie nun auf einer Weltreise und wünschte, nur im dringendsten Fall kontaktiert zu werden. Für Valérie oft schwierig, sich nicht mehr an die Schulter einer Frau anlehnen zu können und darüber zu sprechen, was sie umtrieb. Von ihrem Sohn hatte sie auch eine Weile nichts mehr gehört. Keine Nachricht – gute Nachricht?

Muotathal schlummerte an diesem Vormittag unter einem sich verdichtenden Wolkengewühl. Valérie passierte den Dorfanfang, wo die Familie Schelbert wohnte. Sie hatte mehrmals bei ihr angerufen und sich nach ihrem Befinden erkundigt. Die Rechtsmedizin hatte Linus' Leichnam endlich freigegeben. Das Begräbnis war auf Freitag festgelegt worden. Valérie nahm sich vor, dort auf jeden Fall hinzugehen.

Louis hielt die Stellung bei der Klinik. Er fuchtelte mit einem Blatt Papier, als Valérie auf das Areal fuhr. Sie parkte ein, stieg aus und warf einen Blick auf die Fassade. Die Markisen waren noch immer unten, was dem Gebäude etwas Anonymes verlieh.

Bestand die Möglichkeit, dass Rast hinter den grauen Mauern noch ganz andere Dinge tat, als zu operieren? Und war der Nebenjob als Hausarzt nur ein Deckmantel seiner abartigen Praktiken? Je länger Valérie darüber nachdachte, umso unheimlicher kam ihr die Klinik vor. Für die Zeit, in der die Kinder verschwunden waren, hatte Rast jedoch ein Alibi. Als Linus auf dem Weg nach Zug gewesen war, operierte er. Es gab drei Zeugen.

«Guten Morgen.»

«Guten Mittag … bald.» Louis sah sie skeptisch an. «Du siehst müde aus.»

Valérie hatte keine Lust, dies zu kommentieren. «Danke, dass du die Sitzung geleitet hast.»

Louis hielt ihr eine Liste hin. «Hier, das solltest du lesen. Die

Autonummern der Wagen, die hier in den letzten Tagen gestanden haben, wurden gecheckt. Die Namen ihrer Besitzer sind drauf. Alle aus der noblen Gesellschaft. Nicht nur Frauen, auch Männer lassen sich bei Dr. Rast verschönern.» Louis lachte. Er war heute richtig gut drauf. «Die lassen sich attraktiv schnipseln.» Er fuhr sich mit den Händen übers Gesicht. «Meinst du, ich sollte es mir auch mal überlegen? Eine Dosis Botox zum Beispiel, Flüssigimplantat oder doch lieber ein paar Schnittchen?»

Valérie war nicht zu Spässen aufgelegt. «Du wolltest mir noch etwas mitteilen.»

«Hat Fischbacher etwas gesagt?» Louis steckte die Liste ein. «Ich nehme an, das verschieben wir auf später.»

«Die Patienten», sagte Valérie und schritt neben Louis auf den Eingang zu. «Die Patienten haben wir tatsächlich noch nicht näher angesehen.» Sie musterte ihren Kollegen von der Seite. «Was also?»

«Ich möchte dir zuerst jemanden vorstellen.»

«Judith Hediger.»

«Du weisst von ihr?»

«Ich habe mir erlaubt, deinen Rapport zu lesen.»

«Kein Problem. Es gibt keine Geheimnisse, sonst hätte ich sie nicht rapportiert ...»

«Aber du hast sie in Verdacht, dass sie etwas verheimlicht.»

«Mein Gehirn ist vernebelt.» Louis blieb stehen. «Da begegne ich der schönsten Frau der Welt, verbringe eine Nacht mit ihr, und sie verschwindet auf Nimmerwiedersehen. Ich hatte weder ihren Nachnamen noch ihre Adresse. Ich bin ein Vollidiot.»

«Deine Ausflüge nach Ried, ich weiss.»

«Nun sehe ich sie wieder, ausgerechnet hier, und sie will mir nicht sagen, was los ist. Dabei hatten wir uns so gut verstanden –»

«Im Bett.»

«Ja, im Bett, denke, was du willst ... Auf der einen Seite sollte ich im Fall ermitteln, auf der anderen Seite bringt mich diese Frau um den Verstand.»

«Ich schätze deine Aufrichtigkeit.» Louis musste arg in Bedrängnis sein. «Meinst du, sie verbirgt etwas vor dir?»

«Ich hatte sie gestern Abend nach meinem Dienst am Telefon.

Ich wollte mich mit ihr verabreden. Sie sagte, dass sie der Umstände wegen nicht könne. Ich solle sie verstehen, es habe nichts mit uns zu tun.»

«Frauen sind kompliziert.»

«Ich dachte, Judy wäre anders. Aber ich habe das Gefühl, mit ihr stimmt etwas nicht ...»

«Dann wollen wir doch mal!» Valérie setzte sich wieder in Bewegung.

Im Empfangsbereich roch es frisch nach Reinigungsmittel. Die junge Frau hinter dem Tresen sah tatsächlich wie ein Engel aus. Louis hatte nicht übertrieben. Und sie glich Mara Rast wie aus dem Gesicht geschnitten.

«Guten Tag, Frau Hediger, mein Name ist Valérie Lehmann. Ich bin die Kollegin von Louis.»

Judith Hediger warf Louis einen verunsicherten Blick zu. «Du hast Verstärkung mitgebracht?»

«Können wir uns unter vier Augen sprechen?», fragte Valérie.

Wieder dieser Blick, in dem Vorwurf und Enttäuschung lagen.

«Dann kommen Sie in mein Kabäuschen.» Judith Hediger zeigte auf den Raum hinter dem Empfang.

Ein fensterloses Zimmer, kaum fünfzehn Quadratmeter gross. Mit dem Pult, zwei Bürostühlen und einem Schrank war es fast überfüllt.

«Setzen Sie sich.»

Valérie blieb stehen, während sich Judith Hediger auf ihren Bürostuhl fallen liess. Es schien, als wäre sämtliche Energie aus ihr gewichen. «Leider kann ich Ihnen nichts zu trinken anbieten. Was also soll ich Ihnen noch sagen, was ich gestern nicht schon Ihrem Kollegen mitgeteilt hatte?»

Valérie legte ihr iPhone auf das Pult, nachdem sie den Sprachmodus aktiviert hatte. «Wenn Sie nichts dagegen einzuwenden haben, werde ich unser Gespräch aufzeichnen.»

«Tun Sie, was Sie nicht lassen können.»

«Frau Hediger, Sie kennen den Grund meiner Befragung.»

Endlich kehrte wieder Farbe in ihr schönes Gesicht. «Weil ich Louis versetzt habe?» Ihre Augen nahmen die Form von Murmeln an.

«Weil wir den Mord an einem neunjährigen Jungen aufklären müssen. Linus Schelbert aus Muotathal. Schon von ihm gehört?»

«Sehr bed… sehr tragisch. Aber was haben wir damit zu tun?»

«Dem Jungen wurde mit einem Skalpell das Gesicht entfernt.»

Judith schluckte. «Das … das wusste ich nicht.»

«Zuvor wurde er mit einem Kissen erstickt, nachdem er geschlagen und gequält worden war. Ein unschuldiges Kind, das es im Leben eh schon schwer hatte. Er hatte das Downsyndrom. Hat Louis Ihnen nichts davon erzählt?»

«Grosser Gott, nein …»

«Frau Hediger, ich gehe davon aus, dass Sie mir mehr darüber erzählen können.»

«Warum sollte ich? Warum ausgerechnet ich?»

«Wie war das mit Ihrer Mutter und Urs Rast? Wie haben sie sich kennengelernt?»

«Fragen Sie Mam.»

«Ich möchte es aber gern von Ihnen erfahren.»

«Haben Sie meine Mam schon gesehen?»

«Ja, eine schöne Frau.»

«Sie ist fünfundsechzig.»

«Das sieht man ihr nicht an. Sind Sie nicht stolz, eine so jugendliche Mutter zu haben?»

«Manchmal ist das echt peinlich. Ich meine, sie verdreht den Männern noch immer den Kopf. Dabei ist sie aus diesem Alter heraus.»

Schwang da Eifersucht mit? Abscheu? «Ich gehe davon aus, dass Ihre Mutter ziemlich viel getan hat, um ihre Schönheit zu bewahren.»

«Klar doch. Sie hat sogar ihren Schönheitschirurgen geheiratet. Das war der Grund, dass sie sich von meinem Vater trennte. Sie ist eine Perfektionistin. Sie nahm meinen Vater finanziell aus, damit sie ihre Flausen finanzieren konnte. Bis es meinem Vater zu bunt wurde. Es gab einen heftigen Streit, und Mam nahm ihn zum Anlass, meinen Vater in die Wüste zu schicken. Gleich am nächsten Tag warf sie sich Urs an den Hals. Seither lässt sie sich ständig zurechtflicken …»

«Das klingt, als würden Sie Ihre Mutter nicht unbedingt lieben.»

«Sie ist meine Mam. Ich liebe sie trotzdem.»

«Und verheimlichen der Polizei das, was hier in der Klinik abgeht.»

Va banque!

«Ich verstehe nicht.» Judith Hediger wirkte fahrig. «Hier geht nichts ab. Urs macht seinen Job. Ich meine, es ist sein Geschäft. Mam ist sein Werbeträger. Das ist nicht verboten, oder?»

«Und das Bild der Cameron Diaz?»

«Sehen Sie mich an. Urs vergleicht mich oft mit der Schauspielerin. Als diese noch jung und hübsch war, galt sie als Hollywoodschönheit. Aber Schönheit vergeht, wenn man diese Vergänglichkeit nicht überlistet. Glauben Sie mir, zu uns kommen meistens frustrierte Frauen, die in ihrem Leben nichts anderem huldigen als ihrem Erscheinungsbild. Es sind die reichen Ladys aus der Oberschicht. In den meisten Fällen ist ihr Leben leer. Sie legen sich mit der irren Idee unters Messer, durch ihre wiederhergestellte Jugendlichkeit ein neuer Mensch zu werden. Aber …», Judith Hediger legte ihre Hände auf die Brust, «wenn's da drin nicht stimmt, nützt auch Schönheit nichts.»

Valérie sah sie ernst an. «Judith, ich muss Sie das jetzt fragen: Gibt es in dieser Klinik jemanden, der den perfekten Menschen als das Mass aller Dinge sieht?»

«Hier in der Klinik?» Judith Hediger überlegte. «Im Grunde genommen alle, die hier herumschnipseln.»

***

«Eine Observation steht an.» Valérie stand am Tischende im Sitzungszimmer in Biberbrugg und überblickte ihr Team. Sie liess sich keine innere Regung anmerken. Auch Zanetti war eingetroffen, wenn auch etwas später als vorgesehen, und sie hatten noch kein Wort miteinander gewechselt. Dass er etwas blass aussah, bemerkte sie erst jetzt. «Es gibt eine Wende in unserem Fall, eine neue Zeugin. Die verschliesst sich jedoch, als hätte sie Angst. Sie bewohnt an der Marktstrasse in Muotathal eine Zweizimmerwohnung. Ich möchte, dass sie ab sofort observiert wird. Vielleicht auch zu ihrem Schutz.»

«Wird sie verdächtigt, mit dem Mord an Linus etwas zu tun zu haben?», fragte Fabia.

«Sie verschweigt uns etwas.»

«Du bist dir der Sache auch schön sicher.» Fabia schielte zu Louis hinüber. Dieser hielt den Kopf gesenkt. «Hast du auch etwas dazu zu sagen, hey?»

«Um es vorwegzunehmen», sagte Valérie, «Louis hat die Befragung an mich abgegeben.» Sie legte Louis' Liste ohne weiteren Kommentar auf den Tisch. «Wir müssen uns auch die Patienten näher ansehen, die während der letzten zwei Jahre stationär oder ambulant behandelt wurden, sowie die Leute, die Mara Rasts Therapien und Meditationen besuchen.»

Valérie verteilte die neuesten Berichte. «Wer sie nicht gelesen hat, soll es nachholen. Und bis am Abend möchte ich die ausstehenden Protokolle. Ich weiss, dass es einige sind. Ich muss wohl nicht sagen, dass weiter mit dem Tempo gearbeitet wird, wie das bis anhin der Fall war. Wir müssen den Dolmetscher ... wie hiess er doch gleich?»

«Indhobuur», sagte Henry.

«Genau den meine ich. Wir müssen ihn noch einmal herholen.» Valérie warf Henry einen dankbaren Blick zu. «Louis, du fährst mit ihm ins Sahli. Die Gebrehiwets sollen erneut ausführlich über ihre familiäre Situation berichten. Wir können die Verantwortung für die Übersetzung nicht den beiden Jungs zumuten. Fabia, setz dich bitte mit dem Muotathaler Pfarrer in Verbindung und sag ihm, dass wir morgen bei Linus' Begräbnis dabei sein werden.»

«Glaubst du, der Mörder wird sich dort zeigen?»

«Ich möchte nichts auslassen.» Valérie schloss ihre Akte. «Morgen dann vor dem Mittag wieder hier.»

«Geht das nicht zu weit, Liebes?»

Sie spürte Emilios Atem in ihrem Nacken.

Valérie wandte sich zu ihm um. Seine Augen sahen stumpf aus. «Es muss sein. Manch ein Täter ergötzt sich am Leid seiner Opfer. Das stachelt ihn vielleicht an, mit seinen Gräueln weiterzumachen.» Sie fuhr ihm übers Gesicht. «Wie geht es Milena?» Ihren Namen auszusprechen, fiel ihr schwer.

«Ich glaube, sie realisiert es nicht mehr, wenn ich bei ihr bin.»

«Dann solltest du nicht mehr hingehen. Das macht dich kaputt.»

«Ich habe mich von ihr verabschiedet.»

Valérie wandte sich ab. Schon zum zweiten Mal, dachte sie. Wie sollte sie Emilios Verhalten deuten? Es als einen guten Charakterzug von ihm ansehen? Oder war es Selbstmitleid, in dem er sich gerade verfing?

«Sehen wir uns heute Abend?»

«Du weisst ja, wo ich wohne.» Valérie rang sich zu einem Lächeln durch. «Es gibt dort einen Schrankteil von Herrenanzügen, die mir nicht stehen … und die Zahnbürste dürfte noch immer dort sein.»

***

Der dunkle Wagen verfolgte sie seit dem Mittag, als sie die Klinik verlassen hatte. Sie war mit dem Velo nach Hause gefahren. Da war er ihr schon hinterhergeschlichen. Jetzt stand er vor dem Haus im Schatten einer Föhre. Es war nicht möglich, hinter die Scheiben zu sehen, denn diese waren seitlich getönt. Und von vorne registrierte sie nur einen dunklen Schemen.

Judith Hediger hatte die Tagvorhänge vor ihr Gesicht gezogen. Sie hatte ein mulmiges Gefühl. Sie ahnte, dass er in Muotathal war. Nun lauerte er ihr auf und liess sie nicht mehr aus den Augen. Sie griff in ihre Hosentasche. Valérie Lehmann hatte ihr ihre Visitenkarte überreicht, falls sie reden wollte.

Aber was hätte sie reden sollen? Es war gut so, wie es war. Heute hatte sie sich damit abgefunden, dass er einstweilen etwas sonderbare Ansichten vertrat. Dass sie ihm auch zutraute, diese auszuleben, davon wusste er nichts. Oder war er ihr auf die Schliche gekommen? Hatte er beobachtet, wie die Polizei zu ihr in die Klinik kam? Hatte er Louis ins Visier genommen? Gut möglich, dass er sie auch in Ried verfolgt hatte, oder bereits in Schwyz, als sie in Louis' Wagen stieg. War er ihnen bis nach Rickenbach hinterhergefahren? Er war schon früher immer eifersüchtig auf ihre Freunde gewesen. Hatte er vor dem Haus gewartet, das Licht in Louis' Wohnung angehen sehen? Es fröstelte sie. Froh darüber, Louis nicht in diese Geschichte hineingezogen zu haben, ging sie ins Badezimmer. Aus dem Spiegel sah ihr ein ebenmässiges, hübsches Gesicht entgegen. Sie hatte Glück gehabt, als der liebe Gott die Schönheit verteilte. Er hatte sie mit allem gesegnet, was ihr heute so gefiel. Ja, sie war schön. Und nicht dumm.

Sie sei die Perfektion in Person, hatte er gesagt. Anstatt sich darüber zu freuen, hatte es ihr Angst gemacht. Mam wollte diesem Schönheitsideal nacheifern. Schon seit sie sich daran erinnerte. Und er? Er hatte sich nie darüber geäussert. Er war seine eigenen Wege gegangen. Er hatte sich verändert. Wenn er nicht mehr weiterwusste, tauchte er bei ihr auf. Drohte ihr, belästigte sie.

Vor Urs brauchte sie keine Angst zu haben. Oder doch? Urs war Urs. Er blendete alles aus. War nur da für seine Patientinnen. Erfüllte Wünsche, gab Ratschläge, schickte sie zu Mam, die sie wiederum auf einen Egotrip lenkte. Eigentlich ein gut eingespieltes Team, das damit sehr viel Geld verdiente. Sie erledigte schliesslich die Buchhaltung und kannte die Zahlen. Trotzdem mochte sie Urs nicht. Judith machte ihn dafür verantwortlich, dass ihre Mam wahnsinnig geworden war, nicht im eigentlichen Sinne, aber ihre anfänglichen Ideen waren zu einer Ideologie geworden. Perfektion hatte sich in ihrem Gehirn manifestiert.

Jetzt verschwanden Kinder. Schon damals in Bern waren welche verschwunden. Sie hatte nie einen Zusammenhang gesehen. Doch auf einmal war er da und wohl kein Zufall mehr.

Ja, sie hatte eine gewisse Ähnlichkeit mit Cameron Diaz. Das war auch Louis aufgefallen, damals in der Mything-Bar, als er sie angesprochen hatte. Claudio, ein Freund von ihr, war dort gewesen. Er hatte seine Gitarre mitgebracht und musiziert. Sie hatten getanzt, Louis und sie, bis in die Nacht hinein. Nach der Polizeistunde war sie mit ihm nach Rickenbach gefahren. Sie hatten sich geküsst und miteinander geschlafen. Am anderen Tag hatte er sie zurückgebracht nach Ried. Sie hatte ihn angelogen, weil sie ihn nicht mehr sehen durfte. Ihre Mutter hatte es ihr verboten. Sie solle nie mit einem Beamten nach Hause kommen, hatte sie gesagt, und auf gar keinen Fall mit einem Polizisten. Ein Gelehrter müsse es sein, im Minimum ein Arzt. Sie wollte sie nicht enttäuschen, nach allem, was sie ihr ermöglicht hatte. Mit Louis durfte sie sich also nicht einlassen, obwohl sie sich in ihn verliebt hatte.

Sie hatte gelitten. Und als er dann plötzlich vor ihr gestanden war, wäre sie ihm am liebsten um den Hals gefallen. Stattdessen hatte sie die kühle Lady gemimt.

Judith ging zurück zum Fenster. Der Wagen stand noch immer dort. In einer halben Stunde sollte sie wieder zur Arbeit fahren. Sie würde sich krankmelden müssen. Mam würde es nicht verstehen. Ausgerechnet heute gab es Neueintritte. Eine Gesichtsstraffung, eine Schlupflidentfernung und zwei Brustvergrösserungen. Drei Frauen aus Zürich, eine aus Luzern. Judith hatte ihre Patientenakten studiert und die Fotos gesehen. Wie sie diese Frauen verachtete.

Vielleicht könnte sie ungesehen durch den Keller auf der Rückseite des Hauses und durch Nachbars Garten zur Dammstrasse gelangen.

Auf der Küchenablage vibrierte ihr iPhone. Judith sah auf das Display. Eine unterdrückte Nummer. Sie meldete sich.

Sie vernahm bloss ein heftiges Atmen. War er etwa schon im Haus? Mit dem iPhone in der Hand schlich sie abermals zum Fenster. Der Wagen hatte sich nicht bewegt, aber der Schatten war weg. Er musste ausgestiegen sein.

«Wer ist da?» Judiths Stimme zitterte.

Wieder nur das Atmen. Offensichtlich wollte ihr jemand Angst einjagen.

War *er* es?

Sie drückte die Verbindung weg. Ihre Hände hatte sie längst nicht mehr unter Kontrolle, als sie nach Lehmanns Visitenkarte suchte. Wo hatte sie sie bloss hingelegt? Ein Geräusch an der Tür liess sie zusammenfahren. Sie hatte doch den Schlüssel umgedreht. Hatte sie ihn wirklich umgedreht? Sie ging in den Flur. Jeder Schritt war eine Tortur. Die Falle kippte nach unten. Der Schlüsselbund bewegte sich. Die Tür blieb zu. Judith lehnte sich an die Wand.

Wo war nur Lehmanns Karte?

Louis anzurufen, wäre eine Option gewesen. Jedoch gedachte

sie nicht, Louis in diese Geschichte hineinzuziehen. Sie wollte ihr Gesicht nicht vor ihm verlieren. Sie hatte mit ihm geschlafen. Das vereinfachte die Sache nicht. Sie wählte Mams Nummer.

Mara Rast meldete sich nach dem zweiten Klingelton.

«Mam, ich komme heute etwas später. Ich … mir ist etwas dazwischengekommen.»

Mam schimpfte, wie immer, wenn ihr etwas nicht in den Kram passte. «Ich gebe dir eine halbe Stunde, dann bist du hier. Wir brauchen dich am Empfang. Du weisst, wer heute eincheckt.»

«Ja, Mam, das weiss ich.»

«Zudem haben wir Besuch. Er möchte dich sehen.»

«Wer?»

«Roman.»

«Roman?» Judith spürte ihr Herz bis zum Hals schlagen. «Wann kommt er vorbei?»

«Er ist schon da.»

Das iPhone fiel zu Boden. Roman befand sich in der Klinik. Wer also war vor der Tür?

***

Valérie hatte den ganzen Nachmittag in Biberbrugg verbracht. In ihrem Büro war es stickig heiss, draussen ging ein Sommerregen nieder. Er drückte die Feuchtigkeit in den Raum. Aus der Biber stieg Dampf auf, in den Bäumen vollführten die Vögel ein Pfeifkonzert.

Ihr ging Judith nicht aus dem Kopf. Valérie hatte ihr Gesicht studiert. Ein Ebenmass. Eine Harmonie zwischen Augen, Nase und Mund. Hoch angesetzte Wangen, in denen sich Grübchen bildeten, wenn sie lachte. Ein offener Blick, diese Unschuld. Trotzdem vermutete Valérie dahinter etwas Geheimnisvolles, nicht Fassbares. Von der jungen Frau war eine Angst ausgegangen; sie hatte sie fast körperlich gespürt.

Telefonieren und mit Hilfe der Suchmaschine recherchieren wechselte sich ab mit einem kurzen Gespräch mit Henry, der jedoch nicht in der Lage war, ihr zu helfen. Er war am Kollegi in Schwyz und unterrichtete dort Psychologie. Ein Fünfzigprozentjob. Valérie hatte sich längst damit abgefunden, dass Henry ihr nicht immer zur Verfügung stand, wenn sie ihn brauchte. Sie hatte ihn schon oft darauf angesprochen, warum er bei der Polizei nicht Vollzeit arbeitete. Er brauche diese Abwechslung, hatte er gesagt, die Herausforderung, als wäre die Arbeit bei der Polizei nicht Herausforderung genug. Sie beneidete ihn nicht um diesen Job. Henry war da, wenn die Ermittler nicht mehr weiterkamen. Er war der ruhende Pol, der Trostspender in heiklen Situationen, Unterstützer in der Not.

Es war schon fünf, als Valéries iPhone schnurrte. Einer der Polizisten aus Muotathal, die Judith Hediger observierten, meldete sich. «Wir haben sie aus den Augen verloren.»

«Wie denn das?» Valérie geriet ausser sich. «Wie konnte das passieren?»

«Joe ging nach oben. Aber da war sie nicht mehr. Die Klingel muss defekt gewesen sein. Er vergewisserte sich, ob die Tür offen war. Sie war abgeschlossen.»

«Ich würde auch schliessen, wenn ein Mörder in der nahen Umgebung auf freiem Fuss ist. Wart ihr schon in der Klinik? Vielleicht fuhr sie wieder dorthin.»

Am Ende der Leitung blieb es still.

«Vergewissert euch, dass sie dort ist. Ihr dürft sie nicht mehr aus den Augen lassen. Das ist ein Befehl!»

Valérie stiess ihr iPhone verärgert über die Tischplatte, wo es neben einem Berg von Pendenzen liegen blieb. Sie suchte nun auf den Plattformen verschiedener Sozialer Medien nach dem Namen Judith Hediger. Sie wurde nicht fündig. Anscheinend übten Facebook und Co. keinen Anreiz auf die junge Frau aus. Valérie öffnete Google und gab dort erneut den Namen ein. Sie stiess auf eine Judith Hediger, die aber mit Maras Tochter nicht im Geringsten etwas zu tun hatte. Aus einem Instinkt heraus tippte Valérie den Namen «Mara Hediger» ein. Bis vor der Hochzeit mit Urs Rast war sie mit Manfred Hediger verheiratet gewesen. Aus dieser Beziehung stammte Judith. Diese Erkenntnis war nicht Mara Rast, sondern Manfred Hediger zu verdanken, der unzählige Postings auf Facebook veröffentlicht hatte. Die ältesten lagen acht Jahre zurück. Valérie durchforstete ein Potpourri verschiedener Erlebnisse, die Hediger der Öffentlichkeit preisgab. In den Anfängen hatte er Bilder seiner Tochter eingestellt. Da war sie siebzehn gewesen und fast so hübsch wie heute. In den Jahren hatte sie an Profil noch gewonnen. Bilder vom Urlaub mit Judith. Fotos von Vater und Tochter, auf denen dem Betrachter das Glück der beiden entgegenstrahlte. Valérie las die dazugehörenden Texte genau durch, in der Hoffnung, hier auf etwas Wichtiges zu stossen. Und wieder Bilder und zum Teil primitive Kommentare, auch solche von sogenannten Freunden. Sah Verblödung so aus?

Valérie ging jedes Jahr akribisch durch. Als sie die Jahreszahl 2012 erreichte, stiess sie auf ein Bild, das sie etwas irritierte. Manfred Hediger mit Judith und daneben ein blonder junger Mann – ein Selfie von der Art, wie sie sich in den letzten Jahren zu einem Massenphänomen entwickelt hatten. Es waren weder Vater noch Tochter, die Valéries Aufmerksamkeit auf sich zogen. Es war der junge Mann neben ihnen. Ein schön geschnittenes Gesicht mit feinen Zügen. Und diese Augen! Es waren die Augen von Mara und Judith.

Valérie kopierte das Bild und vergrösserte es. Sie druckte es aus. Sie sah auf die Uhr. Bald sieben. Sie hatte sich mit Emilio verabredet. Um acht wollten sie zusammen essen gehen. Das würde sie verschieben müssen. Sie rief Emilio an, erreichte ihn nicht und sprach auf die Combox. Dann wählte sie Louis' Nummer.

«Hier Louis, wer ist am Apparat?»

«Hier ist das Catering.»

Louis lachte so laut, als hätte sie ihm den Witz des Jahrhunderts erzählt.

Valérie wartete, bis er sich beruhigt hatte. «Kann es sein, dass deine Angebetete Judith Hediger einen Bruder hat?»

«Keine Ahnung. Davon hat sie mir nichts erzählt. Wir hatten seit unserer ersten Nacht keinen Kontakt mehr … bis gestern.» Er zögerte. «Im Grunde genommen kenne ich sie nicht. Hast du einen Namen?»

«Leider nein. Ich will dem nachgehen.»

«Warum hackst du auf Judith herum?»

«Gute Frage. Warum wohl? Ich sehe sie als verbindendes Glied zwischen einem möglichen Täter und den Opfern.»

«Ich sehe da absolut nichts. Bei den Rasts geht's um Schönheitsoperationen und reiche Leute, die sich so etwas leisten können. Die Opfer haben eine Behinderung …»

Valérie konnte es sich auch nicht erklären. «Wenn die Ermittlungen ins Leere laufen sollten, so haben wir wenigstens alle Möglichkeiten ausgeschöpft.»

«Wie willst du weitermachen?»

«Wir fahren noch einmal zur Klinik.»

«Jetzt gleich?»

Valérie hörte ihn schwer seufzen.

«Ich wollte eigentlich Feierabend machen. Ich bin seit fünf Uhr auf den Beinen.»

Valérie überlegte. «Louis, ich brauche dich jetzt. Können wir uns in einer Stunde dort treffen?»

Wieder ein Seufzen. Er war ein theatralischer Mensch. «Meinetwegen.»

***

Da war dieses Licht.

Die Sonne hatte sich bereits am Mittag hinter den Wolken verborgen, die schwer über der Bergkette hingen. Der Übergang vom regennassen Spätnachmittag in die Dämmerung geschah fliessend. Schatten verschlangen allmählich die Landschaft und betteten sie sanft – in dieses Licht.

Ein Zauber hatte sich ausgebreitet. Als Valérie einen Bauernhof passierte, stand da diese Kuh mit dem Kalb. Jenes Bild einzufangen, hätte ein Anhalten bedingt. Sie fuhr daran vorbei, hatte aber das Gefühl, es wolle ihr etwas mitteilen. Es war die erste Kuh überhaupt, die sie in den letzten Tagen hier gesehen hatte. Das Vieh sei auf der Glattalp, hatte man ihr gesagt, und würde erst Ende September wieder herunterkommen.

Louis wartete auf dem Parkplatz. Er lehnte lässig an der Karosserie seines Kombis und rauchte.

Valérie parkte, stieg aus. Die wenigen Schritte bis zum Eingang kosteten sie Überwindung. Es war, als hielte sie etwas zurück.

«Dem Teufel sei's gedankt!» Louis war plötzlich neben ihr.

Mit einer eleganten Bewegung schippte er die heruntergebrannte Zigarette ins Gras.

«Welchem Teufel?» Valérie fröstelte. Es war nicht zum ersten Mal, dass dieses Wort sie erschreckte. Und wie zum Kuckuck kam Louis auf die Idee, diesen Satz zu sagen? Sie sah keinen Zusammenhang.

«Ich habe nichts gesagt.»

«Du hast soeben zu mir gesprochen.»

«Nein, habe ich nicht. Aber – guten Abend – ich hole es nun nach.» Über sein Gesicht huschte ein perfides Grinsen. «Hörst du Geister?»

Das war die Müdigkeit. Wenn sich ihre Gedanken verselbstständigten und sie zwischen dem, was real existierte, und dem, was ihr Gehirn gebar, keinen Unterschied mehr fand, war die Erschöpfung nicht mehr weit. So konnte es nicht weitergehen. Sie hätte den Besuch in der Klinik auf morgen verschieben können.

Sie betraten das Gebäude.

Auch hier war der Abend spürbar. Gedimmtes Licht flutete aus modernen Quellen an der Wand. Chromstahl oder Metall, so genau sah man es nicht. Die Rezeption war nicht mehr besetzt. Die Bürotür dahinter geschlossen.

«Da kann jedermann ganz einfach reinlatschen», sagte Louis. «Nicht sehr vertrauenserweckend.»

«Hinten gibt es eine Schleuse. Die ist abgeschlossen.» Valérie zeigte auf die Tür, hinter der der Korridor lag, der zum Lift führte. «Und ich wette, wir werden von einer Videokamera ins Visier genommen.»

«Du hast recht. Dort über dem Pult ist eine.» Louis wies auf die andere Seite. «Die zweite wurde dort angebracht und die dritte gleich beim Eingang. Es gibt kaum einen toten Winkel. Wir sind ausgestellt.»

«Wir sollten uns bemerkbar machen.» Valérie suchte nach einer Sonnerie.

Louis winkte in Richtung Kamera.

«Da ist niemand.»

«Du meinst, wir sind vergebens hierhergefahren?» Louis hüpfte auf und ab, hielt auf einmal inne. «Wenn Patienten hier liegen, muss doch jemand bei ihnen sein. Komm, wir schauen mal hinter dem Flur auf der rechten Seite, ob wir über eine Treppe nach oben gelangen.»

«Dort hinten sind nur Zimmer und ein Aufenthaltsraum für Wartende.»

«Dann schlage ich die Tür in den Liftraum ein.»

«Dazu haben wir kein Recht.»

«Es gibt doch diese Hausdurchsuchungsbescheinigung.»

«Die ist erloschen. Das Haus wurde von unseren Leuten bereits durchsucht.»

Die Tür links ging auf. Unter dem Türrahmen erschien Max Ott wie ein monströses Furunkel in einem weissen Kittel. «Sie haben sich ganz schön zum Affen gemacht», begrüsste er Louis. «Sie können noch so hüpfen und sich wie ein Rammler aufführen. Mein Weg vom Kontrollraum bis hierher ist immer gleich lang.»

Valérie erstaunte es, ihn hier zu sehen. «Haben Sie nun die Rolle des Nachtwächters übernommen?»

«Ich bin Mädchen für alles. Meistens arbeite ich nachts.»

«Wie viele Patienten sind hier stationiert?»

«Neun Privatzimmer sind belegt. Heute hatten wir vier Neuzugänge. Sie werden morgen operiert. Viele unserer Patienten werden jedoch ambulant behandelt. Sie sind einen Tag lang hier und können die Klinik am Abend wieder verlassen.»

«Sind Mara und Urs Rast noch im Haus?», fragte Louis.

«Sie sind immer im Haus. Sie wohnen im Dachgeschoss. Mit einer wunderbaren Aussicht. Aber sie möchten natürlich nicht gestört werden … nur im Notfall.»

Valérie zeigte auf die Kameras. «Werden die Videos aufbewahrt? Gibt es Bänder?»

«Nein, die werden gelöscht … ähm … nach einem Tag.»

«War Judith Hediger heute hier?»

«Ich weiss es nicht. Ich arbeite erst seit fünf.»

«Können Sie uns mal die Videobänder von heute zeigen?»

Ott ging auf den Tresen zu. Seine Bewegungen wirkten schwerfällig. «Ich weiss nicht, ob ich das darf. Immerhin sind vier Patientinnen drauf. Für die Wahrung der Privatsphäre sind wir bekannt … Ich möchte dem gerecht werden.» Ott wiegte seinen massigen Kopf hin und her. «Zudem wüsste ich nicht, was ich Ihnen Gutes tun sollte, nachdem man mich nicht sehr nett behandelt hat.»

Louis holte ein klein gefalztes Blatt Papier aus der Hosentasche, faltete es auseinander und hielt es Ott unter die Nase. «Das ist ein Durchsuchungsbeschluss. Und jetzt zeigen Sie uns die Videos.»

Als Ott zum Lift ging, stupste Valérie Louis in die Seite «Wo hast du den her?»

«Das ist eine Kopie unserer letzten Bescheinigung», flüsterte er und steckte sie wieder ein.

«Wenn das auskommt …»

«Wird es nicht, ausser du verpfeifst mich …»

Der Kontrollraum in der dritten Etage war mit acht Monitoren ausgestattet. Auf den ersten drei war der gesamte Eingangsbereich zu sehen, auf dem vierten der Aussenbereich und auf den vier anderen je eine Etage mit der Gesamtlänge des Korridors.

«Sie sehen, um diese Zeit tut sich nichts mehr. Die Patienten halten sich in ihren Zimmern auf.»

«Haben Sie die Bänder von heute?»

«Die laufen noch.»

Louis wurde ungeduldig. «Dann stoppen Sie jetzt die Aufnahme und spulen Sie zurück. Was uns interessiert, ist der Empfang in der Zeit von acht bis siebzehn Uhr.»

Während Ott das erste Video zurückspulte, sah sich Valérie um. Ausser den acht Monitoren und zwei Computern gab es hier nichts. Keine Schränke, keine sonstigen Ablagen. Es schien, als hätte man Platz genug in diesem Haus. Die Rollläden waren wie schon in den Tagen zuvor heruntergelassen, die Neonröhren wahrscheinlich im Dauereinsatz. Valérie öffnete das Fenster und kippte die Läden. Ihr Blick fiel direkt auf die Muota, die sich wie eine schwarze Schlange durch die Wiesen schlängelte. Es roch nach feuchtem Gras.

«Halt!» Louis' Stimme. «Da ist Judy … Judith Hediger. Um Viertel nach vier. Sie betritt eben gerade den Empfang.»

Valérie schloss das Fenster, wandte sich um und sah auf den Monitor. Mara Rast ging gerade gestikulierend auf ihre Tochter zu. Es sah nach Streit aus. «Gibt es keinen Ton?»

«Nein, das ginge zu weit», sagte Ott. Er spulte weiter zurück.

«Stopp!» Valérie zeigte auf eine männliche Person. «Wer ist das?»

«Das wird die Begleitung von dieser Frau sein», sagte Ott. «Hier, sehen Sie, da tritt sie ins Bild … mit Köfferchen.»

«Kennen Sie sie mit Namen?»

Ott näherte sich dem Bildschirm. «Das könnte die Gesichtsstraffung sein.»

«Name!»

Ott nannte ihn. Louis notierte. Ott spulte zurück.

«Stopp!» Valérie war genervt. «Gehen Sie zurück. Wer ist dieser Mann dort? Auch eine Begleitung?» Sie sah ihn sich näher an. Dunkelblondes Haar, etwas länger als auf Hedigers Facebook-Galerie, die Haarfarbe stimmte nicht ganz, aber dieses Gesicht. «Wer ist das?»

Ott beugte sich über den Tisch. Seine Augen hafteten fast auf dem Monitor. «Ich weiss nicht. Habe ihn noch nie gesehen.»

«Sie lügen.» Valérie sah es ihm an. Schweissperlen waren auf seine Stirn getreten, seine Hände verkrampften sich.

«Mara möchte nicht, dass man über ihn spricht. Urs weiss nichts von ihm.»

«Und trotzdem kommt er hierher?»

«Keine Ahnung, weshalb …»

«Ist er ihr Sohn?» Valérie stellte sich hinter den Tisch, sodass Ott sie ansehen musste. «Wie heisst er?»

«Roman. Er … aber bitte, wenn Sie mehr über ihn erfahren möchten, dann müssen Sie mit Mara sprechen. Ich bin nicht dazu befugt …»

Louis packte Ott am Arm. «Ist er Judiths Bruder?»

Ott riss sich los. «Er ist Judiths Halbbruder.»

ELF

Sie hatte geschlafen. Fünf Stunden nur. Aber die hatten gereicht, sich zu erholen. Emilio hatte ihr nachts noch Pizza kommen lassen. Er war schon im Bett gewesen, als Valérie zurückkehrte, und sehr besorgt um sie.

Sie trank stehend einen Kaffee und machte sich anschliessend zum Gehen bereit. Zanetti schlief noch. Wie in Narkose. Sie liess ihn schlafen.

Auf dem Weg nach Muotathal meldete die Observierung, dass man Judith Hediger gestern um fünf wiedergefunden hatte. Sie sei mit dem Velo von der Klinik zurück in die Marktstrasse gefahren, die ganze Nacht und bis jetzt zu Hause gewesen. Es gebe auch einen Posten auf der Rückseite in Nachbars Grundstück.

Valérie überlegte sich, ob sie zuerst Judith besuchen oder mit Mara Rast sprechen sollte. Sie beschloss, in die Marktstrasse zu fahren.

Es war erst halb acht, als Valérie vor dem Haus anhielt. Auf dem Trottoir stand das Auto der Observierung. Valérie winkte dem Kollegen zu, der sich im Wageninnern mit Kaffee und einem Sandwich verpflegte. Sie gelangte über einen Kiesweg zur Treppe, die zum Eingang führte. Er war unverschlossen. Sie betrat den Flur, stieg einen Stock höher und betätigte die Klingel an Judith Hedigers Wohnungstür. Kein Ton. Valérie klopfte. Nichts geschah. Sie schlug mit der Faust auf das Türblatt. Von oben hörte sie eine Tür aufgehen. «Wer ist da?» Eine krächzende Stimme.

Im Gegensatz zu Judith Hediger schien der Mann ein gutes Gehör zu haben.

Valérie blickte im Treppenhaus nach oben, erkannte eine verwuschelte weisse Haartracht. «Polizei, wissen Sie, wo sich Ihre Nachbarin aufhält?»

«Polizei?» Auf dem Podest baute sich ein in die Jahre gekommener Mann im Morgenmantel auf. «Gehört der auf der Strasse auch zu Ihnen? Ein Undercovereinsatz etwa? Dann würde ich mich besser tarnen. Der fällt schon aus hundert Meter Gegenwind auf.»

In der Zwischenzeit hatte Judith Hediger ihre Tür einen Spaltbreit geöffnet. Sie äugte durch ihn.

«Was wollen Sie?» Sie erkannte Valérie und liess sie eintreten. «Gott sei Dank. Kommen Sie.» Rasch schloss sie die Tür hinter sich.

Judith Hediger führte Valérie ins Wohnzimmer. Es wirkte heimelig, fast ein bisschen altbacken mit dem senffarbenen Sofa, den beiden passenden Sesseln dazu und dem Nierentisch. Eine dreiarmige Stehlampe erinnerte an die 1950er Jahre.

«Das sind die Möbel von meinem Grosi», sagte Judith Hediger ungefragt. «Ich mache mir nichts aus dem modernen Ramsch, den man heutzutage kaufen kann. Ich liebe das Bodenständige, Möbel mit Geschichten. Meine Grosseltern haben sich eine neue Wohnzimmergarnitur gekauft und mir diese hier vermacht.»

«Sie wirken sehr aufgeregt», sagte Valérie und setzte sich auf einen der Sessel. Sie sank tief ein.

«Ich werde verfolgt.» Judith Hediger wies zum Fenster. «Dort unten steht er. Ich musste gestern über Nachbars Grundstück zur Arbeit fahren.»

«Sie können beruhigt sein. Das sind unsere Leute.»

«Sie passen auf mich auf?» Judith Hedigers Gesichtszüge entspannten sich ein wenig.

«Hätten wir denn Grund?»

«Ich … ich weiss nicht. Warum sind Sie überhaupt hier?»

«Es geht um Ihren Bruder.»

«Ich habe keinen Bruder.»

«Halbbruder. Er war gestern hier, nicht wahr?» Valérie sah sie eindringlich an.

Judith wandte den Blick ab. «Er war in der Klinik. Aber ich wollte ihn nicht sehen.»

«Hat er dort schon einmal gearbeitet?»

«Gearbeitet?», rief Judith schrill. «Er hat noch nie gearbeitet. Er kommt zu uns, zu Mam oder mir, wenn er kein Geld mehr hat. Er ist ein Taugenichts. Er ist Mams Sohn aus erster Ehe. Er war ihre Mitgift, als sie meinen Vater heiratete. Er hat ihn adoptiert, nachdem sein eigener Vater gestorben war.» Es klang verbittert. «Er ist ein Verrückter. Eigentlich möchte ich nichts mehr mit ihm zu tun haben. Alle zwei Wochen taucht er hier auf und belästigt Mam. Und wenn er nicht an sie rankommt, versucht er es bei mir. Er will Geld. Er will immer Geld.»

«Haben Sie ihm schon welches gegeben?»

«Leider ja. Das war ein Fehler. Ich dachte mir, dass ich ihn dann los bin. Aber er kommt immer wieder. Er macht mir Angst. Ich bin ein sehr sparsamer Mensch. Das weiss er. Er hatte mich als Jugendliche schon angepumpt, wenn ich zum Beispiel von Grosi einen finanziellen Zustupf bekam.»

Valérie machte sich Notizen.

«Wie ist sein Name?»

«Roman Hediger. Nach seiner Adresse müssen Sie mich nicht fragen. Er ist nicht sesshaft, war es noch nie.»

«Haben Sie ihn gestern in der Klinik getroffen?»

«Nein. Ich wollte ihn nicht sehen. Mam hatte mich zwar angerufen, weil Roman dort war. Bis ungefähr vier Uhr bin ich mit dem Velo in der Gegend herumgefahren. In der Wohnung wollte ich nicht bleiben, weil ich mich beobachtet fühlte.»

«Er hat äusserlich sehr viel Ähnlichkeit mit Ihnen.»

«Haben Sie ihn kennengelernt?»

Valérie erzählte vom Bild aus dem Internet und dem Video in der Klinik.

«Suchen Sie ihn etwa? Oder warum sind Sie so auf die Klinik fixiert?»

Valérie hatte dazu keine Antwort. Ging gerade die letzte Option bachab? War Roman Hediger der Grashalm, an dem sie sich verzweifelt festhielt? Wenn sie die vergangenen Tage Revue passieren liess, merkte sie, dass sie sich irgendwann nur noch auf die Klinik versteift hatte. Sie hatte an einer Weggabelung gestanden und nur den einen Weg fokussiert. Sollte sie zurückkehren? Dorthin, wo sie dem Tunnelblick unterlegen war? Warum liess sie sich vom Bild der Cameron Diaz dermassen beeinflussen? Lag sie komplett falsch?

Linus war tot. Seppli missbraucht. Alemee vermisst.

Wenn sie den Irrsinn nicht stoppte, würden weitere Kinder verschwinden wie damals in Bern.

«War Ihr Bruder auch in Bern?»

«Er war überall.»

«Trauen Sie ihm eine Kindsentführung zu?» Valérie tastete sich vorsichtig heran.

«Roman?» Es war wie ein Aufschrei. «Da müsste er sich ja bewegen … Entschuldigung, das war nicht sehr klug von mir. Nein, er mag zwar kriminelle Züge haben, aber mit Kindern hat er nichts am Hut.»

***

«Dieser Pfarrer behauptete, die Familie Schelbert nicht zu kennen», empörte sich Louis leise. «Von Linus wusste er nichts. Und jetzt spricht er so, als hätte er die ganze Zeit mit ihnen Kontakt gepflegt.»

«Wenn es darum geht, Trost zu spenden», sagte Valérie tonlos, «darf auch ein Priester schummeln.»

Sie befanden sich in der Kirche in Muotathal, zusammen mit Fabia, Dominik Fischbacher und einer Handvoll Menschen – Verwandten, nahm Valérie an.

Die Worte von Pfarrer Knüsel erreichten sie nicht wirklich. Sie besah sich das Innere der Kirche genauer. Barock, ging es ihr durch den Kopf. Vorne drei Stuckmarmoraltäre mit dem Hochaltar in der Mitte. In dessen Hintergrund prominent vier lebensgrosse Figuren, die durch die Engel über dem Altarblatt ergänzt wurden. Hier waren die wahren Künstler am Werk gewesen. Das Kirchenschiff wirkte fast ein wenig pompös.

«Scheinen wohl wenige Freunde zu haben, die Schelberts», bemerkte Louis.

«Oder sie wollten eine einfache Messe im Kreise ihrer Familie», sagte Valérie. Sie sass ruhig. Nur ihre Augen bewegten sich, suchten nach Personen, die ihres Erachtens nicht hierhergehörten. Der Hundebesitzer von neulich fiel ihr auf.

Der kleine Sarg stand ganz vorn vor den drei Stufen, die zum Altar führten. Lediglich ein schlichtes Blumenarrangement mit weissen Lilien und ein Kranz schmückten ihn. Eine Schleife mit dem letzten Gruss von der Heilpädagogischen Schule Schwyz. Daneben eine dicke Kerze – die Taufkerze, jetzt als Sinnbild des frühen Todes.

Der Organist stimmte ein Lied an. Ein kleiner Chor begann zu singen. Das Totenlied von Anton Bruckner. Dasselbe Lied, das man schon an *Mamans* Begräbnis gesungen hatte, in Französisch, vom Kirchenchor in Martigny interpretiert. Immer wieder schlossen sich Kreise. Valérie versuchte, die aufsteigenden Tränen zu ersticken. Es gelang ihr nicht. Wenn die Messe hier nicht gleich enden würde, musste sie hinaus.

Louis stupste sie in die Seite. «Du weinst ja.»

Es war zu viel. Sie erhob sich, kletterte über Füsse, stand plötzlich im Mittelgang. Es schien ihr, als würde man sich nach ihr umdrehen. In ihren Ohren der Chor.

«Oh ihr, die ihr heut mit mir zum Grabe geht und bei meinem Leichnam jetzt versammelt steht, heftet Sinn und Herzen nicht an diese Eitelkeit! Sucht nur Gottes Reich und die Gerechtigkeit.»

Valérie verliess die Kirche.

Der Himmel lag schwer über Muotathal. Als hätte er sich mit der Trauer solidarisiert. Valérie atmete heftig. Nichts war in ihrem Leben abgeschlossen. Die Vergangenheit war im Begriff, sie einzuholen. Heute, an diesem Tag, wo man ein Kind zu Grabe trug. Sie lehnte sich an die kühle Kirchenmauer, nicht mehr fähig, einen klaren Gedanken zu fassen.

Da war dieser Unfall auf der Strecke Fully–Martigny. Ein ausgebranntes Autowrack. *Maman* war sofort tot gewesen, *Père* starb auf dem Weg ins Spital.

Und sie war schuld. Valérie, die sich endlich gegen ihren Vater gewehrt hatte. Aber da hatte sie das Lizenziat als Juristin bereits erworben. Und die Nacht mit Philippe lag weit zurück. Sie hatte endlich den Mut gefunden, Vater zu verraten, ihn sogar zu schlagen. Der Preis, den sie dafür bezahlt hatte, war hoch gewesen, hatte sie zur Vollwaisen gemacht. Aber vor allem hatte sie *Maman* verloren.

Alemee war da draussen, irgendwo. Ein Mädchen, dessen Grundrecht es war, seine Mutter bei sich zu haben. Valérie schloss die Augen. Wo, um alles in der Welt, sollte sie suchen, wenn nicht einmal die Hundestaffel helfen konnte? War der Unhold drinnen in der Kirche und ergötzte sich am Leid von Linus' Eltern, während er die Kleine in einem Keller versteckt hielt?

Wem durfte sie trauen? Sie öffnete die Augen, stiess sich von der Mauer ab, ging ein paar Schritte, sah auf die Uhr unter dem Kirchendach. Um halb zwölf hatte sie Teamsitzung in Biberbrugg. Sie hätte gern vorher mit Mara Rast gesprochen. Ihr blieb eine Stunde.

Immer weiter weg entfernte sie sich vom Gotteshaus. Man brauchte sie hier nicht.

Die Klinik lag wie immer in dieser sterilen Trostlosigkeit, die an diesem düsteren Tag das Bild verstärkte. Die immer gleichen Autos auf dem immer gleichen Parkplatz, der Eingang. Ihn zu durchschreiten war zur Gewohnheit geworden. Das Geheimnis dahinter blieb.

Am Empfang stand Judith, mit ihrer Mutter in ein Gespräch vertieft. Als Valérie auf sie zuschritt, verstummten sie augenblicklich.

«Frau Rast, das trifft sich gut.» Valéries Stimme hatte ihre Festigkeit zurückgewonnen. «Ich gehe davon aus, dass Ihre Tochter Sie bereits darüber informiert hat –»

«Das hat sie allerdings», fuhr Mara Rast sie an. «Was denken Sie eigentlich, wer Sie sind? Kommen hierher und stellen unser Leben auf den Kopf. Jetzt wühlen Sie auch noch in meiner Vergangenheit. Was geht es Sie überhaupt an?»

Valérie registrierte, wie Judiths Kinnlade nach unten sackte. Ihre Mutter so sprechen zu hören, war wohl neu für sie.

Valérie kannte solche Ausbrüche und nahm es gelassen.

Mara Rast näherte sich ihr auf Augenhöhe. «Sollte mein Mann etwas von Ihren perfiden Verdächtigungen erfahren, gnade Ihnen Gott … Ich lasse mir von einer Polizistin nicht mein Leben verpfuschen. Ich habe hart dafür gearbeitet.» Plötzlich sah Mara Rast sehr alt aus.

«Ich ermittle», sagte Valérie ruhig. «Ich habe weder die Absicht, Sie zu diffamieren noch Ihr Leben zu zerstören.»

«Dann weiss ich nicht, weshalb Sie hier sind.»

«Ihr Sohn –»

«Mein Sohn?», kreischte Mara Rast und verwarf die Hände, als wollte sie auf Valérie einschlagen. Sie besann sich und verschränkte die Arme. «Wenn Sie mit Roman reden wollen, wenden Sie sich bitte an ihn. Ich will nichts mehr mit ihm zu tun haben.»

«Er war gestern hier.»

Mara Rast kniff die Lippen aufeinander. «Von wem haben Sie das erfahren?»

«Ich habe mir die Videos in Ihrem Kontrollraum angesehen.»

«Dieser Kretin!»

«Herr Ott hat sie uns gezeigt.»

«Ich weiss, wer sie Ihnen gezeigt hat. Der ist nicht ganz dicht. Haben Sie sich auch schon überlegt, dass jemand, der Hunde tötet, auch Menschen töten kann? Bei dem sollten Sie andocken.»

Valérie blieb überlegen ruhig. «Warum haben Sie ihn eingestellt, wenn Sie ihn als Verbrecher sehen?»

«Mein Mann hat ihn eingestellt, nicht ich.» Mara Rast kochte vor Wut.

«Wissen Sie, wo ich Roman Hediger erreichen kann?»

«Nein! Und jetzt verlassen Sie die Klinik, sonst –»

«Sonst?» Valérie hielt ihrem Blick stand.

Mara Rast drehte sich um, schritt mit flatterndem Arztkittel in Richtung Lift und verschwand darin.

«Sie müssen meine Mam entschuldigen.» Judith war es offenbar nicht recht, und sie schämte sich wegen des unmöglichen Verhaltens ihrer Mutter.

Valérie gab sich nicht geschlagen. Die Dringlichkeit hingegen wuchs, Roman Hediger zu finden und ihn zur Rechenschaft zu ziehen.

«Glauben Sie mir, ich würde Ihnen helfen, wenn ich könnte. Roman hat mich schon belästigt, als ich ein kleines Mädchen war. Er nahm mich oft zu seinen sogenannten Freunden mit, die mich dann begrapschen durften. Ich hatte immer Angst vor ihm. Er drohte mir, mich zu schlagen, sollte ich es Mam sagen. Ich denke, dass er eine gerechte Strafe verdient hätte. Zudem lebt er auf Kosten anderer. Das soll endlich ein Ende nehmen ... Und jetzt entschuldigen Sie mich. Ich habe zu tun.» Judith verschwand in ihrem kleinen Büro und zog die Tür hinter sich zu.

Valérie stand allein im Raum. Jegliches Licht um sie war verschwunden. Da waren nur Schatten, bedrohliche, alles einnehmende Schatten. Sie krochen aus den Winkeln, waberten um das Sofa, die Palmen und den Empfangstresen, breiteten sich über den Boden Richtung Wartezimmer aus. Stiegen an den Wänden hoch, erreichten die Fenster, die Tür.

Valérie war wie paralysiert. Das Böse war in diesem Haus. Sie konnte es fühlen.

Sie versuchte, auf den Ausgang zuzugehen. Ihr versagten die Beine. Etwas hielt sie zurück.

Was war es?

Die Kirche musste schon aus sein. Louis, Fabia und Fischbacher würden zurück nach Biberbrugg fahren.

Sie musste auch dorthin. Es war ihr Job, die Sitzung zu leiten.

Sich zu rühren war jedoch ein Ding der Unmöglichkeit.

Bereits spürte sie den kalten Hauch des Todes.

Sie sah sich die Videokameras an. Die Lichter, die deren Betrieb anzeigten, waren erloschen. War das ein Fingerzeig? Sie würde unbemerkt in die unteren Etagen gelangen. Dass es unter den Operationssälen noch ein Stockwerk gab, war ihr beim letzten Besuch dort unten aufgefallen. Irgendwo musste ein Lager sein, Schränke mit Medikamenten zum Beispiel.

Ein Verlies?

Endlich schaffte sie es, sich zu bewegen. Die Schatten hatten sich zurückgezogen. Wenig Licht drang von draussen durch die halb geschlossenen Rollläden. Valérie schritt zum Aufzug. Sie holte ihn vom zweiten Stock herunter. Die Tür schob sich auf. Valérie betrat die Kabine.

Es war nicht richtig, was sie da tat. Sie hätte es melden müssen.

Sie fuhr nach ganz unten.

Ein eigenartig muffiger Geruch umfing sie, als sie in den dunklen Flur gelangte. Sie suchte nach einem Schalter, fand ihn neben dem Lift. Im kalten Neonlicht wurde ein langer Korridor sichtbar, wie ein Schlauch, von dem beidseitig je vier Türen weggingen. Von irgendwoher war das Summen des Belüftungssystems zu vernehmen, ein Rauschen in den Abwasserrohren jenseits der Wand, die bewiesen, dass oben gelebt und gearbeitet wurde. Valérie öffnete die erste Tür. Ein Bewegungsmelder aktivierte eine Lampe. Der Raum war leer. Valérie ging weiter, öffnete nacheinander jede Tür. Und fand in jedem Raum – nichts.

Eine Tür blieb übrig. Valérie drückte die Falle. Kein Bewegungsmelder. Sie tastete die Wand rechts der Tür ab. Sie fühlte etwas Kaltes, Starres. Sie schrak zurück, griff nach ihrer Glock, entsicherte sie. «Hallo? Ist da jemand?» Mit der einen Hand hielt sie die Pistole, mit der anderen suchte sie erneut nach einem Lichtschalter. Sie fand ihn, drückte und hielt den Atem an.

Der ganze Raum flackerte, bis das Licht ihn erhellt hatte. Valérie trat ein, sah, was sie so erschreckt hatte. Ein Skelett in Lebensgrösse. Dahinter eine Wand mit verschiedenen Bildern von der menschlichen Anatomie. Mittendrin Tische und Stühle – ein Schulungsraum, der jedoch so verlassen wirkte, als wäre er über Wochen nicht mehr benutzt worden. Von hier kam auch der Geruch.

Plötzlich war da dieses Gefühl, nicht allein zu sein. Als spürte sie einen Lufthauch an ihrem Nacken. Die Härchen an ihren Armen richteten sich auf.

Valérie stiess Atem aus. Ihr ganzer Körper war angespannt.

Sie gelangte zur hinteren Wand. Schränke reichten bis zur Decke. Valérie öffnete sie. Ein paar leere Ordner, Kisten mit Papier. Eine Schachtel Schreibstifte, Lineale, Zirkel. Im nächsten Schrank Bücher. Valérie las Titel wie «Die weibliche Anatomie», «Atlas des menschlichen Körpers», «Lehrbuch der Anatomie». Der dritte Schrank liess sich nicht öffnen. Valérie gelangte zum vierten. Er war leer. Sie kehrte zum dritten Schrank zurück, rüttelte am Griff.

Komisch. Hier stimmte etwas nicht.

Wieder war das Gefühl da, nicht allein zu sein. Für Valérie nicht erklärbar und ebenso wenig fassbar.

Man hatte sie nicht zu *Maman* gelassen. Dabei hatte sie ihr noch so viel sagen wollen. Und fragen.

Philippe hatte sie nie mehr gesehen. Fully auch nicht. Nachdem sie vom Creux de Branson ins Dorf und nach Hause zurückgekehrt war, hatte *Père* ihr aufgelauert, Fragen gestellt, warum sie über die Nacht nicht daheim gewesen sei. «Du gehst doch mit diesem Bauernsohn», hatte er gesagt, und dass er sie mit ihm gesehen habe. Lügen nütze nichts. Sie war in ihr Zimmer gegangen. Bevor sie die Tür hinter sich hatte schliessen können, stand er schon drin. Anders als sonst. Nicht mehr der Vater, der sie bloss berührte, auch dort, wo sie es nicht gemocht hatte. Er hatte sie auf das Bett geworfen, sie mit der einen Hand festgehalten, mit der anderen den Rock hochgeschoben und den Slip beiseite.

Sie hatte geschrien, sich gewehrt. Er war stärker gewesen.

Als ihre *Maman* nach Hause gekommen war, hatte sie geschwiegen, ihren Vater erst viel später verraten.

Jetzt waren ihre Eltern tot, und sie trug die Schuld.

Sie zog und rüttelte erneut am Griff.

Da hörte sie es: ein Wimmern. Es drang aus dem Schrank, aus der Wand dahinter, aus einem anderen Leben. Valérie setzte alle Kraft ein, die ihr zur Verfügung stand. Egal, was immer sich dort drin befand, sie würde es befreien. Nie mehr wollte sie Schuld auf sich laden. Nie mehr mit der Ohnmacht leben müssen, die falsche Entscheidung getroffen zu haben.

Der Griff gab nach, liess sich auf einmal ganz leicht drehen. Valérie zog die Schranktür auf. Die Tablare fehlten. Ein leerer Schrank, kein Stäubchen, nichts. Doch die hintere Wand sah anders aus, hatte Fugen, eine Vertiefung dort, wo an einer Tür die Falle lag. Valérie drückte die Wand nach hinten. Das Wimmern wurde lauter. Die Wand gab nach und ging wie eine Tür nach innen auf.

Ein Geruch nach Urin und Kot drang nach draussen. Im Raum war es dunkel. Das Wimmern verstummt.

«Hallo?» Wieder suchte Valérie nach einem Lichtschalter, fand ihn und betätigte ihn.

Geblendet wich sie zurück.

Da lag es, ein Bündel Mensch, in seinen eigenen Ausscheidungen. Grosse schwarze Augen sahen sie an in diesem entstellten Gesicht.

«Alemee!»

***

«Weisst du, was mit Valérie los ist?» Fabia sass in Louis' Wagen. «Ich meine, sie verlässt die Kirche und verschwindet einfach.»

«Sie arbeitet zu viel.»

«Das sehe ich auch. Wie können wir ihr helfen?» Fabia schnallte sich an. «Dieser Fall scheint ihr ganz schön an die Nieren zu gehen. Sollten wir vielleicht mit Zanetti reden?»

«Warum mit Zanetti?»

«Na ja, immerhin sind sie miteinander liiert.»

«Vielleicht ist er der Grund, weshalb sie so von der Rolle ist.»

«So ein Mumpitz.» Fabia sah ihren Kollegen von der Seite an. «Du magst ihn nicht, hey, nicht wahr? Ich finde ihn ganz okay. Auf jeden Fall ist er nicht so undurchsichtig wie seine Vorgängerin, die von Reding.» Sie holte ihr iPhone aus der Tasche. «Ich rufe Valérie an.»

«Die wird schon auf dem Weg zum SSB sein. Eine komische Art, uns im Regen stehen zu lassen. Immerhin war es ihre Idee, zur Beerdigung zu gehen. Das hat eh nichts gebracht.»

«Du, Valérie nimmt nicht ab. Da kommt nur die Combox.»

«Hast du etwas anderes erwartet?» Louis startete den Motor. Er fuhr auf die Wilstrasse.

«Du empfindest ein Wechselbad der Gefühle für sie, nicht wahr?»

«*Das* ist Mumpitz.» Louis grinste schief.

«Du kommst mir manchmal vor wie ein überhitzter Reaktor, den es abzukühlen gilt.» Fabia lächelte.

«Wenn du nicht schon verheiratet wärst, würde ich dich anbaggern.»

Fabia boxte ihn in die Seite. «Arschbacke. Hast du eigentlich nur eines im Kopf?»

«Ruf Valérie an!»

«Lenkst du ab?»

«Versuch es noch einmal.»

Fabia sah auf die digitalen Ziffern auf dem Armaturenbrett.

«Mach schon!»

«Jetzt auf einmal?» Fabia fuhr über den Touchscreen ihres iPhones. Sollte einer Louis verstehen. Sie mochte ihn eigentlich ganz gern. Er war ein hübscher Mann, hatte etwas Exotisches an sich, auf das die Frauen normalerweise abfuhren. Deshalb verstand sie nicht, weshalb er noch immer Single war. Armer Kerl, dachte sie, wahrscheinlich hatte er Mühe damit, sich in Valéries Schatten zu bewegen. Sie hatte ihm unbestritten den Rang abgelaufen, als sie im April vor einem Jahr nach Schwyz kam. Louis hätte gern ihren Posten übernommen. Aber dafür hatte er die Ausbildung nicht. Fabia hatte sie auch nicht, aber sie dürstete nicht nach Höherem.

Sie fuhren auf der Hauptstrasse nach Schwyz. Der Verkehr hatte zugenommen. Auf der Höhe Schlattli mussten sie vor einer roten Ampel warten.

«Die spinnen, die Römer», liess Fabia die Bemerkung fallen. «Hier entsteht die steilste Standseilbahn der Welt.»

***

Valérie näherte sich dem Kind. «Ich bin Valérie. Du musst keine Angst mehr haben. Ich bin bei dir.» Sie hatte keine Ahnung, ob das Kind sie verstand.

«Ade! Ade!»

Was immer das heissen mochte, Valérie drückte die Kleine an sich. «Ja, Ade, Ade.» Sie legte die Pistole auf den Boden und griff nach ihrem iPhone.

Keine Verbindung.

Sie musste hier raus. Sie schob die Pistole ins Holster, steckte das iPhone ein. Sie hob die Kleine auf. Ein Fliegengewicht und völlig entkräftet. Und sie stank fürchterlich.

Der Korridor gähnte ihr leer entgegen. Valérie gelangte mit dem Kind auf ihren Armen zum Aufzug. Sie sah, dass er sich in der dritten Etage befand. Hatte jemand bemerkt, dass sie ganz nach unten gefahren war? Wer immer das Kind im Keller eingeschlossen hatte, er würde vielleicht noch im Haus sein.

War es doch Urs Rast? Hatte sie sich in ihm getäuscht, sich von ihm blenden, von seiner Vita ablenken lassen? Versteckte sich hinter dem glatt rasierten Gesicht ein Monster? War er der Narziss? Denn Goldmund war er nicht.

Oder Mara? Aber warum hätte sie in ihrem Schönheitswahn gesundheitlich angeschlagenen Kindern etwas antun sollen? Valérie schätzte sie psychisch gesund ein, auch wenn sie eine Macke hatte. War sie Mitwisserin?

Judith? Nein! Auch wenn sie zuerst mit der Wahrheit nicht herausgerückt war, wäre sie nicht zu so einer Tat fähig. Zudem hatte sie Angst. Das hatte Valérie ganz stark gefühlt. Angst davor, in der Höhle des Löwen zu sein? In der Hölle des Satans?

Roman Hediger? Vielleicht steckte doch mehr dahinter, und Mara wollte schon deswegen nichts mit ihm zu tun haben. Andererseits würde sie ihn nicht schützen wollen.

Max Ott? War er der Wolf im Schafspelz? Raffiniert genug, um die Polizei in die Irre zu führen? Hatten sie etwas bei ihm übersehen?

Und Anton Imhof, Pragelhannes' Toni? War das erste Gefühl doch das richtige gewesen, oder hatte sich Valérie von seinem Äusseren beeinflussen lassen? Andererseits hatte er ein Alibi.

Wie stand es um Daniel Mahler, den Schulleiter? Waren seine übertriebenen Bemühungen um seine Zöglinge ein Ablenkungsmanöver? Warum beherbergte er fremde junge Leute in seiner Villa? Er hätte doch mehr aus seinem Erbe machen können, als sich zusätzliche Arbeit aufzuladen. War das Bild, das er von sich gab, die Spitze des Eisbergs, und was darunter im Abgrund lag, sah man nicht?

Gab es einen unbekannten Achten, dem sie noch nicht begegnet war?

Die Gedanken jagten durch ihren Kopf. Als die Lifttür aufging, zögerte Valérie. Es war wohl besser, über die Treppe zu gehen. Was, wenn man sie oben bereits erwartete? Oder wenn hier alle unter einer Decke steckten?

Valérie erinnerte sich an den Tagesrapport von einem ihrer Ermittler. Er war auf der Gemeindeverwaltung in Muotathal gewesen und hatte erfahren, dass Urs Rast schon Jahre bevor er hierhergezogen war, Land gekauft und eine Baugenehmigung für seine Klinik beantragt hatte. Vonseiten der Bevölkerung hatte es Einsprachen gegeben. Diese seien jedoch abgelehnt worden. Diese Tatsache stand im Widerspruch zu Maras Aussage, dass ihr Mann erst vor drei Jahren ins Muotatal kam. Er hatte sich auf sein Projekt hier schon lange vorher vorbereitet.

Ruhig Blut, schalt sich Valérie. Alemee in ihren Armen wimmerte. Immer wieder. Es gelang ihr nicht, sie zu beruhigen. Wenn sie nur nicht anfing zu schreien. Sie würde ihr den Mund zuhalten müssen, was eine erneute Panik auslösen würde, nach allem, was diesem Mädchen widerfahren war.

Valérie entschloss sich, über die Treppe nach oben zu gehen. Sie lag rechts neben der Lifttür. Ein kühles Treppenhaus ohne Bewegungsmelder. Das war vielleicht ihr Glück.

Vorsichtig tastete sie sich dem Geländer entlang nach oben. Langsam spürte sie die Nässe des Kindes auf ihrer Bluse. Sie verschwendete keinen Gedanken daran. Ihr Ziel, Alemee zu retten, beherrschte ihr ganzes Denken. Mit jedem Tritt, den sie nach oben gelangte, kehrte eine unbändige Kraft in sie zurück. Und Wut.

Auf dem ersten Untergeschoss war es ruhig. Dort, wo sich die Operationssäle befanden, lag alles im Dunkeln. Valérie nahm die Stufen zum Parterre unter ihre Füsse. Alemee weinte jetzt. *«Ade! Ade!»*

«Schsch…» Valérie strich über den verschwitzten Kopf des Mädchens. «Schsch… ganz ruhig. Wir werden es bald geschafft haben.»

Sie erreichte das Erdgeschoss, den Empfang. Vorsichtig ging sie die Wand entlang bis zum Tresen. Die Kameras waren noch immer ausser Betrieb. Bis zum Ausgang waren es wenige Meter. Sie blieb abrupt stehen. Auf dem Sofa neben den Palmen nahm sie eine Bewegung wahr.

Valérie überlegte. Wer immer dort sein mochte, er würde sie nicht einholen. Aber da hatte sie sich getäuscht. Er kam zielstrebig auf sie zu.

«Herr Rast?»

***

«Weiss jemand, wo Valérie steckt?» Fischbacher hatte seinen schwarzen Kittel ausgezogen und ihn über die Stuhllehne gelegt. «Wo ging sie überhaupt während der Messe hin?»

Louis und Fabia sahen sich schulterzuckend an.

«Hat niemand versucht, sie telefonisch zu erreichen?» Fischbacher warf Louis einen Blick zu. Er selbst hatte kein Glück gehabt. Bei Valérie herrschte Funkstille.

«Ich gehe davon aus, dass es ihr nicht besonders gut ging», sagte Louis. «Sie hat geweint, das habe ich noch nie bei ihr erlebt. Der Fall geht ihr sehr nahe, das ganze Begräbniszeremoniell –»

«Ihr habt sie alleine ziehen lassen?», unterbrach Fischbacher aufgebracht.

«Sie befiehlt», konterte Louis. «Sie ist die Chefin.»

«Aber manchmal sehr unberechenbar», mischte sich Fabia ins Gespräch. Sie hieb Louis in die Seite. «Ich gebe Dominik recht, wir hätten ein Auge auf sie werfen müssen.»

«Sie macht ja sowieso, was sie will», giftete Louis. «Teamarbeit sieht anders aus.»

Fischbacher sah auf die Uhr. Aufgrund der plötzlichen Unruhe unter den Ermittlern beschloss er, selbst mit dem Rapport zu beginnen. «Gibt es Neues, was noch nicht zu mir gelangt ist?» Er hatte ein paar Schreibblätter vor sich ausgebreitet. «Ausstehend sind die Resultate von den SBB. Kann mir jemand etwas darüber berichten?»

«Leider negativ», äusserte sich der Polizist rechts aussen. «Im betreffenden Zug von Schwyz nach Zürich gab es zwar einen Bahnbegleiter, der die Billette kontrolliert. Aber bis Arth-Goldau war er noch nicht ganz fertig. Er erinnerte sich auch nicht an ein Kind mit Downsyndrom. Wir konnten ein paar Leute ausfindig machen, die jeden Samstag zur gleichen Zeit die Strecke fahren. Auch ihnen war kein solches Kind aufgefallen.»

«Aber da schaut man doch hin», sagte Fabia. «So jemand fällt doch auf.»

«Man schaut vielleicht schon hin», sagte Louis, «aber man vergisst es wieder. Unser Leben produziert so viele Bilder, dass nicht alle in der Erinnerung haften bleiben.»

«Wirst du jetzt philosophisch?» Fabia kicherte.

Fischbacher schlug mit der flachen Hand auf ein Dossier. «Leider brachten auch die Recherchen Richtung Wagentyp keine brauchbaren Ergebnisse. Zu ungenaue Angaben der Zeugen. Der Aussage des Hundeführers in der Husky-Lodge hatte man offenbar mehr Aufmerksamkeit geschenkt als den anderen. Er will einen dunklen Q5 gesehen haben, den er mit dem Mann und dem Jungen in Verbindung bringt. Da wir leider keine weiteren Angaben haben, war klar, dass wir die Nadel im Heuhaufen suchen. Schweizweit sind ein paar hundert solcher Wagen zugelassen.» Fischbacher hielt inne. «Ist es möglich, dass Valérie einer Spur folgt, von der ich keine Kenntnis habe?» Wieder fixierte er Louis.

«Warum siehst du andauernd mich an?»

«Weil du und Fabia in der Regel eng mit ihr zusammenarbeitet.» Fischbacher fühlte sich unwohl. Und nervös. Valérie war eine zuverlässige Polizistin. Wenn sie sich verspätete, erfuhr er das. Er hatte versucht, sie zu erreichen, und war nur auf ihren Anrufbeantworter gelangt. Entweder gab es dort, wo sie sich befand, ein Funkloch, oder sie hatte ihr iPhone absichtlich ausgeschaltet. An Zweites wollte er allerdings nicht glauben.

Steckte sie in Schwierigkeiten? Er hatte nicht bemerkt, als sie die Kirche verliess. Erst draussen war ihm aufgefallen, dass sie verschwunden war. Dabei hatte sie sich vorgenommen, im Anschluss an die Messe mit Pfarrer Knüsel zu sprechen. Das hatte sie ihm so gesagt.

«Was jetzt?» Louis wurde ungeduldig. «Wollen wir hier Däumchen drehen?»

«Ich verbitte mir diesen Ton, Leutnant Camenzind.» Fischbacher funkelte ihn erbost an. «Ich erteile die Order, dass du zusammen mit Fabia noch einmal nach Muotathal fährst. Ich werde das ungute Gefühl nicht los, dass Valérie in Schwierigkeiten steckt. Und versucht weiterhin, sie telefonisch zu erreichen. Alle anderen bitte ich, hier zu warten. Ein Tötungsdelikt in Pfäffikon dürfte uns in den nächsten Tagen zusätzlich beschäftigen. Die Staatsanwaltschaft hat mich darüber informiert.»

***

«Ganz ruhig, Frau Lehmann. Ganz ruhig. Geben Sie mir das Kind.»

Valérie drückte Alemee noch fester an sich, während sie in Rasts wasserblaue Augen sah. Die Farbe war ihr vorher nie so aufgefallen wie in diesem Moment.

«Geben Sie mir das Kind.»

Valérie wandte sich ab. Sie würde es nicht zulassen, dass Rast die Kleine berührte. Er würde sie überhaupt nicht mehr berühren. «Lassen Sie mich gehen. Ich muss das Mädchen zu einem Arzt bringen.»

«Bei mir ist es in den besten Händen. Ich bin doch Arzt.»

Da allerdings war sie sich nicht sicher. Diese Hände hatten wahrscheinlich im Minimum ein Kind ermordet und weitere missbraucht.

«Sie lassen mich jetzt gehen!» Valérie zog ihre Waffe aus dem Holster und entsicherte sie. Einhändig. Sie konnte das. Sie hatte es gelernt. Stundenlang. Immer wieder. «Geben Sie den Weg frei!»

«Sie machen einen Fehler», sagte Rast. «Lassen Sie mich das Kind untersuchen.»

«Ich traue Ihnen nicht. Dieses Kind hier habe ich in Ihrem Keller gefunden.»

Sah sie nicht Überraschung in seinem Gesicht?

«Das ist nicht möglich. Ich kenne meine Räume. Zudem haben Ihre Leute alles auf den Kopf gestellt.»

Valérie schluckte. Dasselbe hatte sie sich auch schon überlegt. Es war gut möglich, dass sie den Raum hinter dem Schrank einfach übersehen hatten. Das Versteck war zu perfekt und hatte für den Täter den Zweck erfüllt. Er hatte nur nicht mit ihrem Gespür und dem guten Gehör gerechnet.

Alemee fing wieder zu weinen an. Allmählich wurde ihr Körper schwer.

«Lassen Sie uns wenigstens zum Sofa gehen. Legen Sie das Kind nieder.»

«Ich werde schiessen, wenn Sie mir nicht aus dem Weg gehen.» Valérie warf kurz einen Blick auf Alemees Gesicht. Sie hatte die Augen offen und sah den Arzt an.

Warum reagierte sie nicht auf ihn?

«Frau Lehmann, bitte glauben Sie mir. Ich habe nichts mit der Sache zu tun. Falls die Kleine im Keller war, wusste ich es nicht. Ich bin selbst sehr überwältigt … Ich … Bitte legen Sie sie hin. Ich kann sie untersuchen.»

«Das würde Ihnen so passen.» Alemee rutschte ein wenig nach

unten. Valéries linker Arm schmerzte. Ihre Schulter pochte. Lange würde sie es nicht mehr in dieser Position aushalten. Langsam näherte sie sich dem Sofa. Ohne Rast aus den Augen zu lassen und mit der Pistole auf ihn zielend, legte sie Alemee hin.

«Lassen Sie mich helfen. Bitte, Frau Lehmann. Seien Sie vernünftig.»

Da würde er noch lange betteln können. Sie fühlte sich schmutzig durch die Ausscheidungen des Kindes. Alles an ihr klebte. Sie griff nach ihrem iPhone, während die Pistole noch immer auf Rast gerichtet war. Die Verbindung war wiederhergestellt. Sie drückte Louis' Nummer, als ein Geräusch sie ablenkte.

Mara Rast war zurückgekehrt. In einem feinen Anzug und frisch frisiert.

«Urs, was ist los?» Sie schrie auf, kaum hatte sie den Durchgang zum Lift passiert. «Ein Notfall?» Sie zeigte auf das Kind.

Valérie hatte sich gefasst. «Das würde ich gerne von Ihnen wissen. Dieses Mädchen habe ich aus Ihrem Keller gerettet.»

Mara fuchtelte mit den Händen. «Sind Sie denn von allen guten Geistern verlassen?» Sie wandte sich an ihren Mann. «Urs, wir sollten die Polizei benachrichtigen.»

Rast winkte ab. «Warten wir noch. Ich sollte mich zuerst des Kindes annehmen und es waschen. Schau es dir an.»

«Oh mein Gott!» Mara schritt auf das Sofa zu.

Valérie sah sich plötzlich zwei Menschen gegenüber, die sie mit der Waffe bedrohte. «Halten Sie Ihre Hände hoch.»

«Aber –»

«Sie sollen Ihre Hände hochhalten, auch Sie, Frau Rast! Glauben Sie mir, ich werde schiessen.»

«Lassen Sie uns vernünftig sein», sagte wieder Rast. Mit jedem Wort kam er einen Schritt näher. «Wir wollen dem Mädchen nur helfen.»

«Bleiben Sie stehen, oder ich schiesse Ihnen ins Knie.»

«Das ist ja unerhört», rief Mara.

Auf einmal spürte Valérie einen Luftzug. Und ehe sie sich's versah, wurde sie von hinten angefallen und auf den Boden geschmissen.

Ein Schuss löste sich von Valéries Glock. Alemee schrie entsetzlich.

***

«Verdammt! Was tun wir hier eigentlich?» Louis preschte mit überhöhter Geschwindigkeit Richtung Muotathal. Sie waren mit dem Streifenwagen und mit Blaulicht unterwegs. «Warum müssen wir immer wieder Valéries Eigensinn ausbaden?»

«Du kannst sie nicht ändern», sagte Fabia, während sie an Louis' iPhone herumspielte.

«Sie fällt immer wieder ins gleiche Verhaltensmuster, obwohl ihr Fischbacher mehrere Rüffel erteilt hatte.»

«Du, sie hat angerufen. Ihre Nummer ist drauf.» Fabia streckte Louis das iPhone hin. «Vor ein paar Minuten.»

«Dann ruf sie zurück.»

Fabia liess es klingeln. «Sie nimmt nicht ab.»

«Das kann nicht sein. Dann ruf sie noch einmal an.»

«Es nützt nichts. Sie geht nicht ran. Vielleicht steckt sie wirklich in Schwierigkeiten.» Fabia liess das iPhone sinken. «Glaubst du, wir sind richtig, wenn wir nach Muotathal fahren? Was, wenn sie sich nicht dort aufhält?»

«Ich weiss, wie sie tickt», sagte Louis überzeugt. «Ihr Fokus richtet sich noch immer auf die Klinik.» Er hätte es lieber gehabt, wenn es nicht der Fall gewesen wäre. Das war für eine Zukunft mit Judith nicht unbedingt förderlich. Er wünschte sich, dass er mit der Frau seiner Träume zusammenkam.

«Du», sagte Fabia, «mir ist nicht wohl bei dem Gedanken.»

«Was erwartest du?»

«Gib einfach Gas.»

Die Landschaft zog rasend an ihnen vorbei. Louis beschleunigte. Er holte alles aus dem Wagen. Selbst durch Muotathal ging er nur so viel vom Gas, dass er keinen Randstein touchierte und die Gewalt über das Auto nicht verlor. Nach dem Dorf, bei der Bushaltestelle Stützli, zweigte er in halsbrecherischem Tempo auf die Bisisthalstrasse ab.

Louis bremste erst ab, als er auf den Parkplatz fuhr.

«Stopp! Stopp! Stoooooopp! Bist du wahnsinnig?» Fabia hielt sich beim Einparken am Armaturenbrett fest. «Dort stehen teure Autos. Du willst ja nicht in sie fahren, oder? Zudem sind wir hier nicht an einem Rallye.»

Louis nahm keine Notiz von ihr. Er stellte den Motor ab, öffnete die Autotür und sprang hinaus. Fabia hinterher. Er rannte auf die Tür zu, als wäre der Leibhaftige hinter ihm her. Er hatte auch plötzlich so ein sonderbares Gefühl in sich gespürt.

Im Empfangsraum fand er Valérie. Was ihn mehr erstaunte, war der Koloss, der hinter ihr stand und sie festhielt. Max Ott.

Louis zielte mit der Glock auf ihn. «Hände hoch! Polizei! Lassen Sie die Frau los!»

Ott erschrak und liess von Valérie ab.

Valérie rieb sich die Handgelenke. «Louis, Fabia. Wo seid ihr gewesen?»

«Wie siehst denn *du* aus? Und was riecht da so penetrant?» Louis hatte die Pistole noch immer auf Ott gerichtet. «Was läuft hier?»

«Alemee ist in den Händen der Rasts.» Valerie strich sich eine Strähne aus ihrem Gesicht. «Sie sind mit ihr nach unten gegangen. Wir müssen dorthin, Louis, sonst tun sie ihr etwas an.»

«Ihre Kollegin ist etwas durcheinander», sagte Ott ruhig. «Ich wollte sie nur von einem Blödsinn abhalten. Immerhin hat sie geschossen. Wir können von Glück reden, ging der Schuss daneben.»

«Sie haben mich hinterrücks überwältigt», fauchte Valérie ihn an. «Wenn dem Mädchen etwas zustösst, dann … dann …»

Louis steckte die Pistole ein. «Klär mich auf!»

Valérie wandte sich zuerst an Fabia. «Fordere die Spurensicherung an. Ich habe das Versteck gefunden, in dem die Kleine der Gebrehiwets gefangen gehalten wurde. Und wir zwei», sie sah Louis an, «fahren jetzt mit dem Lift nach unten. Wir müssen Alemee dort rausholen.»

«Ihre Kollegin überreagiert», sagte Ott. «Glauben Sie mir, sie irrt sich. Wer immer das Mädchen in unserer Klinik versteckt hat, für Urs Rast lege ich die Hand ins Feuer … und Mara, auch wenn ich sie nicht mag, hat auch nichts damit zu tun.»

«Das zu beurteilen, überlassen Sie uns», sagte Louis.

«Mensch, Louis. Gut, bist du da. Das hätte wirklich schieflaufen können.» Valérie drückte den Liftknopf ins erste Untergeschoss. «Dieser Kerl schlich unbemerkt auf mich zu, packte mich und warf mich zu Boden. Dabei löste sich ein Schuss.»

«Das hätte nicht geschehen dürfen.» Louis rümpfte die Nase.

«Ja, schau mich nur an. Das Mädchen lag in seinen eigenen Ausscheidungen. Und jetzt ist es seinen mutmasslichen Peinigern erneut ausgesetzt. Ich habe mich überwältigen lassen wie eine Anfängerin.»

«Und du glaubst, sie sind mit Alemee in den Operationssaal gegangen?» Louis musterte sie. «Der Lift stand in einem der oberen Stockwerke.»

«Warum hast du's mir nicht vorher gesagt?» Valérie spürte, wie sie zu trudeln begann. Ihre Beine gaben nach. Nein! Nur nicht die Kontrolle verlieren. «Wir müssen hoch ... Sie haben uns reingelegt. Sie dachten wohl, dass wir instinktiv zum Operationssaal gehen werden. Sie haben Alemee vom Boden aufgehoben und sind zum Lift gerannt.»

Der Aufzug stoppte, die Tür ging auf. Der Korridor lag im Dunkeln.

«Wir fahren hoch.» Valérie drückte ungeduldig auf einen der Knöpfe, als könnte sie dadurch den Lift beschleunigen.

Bis sie oben waren, schienen die Minuten ins Endlose zu verstreichen.

Valérie verliess die Kabine als Erste. Louis folgte ihr. Auf dem Flur begegneten ihnen zwei Frauen in seidenen Morgenmänteln. Die eine trug eine Sonnenbrille, die andere drückte ihre Arme vor die Brust. Ungeachtet dessen, dass die Frauen ihnen verwundert nachsahen, eilte Valérie zur ersten Tür. Sie stiess sie auf. Ein Privatzimmer. Leer. Hinter der zweiten Tür schrie eine Frau auf, im Bett mit einbandagierten Beinen.

«Was suchen Sie?», fragte die Frau mit der Sonnenbrille, die andere warf Valérie einen abschätzigen Blick zu.

«Gibt es hier ein Untersuchungszimmer?» Sie stiess eine weitere Tür auf. Zwei Betten, eines war unbenutzt, das andere verlassen.

«Das liegt oben. Suchen Sie Dr. Rast? Der untersucht oben. In einer Viertelstunde habe ich eine Visite. Bis dahin sollte er zurück sein.»

Valérie und Louis gingen zurück zum Lift. Er stand unten.

«Über die Treppe! Los!» Louis hastete voraus.

Oben hielt sich niemand auf. Der Flur war leer. Valérie checkte die Zimmer. Nur in einem lag eine Patientin. Sie gelangte zu einer Tür, die mit «UZ» beschriftet war. Hörte sie nicht Stimmen?

Sie atmete tief durch, zog ihre Glock. Louis tat es ihr gleich. Sie verständigten sich mit Blicken. Valérie stiess die Tür auf und trat ein.

Alemee lag auf dem Untersuchungstisch. Man hatte sie ausgezogen und gewaschen. Rast hörte mit dem Stethoskop die Lungen ab, während Mara Rast den Blutdruck mass. Alemee war ruhig, lethargisch. Aus ihren Augen war die Angst verschwunden.

«Haben Sie sie unter Drogen gesetzt?», fragte Valérie.

Rast legte das Stethoskop beiseite. Er erhob sich. «Frau Lehmann, ich weiss, wie Ihnen zumute sein muss. Das war der Schock. Und glauben Sie mir, uns hat es ebenso betroffen gemacht. Ein Kind in meinem Keller ... schrecklich. Aber ich versichere Ihnen, dem Kind geht es gut. Es wurde nicht missbraucht, zumindest nicht sexuell. Was sein Gesicht betrifft, das ist wirklich eine grosse Verunstaltung ... für ein Mädchen sowieso. Aber wir könnten ihr helfen. Dafür bin ich da. Das ist mein Job ...»

Valérie fuhr es eiskalt über den Rücken. Sein Job! Sie hatte das Vertrauen zum Arzt noch lange nicht gewonnen. Er müsste ihr zuerst beweisen, dass er mit der Sache nichts zu tun hatte. Der KTD würde Spuren im Keller sicherstellen und vielleicht auch die DNA des Täters finden. Der Richter würde endlich eine Speichelprobe der Rasts erlauben.

Valérie blendete das Prozedere aus. Sie hatte Alemee gefunden, das allein zählte. Und es ging ihr den Umständen entsprechend gut. Sie würde sie aber nicht mehr aus den Augen lassen, bis man Urs und Mara Rast abgeführt hatte.

Ihre Ruhe war zurückgekehrt. Die Festigkeit in ihrer Stimme machte sie zuversichtlich. «Sie stehen unter dem dringenden Verdacht, Alemee Gebrehiwet entführt, gefangen gehalten und psychisch missbraucht zu haben. Des Weiteren werden Sie verdächtigt, in mindestens zwei Fällen ein Kind missbraucht, verstümmelt und anschliessend getötet und in neun weiteren Fällen Kinder zwischen acht und zehn verschleppt zu haben … Ich muss Sie festnehmen.» Sie klärte Rast über seine Rechte auf.

«Urs, sag, dass ich im falschen Film bin.» Mara Rast hatte die Manschette vom Arm des Mädchens gelöst und legte sie nun zurück auf einen Beistelltisch.

Valérie wandte sich an die Frau: «Und Sie nehme ich fest wegen Beihilfe zu all diesen Gräueltaten.»

ZWÖLF

«Was hast du dir dabei gedacht?»

Valérie wusste nicht, worauf Fischbacher hinauswollte. Ob er sie wegen des gestrigen Alleingangs rügte oder aus dem Grund, dass sie das Ehepaar Rast verhaftet hatte.

Sie stand in seinem Büro in Biberbrugg. Stoisch ruhig, in stolzer, aufrechter Haltung. Die Worte prallten an ihr ab. «Ich meinerseits habe richtig gehandelt. Die Verhaftung ist die logische Folgerung.»

«Darum geht es nicht.» Fischbacher trommelte mit dem Schreibstift auf die Tischplatte. «Ich meine dein Vorgehen, wieder allein wie die einsame Wölfin.»

«Da sind Gedanken, da ist die Überzeugung, das Richtige zu tun. Das ist kalkuliertes Handeln. Die Gefahr war da. Um meine Truppe zusammenzurufen, braucht es Zeit. Zeit, die ich in dieser Situation nicht hatte. Ich musste mich entscheiden. Das hatte ich schon immer so getan. Letztlich führte mich das zum Erfolg.»

«Du vergisst, dass sich aus deiner Pistole ein Schuss gelöst hat. Das hätte schieflaufen können. Das wird Konsequenzen haben …»

«Erinnere mich bitte nicht daran!» Valérie hatte es sich lange überlegt. Vielleicht lag sie mit dem Ehepaar Rast falsch. Dass sie jedoch nur über sie zum Täter kam, da war sie sich dagegen sicher. «Mit der Inhaftierung habe ich dem wirklichen Täter nur den Wind aus den Segeln genommen», lenkte sie vom Thema ab. «Er wird es erfahren. Dafür werden die Zeitungen sorgen. Für einmal werde ich dem Boulevardblatt meine eigenen Interpretationen zuspielen. Und wie ich den Täter einschätze, wird er es nicht auf sich beruhen lassen, dass ein anderer seine Lorbeeren erntet. Gemäss Henry ist er ein Narzisst. Und diese überlassen nichts dem Zufall. Gleichzeitig werden wir die Leute in Muotathal und Umgebung dazu auffordern, ihre Kinder, die unter einer Beeinträchtigung leiden, in den nächsten Tagen im Haus zu lassen.»

«Klar ausgedrückt: einsperren? Das sieht ganz danach aus, als hättest du deinen Schlachtplan schon zurechtgelegt.» Fischbacher rieb sich nachdenklich die Schläfe. «Und was ist mit dem Ehepaar Rast?»

«Wir haben das Recht, sie achtundvierzig Stunden in der Untersuchungshaft zu behalten.»

«Ihr Anwalt ist schon unterwegs.»

«Soll er nur kommen. Vielleicht erzählen sie ihm, wie es zu diesem Verlies hinter der Schranktür gekommen ist.»

«Du bringst mich arg in Bedrängnis, Valérie.» Fischbacher schnalzte mit der Zunge. «Bist du dir dessen bewusst?»

«Hat sich jemand darüber beschwert?»

«Du weisst, dass du mit einer internen Untersuchung rechnen musst, wenn das zum Justizdepartement durchsickert. Schlimmstenfalls wird man dich vor der Aufsichtsbehörde dafür verantwortlich machen.»

«Weswegen?»

«Weil du nicht nach Vorschrift gehandelt hast, und weil du geschossen hast. Ich muss das melden. Wir können davon ausgehen, dass die Rasts eine Anzeige gegen dich machen werden.»

«Sollen sie. Ich sehe dem gelassen entgegen.»

«Was wirst du jetzt tun?»

«Alemees Eltern benachrichtigen, dass sie sie im Schwyzer Spital abholen können. Heute Morgen bekam ich Entwarnung. Dem Mädchen wurde physisch nichts angetan. Vielleicht reichst du mir zum Dank die Hand, weil ich das Kind aus den Fängen eines Monsters gerettet habe.» Valérie ging, ohne sich noch einmal nach Fischbacher umzudrehen.

***

Valérie hatte sich von Henry Vischer dazu überreden lassen, den Vormittag in seinem japanischen Zuhause in der Nähe von Küssnacht zu verbringen. Sie hatte ihn angerufen und um Rat gebeten, nachdem sie den Polizeibericht zusammen mit dem Leiter Kommunikation verfasst und mit oberster Priorität an die Redaktion des Boulevardblatts geschickt hatte. Dass sich eine solche Aktion im Graubereich befand, war Valérie klar. Alemee war wieder bei ihren Eltern im Sahli. Valérie würde nun einen aggressiveren Weg einschlagen können, um den Mörder zu fassen.

Dazu brauchte sie Henrys Hilfe.

Nur ungern distanzierte sie sich von der anfänglichen Idee, Urs und Mara Rast könnten etwas mit dem Verschwinden der Kinder zu tun haben. Max Ott stand nicht mehr unter Verdacht, nachdem man ihm attestiert hatte, das einzig Richtige getan zu haben, nämlich Valérie physisch zur Vernunft zu bringen. So unterbelichtet, wie er sich gab, war er nicht und niemals so unbeweglich.

Es musste jemand sein, der sich in der Klinik auskannte, der dort ein und aus gehen konnte, ohne dabei aufzufallen.

Valérie hatte ihre Mappe mit der Patientenliste bei sich.

Küssnacht lag in diesigem Licht. Das Wetter war gekippt. Seit gestern Abend regnete es ununterbrochen. Und es war kühl geworden. Es schien, als hätte der Sommer sein Kleid abgelegt und ein Hauch von Herbst sich seiner bemächtigt.

Ein lebensgrosser aufrecht stehender Buddha schmückte die Tür zu Henrys Wohnung. Der war neu. Valérie betrachtete ihn eine Weile, bevor sie klingelte. Wo er die Statue bloss herhatte? Ein vergeistigtes Gesicht, gefaltete Hände, ein spitzer Hut. Valérie bezweifelte dessen japanischen Ursprung. Sie hatte sich jedoch an Henrys Lebensstil gewöhnt. Der bekennende Japan-Fan hinterliess bei ihr nicht den Eindruck eines Besessenen; er hatte halt so seine Macken, die es zu akzeptieren galt.

Henry erschien unter dem Türrahmen. Er trug helle Schlabberhosen, ein weites Hemd – sein Freizeitlook.

An der Garderobe hingen sein weisser Kampfsportanzug und der Shodan.

Valérie zeigte auf den Gurt. «Ist das schon der zweite? Oder stagniert deine Suche?» Sie erinnerte sich, wie Henry ihr neulich den ersten schwarzen Gurt erklärt hatte, dass dieser den Weg des Suchenden bezeichne.

Henry küsste sie dreimal auf die Wangen. «Ehrlich gesagt habe ich den Sport ein wenig vernachlässigt in letzter Zeit. Habe viel gelesen und einen Kurs für Psychiatrie besucht. Manchmal gelüstet es mich, mich weiterzubilden.»

«Aber du wirst uns doch nicht etwa verlassen?»

«Bestimmt nicht vor dem nächsten Sommer. Was danach kommt, steht noch in den Sternen. Meine Freundin wird dann aus Japan zurückkehren. Wir planen zu heiraten –»

«Und eine Familie zu gründen», unterbrach ihn Valérie. «Ist ja klar. Ich wünsche dir auf jeden Fall viel Glück.»

«Klang das nach Enttäuschung?» Henry führte sie zum Futon. «Sake oder Tee?»

«Wie wäre es mit Reisknödeln? Ich lechze danach.» Sie hielt inne. «Enttäuscht? Vielleicht ein wenig. Ich hoffe doch sehr, dass du mir erhalten bleibst. Unsere Gespräche möchte ich nicht missen.»

Henry brachte eine Schale mit Reisknödeln, Soja, einen Krug Grüntee und zwei henkellose Tassen. «Für dich. Ich habe doch gewusst, wie sehr du das magst.»

«Grüntee?» Sie lachte. «Bloss der Gedanke an Tee macht mich krank.»

«Wasser?»

«Danke, für den Moment nicht.»

Henry setzte sich auf ein Kissen ihr gegenüber. «Ich habe es vernommen. Deine mutige Aktion gestern ist bis zu mir durchgedrungen. Chapeau! Ich bewundere deine Beherztheit.»

«Da gibt es nichts zu bewundern. Ich habe getan, was getan werden musste.»

«Und ich dachte, du fährst da nur eingleisig.»

«Das dachte ich zuerst auch. Aber wenn das stimmt, dass wir es hier mit einem Narzissten zu tun haben, lag ich nie komplett falsch. Er hat Brosamen auf den Pfad gestreut wie Hänsel und Gretel, aber nicht damit er zurück nach Hause findet, sondern wir den Weg zu ihm. Vielleicht will er endlich gefunden und überführt werden. Weshalb sonst bringt er seine Tat nicht mehr zu Ende? Zeigt er plötzlich Reue? Meinst du, er kennt mich? Hat er mich schon gesehen? Mich, seine Widersacherin?»

Henry griff nach einem Reisknödel und tunkte ihn in die Sojasauce. «Manchmal habe ich das Gefühl, du bist meinen Überlegungen voraus. Weshalb aber die Verhaftung von Urs und Mara Rast?»

«Ein Schachzug?»
«Das nehme ich dir nicht ab.»
«Ich gehe davon aus, dass er mich beobachtet.»
«Aus einem geheimen Versteck?»
«Er kennt meine Gedanken. Er ist ja nicht dumm. Und genau dort sollte ich ansetzen. Bei seinem Intellekt.» Valérie bediente sich eines Reisknödels. «Es gibt unumstritten eine Verbindung zur Klinik.»
«Von dieser Idee lässt du dich wohl nicht mehr abbringen.»
«Nein, seit gestern fühle ich mich darin bestärkt.» Valérie legte ein Dokument auf den niederen Tisch, der sie voneinander trennte. «Hier, das sind Berichte über die Eugenik des 19. und 20. Jahrhunderts. Ich bin mir sicher, die Taten basieren auf dieser Ideologie. Im übertragenen Sinn so ausgedrückt, dass sich der Täter von einer grösseren Macht beauftragt sieht, alles Kranke und Schwache zu eliminieren.»
«Das ist aber nicht die Grundidee der Eugenik. Es ging um die Verbesserung der menschlichen Rasse. Da wurden Gesetze zur Zwangssterilisation erlassen. Betroffen waren Frauen und Männer, bei denen man deformierte Gene vermutete oder davon ausgehen musste, dass ihre Nachkommen untauglich oder debil waren. Im weitesten Sinn ging es um Rassenhygiene und Blutreinheit.»
«Wobei Mischblut noch immer das gesündeste ist.»
«Das kann ich nicht beurteilen.» Henry schmunzelte.
«Um auf die Eugenik zurückzukommen: Diese Ideologie reichte bis in die 1940er Jahre und fand mit der sogenannten nationalsozialistischen Rassenhygiene ihren abscheulichen Höhepunkt. Sie diente zur Rechtfertigung von Massenmorden und Menschenversuchen in den Konzentrations- und Vernichtungslagern. Mir fällt dabei nur noch das Wort Arier ein.»
«Arier war die Bezeichnung von Angehörigen der sogenannten Herrenrasse.»
«Dass diese Ideologie auch heute noch ihre Anhänger hat, beweisen die Kriege, in denen ganze Völkerstämme ausgelöscht werden …» Valérie lehnte sich zurück. «Er fühlt sich dazu berufen, alles Unvollkommene zu zerstören.»

«Deshalb liegt der Verdacht nahe, dass er als Kind der allumfassenden Perfektion ausgesetzt gewesen sein muss.»

«Du und deine Theorien mit der Kindheit.» Valérie rang sich ein Lächeln ab.

«In den meisten Fällen richten sich solche Erlebnisse gegen einen selbst. Das Borderline-Syndrom ist eine solche Persönlichkeitsstörung. Der Patient verletzt sich zum Beispiel selbst. Er bestraft sich dafür, was er als Kind vermeintlich falsch gemacht hat … simpel ausgedrückt.»

«Ich sehe, der Kurs in Psychiatrie hat dich bereits geprägt.»

«Du machst dich nicht etwa lustig über mich.» Henry verzog theatralisch sein Gesicht.

«Das würde ich mir nie erlauben.» Valérie zeigte auf das Dokument. «Hier habe ich eine ganze Reihe von Patientinnen und Patienten, die sich in den letzten zwei Jahren in der Klinik von Dr. Rast unters Messer gelegt haben.»

Henry besah sich die Namen. «Mehrheitlich Frauen.»

«Hast du etwas anderes erwartet?»

«Leider nimmt die Zahl an jungen Männern zu, die ihr Äusseres chirurgisch verändern wollen.»

«Eine schreckliche Vorstellung. Auf der einen Seite haben wir viel Elend auf der Welt, Menschen, die nicht wissen, wie sie ihren Tag über die Runden bringen. Und wir in unserer … vulgären westlichen Gesellschaft wissen nicht, wie abartig wir uns benehmen wollen.»

«Du kannst diese Gesellschaft nicht verallgemeinern.»

«Aber diese Gesellschaft, lieber Henry, erzeugt solche Fehlgeleiteten.»

«Harte Worte.»

«Schönheit ist nicht alles.»

«Die inneren Werte zählen.»

«Auch da stimme ich nicht zu. Es ist die Harmonie zwischen aussen und innen, letztlich der Spiegel unserer Zufriedenheit …»

«Glück?»

«Glück ist momentbezogen, kein Dauerzustand. Es ist wie das Licht in einer langen dunklen Nacht oder am Ende eines Tunnels … Zurück zur Patientenliste. Ein Name ist mir aufgefallen.

Paula Anderson, fünfundsechzig Jahre alt. Ich hatte Einblick in ihre Krankenakte. Seit dreissig Jahren Patientin von Rast. War bis vor drei Jahren in Bern. Liess sich in Professor Huguenins Klinik von Urs Rast behandeln. Hat dann zu Rasts Klinik gewechselt. Seit zwei Jahren ist sie fast Dauergast in Muotathal. Sie sei gut befreundet mit Mara Rast.»

«Wo siehst du einen Zusammenhang zum Mörder?»

«Bauchgefühl.» Valérie wollte nicht zugeben, dass sie einfach nur verzweifelt war.

***

Während Louis Rast vernahm, sass Valérie mit Mara im anderen Vernehmungszimmer. Anwesend waren auch Fabia, die das Protokoll schrieb, und Mara Rasts Anwalt, Dr. Claude Huguenin. Ein Zufall, dass er gleich hiess wie der ehemalige Professor der Berner Privatklinik? Kaum. Er musste ein Sohn von ihm sein.

Etwa fünfzig, solariumgebräunt, glattes Gesicht – unterspritzt, nahm Valérie an. Ein Freund der Familie, der sein Honorar womöglich in Naturalien bezog. Die Elite schien gut vernetzt, sparte durch gegenseitige Gefälligkeiten Steuern. Valéries Gedanken verselbstständigten sich, als sie zu ihrem Gegenüber sah. Sie rief sich zur Raison. Sie hatte gelernt, dass die Beeinflussung äusserer Umstände nie zum Ziel führte.

Fischbacher hatte ihr zuvor geraten, die Vernehmung Fabia zu überlassen, weil er befürchtete, Valérie könnte aufgrund des gestrigen Vorfalls befangen sein. Sie hatte dem widersprochen und ihm ihre Theorien nahegelegt, die in ihren Augen zu einer Tatsache geworden waren. Mara Rast kannte unwissentlich den Gesuchten.

Das sei das Resultat ihrer Erschöpfung, hatte Fischbacher ihre Ansicht dementiert. Mit so viel Schlafmanko, wie sie es hatte, seien die logischen Überlegungen weg. Zudem müsse sie aufpassen, dass sie sich nicht noch mehr in Widersprüche verwickle. Daraufhin hatte sie Emilio angerufen und ihn gebeten, bei Fischbacher Druck zu machen und ihn davon zu überzeugen, dass sie die einzige Person sei, die den Fall endlich zu einem Abschluss bringen würde.

Zanetti hatte darauf das Kind geschaukelt.

Mara ohne ihre weisse Arbeitskluft wirkte fremd. Sie trug denselben hellen Anzug, wie sie ihn gestern getragen hatte, und dessen Farbe bot kaum Kontrast zu ihrem blonden Haar.

Valérie legte die Patientenakte von Paula Anderson so auf den Tisch, dass Mara und Huguenin sie lesen konnten. Valérie zeigte auf das letzte Datum. «Frau Anderson war vom 20. bis zum 29. Juli zuletzt bei Ihnen in der Klinik?»

Mara sah Huguenin an. «Muss ich das beantworten?» Sie schien verunsichert.

Der Anwalt nickte.

«Wenn es da steht, wird es schon seine Richtigkeit haben.» Mara hüstelte. «Sie war die Patientin meines Mannes. Zu mir kam sie nur zur Meditation.»

«Sie kennen sich aber seit Ihrer Schulzeit.»

«Frau Anderson ist fünfundsechzig», mokierte sich Mara.

«Fünfundsechzig wie Sie, Frau Rast.»

«Oh, ich bitte Sie.» Ihr Lächeln verschwand allmählich, und sie wurde sich bewusst, dass man ihr wahres Alter soeben entlarvt hatte.

«Paula Anderson ist Ihre Freundin.»

Mara wandte sich hochrot wieder Huguenin zu. «Muss ich …?»

Er nickte.

Sie streckte ihren Rücken durch. «Ja, sie ist meine Freundin. Aber was hat das mit Ihrem Fall zu tun?»

«Die Kosten für die Operationen und die Pflege wurden Paula Anderson zum Teil erlassen. Ich würde gern erfahren, weshalb.»

«Warum stochern Sie in etwas herum, das Sie nichts angeht?» Maras Gesicht hatte die Farbe einer Karotte angenommen.

«Sagen *Sie's* mir.»

Klientin und Anwalt wechselten wieder Blicke. Huguenin nickte.

«Oh … Die Gefälligkeiten für eine Freundin.»

«Mit der Sie einen Wettkampf bewältigen, wer längerfristig dem Alter ein Schnippchen schlagen kann?»

Endlich kam Bewegung in Huguenin. «Bleiben Sie bitte sachlich, Frau Lehmann.»

Valérie runzelte die Stirn. «Herr Huguenin, ich versuche, die Puzzleteile zusammenzufügen, die das Bild des gesuchten Täters entstehen lassen.»

«Sie schweifen ab. Frau Rast ist eine freie Frau. Sie ist aus freien Stücken hier. Sie hat gestern richtig reagiert und ihrem Mann beim Untersuch an diesem Mädchen geholfen. Trotzdem wurde sie abgeführt. Der Umstände wegen will meine Klientin keine Anzeige gegen Sie erstatten. Grund genug hätte sie. Aber wie gesagt, sie versteht Ihre Reaktion von gestern und hat sich auch bereit erklärt, Ihnen im Rahmen ihrer Möglichkeiten zu helfen. Ich glaube nicht, dass Sie das Recht haben, auf einer Freundschaft zwischen zwei Frauen herumzureiten.»

Valérie sah ein, dass sie die Vernehmung in eine gemässigtere Richtung lenken musste, wollte sie Erfolge erzielen. Andererseits würde nur Provokation Maras wahres Gesicht zu erkennen geben. Dass sie etwas vor ihr verbarg – unbewusst vielleicht –, da war sich Valérie sicherer denn je.

«Erzählen Sie mir über Paula Anderson», forderte sie Mara auf.

«Das gehört nun wirklich nicht hierher», sagte Huguenin sichtlich genervt.

«Das sind die Möglichkeiten, von denen Sie gerade gesprochen haben.»

Huguenin bekam einen roten Kopf.

Mara legte ihm die Hände auf den Arm. Es schien, als hätte sie die Lust an diesem Theater verloren, als legte sie Kostüm und Maske ab und wäre endlich froh, ihr ungeschminktes Gesicht präsentieren zu dürfen. «Ich werde Ihnen alles erzählen. Aber ohne meinen Rechtsbeistand.»

Das waren plötzlich ganz andere Töne.

Valérie sah Huguenin an und wartete auf seine Reaktion.

«Wie du willst, Mara. Aber sag hinterher nicht, ich hätte deine Rechte nicht vertreten.» Huguenin erhob sich, packte seine Mappe, die er bei seiner Ankunft neben den Stuhl gestellt hatte, und verliess ohne ein weiteres Wort den Raum.

Valérie wandte sich an Mara. «Sie kennen sich näher, nicht wahr?»

«Oh ... Er ist der Sohn von Professor Huguenin. Anstatt in

die Fussstapfen seines Vaters zu treten, studierte er Rechtswissenschaften, machte mit sechsundzwanzig den Anwalt, zwei Jahre später ein Nachstudium in den Vereinigten Staaten und gleich anschliessend den Doktor. Er ist ein Senkrechtstarter. Sein Vater war zwar stolz auf ihn. Er hätte ihn jedoch lieber als seinen Nachfolger gesehen.»

«Wie ist das mit Paula? Hat sie auch einen Sohn, auf den sie stolz sein kann?»

«Oh ... oh ... oh ...» Mara liess ihre Hände auf den Tisch schnellen. Mit dem Oberkörper kam sie ganz nach vorn. «Das ist heikel.»

«Genauso heikel wie Ihr Sohn Roman?»

«Roman ist ein Dummkopf. Er hätte jeden Weg beschreiten können. Mein Ex-Mann wollte ihm alles ermöglichen. Eine gute Ausbildung oder sogar ein Studium. Aber er hatte es nicht einmal bis zur Matura geschafft. Er fiel raus, kam auf Abwege, wurde renitent ... Er hat auch jetzt irgendetwas am Laufen. Fragen Sie mich nicht, was.»

«Wissen Sie, wo er sich aufhält?»

Mara zog ihre Augenbrauen hoch. Ihr Gesicht behielt etwas Maskenhaftes. «Wahrscheinlich bei Manfred Hediger. Bei seinem letzten Besuch riet ich ihm, sich bei seinem Stiefvater zu melden. Manfred hatte immer einen guten Draht zu ihm, trotz Romans schwierigen Charakters.»

«Adresse?» Valérie winkte Fabia zu.

«Tösstalstrasse.» Mara nannte die Nummer. «Winterthur.»

Fabia notierte, erhob sich und verliess das Zimmer.

Valérie aktivierte das Aufnahmegerät. «Ich werde unser Gespräch aufnehmen.»

«Sie haben soeben Ihre Protokollführerin weggeschickt?»

«Sie wird Ihre Angaben überprüfen ... Ihr Sohn, Frau Rast, ist noch nicht ganz vom Verdacht entlastet.»

«Von welchem Verdacht?» Mara lehnte sich wieder zurück.

«Wir müssen einfach sicher sein, dass er nichts mit dem Mord an Linus Schelbert zu tun hat.»

Mara lachte schrill auf. «Dazu wäre er zu blöd. Er ist ein Kleinkrimineller, aber kein Mörder ... obwohl er es verdient hätte, dass man ihn anzeigt. Judith fühlt sich von ihm bedroht.» Mara wedelte mit der Hand vor ihrem Gesicht.

«Erzählen Sie mir von Paula.»

Mara seufzte. «Oh ja, Paula. Sie haben recht: Paula und ich besuchten zusammen das Gymnasium in Bern. Aber wir schafften es beide nicht. Das verband uns. Wir heirateten dann sehr früh, sahen im Hausfrau- und Muttersein die Erfüllung und wurden zur fast gleichen Zeit schwanger. Paula hatte mehr Glück als ich. Ihr Mann war ein wohlhabender Deutscher, meiner bloss ein Kellner. Dies war auch der Grund, weshalb sich unsere Wege vorübergehend trennten. Ein paar Jahre später und um einige Erfahrungen reicher, fanden wir den Kontakt wieder zueinander. Aber da war Paula bereits geschieden und ich zum zweiten Mal verheiratet. Sie sah blendend aus, was mich ein wenig neidisch machte. Sie erzählte mir, dass sie ihren Ex ziemlich geschröpft habe und nun daran sei, das Geld unter die Leute zu bringen. Sie leistete sich jeden Luxus, auch den, sich bei einem Schönheitschirurgen ihren Bauch straffen zu lassen. Während der Schwangerschaft hatte ihr Körper gelitten.» Mara pausierte. Von draussen vernahm man das regennasse Rauschen des Verkehrs. Das Einfahren eines Zuges auf dem Bahnhof gegenüber dem SSB.

«Sie wundern sich, dass ich Ihnen das alles erzähle?» Mara gab sich gleich selbst die Antwort. «Paula war immer ein Vorbild für mich, eine schöne Frau, der die Männer zu Füssen lagen. Nach der Geburt meiner Tochter Judith verlor ich an Attraktivität. Paula, die inzwischen wieder meine beste Freundin war, forderte mich auf, mein Problem bei ihrem Schönheitschirurgen zum Verschwinden zu bringen. Ich benötigte fünf Jahre, um diesen Schritt zu tun. Paula lag mir in den Ohren, und sie wurde von Tag zu Tag schöner. Ihr ganzes Leben schien auf ihre Schönheit ausgerichtet zu sein.»

Valérie fiel es schwer, sich die Lebenssituationen der beiden Frauen vorzustellen. Wie war es möglich, auf Kosten ihrer Männer nur ihrer Schönheit zu frönen? Genügend Geld und Nichtstun hatten sie wohl dazu getrieben, übermütig zu werden und ihr Ego in den Mittelpunkt zu stellen.

«Dass ich danach Paulas Arzt und meinen jetzigen Mann geheiratet habe, wissen Sie bereits. Paula kommt noch immer zu uns. Sie ist eine Besessene ...»

«Was ist aus ihrem Sohn geworden?»

«Aus Paulas Sohn?» Mara kniff ihren Mund zusammen. «Hm ... Ich habe wenig Kontakt zu ihm. Er besucht sie jeweils, wenn sie in der Klinik ist. Er hat studiert, soviel ich weiss ... Völkerrecht oder so.»

«Wie ist sein Name?»

«Ist das wichtig?»

Valérie sah Mara nur an.

«Seth.»

«War er in der letzten Woche auch in der Klinik?»

«Ja, war er. Sie könnten ihn sogar gesehen haben. Er brachte Paula während ihres Aufenthalts täglich Blumen.»

***

Unglaublich!

Hatte sie etwas übersehen? Valérie liess die letzten Tage in der Klinik Revue passieren. Sie hatte mehrmals mit Mara Rast an der Rezeption gestanden. Aber sie erinnerte sich nicht daran, während ihres Gesprächs jemanden mit einem Blumenstrauss gesehen zu haben.

Valérie war unterwegs nach Schwyz. Nach der Vernehmung von Mara hatte sie sich kurz mit ihrem Team zum Briefing getroffen und die Aufgabenblöcke für den Abend und den nächsten Morgen verteilt. Louis hatte nichts Wesentliches aus Rast herausgebracht. Er sei aalglatt, hatte er gesagt. Und von dem Kind im Keller wollte er nichts gewusst haben.

Valérie musste endlich Feierabend machen. Ihre Kopfschmerzen deuteten auf eine Erschöpfung hin. Zudem hatte sie seit dem Frühstück nichts mehr gegessen. Sie hatte sich mit Emilio verabredet. Er hatte ihr vorgeschlagen, auswärts essen zu gehen. Doch dazu musste sie sich erst aufraffen.

Sie fuhr an den drei Altmattweilern vorbei und erreichte Rothenthurm, als es wieder wie aus Kübeln goss. Sie reduzierte ihre Geschwindigkeit auf fünfzig Stundenkilometer. Letztes Mal hatte es sie geblitzt. Unweit der Kirche Sankt Antonius befand sich ein Radarkasten. Sie fuhr hinter einem grauen BMW her, der gemütlich durchs Dorf dümpelte. Egal, sie würde sich nicht darüber aufregen. Sonntagsfahrer gab es zuhauf, auch am Samstag.

Sie hatte *Père* geschlagen. Mitten ins Gesicht. Vor ihrer *Maman*. Sie hatte sich zum ersten Mal gegen ihren Peiniger gewehrt, obwohl er sie schon vor ihrem Studium vergewaltigt hatte. Er hatte so getan, als wäre nichts geschehen. *Maman* hatte ihr zuerst nicht glauben wollen und *Père* in Schutz genommen. Er hatte das Haus verlassen, und *Maman* hatte sie im Zimmer zur Rede gestellt. Zuerst hatte sie geweint, zuletzt geschrien, als sie erfuhr, wie ihr Mann während mehrerer Jahre ihre gemeinsame Tochter für seine Spielchen missbraucht hatte. Liebe hatte er es genannt. Als *Père* später zurückkam, hörte Valérie ihn mit *Maman* streiten. Es war das Letzte, woran sich Valérie erinnerte. Sie hatten das Haus gemeinsam verlassen. Sie hatte den Motor aufheulen hören, quietschende Reifen auf dem Asphalt. Spätnachts dann die Nachricht über den Unfall und dass sie es nicht überlebt hätten.

Dort! Dieses Blumengeschäft!

Valérie bremste ab und fuhr auf das Trottoir. Das war es. Ein Bouquet von Sonnenblumen mit orangefarbenen Dahlien. Sie warf einen Blick an die Fassade des dunklen Chalets – ein Haus aus einem entfernten Jahrhundert. «Bluemechäller» stand über der Tür. Auf dem Platz davor ein Tischchen, zwei Stühle, Steinmasken. Es waren diese Blumen, die etwas in ihrem Kopf aktivierten. Nicht Mara Rast hatte neben ihr gestanden, aber ihr Mann, als jemand die Blumen gebracht hatte. Blumen für Mutter. Wahrscheinlich für Paula Anderson.

Valérie lenkte ihren TT in den langsam fliessenden Strom der Personenwagen. Sie versuchte, das Gesicht des Mannes in ihr Bewusstsein zu holen. Er war in ihrem Alter gewesen. Hatte er sie nicht angelacht?

Zu Hause setzte sie sich an ihren Computer. Zanetti war noch nicht zurück. Sie loggte sich in Biberbrugg ein, öffnete die Rapporte der letzten Tage, suchte nach dem Bericht des Tages, an dem sie mit Rast gesprochen hatte. Ein Freitag war es gewesen, der 28. Juli. Sie war bei den Gebrehiwets gewesen und hatte auf dem Rückweg Rast in der Klinik angetroffen. Da war Seppli Schmidig noch in den Händen des Entführers gewesen. Nachdem Rast verschwunden war, war sie ins erste Untergeschoss gegangen, wo die Operationssäle lagen. Wäre sie nur einen Stock tiefer gestiegen, hätte sie Seppli gefunden oder wäre womöglich seinem Peiniger begegnet.

Sie war an diesem Tag so nahe dran gewesen. So verdammt nahe.

Valérie ging ins Internet. Unter Google tippte sie den Namen Seth Anderson ein. Gleich erschien die Homepage eines Musikers und Sängers. Der war es bestimmt nicht. Sie veränderte den Namen Seth zu Set. Der Mann, den sie suchte, blieb in der unbegrenzten Weite des digitalen Kosmos verschollen.

Jemand schüttelte sie an den Schultern. Sie erschrak so heftig, dass sie die Tastatur von der Tischplatte stiess. Zanetti fing sie auf.

Valérie drehte sich zu ihm um. Draussen war es schon dunkel, wie sie mit einem Blick durchs Fenster realisierte. Ihre Schulter schmerzte.

«Hast du schon gegessen?» Zanetti küsste sie zärtlich auf die Stirn.

«Wann auch? Ich habe auf dich gewartet.»

«Am Computer? So, wie du aussiehst, hast du noch nicht geduscht. Ich habe uns heute einen Tisch im Hotel Waldstätterhof in Brunnen reserviert. In einer halben Stunde sollten wir dort sein. Ich dachte, du wärst schon parat.»

«Haben wir das denn abgemacht?» Valérie fuhr sich mit der Hand durchs Haar.

«Du siehst erschöpft aus. Seit Tagen schon. Ich wollte dich ein wenig auf andere Gedanken bringen.»

«Der Mörder läuft noch immer frei herum.»

«Vielleicht hat er seine Gräueltaten eingestellt wie damals in Bern …» Zanetti zog sie an sich.

«Das heisst nicht, dass ich meine Ermittlungen gegen ihn auch einstelle.»

«Das meinte ich nicht so. Es ist Wochenende, und ein wenig Entspannung täte auch dir gut.»

«Wie kannst du nur so denken?» Valérie riss sich von Zanetti los. «Ich suche nach Seth Anderson. Ich weiss jetzt, wer er ist. Der Sohn einer Dauerpatientin in Rasts Klinik. Ich habe ihn gesehen, stell dir vor, ich habe ihn am Empfang in der Klinik gesehen. Er weiss auch, wie ich aussehe, womöglich, wer ich bin. Ich werde ihn aufspüren. Kann sein, dass deswegen Seppli und Alemee noch leben. Er hat es jetzt auf mich abgesehen. Er liebt dieses Spiel …»

«Valérie!» Zanettis Griff war hart. «Valérie! Bitte, sei vernünftig. Und steigere dich nicht in etwas hinein, sonst verlierst du schnell den Bezug zur Realität. Ich muss dich daran erinnern, dass weiterhin sachlich und unbefangen ermittelt werden muss. Das waren übrigens deine Worte. Ich achte deinen Standpunkt sehr, mache mir jedoch einstweilen grosse Sorgen über dein Vorgehen.»

Valérie sank in seine Arme, wollte trotzdem nicht weinen. Es würde nichts bringen, wenn sie sich von ihrer verletzlichen Seite zeigte. Das hatte noch Zeit. Solange der Täter nicht gefasst war, würde sie keine Ruhe finden, geschweige denn Entspannung.

Zanetti strich ihr übers Gesicht. «Wenn du nicht auswärtsgehen möchtest, können wir es uns zu Hause gemütlich machen. Vor dem Fernseher zum Beispiel.»

«Womöglich mit einem Krimi … Ich hasse Krimis.» Endlich rang sie sich zu einem Lächeln durch. «Einverstanden, ich werde mich nur schnell unter die Dusche stellen und mich danach in den Pyjama stürzen.»

Zanetti küsste sie wieder. «Ich denke, den brauchst du nicht.»

DREIZEHN

Einmal länger liegen bleiben, sich an seinen Rücken kuscheln, seinem regelmässigen Atem lauschen, den Moment geniessen – glücklich sein. Wie sehr hatte sie sich danach gesehnt. Wenn Emilio sie berührte, erregte es sie immer noch. Dann stand ihr Körper in Flammen, und ihre Gedanken waren frei. Valérie drehte sich zur Seite. Sie griff nach ihrem iPhone, sah nach, wie spät es war. Halb sechs. Draussen brach das Licht die Nacht.

Unmöglich, ans Weiterschlafen zu denken.

Sofort waren die Bilder wieder da. Orangefarbene, gelbe Blüten und mittendrin dieses Gesicht im Blumenrausch. Seth Anderson. Valérie setzte sich an ihren Computer und wartete geduldig, bis er hochgefahren war. Sie hätte schon längst einen neuen Rechner kaufen müssen. Ihrer war schon alt. Sie hatte ihn von Zürich hierhergebracht. Ein Überbleibsel aus der Zeit mit Willy Lehmann. Manchmal sehnte sie sich nach ihrem Haus zurück, an die Runden im Pool, wenn sie morgens ihre Fitness testete. An den Blick auf den Zürichsee.

Jetzt sass sie in dieser Dreieinhalb-Zimmer-Wohnung mitten in Schwyz, wo die Nachbarn ihr ungeniert ins Wohnzimmer blickten, kaum hatte sie am Abend das Licht angemacht und die Vorhänge noch nicht zugezogen.

Seth Anderson. Wie *er* wohl wohnen mochte? Der Name hatte sich ihr eingebrannt. Es musste eine Möglichkeit geben, um mehr über ihn zu erfahren. Valérie öffnete die Suchmaschine und schrieb «Paula Anderson» ins leere Feld. Sofort erschienen Bilder. Facetten einer Frau, die sich nicht scheute, der Öffentlichkeit zu zeigen, was sie hatte. Das konnte niemand anders sein als Mara Rasts Busenfreundin. An ihr haftete etwas Ikonenartiges. Trotz ihrer fünfundsechzig Jahre hinterliess sie den Eindruck, erst vierzig zu sein. Und das auf einem aktuellen Bild. Fotomontage, dachte Valérie zuerst. Aber es waren zu viele Bilder, die das Gegenteil bewiesen. Paula Anderson war jung. Jung aufgrund verschiedener Operationen, Unterpolsterungen durch Flüssigimplantate und was alles dazukam. Wenn sie sich der Welt so präsentierte, würde sie sich auch nicht davor scheuen, sich mit ihrem Sohn zu zeigen. Wie Valérie ihn in Erinnerung hatte, musste er fast so schön sein wie seine Mutter. Paula Anderson hatte es sogar einmal auf die Bestsellerliste der «Prettiest Women Beyond Fifty» gebracht, was Valérie doch sehr verwunderte. Ihr Alter zu verraten, war sicher das Letzte, was sie von sich gab.

Valérie scrollte nach unten. Paula Anderson im Rampenlicht. Auf dem roten Teppich in Cannes. Paula Anderson in zig Posen am Strand auf den Bahamas. Mal im Bikini, mal im langen Abendkleid. Sie wusste, wie man sich in Szene setzte. Erst ganz unten erschien ein Bild, das im weitesten Sinne ihren Sohn hätte zeigen können. Doch er hatte keine Ähnlichkeit mit dem Mann, den Valérie in der Klinik gesehen hatte. Ein junger Lover? Sie traute es ihr durchwegs zu.

Seth Anderson!

Sie würde ihn nicht auf dem Bildschirm, sie würde ihn draussen finden.

Valérie duschte sich, zog sich an und verliess unbemerkt ihre Wohnung. Zeit, in der Bäckerei Haug Brot zu besorgen, wollte sie für Emilio und sich ein ausgiebiges Frühstück zubereiten.

Kaum sass sie in ihrem Auto, klingelte das iPhone über die Freisprechanlage. Eine unbekannte Nummer. Valérie meldete sich.

«Spreche ich mit Frau Lehmann? Hier ist Martin Knüsel. Sie erinnern sich: Ich bin der Pfarrer von Muotathal. Störe ich Sie etwa?»

«Nein, überhaupt nicht. Ich bin schon unterwegs. Guten Morgen, Herr Knüsel.» Valérie hoffte, dass er sie nicht auf ihr Intermezzo in der Kirche neulich ansprach. Er musste ja gesehen haben, wie sie über die Bank in den Mittelgang geklettert war. Und als sie die Tür hinter sich ins Schloss hatte fallen lassen, musste das gestört haben. «Was kann ich für Sie tun?»

«Sie sind wahrscheinlich nicht im Dienst …» Knüsel zögerte.

«Da haben Sie recht.»

«Trotzdem … Ich glaube, es ist wichtig. Ich möchte eine Beobachtung melden.»

«Ach ja?» Valérie schraubte den Ton lauter. «Eine Beobachtung. Was haben Sie denn beobachtet?»

Knüsel räusperte sich durchs Telefon.

Sie besann sich. Auch wenn er ein Priester war, konnte sie normal mit ihm reden. «Wo haben Sie etwas beobachtet?»

«Auf Linus' Grab. Ich weiss nicht, ob es wichtig ist … aber …»

Valérie horchte auf. «Worum geht es?»

«Seit Freitagabend steht dort jeweils ein Mann am Grab. Er kommt zu jeder vollen Stunde und verlässt den Platz nach fünf Minuten wieder. Ob er auch in der Nacht vorbeikommt, kann ich Ihnen nicht sagen. Nachts schlafe ich.» Valérie vernahm ein heiseres Lachen. «Aber gestern Morgen war er bereits um sieben dort und dann jede Stunde wieder …»

«Haben Sie ihn heute Morgen auch schon gesehen?»

«Ja … um sieben. Deshalb rufe ich Sie an. Ich finde es etwas merkwürdig. Jetzt ist es fünf nach acht … und er geht gerade wieder weg.»

«Haben Sie mit ihm gesprochen?»

«Bis jetzt nicht … vielleicht hätte ich es tun sollen.»

Valérie dachte darüber nach. Sah jetzt sogar der Pfarrer Gespenster? Sie fuhr über den Hauptplatz in Schwyz, stoppte kurz, überlegte sich, ob sie sich einen Parkplatz suchen und Brot holen sollte, entschied sich anders und schlug den Weg Richtung Muotathal ein. «Gut, Herr Knüsel, ich bin auf dem Weg zu Ihnen. Können wir uns sehen?»

«Um neun habe ich meine Messe. Eine halbe Stunde vorher sollte ich mich vorbereiten.»

Valérie sah auf die Digitalanzeige. «Das wird knapp. Aber machen Sie sich keine Sorgen. Ich werde mich umsehen.»

Valérie verabschiedete sich.

Sollte sie Emilio informieren? Vielleicht hatte Pfarrer Knüsel überreagiert. Wusste der Kuckuck, was ihm Louis und Fabia am letzten Freitag eingebläut hatten.

Die Kirchenglocken läuteten den Gottesdienst um neun ein. Die Leute strömten aus allen Himmelsrichtungen auf das Gotteshaus zu. Valérie verwunderte es, wie viele Menschen den Weg zu

Gott fanden. In einer Zeit, in der die Mehrzahl der christlichen Kirchen verwaist war und die Anbetung dem Mammon diente.

Valérie hatte ihren Wagen auf dem grossen Parkplatz bei der Stumpenmatt abgestellt. Jetzt machte sie sich auf den Weg zum Friedhof, der um die ganze Kirche angelegt war. Sie ging links herum und suchte nach dem Brunnen und nach einer Giesskanne, während sie mit wachsender Aufmerksamkeit jede Bewegung in ihrer Nähe registrierte. Das Glockenbimmeln verstummte. An seiner Stelle ertönte viermal ein Zweiklang, bis ein tiefer Ton die Uhrzeit ankündigte.

Nach dem Ausklingen des letzten Glockenschlags versank alles wie in Watte. Es wurde sehr still. Nur aus dem Kircheninnern vernahm Valérie die Orgel.

Wo lag nur Linus' Grab? Sie hätte sich danach erkundigen müssen. Sie ertappte sich dabei, wie sie ziellos zwischen den Gräbern umherirrte. Weiter vorne gelangte sie zu den frischen Gräbern, wo Holzkreuze und verwelkende Blumenarrangements und Kränze lagen. Und Linus' Grab.

«Warum wollen Sie die Blumen giessen? Es hat doch erst noch geregnet.»

Valérie fuhr herum. Sie war so sehr in Gedanken vertieft gewesen, dass sie den Mann nicht hatte kommen hören.

Da stand er, der Mann, den sie mit dem Blumenstrauss in Verbindung brachte. Er war es. Unverkennbar. Schon damals hatte sie sich sein Gesicht eingeprägt. Im Unterbewusstsein. Jetzt wusste sie es. Ein Gesicht, das man nicht einfach vergass. Er hatte etwas an sich, was sie verwirrte. Etwas zwischen Brad Pitt und Brian Littrell. Etwas huldvoll Göttliches, das sie fast erröten liess.

«Das nennt man dann wohl Wasser ins Meer tragen.» Sie versuchte ein Lächeln.

War er der, von dem Pfarrer Knüsel gesprochen hatte?

Fiel ihr in diesem Moment etwas zu, das man nicht umsonst Zufall nannte? Oder war es Vorsehung? War er das verschollene letzte Puzzleteil, das ihr der Himmel gesandt hatte?

Der Mann zeigte auf ihre Narbe. War ja klar. Wenn er der Perfektionist war, für den sie ihn hielt, war ihm ihre – wenngleich kleine – Verunstaltung ein Dorn im Auge. «Ein Unfall?»

Sie zuckte unmerklich zusammen. «Ein … Skalpell.» Sie beobachtete seine Reaktion.

«Wen besuchen Sie denn hier?», fragte er nach einer langen Pause, in der Valérie der Geräusche um sie herum gewahr wurde. Vogelgezwitscher vermischt mit dem entfernten Surren eines Helikopters.

«Meine Eltern sind gestorben.»

«Zeigen Sie mir ihr Grab?»

«Es liegt im Unterwallis.»

Er ging nicht weiter darauf ein.

«Wen besuchen *Sie*?»

Sein Zögern war Antwort genug. «Niemanden wirklich. Gräber üben eine Faszination auf mich aus. Zudem sind die Grabsteine und Monumente hier wahre Kunstwerke.»

«Immer zur selben Zeit?»

«Wie meinen Sie das?» Er tat überrascht. «Was wollen Sie damit sagen?»

«Welche Bewandtnis hat es, dass Sie immer zur vollen Stunde hier sind?»

«Ach … das …» Er lächelte. «Ich mag Rituale. Und ich mag den Klang der Glocken, wenn sie über die Landschaft hallen.» Er sah sie neugierig an. «Beobachten Sie mich etwa?»

Valérie ignorierte es. «Seit letztem Freitag?»

«Freitag? Ich komme jeden Tag hierher, seit meine Mutter in der Klinik ist.»

«Ihre Mutter ist noch in der Klinik?» Jetzt war Valérie baff.

«Warum interessieren Sie sich für meine Mutter?» Er reagierte belustigt.

«Das … das hat sich aus dem Gespräch so ergeben.»

«Ach so … ja, ist sie. Ein Kunstfehler … aber sie wird wieder gesund.»

Sein Blick bohrte sich in ihre Augen. Es fröstelte sie. Was ging hier ab? Sie hatte die Patientenliste doch gesehen. Paula Anderson hatte die Klinik am 29. Juli verlassen. War sie zurückgekehrt? Und was meinte Seth mit Kunstfehler?

Valérie sah sich um. Niemand sonst war da. «Ich habe Sie hier noch nie gesehen.»

«Aha.»

«Doch, warten Sie, Sie kommen mir bekannt vor.»

«Ach!»

«Wollen wir ein paar Schritte gehen? Und Sie erzählen mir von sich?»

«Warum sollte ich mit Ihnen spazieren gehen?» Er lachte. «Wir kennen uns ja nicht.»

«Dann werden wir uns kennenlernen.» Valérie spürte, wie ihr Mund trocken wurde. «Wir können uns auch hinsetzen. Wie heissen Sie eigentlich?» Sie streckte die rechte Hand aus. «Mein Name ist Valérie.»

Er schüttelte ungläubig den Kopf. «Das passiert mir sehr selten, dass mich eine Frau anbaggert. Ich bin Seth.»

Kein Zweifel mehr. Er war Paula Andersons Sohn. Und er liess es sie eiskalt wissen.

«Der Berufene», sagte sie. «Seth ist ein Name aus dem Alten Testament und bedeutet der Berufene. Wozu fühlen *Sie* sich denn berufen?» Würde sie ihn mit dieser Frage schachmatt setzen?

«Jeder Mensch hat eine Aufgabe in diesem irdischen Leben», sagte er.

Sie zeigte auf eine Bank am Wegesrand. «Wollen wir?»

Zielstrebig ging er auf die Bank zu und liess sich darauf nieder. Er streckte die Beine von sich. Er war kräftig gebaut. Valérie sollte sich vor ihm in Acht nehmen.

Er hatte vielleicht ein Kind getötet, ein Kind missbraucht. Er hatte Alemee entführt. Und die Kinder von Bern?

Valérie blieb stehen. «Wie heissen Sie?»

Er schmunzelte. «Das habe ich Ihnen schon verraten …»

«Ich meine, wie lautet Ihr Nachname?»

«Trottmann.»

Das war der Grund, weshalb sie ihn nicht gefunden hatte. Valérie hielt den Atem an. Seth musste es ihr ansehen. Sein Mund verzog sich zu einem siegessicheren Grinsen. Oder bildete sie es sich nur ein?

«Ich bin ein Nachkomme von Alfred Trottmann. Kennen Sie Alfred Trottmann?»

Selbstverständlich kannte sie Alfred Trottmann dem Namen

nach und welche Leitgedanken er unter das Volk gebracht hatte. Ihr schauderte. War Seth ein direkter Nachkomme von ihm?

Welche Fragen sollte sie ihm stellen? Valérie ahnte, dass sie sich auf dünnem Eis bewegte. Gleichzeitig wurde ihr bewusst, dass das, was hier gerade geschah, niemals hätte geschehen dürfen. Treibe einen Verdächtigen nie in die Enge, wenn es zu umgehen ist! Zudem hatte sie niemanden darüber informiert, dass sie jetzt hier war. Sie spielte ein gefährliches Spiel. «Erzählen Sie mir von Ihrem Urgrossvater. Er war doch Ihr Urgrossvater, nicht wahr? Alfred Trottmann.»

Über sein schönes Gesicht zog sich ein Schatten. «Warum sollte ich Ihnen von meinem Urgrossvater erzählen? Noch einmal: Ich kenne Sie nicht.» Er verschränkte die Arme hinter seinem Kopf.

Nur nicht die Nerven verlieren. Valérie setzte sich neben ihn. «Ach», sagte sie, «ich habe erst kürzlich über ihn gelesen.» Sie musste Seths Vertrauen gewinnen. «Seine Theorien interessieren mich …»

Seth liess die Arme sinken. «Seine Theorien? Er war ein genialer Mensch. Er schrieb Bücher über die Tüchtigkeit unserer Rasse.»

Valérie nickte. «Er verwendete darin das Wort Rassenhygiene anstelle von Eugenik. Seine Lehre galt der optimalen Erhaltung und Vervollkommnung der menschlichen Rasse.» Sie beobachtete Seth von der Seite. Sein Blick war geradeaus gerichtet. Er hatte ein schönes Profil.

«Richtig. Er entwarf das Muster einer physisch gesunden und schönen sowie geistig intellektuellen Elite. Von debilen oder hässlichen Eltern gezeugte Kinder sollten abgetrieben werden. Aber er war ein Humanist, mein Urgrossvater. Schwächliche und missgestaltete Kinder fanden durch eine Dosis Morphium einen sanften Tod. Dies ersparte ihnen ein unwürdiges Dasein und durchbrach gleichzeitig den Teufelskreis … Sehen Sie, heute gibt es wieder so viele Kriege und Revolutionen auf dieser Erde. Dies begünstigt rassisch minderwertige Individuen. Die hochwertigen aber gehen dabei drauf. Das hat schon mein Urgrossvater erkannt … Man muss heute wieder umdenken. Die intellektuelle Fähigkeit der Menschen befindet sich auf einem Abwärtstrend. Überall auf der Welt haben derzeit die Schwachintelligenten die grösste Anzahl Kinder. Sie vermehren sich wie die Karnickel, leben in den Tag hinein, essen, trinken und haben Sex miteinander … oder sie vergewaltigen. Es kümmert sie nicht, was morgen sein wird. Es geht ihnen nur um ihre Triebe … um die niedersten Triebe. Nicht nur die Umwelt ist in Gefahr, auch die geistige Zukunft der Menschheit. Die Dummen wählen ihresgleichen an die Spitze und setzen sich damit ihren eigenen Spiegel vor. Das aber ist brandgefährlich.» Seth seufzte theatralisch. «Wenn man Hochbegabung züchten kann, sollte man es tun. Nur so kann man die Welt retten. Dazu braucht es aber intelligente Mütter und Väter. Aber sehen Sie, die begabten Paare haben meist nur ein Kind, höchstens zwei. Ich verstehe es sogar. Nach dem Studium wollen die jungen Frauen erst einmal arbeiten, für Kinder bleibt oft keine Zeit. Ich würde wieder Gesetze einführen, die sich mit unserer Ethik vereinbaren lassen … Sterilisation bei denen, die unsere Zukunft gefährden … und die Aufforderung, wenn nicht sogar Zwangsmassnahmen zum Kinderkriegen bei denen, die unsere Erde genesen lassen …»

Valérie spürte, wie sie sich mit jedem seiner Worte mehr zusammenreissen musste. Seth Trottmann war überzeugt von dem, was er sagte. Sie aber war nicht da, um seiner Weltanschauung zu huldigen, sondern um einen Mörder zu finden.

«Sie wollen die Ideologie Ihres Urgrossvaters nun weiterführen?» Sie wich Seths starrem Blick nicht aus.

«Sie wird bereits weitergeführt.»

«Indem Sie ein Kind mit Downsyndrom töteten …»

Er strich sich mit der Hand übers Kinn. Da war auf einmal dieses Zögern. «Sie verstehen das falsch. Ich töte keine Kinder … Früher oder später werden sie von ihrem Leid erlöst. Das ist ein Unterschied.»

«Sie haben weder mit Kriegen noch mit Revolutionen etwas zu tun.»

«Sie irren sich. Man muss das Übel an der Wurzel packen …»

«Indem Sie es misshandeln, ersticken und verstümmeln?»

Seth lehnte sich zurück. Er schwieg und überlegte.

«Sie haben unschuldige Kinder auf dem Gewissen. Sie vergehen sich an den Schwächsten unserer Gesellschaft, weil Sie selbst schwach sind.»

«Ich habe niemanden auf dem Gewissen.» Seth sah sie mit sich unstet bewegenden Augäpfeln an. «Wollen oder können Sie das nicht verstehen? V-a-l-é-r-i-e? Gehen Sie auf die Strasse, blicken Sie den Leuten ins Gesicht. Was sehen Sie da? Verblödung, nichts als Verblödung. Und Leere. Zombies, Halbtote, der reinste Horror … Man muss ein Zeichen setzen. Ja, ein Zeichen. Es ist nur der Beginn. Wir sind die Auserwählten. Es werden viele kommen, die genauso denken …»

***

Um elf war Valérie zurück. Sie hatte frisches Brot und Gipfeli mitgebracht und stellte sie in einem Körbchen auf den gedeckten Tisch. Zanetti kam gerade aus dem Badezimmer. Um seine Hüfte hatte er ein Tuch geschlungen, seine Haare waren vom Duschen noch nass. Er sah umwerfend aus.

«Du hast dich in der Küche schon nützlich gemacht?»

«Ich habe mich beeilt, nachdem ich mich verschlafen hatte.»

So blieben die Fragen aus. Gut so. Valérie würde ihn erst einweihen, wenn sie es für richtig hielt. Sie hatte Seth Trottmann laufen lassen, obwohl sie ihn ohne Weiteres hätte abführen können. Er hatte philosophiert, war jedoch nie ausfällig geworden. Valérie hatte nie nur einen Moment daran gezweifelt, dass er ungefährlich war. Er war ein Irrer, aber ein harmloser. Mit Sicherheit aber würde er ihr den Weg zum wahren Täter zeigen. Sie war in ein Wespennest getreten, doch die Königin versteckte sich noch. Sie würde das Nest ausräuchern und den Stachel entfernen.

«Du bist mit deinen Gedanken wieder einmal weit weg», sagte Zanetti, als er sich im Trainingsanzug an den Tisch setzte.

«Und du? Hast du heute ein Date im Fitnesscenter?» Sie liess Kaffee aus der Maschine, während sie ihn musterte.

«Das Date habe ich mit dir. Wenn du Lust hast, könnten wir zusammen trainieren gehen.»

Valérie stellte die Kaffeetassen auf den Tisch. «Ich sollte mich mit Henry kurzschliessen.»

«An einem Sonntag?»

«Ja, mein Darling … an einem Sonntag.»

«In deinem hübschen Köpfchen rattert es doch wieder.» Zanetti hob seine Augenbrauen. «Kannst du nicht für einmal abschalten? Fischbacher sagte mir, dass ihr bis morgen die letzten Resultate aus dem Labor bekommt und gestern Abend sei Roman Hediger auf dem Bahnhof Luzern aufgegriffen worden.»

«Ja super, und warum erfahre ich das erst jetzt?»

«Du erfährst es gerade von mir. Offenbar hat dich Fischbacher gesucht. Aber du seiest besetzt gewesen.»

«Es ist Sonntag.» Valérie setzte sich auf ihren Stuhl. «Na, dann Mahlzeit.»

***

«Es tut mir leid, wenn ich dich schon wieder belästige.» Valérie stand unter dem Türrahmen zu Henrys Wohnung und trommelte nervös mit den Fingern aufs Holz. «Aber an Sonntagen weiss ich zu hundert Prozent, dass du nicht im Kollegi arbeitest. Hast du Zeit für mich?»

«Eigentlich wollte ich weg … aber wenn du schon hier bist, bitte … komm rein in mein Reich.»

Valérie liess sich auf dem Futon nieder. «Du brauchst mich heute nicht nach Reisknödeln zu fragen; ich komme gerade vom Frühstück.»

Henry brachte Wasser. «Wo drückt der Schuh?»

Valérie erzählte ihm vom Anruf des Pfarrers, von der aussergewöhnlichen Begegnung. «Es kommt mir vor, als wäre Seth ein Instrument», beendete Valérie ihre Ausführungen. «Er kann unmöglich der Täter sein.»

«Er vertritt immerhin die Ideologie seines Urgrossvaters. Auch wenn er ein Spinner ist, so sind seine Gedanken gefährlich.»

«Er ist nicht fähig, einen Mord zu begehen. Ich habe seine Augen gesehen, als ich ihm sagte, dass ein Skalpell mein Gesicht verletzt hatte.»

«Das war aber ein Messer …»

«Ein scharfes Küchenmesser.» Valérie winkte ab. «Es hat ihn

geschaudert. Da war nichts Gefährliches in seinem Blick, keine Begierde. Er hat darauf reagiert wie ein normaler Mensch …»

«… obwohl er nicht normal ist.»

«Es muss jemanden geben, der ihn für seine Abscheulichkeiten benutzt. Jemand, der ihn sehr gut kennt.»

«Wie alt, sagtest du, ist er?»

«Zweiundvierzig.»

«Ist nicht auch Roman Hediger zweiundvierzig?»

«Er wurde gestern in Luzern gefasst, nicht wahr?» Valérie wurde einmal mehr bewusst, dass man vergessen hatte, sie deswegen zu benachrichtigen. «Wusstest du davon?»

«Ich war in Biberbrugg, als die Meldung reinkam. Ich wollte auf ihn warten, um mir ein erstes Bild von ihm zu machen. Aber er wurde gleich in die Zelle geführt.»

«Ihr habt ihn nach Schwyz gefahren?»

«Nein, er sitzt in Biberbrugg ein. In Schwyz sind alle Zellen belegt.»

Valérie hob die Augenbrauen. «Auf dem SSB hat es nur Zellen für den Vollzug.» Sie wartete Henrys Erwiderung nicht ab. «Mit welcher Begründung wurde er in U-Haft genommen?»

«Fischbacher bekam einen Hinweis, dass er Judith, also seiner Halbschwester, gedroht habe, ihr etwas anzutun, sollte sie nicht machen, was er von ihr wollte.»

«Und warum, verflixt noch einmal, weiss ich nichts von dieser Aktion?» Valérie erhob sich vom Futon. Sie brauchte zwei Anläufe. «Wer führt hier eigentlich die Ermittlungen?»

«Setz dich wieder.»

Valérie blieb stehen. «Ich komme der ganzen Sache allmählich auf die Schliche. Und was machen meine Leute? Sie handeln eigenmächtig. Ich muss von einem Psychologen erfahren, was gestern Abend ablief.»

«Beruhige dich.»

«Ich fahre jetzt nach Biberbrugg. Und du, mein lieber Henry, kommst mit.»

***

Die Pritsche im Kantonsgefängnis in Biberbrugg war alles andere als komfortabel. Aber Roman Hediger hatte schon lange nicht mehr so gut geschlafen. Ein Dach über dem Kopf, etwas zu essen, auch wenn das Menü nicht aus fünf Gängen bestand, aber immerhin mit Suppe – er fühlte sich wie Gott in Frankreich. Als er am Samstagabend von der Polizei im Bahnhof Luzern aufgegriffen worden war, hatte er sich gerade in der Nähe des hintersten Gleises eine Bleibe eingerichtet. Eine Flasche Wodka und ein Joint, den er einem Gelegenheitsdealer abgeluchst hatte, stimmten ihn auf die Nacht ein. Dann waren plötzlich die zwei Bullen aufgetaucht und hatten ihn mitgenommen. Er hatte sich keinen Reim darauf machen können, weshalb man ihn nach Biberbrugg und nicht nach Luzern fuhr. Aber gross darüber nachdenken wollte er auch nicht.

Hediger starrte an die Decke. Das Leben war ungerecht. Er fühlte sich benachteiligt. Während seine kleine Schwester von Mutters drittem Mann profitierte, musste er sich mit der Gosse begnügen. Zugegeben, kaum jemand kam so viel herum wie er. Er kannte die ganze Schweiz, war Zigeuner und Lebenskünstler und fand immer wieder jemanden, der ihm über die Runden half. Doch ab und zu musste er sich an Judith heranmachen oder an Mutter. Aber Mutter war geizig und wollte ihn nicht an ihrem Reichtum partizipieren lassen. Judith dagegen hatte ein gutes Herz. Er begriff nicht, weshalb sie sich vor ihm fürchtete. Geschwister, fand er, waren da, um einander zu helfen. Er würde Judith auch unterstützen, sollte sie einmal im Schlamassel stecken.

Der Himmel vor seinem Fenster war noch immer grau. Die Gitter zeichneten ein Muster. Er musste an ein Zebra denken und daran, dass er eine weitere Nacht hierbleiben durfte. Wenn er wieder draussen war, würde er sein Leben überdenken. Morgen oder übermorgen. Oder erst in einem Jahr.

Vor der Tür hörte er Schlüsselrasseln. Das klang wie im Kino. Er mochte Gangsterfilme und die Schauspieler, denen darin die Rollen wie auf den Leib geschnitten waren. Ihn faszinierten diese harten Kerle mit den Pokerfaces.

Die Tür schwang auf. Hediger setzte sich auf. Gab es etwa schon zu essen? Er hatte die Zeit nicht im Griff. Man hatte ihm alles abgenommen, auch seine Rolex. Sie war zwar eine Fälschung, aber wer erkannte das schon. Manchmal wollte er sich auch so fühlen wie die reichen Gimpel, die mit ihren Lamborghinis die Strassen rauf- und runterfuhren. In Zürich war das so gewesen. Lange hatte er es dort nicht ausgehalten. Zu viel Konkurrenz in den Gassen.

Der Gefängniswärter, der ihn schon hierhergebracht hatte, blieb bei der Tür stehen. «Sie haben Besuch.»

«Wie nett.» Besuch hatte er schon lange nicht mehr gehabt. Dies hätte eines Zuhauses bedurft. Besuche empfing man nur zu Hause. Oder im Gefängnistrakt. In der Untersuchungshaft. Heute würde es gewiss wieder Suppe geben.

Eine Frau betrat die Zelle. Hediger erhob sich. Was für ein Weib! Eine Kampfgöttin. Dass sie Kraft besass, bewiesen ihre Bizepse. Sie trug eine grüne Workerhose und ein knallenges Leibchen. Sie kam ihm vor wie Lara Croft, wäre da nicht diese Narbe im Gesicht gewesen. Doch selbst mit der Narbe sah sie fabelhaft aus. Und diese Augen. Schwarz wie die Nacht.

«Mein Name ist Valérie Lehmann, Oberleutnant der Kantonspolizei Schwyz.»

Mannomann!

Hediger stand stramm und führte seine rechte Hand seitlich an die Stirn. Ein richtiger Oberleutnant. Den letzten hatte er vor über zwanzig Jahren in der Schweizer Armee kennengelernt, als man ihn für untauglich erklärte. Aber er hatte nie einen Oberleutnant mit so einer knackigen Figur gesehen.

«Sie wissen, warum Sie hier sind?»

Nein, ehrlich, das wusste er nicht. «Müsste ich?»

«Sie wurden angezeigt.»

Angezeigt. Wäre ja nicht das erste Mal. «Von wem?»

«Von Mara Rast.»

«Das ist meine Mutter.» Hatte sie es wirklich getan? Erst noch war er bei ihr gewesen in dieser piekfeinen Klinik, wo sich die scharfen Ladys tolle Möpse machen liessen. Er hatte sogar einmal ein Silikonimplantat in die Hand nehmen dürfen. Das hatte sich richtig toll angefühlt.

«Weshalb hat sie mich denn angezeigt?» Verdammt. Warum hatte er seine Stimme nicht im Griff? Ich lalle, dachte er.

«Sie beschuldigt Sie der Belästigung Ihrer Halbschwester Judith Hediger.»

«Pech, dass sie sogar den gleichen Namen trägt wie ich. Warum hat mich die Kleine nicht selbst angezeigt?» Er beantwortete die Frage gleich selbst. «Klar, sie hatte keinen Grund. Ich habe ihr nichts getan. Eigentlich liebt sie mich. Sie will es nur nicht wahrhaben. Sie würde mir helfen, wenn Mutter nicht wäre. Mutter ist eine geizige, verbitterte Alte. Lassen Sie sich von ihrem Äussern nicht blenden.»

«Wir ermitteln gegen Sie.»

Kalte Hundeschnauze! Diese Dame machte keine Regung.

«Da bin ich mal gespannt.»

«Ich erwarte Sie in einer halben Stunde im Vernehmungszimmer. Ihr Wärter wird Sie hinbringen.»

***

«Roman Hediger ist ein armes Schwein», sagte wenig später Valérie, als sie sich zusammen mit Henry in ihrem Büro einen Kaffee gönnte.

«Trotzdem siehst du eine mögliche Verbindung zu Seth Trottmann?»

«Du etwa nicht? Ihre Mütter waren beste Freundinnen, deren Söhne im gleichen Jahr zur Welt kamen. Beide Frauen sind fast krankhaft davon besessen, mit ihrem Alter zu mogeln. Das verbindet und macht sie gleichzeitig zu erbitterten Rivalinnen.»

Henry rührte Zucker in den Kaffee.

Valérie sah ihn schmunzelnd an. «Seit wann nimmst du Zucker?»

«Was?»

«Soeben hast du Zucker umgerührt.»

«Da sieht man, wie sehr du mich durcheinanderbringst.» Henry schüttelte den Kopf. «Ich wüsste gern, was in deinem Kopf vorgeht. Ich habe das Gefühl, als kämst du vom Kern der Sache ab. Wir ermitteln in einem Mord an einem Kind mit Behinderung, und du willst den Täter im Umfeld von dieser Klinik sehen. Werde mal einer schlau aus dir.»

Valérie war sich ihrer Sache sehr sicher. Sie spürte es geradezu in ihren Fingerspitzen, dass sie sich auf dem richtigen Weg befand. «Wir müssen noch einmal eine Gegenüberstellung machen. Lina Rotenfluh und die Frau aus der Husky-Lodge sollen Roman Hediger und Seth Trottmann identifizieren.»

«Ich dachte, diesen Trottmann hast du laufen lassen.»

«Solange seine Mutter in der Klinik ist, wird man ihn in Muotathal finden. Und glaube mir, Paula Anderson ist noch in stationärer Behandlung. Das habe ich mittlerweile abgeklärt. Bei ihrem letzten Eingriff hat es offenbar Komplikationen gegeben.»

Henry stiess ein theatralisches Stöhnen aus. «Deine Nerven möchte ich haben.»

«Die Vernehmung von Roman Hediger steht an. Wollen wir?»

Hediger sass schon am Tisch im Vernehmungszimmer. Flankiert wurde er von seinem Wärter, der ihn aus der Zelle hierhergeführt hatte. Hediger sah blass aus. Das war ihr in der Zelle schon aufgefallen. Kaum zu glauben, dass er derselbe war, den Valérie auf dem Foto neben seiner Halbschwester Judith entdeckt hatte. Seine einst blonden Haare hatten an Farbintensität verloren, seine Haut hatte Falten und wirkte grau. Kein Zweifel: Hediger hatte ungesunde Jahre hinter sich.

Valérie reichte ihm die Hand. Sie fühlte sich rau und rissig an. An seinen Fingernägeln entdeckte sie erst jetzt schwarze Ränder. Die Finger waren gelb vom Nikotin.

«Mara Rast hat die Anzeige gegen Sie zurückgezogen», sagte Valérie, während sie das Aufnahmegerät in Betrieb setzte.

Hediger kratzte sich am Hinterkopf. «Das trifft sich gut, dann kann ich ja wieder gehen.»

Henry setzte sich neben Valérie.

«Da ist noch eine Sache, über die wir gern mehr erfahren würden», sagte Valérie. «Übrigens, das ist mein Kollege Henry Vischer. Er ist Polizeipsychologe.»

«Aha … er soll anhand meiner Körperhaltung deuten, was ich für ein Typ bin, nicht wahr?» Hediger sah Henry eine Spur zu abschätzig an.

Valérie räusperte sich. Von der Idee, ihn mit dem Maskenmörder in direkten Zusammenhang zu bringen, kam sie immer mehr weg, je länger sie in Hedigers Visage blickte. Im Gegensatz zu Seth Trottman brillierte er nicht mit Intellekt. Sein ganzes Denken war beschränkt. Bei einem Verbrechen würde er Fehler machen und Spuren hinterlassen. Und sich verstellen, was Valérie zuerst befürchtet hatte, lag nicht in seinem Naturell. Aber er würde ihr vielleicht etwas über Seth Trottmann erzählen können. Wenn sich die Mütter kannten, war es möglich, dass auch deren Söhne befreundet waren.

«Ich werde Ihnen nun ein paar Fragen stellen», sagte Valérie. «Haben Sie einen festen Wohnsitz?»

Hediger rümpfte die Nase. «Nein. Ich lebe von der Hand in den Mund und oft auf der Strasse.»

«Wie oft haben Sie Kontakt zu Ihrer Mutter, Mara Rast?»

«Sporadisch … ähm … ein- bis zweimal im Monat.»

«Waren Sie am 25. Juli in Muotathal?»

«Was … was war das für ein Tag?»

«Ein Dienstag. An diesem Tag ging über Muotathal ein heftiges Gewitter nieder.»

«Ich … war da … ja, ich erinnere mich. Ich war in der Nähe.» Hediger dachte nach. «In der Nähe dieses Camps mit den Schlittenhunden. Ich … verdammt … ich hatte dort übernachtet … am Waldrand. Ich wollte zurück ins Dorf, kam aber wegen der Absperrung nicht dorthin.»

«Was wollten Sie im Dorf?»

«Keine Ahnung … oder doch? Eine Bleibe suchen?»

«Hätten Sie nicht in der Klinik übernachten können anstatt im Freien?»

«Nein, ich war am Tag zuvor bei Mutter. Sie scheuchte mich weg … was ich von ihr erwartet hatte, um ehrlich zu sein. Ich ging dann noch einmal hin zur Klinik … an diesem 25. Juli. Bis dorthin kam ich ja voran.»

Valérie machte sich Notizen. «Wann gingen Sie nach Muotathal?»

«Erst am anderen Tag, als die Absperrung beseitigt war.»

«Wo haben Sie die Nacht zwischen dem 25. und dem 26. Juli verbracht?»

«In der Nähe der Klinik. Aber sagen Sie das meiner Mutter nicht. Die würde mir den Hals umdrehen.»

«Fiel Ihnen etwas Ungewöhnliches auf?»

«Ähm … wo? Bei der Klinik?»

«Haben Sie etwas gesehen, das für uns wichtig sein könnte?»

«Wie, zum Henker, soll ich wissen, was für die Bullen wichtig ist?» Hediger schlug mit seiner Faust auf die Tischplatte.

«Bitte beantworten Sie meine Frage.» Valérie blieb ruhig.

«'tschuldigung!» Hediger nahm die Hand zurück. «Nein, ich habe nichts gesehen. Ausser diese Bonzenkarren auf dem Parkplatz … Die meisten waren aus Zürich.» Hediger hob seine Hände. «Ehrlich, ich habe sie nicht angerührt …»

«Aber Sie haben auch schon Autos entwendet.»

«Dazu will ich nichts sagen. Sonst noch etwas?» Hediger wurde unruhig. Über seinem Gesicht lag ein Film aus Schweiss und Schmutz.

Valérie fuhr fort. «Sie haben Ihre Schwester missbraucht, als sie ein Kind war.»

«Was soll diese Frage?» Hediger wurde unruhig.

«Sie fürchtet sich vor Ihnen.» Valérie trieb ihn in die Enge. «Kennen Sie Seth Trottmann?»

«Hm …»

«Seth Trottmann ist der Sohn von der Freundin Ihrer Mutter.»

«Ich weiss, wer Seth ist.» Durch Hedigers Körper ging ein Ruck.

«Haben Sie Kontakt zu ihm?»

«Nein, nicht wirklich. Er ist ziemlich ballaballa. Hat da so seine eigene Weltanschauung … Ich bin froh, wenn ich ihm nicht begegnen muss. Ich meine … in seinen Augen gehöre ich genauso zum Abschaum, den er gern aus der Welt schaffen würde.»

«Er hat Ihnen auch schon davon erzählt.» Valérie legte den Schreibstift nieder.

«Wovon?»

«Von seinem Urgrossvater zum Beispiel.»

«Seth … ja, er war schon in der Schule ein ganz Komischer …»

«In welcher Schule?»

«Wir haben zusammen die sechste Primarklasse besucht, bevor er ans Gymnasium ging.»

«Dann kennen Sie auch seine Mutter?»

«Nicht wirklich. Meine Mutter kannte sie ja … das reichte.»

«Das war in Bern, nicht wahr?»

«Ja, in Bern.»

«Erinnern Sie sich an Ihre Jugendzeit in Bern? Wie fühlten Sie sich da?»

«Keine Ahnung. Ist schon lange her.»

Valérie warf Henry einen Blick zu, weil er ihren Arm berührt hatte. «Was?», flüsterte sie. Sie neigte ihren Kopf auf seine Seite.

«Worauf willst du hinaus?»

«Überlasse es mir.» Sie wandte sich erneut an Hediger. «Hatten Sie zu Ihrem Adoptivvater Manfred Hediger einen guten Draht?»

«Ja, zumindest so lange, bis sich Mutter an den Hals von Rast schmiss.»

«Sie mögen Rast nicht besonders.»

«Nein.»

«Weil er Ihnen die Mutter weggenommen hat?»

«Hören Sie, da war ich schon über zwanzig. War mir eigentlich scheissegal …»

«Sie hätten mit ihr gehen können.»

«Mutter wollte nicht, dass er mich kennenlernt. Und umgekehrt hatte ich auch kein Bedürfnis. Ich hasse Typen wie ihn. Meine Schwester dagegen akzeptierte ihn. Sie bekam deshalb alles, sogar einen Job in seiner Klinik. Aber Judith hat oft keine eigene Meinung. Und Rast ist und bleibt eine Arschgeige.»

«Wann haben Sie Urs Rast zum letzten Mal gesehen?»

«Ich habe ihn nie wirklich gesehen … und mein Gedächtnis, mein Gedächtnis hat manchmal … Löcher.»

Valérie legte das Bild der Cameron-Diaz-Maske auf den Tisch. «Was können Sie mir darüber sagen?»

«Erinnert mich an einen Maskenball …»

Sie legte das Porträt der Schauspielerin dazu. «Was fällt Ihnen dazu ein?»

«Sie hat Ähnlichkeit mit Judith …»

VIERZEHN

Um zehn hatte Valérie zur Teamsitzung in Schwyz geladen. Gleich zu Beginn legte Dominik Fischbacher Unterlagen auf den Tisch. Valérie hatte sich gewundert, weshalb er die Resultate aus dem Labor nicht mit ihr besprochen hatte. Gern hätte sie vorgängig etwas darüber erfahren.

Die Gegenüberstellung hatte schon am Morgen um neun stattgefunden. Lina Rotenfluh, die Maskenbildnerin, und Sonja Holdener von der Husky-Lodge hatten weder Roman Hediger noch Seth Trottmann wiedererkannt. Seth war, wie erwartet, am Morgen bei seiner Mutter Paula Anderson in der Klinik gewesen. Er war widerstandslos den Polizisten gefolgt, die ihn dort rausholten.

«Die Durchsuchung im Klinikkeller ist abgeschlossen», verkündete Fischbacher. «Leider gibt es keine Spuren, die zum Täter führen. Sichergestellt wurden jedoch neun Diaz-Masken. Vielleicht können wir zumindest das positiv bewerten. Sie befanden sich in einem Hohlraum unter dem Boden –»

«Halt!» Valérie unterbrach ihn. «Du sagst, es seien neun Diaz-Masken gefunden worden?»

Fischbacher sah sie erstaunt an. «Korrekt. Neun Masken wurden sichergestellt.»

«Das müssten aber zehn sein, denn im Gegensatz zu Linus und Seppli wurde bei Alemee keine Maske gefunden.» Gab es vielleicht ein weiteres Kind, für das die dritte Maske vorgesehen war?

«Mach dich nicht verrückt», sagte Fischbacher, der ihr die Verunsicherung ansehen musste. «Mittlerweile haben wir den genetischen Fingerabdruck von Urs und Mara Rast. Er wird noch ausgewertet. Heute Nachmittag dürften die Resultate eintreffen.»

«Und, wie haben sie sich bei der Speichelprobe angestellt?», fragte Valérie.

Louis meldete sich zu Wort. «Mara Rast hat sich zuerst gesträubt, was zu erwarten war, aber Dr. Rast hat uns keine Probleme beschert.»

«Und die Patienten? Wurden die auch überprüft?» Valérie merkte, dass sie ihr Team in der letzten Zeit vernachlässigt hatte. Sie befand sich, was ihre Arbeit betraf, nicht auf dem neuesten Stand. Fischbacher hatte recht, wenn er sie als einsame Wölfin bezeichnete. Sie führte die Ermittlungen und hatte es verschlampt, dieser Tatsache gerecht zu werden. Das war mitunter auch ein Grund, weshalb sich ihr Chef so in den Vordergrund drängte.

«Auch die Patienten», sagte Fischbacher. «Die Befragungen sind noch nicht ganz abgeschlossen.»

«Du bist so zappelig», sagte Fabia an ihrer Seite.

Valérie ignorierte sie. Als sie sich erhob, wäre der Stuhl beinahe umgekippt. Fabia hielt ihn im letzten Moment auf.

Valérie missachtete auch dies. «Ich möchte noch einmal mit unserem ersten Zeugen sprechen … wie hiess er doch gleich?»

«Gustav Kälin», sagte Louis.

«Was ist die Begründung?» Fischbacher sah sie mit hochgezogenen Augenbrauen an.

Sie konnte es nicht begründen. Es war wieder dieses Bauchgefühl, das sich ihrer bemächtigte. Die Idee, an den Anfang zurückkehren zu müssen. Nach Stalden. An die Starzlen, wo alles begonnen hatte.

«Meinst du, er hat etwas mit dem Mord zu tun?», fragte Louis. «Wegen seines Sohnes?»

«Warum sollte er sich wegen seines Sohnes an einem unschuldigen Kind rächen wollen?», fragte Fabia und löste damit ein Pingpong von Fragen und Spekulationen aus, was eine geraume Zeit in Anspruch nahmen.

Fischbacher forderte sie auf, sachlich zu bleiben. «Es hilft nichts, wenn wir mit Mutmassungen um uns schlagen.» Er wandte sich an Valérie. «Tu, was du nicht lassen kannst. Ich denke, es ist der richtige Weg.»

***

Muotathal. Stalden. Die Starzlen. Kälins Haus, so verlassen am Rande des Gerölls, das der Fluss mit sich gebracht hatte. Unweit davon das Hölloch. In seiner Nähe war Linus Schelbert gefunden worden. Valérie betrat die Stelle. Unbekannte hatten Blumen und Plüschtiere niedergelegt und Friedhofskerzen aufgestellt. Ein Porträt von Linus befand sich mittendrin, in einem farbigen Rahmen mit angeklebten Marienkäfern. Ein lachendes Gesicht, das Lebensfreude ausdrückte. Er hätte noch lange leben können. Die Medizin war heute weit, die Inklusion vorangeschritten. Er hätte die Schule zum Abschluss bringen, eine Lehre in einer geschützten Werkstatt beginnen können. Die Gesellschaft hätte ihn weiterhin eingebettet. Die Eltern wären ihm Hilfe und Stütze gewesen bis an sein Lebensende in einer fernen Zeit.

Valérie setzte sich auf einen der groben Gesteinsbrocken, die einmal vom Pragelpass mit den wilden Wassern ins Tal transportiert worden waren.

Linus. Er hatte niemandem etwas zuleide getan. War in eine Welt hineingeboren worden, in der man ihn willkommen hiess. Trotz oder gerade wegen seines Defizits. Er sei ein Sonnenschein gewesen, hatten seine Eltern gesagt, und auf gutem Weg, langsam, aber stetig etwas selbstständiger zu werden. Sie waren davon überzeugt, sein Gehirn trainieren zu können, damit er die grundlegendsten Dinge im Leben beherrschen lernte. Er sei ein Farbtupfer gewesen, immer zu Spässen aufgelegt. Er habe ihrem Dasein einen Sinn gegeben. Sein früher Tod habe seine Schwester am meisten getroffen.

Valérie hob einen Stein auf. Sie betrachtete ihn von allen Seiten. Die Natur brachte Facetten von Dingen hervor, die nicht der Norm von Schönheit entsprachen. Vieles war zu gross oder zu klein, zu hässlich, zu schmutzig, zu verunstaltet, zu verkrüppelt. Trotzdem hatten sie eine Berechtigung zur Existenz. Niemand stellte dies in Frage.

Doch da gab es Menschen, die über Leben und Tod entschieden. Die glaubten, eine Welt perfekt machen zu können, indem sie alles Unvollkommene wegräumten. Der Gedanke an Seth Trottmann liess Valérie dennoch unbefriedigt. Er war es nicht gewesen. Nicht er. Niemals hätte er sich zum Thema so geäussert, wenn er mit dem Mord und dem Verschwinden der Kinder etwas zu tun hatte.

Seth war die Marionette. Seine Ideologie war dem Täter zu Hilfe gekommen, seine Taten zu tarnen. Die Polizei abzulenken.

Letztlich ging es um etwas grundlegend anderes.

Valérie erhob sich, ging zurück zur Strasse, die zum Pragelpass führte. Sie sah eine Gruppe von Leuten, die sich Richtung Hölloch aufmachten. Die Polizei hatte mit den Guides gesprochen. Auch sie hatten sich an nichts erinnern können. Ein Tag wie jeder andere sei es gewesen, bevor das Unwetter das Tal verwüstete.

Der Teufel hatte das Muotatal heimgesucht. Sein schwefliger Atem lag noch immer in der Luft.

Valérie klingelte bei den Kälins. Die Tür wurde aufgemacht, und Frau Kälin erschien unter dem Rahmen. Um ihr adrettes, rosa geblümtes Kleid hatte sie sich eine Schürze umgebunden. Aus der Wohnung wehte der Geruch nach Gekochtem.

«Entschuldigen Sie die Störung zur Mittagszeit», sagte Valérie und wies sich aus.

Frau Kälin warf schnell einen Blick auf den Ausweis, bevor sie Valérie bat einzutreten. «Wir haben schon gegessen. Ich räume noch die Küche auf. Vielleicht mögen Sie mit uns einen Kaffee trinken.»

Die Wohnung wirkte düster und zeugte von keinem sehr guten Geschmack.

«Gusti, da ist Frau Lehmann von der Polizei.» Frau Kälin wandte sich an Valérie. «Aus welchem Grund sind Sie überhaupt hier?»

Valérie reichte Kälin die Hand. Dieser sass in einem bordeauxroten Sessel neben dem Fenster, rührte in einem Kaffeeglas und sah fern. Kriegsbilder flimmerten über den Monitor.

«Ich muss Sie noch einmal mit ein paar Fragen behelligen», sagte Valérie und wartete vergebens darauf, dass Kälin den Ton leiser schraubte.

Er lud sie ein, auf dem Sofa an seiner Seite Platz zu nehmen. «Ich bin gesundheitlich noch immer ein wenig angeschlagen. Aber Dr. Rast meinte, in ein bis zwei Wochen sei ich bestimmt wieder auf dem Damm. Meine Pumpe ist alt geworden und mag nicht mehr so richtig. Was möchten Sie denn noch von uns wissen? Geht es immer noch um das tote Kind?»

«Das ist richtig.»

«Linus Schelbert», sagte Kälin in Gedanken versunken. «Bödmerenkäserbennis Filius. Ich erinnere mich allzu gut an ihn. Er war ein fröhliches Kind … Unser Sohn war im gleichen Alter, als er aus diesem Leben schied. Manchmal denke ich, dass es vielleicht besser war, dass er gehen konnte. Immerhin muss er das nicht mehr erleben, was heute so passiert. Unsere Welt ist schlecht geworden.» Er zeigte auf den Bildschirm. Eine Reihe Zivilisten sank im Staub zu Boden, nachdem sie von zwei Soldaten exekutiert worden waren. «Täglich werden wir mit Krieg und Gewalt konfrontiert. Menschen töten Menschen, als würden sie Ungeziefer töten … Es gibt keinen Respekt mehr gegenüber den Menschen. Hunde haben ein besseres Leben.»

Valérie hätte am liebsten den Fernseher abgestellt und Kälin auf die Bilder vor seinem Fenster aufmerksam gemacht und ihm gesagt, dass das Leben nicht so war, wie es die Medien fast ausnahmslos weismachen wollten. Dass es dort draussen noch etwas anderes gab, an dem man sich durchwegs erfreuen konnte. Doch in diesem Wohnzimmer schien die Welt gerade zusammenzuschrumpfen. Es wurde gemetzelt und getötet. Die Gewaltspirale drehte sich nach unten unter dem Applaus der Konsumenten, die solche Szenen sehen wollten.

«Sie haben gesagt, dass Sie aufgrund Ihrer fehlenden Brille nicht genau gesehen hätten, ob es sich bei dem Toten um einen Jungen oder eine kleine Frau gehandelt hatte.»

«Ich muss zu wenig nahe gestanden haben», sagte Kälin und stellte endlich den Ton ab. «Ich sah einfach ein Kind. Ein totes Kind … als wäre dieses Bild zurückgekehrt … von damals …»

Valérie legte ihm die Hand auf den Arm. «Ich habe davon gehört.»

Frau Kälin betrat das Wohnzimmer. Sie hatte die Schürze ausgezogen und ihre Lippen geschminkt. «Es war eine schlimme Zeit», sagte sie und setzte sich Valérie und ihrem Mann gegenüber. «Manchmal kommt alles wieder hoch. Der Junge in der Starzlen hat meinen Mann erneut heftig durcheinandergebracht.»

Valérie wandte sich an Frau Kälin. «An diesem Tag war Ihr Mann nicht fähig, eine Aussage zu machen.»

«Das stimmt. Er hatte einen Zusammenbruch … das Herz, verstehen Sie. Ich hatte Angst um sein Herz und liess Dr. Rast kommen.»

«Erinnern Sie sich an die Uhrzeit, als Sie Rast angerufen haben?»

«*Dr.* Rast … Das muss so um drei, vier gewesen sein. So genau weiss ich das nicht mehr.»

«Hatte es da schon gewittert?»

«Natürlich, deshalb ging mein Mann ja auch nach draussen. Er traute der Starzlen nicht, die um diese Zeit schon schwarz daherkam …»

«Haben Sie Rast von der Festnetzstation aus angerufen?»

«Ja, wir haben keine Handys.»

«Und Rast erreichten Sie in der Klinik?»

«Herrn *Dr.* Rast … Ja, ich gehe davon aus. Er sagte, dass er gleich kommen würde.»

«Haben Sie ihn auf der Kliniknummer angerufen?»

Frau Kälin erhob sich. Sie ging zum Schrank. Dort riss sie eine Schublade auf und brachte ein Adressbuch zum Vorschein. Sie schlug es auf. «Ich sehe gerade, dass ich ihn auf seiner Handynummer angerufen habe. Sie steht unter seinem Namen zuoberst.»

«Warum wollen Sie das wissen?», fragte Kälin und setzte das Kaffeeglas an den Mund.

Valérie liess seine Frage unbeantwortet. «Können Sie sich erinnern, mit welchem Auto er zu Ihnen gefahren ist?»

Kälins Augen leuchteten einen kurzen Moment auf. «Selbstverständlich. Er fährt einen Mercedes GLC.»

«Sind Sie sicher, dass sein Wagen auf Ihrem Parkplatz stand?» Valérie sah Frau Kälin an.

«Ja, ich erinnere mich auch. Ein dunkelblaues grosses Auto war es … Ich habe Herrn Dr. Rast noch zur Tür begleitet. Da sah ich ihn in diesen Wagen steigen …»

«Wie viel Zeit war seit dem Anruf und der Ankunft des Arztes verstrichen?»

«Eine Viertelstunde vielleicht?»

***

Valérie knallte ihre Mappe auf Fischbachers Bürotisch. «Wir müssen etwas übersehen haben.»

«Wovon redest du?» Fischbacher schob die Mappe beiseite. «Und bitte pass auf. Du hast beinahe mein Glas umgestossen.»

Valérie erzählte vom Besuch beim Ehepaar Kälin und fasste zusammen: «Gemäss Aussage von beiden war Rast kurz nach dem Anruf bei ihnen. Von verschiedenen Stellen weiss ich aber, dass der Weg von seiner Klinik in der Nähe der Husky-Lodge zu der Zeit wegen Hochwassergefahr gesperrt war.»

«Der Dringlichkeit wegen hat er vielleicht passieren können», vermutete Fischbacher.

«Unmöglich. Fabia war am Abend auch nach Stalden gelangt. Aber sie kam zu Fuss, weil die Brücke seit dem Unwetter unpassierbar war. Rast jedoch war mit seinem Wagen bei den Kälins.» Valérie tigerte vor dem Pult umher. «Haben wir eigentlich nach einem dunklen Mercedes GLC gefahndet? Wir gingen immer davon aus, dass es sich bei dem gesuchten Wagen um einen Q5 handelte, in der Annahme, der Hundeführer kenne sich mit Automarken aus.»

«Was ist dein Fazit?»

«Dass wir die Klinik von diesem Rast noch einmal durchsuchen müssen.»

«Zur Tatzeit hat er ein einwandfreies Alibi – drei Mitarbeiter, die ihm bei der Operation assistierten. Du gehst davon aus, dass er –»

Valérie fuhr ihm ins Wort. «Er ist unser gesuchter Mann. Mensch, Dominik. Wir sind seit Anfang an ihm dran. Ich hätte mich doch von meinem ersten Bauchgefühl leiten lassen sollen … damals, als ich Alemee befreit hatte … Da war so etwas in seinem Blick gewesen. Er ist ein raffinierter Kerl. Ich habe noch nicht herausgefunden, wohin das alles führt …»

«Du hast keine Beweise.»

«Die Masken in seinem Keller sind Beweis genug … Und jetzt die Aussage der Kälins, dass er mit seinem Wagen in Stalden war. Er befand sich zur Zeit des Anrufs im Dorf und ganz in der Nähe von Stalden … Wir müssen noch einmal in diese Klinik.»

«Es wurde alles durchsucht.»

Valérie hätte sich die Haare raufen können.

«Du machst mich nervös, wenn du so herumirrst», sagte Fischbacher.

Valérie blieb vor seinem Pult stehen. «Ich werde mit dem Richter sprechen.»

Fischbacher überlegte. «Lass mich das machen, Valérie.»

Sie sah ihm an, dass ihm noch etwas auf der Zunge brannte. «Was ist?»

«Wir mussten das Ehepaar Rast laufen lassen. Ihr Anwalt hat Beschwerde eingereicht.»

Valérie spürte, wie Hitze in ihren Körper schoss. «Das glaube ich jetzt nicht. Bis wir im Besitz der Resultate sind, müssen wir sie hierbehalten … Und die Masken? Die Tatsache überhaupt, dass Alemee in ihrem Keller gefunden wurde … Verdammt, die Rasts tragen die Verantwortung.»

Fischbacher erhob sich und kam um das Pult herum. «Das sind bloss Indizien, die wir haben. Ich glaube nicht, dass es für einen Haftbefehl reicht.»

«Wann erhalten wir die Analysen?»

«Heute Nachmittag.»

Valérie verliess das Büro. Sie war wütend und liess es Fischbacher wissen, indem sie die Tür ins Schloss knallte. Die Rasts waren frei, weil der Richter es so entschieden hatte. Nicht einmal der Verdacht auf Flucht- oder Vereitelungsgefahr hatte ihn von seinem Entscheid abbringen können. Wieder einmal bekam Valérie es zu spüren, wie ein akademischer Titel darüber hinwegzublenden vermochte. Und dass womöglich eine Kaution im Spiel gewesen war. Und diesem Huguenin traute sie auch nicht.

Auf dem Flur begegnete sie Louis.

«Hast du's schon vernommen? Die Rasts sind wieder auf freiem Fuss.» Louis versuchte, neben ihr Schritt zu halten.

«Ein Bullshit, ich weiss. Ich werde eine Observierung beantragen.» Valérie ging zügig zum Lift.

«Die läuft schon.»

Valérie blieb stehen. «Was läuft da hinter meinem Rücken?»

Louis wiegte den Kopf und schniefte verlegen. «Ich war gestern noch einmal in der Husky-Lodge und habe Rasts Foto rumgezeigt. Zwei Angestellte wollen ihn am 23. Juli mit Seppli Schmidig gesehen haben.»

«Ach, das ist aber interessant. Aber das hättest du mit mir besprechen sollen … Warum haben wir ihn uns nie näher angesehen?» Valérie konnte es sich auch nicht erklären. «Das ist ein grobes Versäumnis.» Sie sah ihren eigenen Fehler ein. Sie selbst hatte sich von Rasts Titel blenden lassen, letztendlich. Sie hätte so viel mehr gegen ihn in der Hand gehabt. Jetzt war er frei. Sie durfte nicht daran denken, was wäre, wenn erneut etwas geschehen würde.

«Er hat uns alle getäuscht», sagte Louis.

«Seine Vita war sauber …» Valérie hintersann sich fast.

«Du weisst, wie der Apparat läuft. Wir haben alles richtig gemacht.»

Valérie drückte den Liftknopf. «Morgen werden wir ihn mit der Sondereinheit aus der Klinik holen. Bis dahin wird er observiert …» Sie warf Louis ein schnelles schelmisches Lächeln zu. «Gut so, für einmal lasse ich deine voreilige Entscheidung durch.»

Der Ton eines Mobiltelefons drang an ihr Ohr. Valérie griff instinktiv an ihre Jackentasche. «Das muss deines sein.»

Louis hatte sein iPhone bereits am Ohr. «Ja, okay … was? Ja, verdammt! Verfolgt ihn.» Louis steckte das iPhone ein. «Rast hat soeben die Klinik verlassen.»

«Okay, los.»

Über den Flur hallte Fischbachers Stimme. «Valérie! Kannst du mal kommen?»

Louis betrat den Lift. «Was hat Dominik denn schon wieder? Warst du nicht gerade bei ihm?»

Valérie zögerte. «Scheint etwas Dringendes zu sein. Wir bleiben in Kontakt.» Sie kehrte zu Fischbacher zurück.

Er stand unter der Tür zu seinem Büro, kalkweiss im Gesicht. «Der Fahndungsdienst hat mich soeben angerufen. Seit heute Morgen wird in Muotathal ein Kind vermisst …»

Valérie ging an Fischbacher vorbei in dessen Büro. Sie steuerte sein Pult an und setzte sich. Sie glaubte, ihren Verstand zu verlieren. Wie konnte dies passieren?

«Wer ist es?»

«Svenja Ulrich.»

«Auch ein Kind mit einer Beeinträchtigung?»

«Seine Eltern heissen Christian und Heidi Ulrich-Ulrich.»

«Was willst du damit sagen?»

Fischbacher hob die Schultern. «Cousine und Cousin …»

«Du meinst …»

«Es ist zu befürchten …»

Dieses Muster allerdings wies eindeutig auf Seth Trottmann hin. Valérie stützte die Ellenbogen auf dem Tisch ab und legte ihr Kinn auf die gefalteten Hände. Hatte sie versagt? Jagte sie den Falschen? Legte jemand eine trügerische Spur und täuschte sie? Valérie erhob sich. Die Neuronen in ihrem Gehirn spielten verrückt.

Der Alptraum war zurückgekehrt.

Die fehlende Maske!

Valérie hatte es geahnt. Er würde wieder ein Kind misshandeln – oder töten. Die Prävention hatte überhaupt nichts gebracht. Die Eltern im Muotatal waren der Aufforderung der Polizei nicht nachgekommen.

Fischbacher liess sich vor seinem Computer nieder. «Was schlägst du vor?»

Sie ahnte, wie ratlos er war. «Hast du eine Kopie von Rasts Patientenliste da? Sonst müsste ich sie in meinem Büro holen.»

Fischbacher griff nach einem Stapel und suchte dort nach dem Gewünschten. Er reichte ein Plastikmäppchen über den Tisch.

Valérie sah sich die Dokumente durch, sondierte und strich Namen an. «Linus Schelbert, Seppli Schmidig und Alemee Gebrehiwet waren alle Patienten bei Rast … auch Svenja Ulrich …»

«Was schliesst du daraus?»

«Schelberts und Schmidigs erinnerten sich daran, Rast eingeweiht zu haben, wie ihre Kinder die Ferien verbringen würden.»

Fischbacher legte die Hände ineinander. «Der Arzt des Vertrauens», sagte er. Es klang bitter.

«Die Kinder haben ihn gekannt. Er war kein Fremder für sie. Er konnte sich ihnen ohne Weiteres nähern und sie zu sich lotsen. Die Eltern haben das Ihrige dazu beigetragen, indem sie ihn vergötterten.» Valérie erinnerte sich an Alemee, als sie diese aus dem Keller befreit und nach oben gebracht hatte. Beim Anblick von Rast hatte sie nicht reagiert. Weil er ihr Arzt war? Es gab nur diese Möglichkeit.

Trotzdem geisterte noch immer Seth Trottmann in ihren Gedanken herum.

Valérie erhob sich. Sie spürte, wie die Energie aus ihrem Körper wich. Einen Moment glaubte sie, sich wieder setzen zu müssen. Sie riss sich zusammen und streckte den Rücken durch. Sie würde den Täter jagen bis ans Ende der Welt. Sie beugte sich über Fischbachers Pult. «Informiere du Louis und Fabia.»

Fischbacher sah sie konsterniert an. «Was hast du vor?»

«Ich fahre ins Muotatal.»

«Aber keine Alleingänge mehr.» War es ein Befehl?

Valérie schluckte leer. «Versprochen.»

***

Auf dem Weg nach Muotathal war Valérie in ständigem Kontakt mit ihren beiden Kollegen, die Rast observierten. Er sei im Begriff, Richtung Pragelpass zu fahren, hiess es, nachdem er zuerst ins Sahli, dann zurück zur Klinik gelangt sei. Er hinterlasse den Eindruck, als machte er einen Ausflug.

Oder er führt euch an der Nase herum, dachte Valérie.

Was aber hatte Rast tatsächlich vor?

Schwer lagen die Wolken über Muotathal. Das Dorf glich einer Sepia-Zeichnung, von Dunstschleiern verwischt. Als Valérie Stalden erreichte, war es kurz nach drei. Sie passierte den Ort schon zum zweiten Mal an diesem Tag. Nach dem grossen Parkplatz zweigte sie in die Pragelstrasse ab, vorbei am Meeting-Point, wo die Hölloch-Expeditionen starteten.

Das also war der Bödmeren-Urwald. So weit oben war Valérie noch nie gewesen. Die Strasse glich einem holprigen Weg, war eng und unübersichtlich, und wenn ihr ein Auto entgegenkam, musste sie warten, bis es in die nächste Ausweichstelle hochfuhr. Keine Route, die sich für ihren TT eignete. Trotzdem gab sie Gas.

«Welchen Wagen fährt er überhaupt?» Sie hatte nicht danach

gefragt, war davon ausgegangen, dass Rast mit dem GLC unterwegs war.

«Einen Fiat Punto», sagte ihr Kollege. Ein Kulturschock, dachte sie. Wahrscheinlich Maras Auto, das sie schon auf dem Parkplatz gesehen hatte.

Rast musste den Mercedes an einem sicheren Ort ausserhalb der Klinik abgestellt haben. Bislang hatte man ihn nicht gefunden.

«Habt ihr ihn denn einsteigen sehen?»

«Sicher, sonst hätten wir ihn nicht verfolgt.»

«Ich hoffe, er hat euch nicht gesehen.» Valérie wusste, dass die Observierung dem Zielobjekt manchmal zu nah auffuhr. Rast würden seine Verfolger gewiss auffallen, denn sie schätzte ihn als sehr intelligent ein. «Wahrt genug Abstand!»

Der Wald wurde dichter. Die Strasse immer steiler. Die Auffahrt zog sich in die Länge. Vor ihr tauchte plötzlich der Wagen ihrer Kollegen auf. Ein dunkelblauer Skoda. Valérie kannte die Nummer. Sie fuhr ihm auf, gab Lichthupen. Die nahmen es gemütlich. Hatten sie ihre Aufforderung wörtlich genommen? Oder fürchteten sie sich ob der engen Stellen?

Auf einer Waldlichtung scherten sie aus. Ein Parkplatz umgeben von Dickicht. Fichten und verkrüppelte Bergföhren verhinderten eine Weitsicht. Valérie fuhr an ihre Seite und liess das Fenster hinunter.

«Wir haben ihn aus den Augen verloren. Er raste wie ein Henker. Muss die Strecke wohl gut kennen.»

«Das ist aber nicht euer Ernst, oder?» Valérie schlug mit der flachen Hand aufs Lenkrad. «Und ihr fahrt wie die Schnecken! Kennt ihr euch hier nicht aus?»

Sie bekam keine Antwort.

«Wie weit ist es bis ganz oben?»

«Ein paar Kilometer geht's schon noch hinauf.»

«Dann fahrt mal weiter. Ich werde Verstärkung anfordern. Das hier sieht nun ziemlich nach einer Flucht aus …»

Er musste hier irgendwo sein. Sie spürte es.

Valérie wendete und fuhr auf die Strasse zurück. Der Wald schien alles zu verschlucken. Kein Wunder, war Rast samt Auto in ihm verschwunden. Valérie äugte in jeden Winkel, den sie auf der

Hinfahrt nicht beachtet hatte. Vielleicht war er im üppigen Grün abgetaucht, hatte gewartet, bis der Konvoi an ihm vorbeigefahren war, und hatte darauf sein Versteck verlassen.

Sie erreichte Stalden. Der Weiler war jetzt wie ausgestorben. Valérie fuhr auf den Parkplatz gegenüber dem Gasthaus Hölloch. Da stand er – der weisse Fiat Punto. Kein Zweifel: Es war der Wagen, den Valérie auf dem Gelände der Klinik schon gesehen hatte. Sie rief die Observierung an und gebot, umzukehren und nach Stalden zurückzufahren. Dann wählte sie Louis' Nummer. Sie sprach auf Band, nachdem sie ihn nicht erreicht hatte.

Sie stieg aus. Eine Mutter mit einem Kinderwagen spazierte vorbei. Ansonsten war niemand da.

Valérie ging auf die Frau zu, wies sich aus. «Haben Sie soeben jemanden aus dem Auto dort steigen sehen?» Sie deutete auf den Punto.

«Ein Mann, ja, ich … ich glaube, er ist Richtung Hölloch gegangen.»

«War ein Kind bei ihm?»

Die Frau sah sie verdattert an, griff instinktiv in den Wagen und fuhr ihrem Baby übers Gesicht. «Ja, da war ein Mädchen …» Sie zeigte nach oben. «Sie gingen miteinander zum Wärterhaus …»

Valérie bedankte sich, griff im Davongehen nach ihrem iPhone und wählte die Nummer der Kollegen der Observierung. «Hier noch einmal Valérie … sag mal, als ihr Rasts Wagen verfolgt habt, sass da ein Kind neben ihm?»

«Nein, da sass kein Kind.»

Seltsam. Wo hatte Rast das Mädchen aufgesammelt? Valérie ging zurück zur Frau mit dem Kinderwagen.

«Darf ich Sie noch etwas fragen?»

Die Frau wandte sich zu ihr um. «Ja?»

«Erinnern Sie sich, auf welcher Seite das Mädchen ausgestiegen war?»

«Ich glaube … aus dem Kofferraum …»

«Aus dem Kofferraum?» Valérie sah die Frau bestürzt an. «Kam Ihnen das nicht sonderbar vor?»

Die Frau räusperte sich. «Ja, eigentlich schon …»

Valérie machte sich zu Fuss auf den Weg Richtung Hölloch. Es war beängstigend ruhig. Weder Autos noch Menschen kreuzten ihren Weg.

Kaum hatte sie das Areal betreten, wo man die Expeditionen ins Hölloch startete, winkte ihr ein Mann zu – ein Guide, nahm Valérie an. Er fiel durch sein kariertes Hemd auf sowie durch grüne Workerhosen, an deren Bund zwei Karabinerhaken hingen. Sein Gesicht war tiefbraun, seine Haare hätten einen ordentlichen Schnitt nötig gehabt, sein Bart schien älter als drei Tage.

«Hey, kann ich dir helfen?» Der Mann stakste auf sie zu.

Auf ihrer Höhe angelangt, streckte er die Hand zum Gruss aus. «Ich bin Mäni, hey.»

Valérie zeigte ihren Ausweis. «Lehmann, Kriminalpolizei Schwyz.»

Mäni wich zurück. «Ich muss nicht fragen, was Sie hier wollen, oder? Es geht noch immer um den Toten in der Starzlen.» Er wies zum Fluss. «Tragische Sache. Habt ihr den Unhold schon?»

«Sind Sie schon lange hier?» Valérie ging voraus zur Hütte, in die sie am 25. Juli den toten Jungen gebracht hatten, und blickte auf dem Weg dorthin um sich, in der Hoffnung, Urs Rast zu entdecken. Dass er sich in dieser Gegend aufhielt, war kein Geheimnis mehr. Aber wo steckte er?

«Hey, suchen Sie etwas?» Mäni lief ihr nach. «Sie waren doch an dem Tag schon da, als das Unwetter über Muotathal hereinbrach, oder? So etwas vergisst man nicht.»

«Waren Sie vorher hier drin?» Valérie blickte auf eine Reihe von Gummistiefeln.

«Bevor Sie kamen, ja.»

«Haben Sie ausser mir sonst noch jemanden gesehen, der unbefugt das Gelände betrat?»

«Nein … aber Sie fielen mir gleich auf. Es ist nicht verboten, hierherzukommen.»

«Einen Mann mit einem Kind?»

«Nein, nicht dass ich wüsste.»

Valérie zeigte zur Tür. «Und zu der Höhle hat jedermann Zutritt?»

«Nein, wo denken Sie hin? Dort befindet sich eine Schranke. Zudem darf man nur mit einer geführten Gruppe hinein.»

«Ist jetzt jemand drin?»

«Nein, wir werden erst morgen früh wieder ... Eine Gruppe von sieben Leuten hat sich für eine Zweitagestour angemeldet. Mit Übernachtung im Biwak und einem Fondue-Plausch.» Mäni setzte ein entwaffnendes Lachen auf. Ihm fehlte ein Zahn.

«Ich möchte jetzt in die Höhle», sagte Valérie und zog ihre Schuhe aus. «Ich nehme an, dass ich Gummistiefel anziehen muss.»

Mäni schüttelte den Kopf. «So einfach ist das nicht.»

«Wenn Sie mich begleiten, ist das doch kein Problem.»

«Aber die Knarre lassen Sie da, oder?» Mäni zeigte auf ihre Pistole, die unter ihrer Jacke hervorblitzte. Er griff nach einem der orangefarbenen Overalls, die an Bügeln hingen. «Was wollen Sie überhaupt in der Höhle?» Mäni drückte ihr den Overall in die Hand.

«Mich umsehen.»

«Dort drin ist es ziemlich dunkel.»

«Sie führen sicher Taschenlampen oder dergleichen mit.»

«Haben Sie Erfahrung mit dem Begehen von Höhlen?»

«Ich war schon einmal in den Beatus-Höhlen im Berner Oberland.» Valérie zog sich den Anzug über.

«Das Hölloch ist anders.» Mäni half ihr wie selbstverständlich beim Anziehen. «Da spazieren Sie nicht einfach hinein. Es gibt ein Gefälle, Leitern, enge Durchlässe ... Hier, den sollten Sie aufsetzen.» Mäni reichte ihr einen Helm mit Stirnlampe.

«Wollen Sie mich einschüchtern?»

«Ich mache Sie darauf aufmerksam, dass ... na ja ... ziehen Sie sich warm an. Die Temperaturen in der Höhle liegen bei konstant sechs Grad.»

«Minus?»

«Plus.»

«Dann werden wir nicht gefrieren.» Valérie stellte den Sprachmodus an ihrem iPhone ein und steckte dieses vorne in ihre Jacke. Sie hatte sich dazu entschlossen, den Gang in die Höhle aufzunehmen. Sie zögerte noch einen Moment. Sollte sie nicht doch lieber auf Verstärkung warten? Oder zumindest auf Louis? Andererseits würde sie Rast, sollte er in der Höhle sein, ganz aus den Augen verlieren. Gleichzeitig würde sie jedoch Mäni einer Gefahr aussetzen, sollte Rast bewaffnet sein. Ihr Entschluss, zu zweit in die Höhle zu gehen, obsiegte.

Der Eingang lag am Ende einer Schlucht, verborgen hinter einem grünen Dickicht und von Sträuchern überwachsenen Felsen und losgelösten Gesteinsbrocken. Neben einer Tür, die ins Höhlensystem führte, hing ein verrostetes Schild mit der Aufschrift «Hölloch». Valérie schauderte. Befand sich hier der Zutritt zur Hölle? Würde sie heute dem Teufel hautnah begegnen? Sie hatte schon immer grossen Respekt vor der psychischen Präsenz eines Menschen gehabt. Einen Körper konnte sie überlisten; sie besass genug physische Kraft. Die Psyche war nicht sichtbar, ihr möglicher Defekt blieb ihrem Auge verborgen.

«Komisch», sagte Mäni. «Die Tür steht offen.»

Valérie hielt inne. «Ist das ein schlechtes Zeichen?» Oder ein Zeichen überhaupt? Wieder fragte sie sich, ob es richtig war, was sie da tat. Doch der Drang war ungebremst. Sie musste hinein. Etwas – sie konnte es sich nicht erklären – zog sie in die Finsternis.

Mäni tastete den Türrahmen ab. «Da ist wer eingebrochen.»

Kein schwieriges Unterfangen, die Tür aufzubrechen, dachte Valérie. «Gibt es Kameras?»

«Nein, gibt es nicht. Bis heute hatten wir keinen Grund, etwelche zu installieren.» Mäni blickte lange auf den beschädigten Holzrahmen. «Na gut, weit wird derjenige, der dort drin allein unterwegs ist, nicht kommen.»

«Warum nicht?»

«Weil er sich ohne Guide in diesem Labyrinth leicht verirren könnte.»

«Wann war von Ihren Guides jemand zuletzt hier drin?»

«Gestern Nachmittag.»

«Fiel ihnen nichts auf?»

«Was hätte denen denn auffallen sollen? Alles war wie sonst. Manchmal müssen wir Vorräte ins Biwak bringen.» Mäni holte sein iPhone hervor und wählte eine Nummer. «Ja, hier ist der

Mäni. Du, da muss jemand unbefugt in die Höhle reingegangen sein, hast du eine Ahnung, wer? … Ja, hm … Ich gehe mit einer Polizistin ins Hölloch … Trifft sich gut …» Mäni lachte kurz auf. «Ja … Routinekontrolle … Frag mich nicht. Kannst du vorne mal die Stellung halten?» Mäni wandte sich an Valérie. «Dann wollen wir mal.»

Hinter der defekten Tür erreichten sie ein Gittertor. Auch dieses liess sich leicht öffnen, was Mäni jedoch nicht weiter kommentierte. Dahinter führte zuerst ein schmaler Pfad in die Dunkelheit. Mäni leuchtete ihn aus. Der Lichtkegel tanzte über nackten Fels. Sie gelangten zu einer in Stein gehauenen Treppe. Mäni stieg über die Stufen, die ins Nirgendwo zu führen schienen. Der Strahl seiner Helmlampe streifte nasses Gestein.

Valérie folgte Mäni auf Fusslänge. «Ist es hier immer so feucht?»

«Fast hundert Prozent Luftfeuchtigkeit», sagte Mäni, während er oben angekommen mit einer zweiten Lampe in einen Hohlraum leuchtete. «Hier sind wir in der ersten Kaverne.» Der Lichtstrahl fiel über hohes Gewölbe und endete auf einem unebenen Boden.

«Wow!» Valérie flüsterte, da sie Rasts Präsenz befürchtete.

«Das ganze Höhlensystem weist solche Kathedralen auf», sagte Mäni. «Es gibt Wasserfälle, Stalaktiten und Stalagmiten, sogar einen See. Die Höhle ist bis zu zweihundert Kilometer erforscht. Sie liegt direkt unter dem Bödmerenwald. Sie ist hier sehr karstig …»

Valérie blieb stehen. Hatte sie nicht etwas gehört? Ins diffuse Rauschen, das aus dem Höhlenschlund drang, hatte sich ein Laut gemischt. Ein Wimmern?

«Was ist? Kommen Sie?» Geduld war offenbar nicht Mänis Stärke. «Ich zeige Ihnen die schmalen Durchgänge … das wollten Sie doch sehen, oder?»

«Psst …» Valérie hatte das Gefühl, als wäre der Teufel ganz nahe. Sie spürte seinen eiskalten Atem. Sie knipste ihre Stirnlampe aus.

«Was tun Sie da?» Mäni leuchtete ihr mit der Lampe direkt ins Gesicht.

«Machen Sie die Lampe aus!»

«Was soll ich?»

«Tun Sie, was ich gesagt habe.»

Mäni löschte beide Lampen. «Und jetzt?», hörte Valérie ihn aus der Dunkelheit fragen.

Plötzlich waren überall Geräusche. Ein Tropfen, Fauchen und Zischen. Es war, als hätte die Finsternis etwas abgründig Gespenstisches geboren, das aus dem Höllenschlund zu kommen drohte. Als würden die Geister lebendig, die Valérie heraufbeschworen hatte. In dieses Sirren mischte sich wieder ein Wimmern. Valérie hatte sich nicht getäuscht.

Warum war Rast in diese Höhle gegangen? Ausgerechnet ins Hölloch? Oder war er gar nicht drin?

Forderte er Valérie heraus? Rechnete er damit, dass man ihn endlich fand? Oder würde er draussen warten und sie einschliessen?

Alles ging ihr durch den Kopf. Noch konnte sie die Übung abbrechen.

In die absolute Schwärze drang ein Licht, ein Funken wie ein Glühwürmchen. Es bewegte sich in entgegengesetzter Richtung, wo Valérie den Eingang vermutete. Sie bewegte sich darauf zu. Neben sich hörte sie Mänis hektisches Atmen. Oder was war es?

«Mäni, sind Sie das?», flüsterte Valérie und stiess ihre Arme von sich. Sie berührte einen Körper.

«Ich bin hier», kam es zurück, aber aus einer anderen Ecke.

Valérie tastete nach ihrer Glock. Wer immer sie gerade berührt hatte, Mäni war es nicht. Sie griff an ihren Helm, schaltete die Lampe wieder ein. Der Lichtstrahl traf die weit aufgerissenen Augen eines Mädchens. Um seinen Oberkörper war eine Hand gelegt. Lange, schlanke Finger mit kurz geschnittenen Nägeln.

Eine Chirurgenhand!

Am Hals des Mädchens blitzte ein Skalpell auf.

«Svenja?» Valérie hielt die Pistole höher. Der Lichtstrahl traf das Gesicht der Kreatur, die hinter dem Mädchen stand.

Der Teufel!

***

Zeitgleich, nachdem Valérie sein Büro verlassen hatte, erreichten Fischbacher die Resultate aus dem Labor, dem KTD und aus Bern. Er setzte sich mit den Couverts und einem Glas frischen Hahnenwassers ans Pult. Er fühlte sich erschöpft. Die Vermisstenmeldung des Mädchens Svenja Ulrich hatte ihn noch tiefer in ein Loch gerissen. Er litt seit zwei Wochen unter Schlafstörungen und Appetitlosigkeit, und seine Frau Luzia hatte er in den letzten Tagen auch nicht oft gesehen. Und jetzt das: Wieder war ein Mädchen verschwunden. Im Keller der Klinik konnte es nicht sein. So viel Dreistigkeit mutete er dem Täter nicht zu. Ob am Ende doch dieser Arzt hinter allem steckte, war noch nicht zu hundert Prozent sicher und auch nicht bewiesen. Und auf Valéries Bauchgefühl wollte sich Fischbacher nicht verlassen.

Energielos öffnete er den ersten Umschlag. Er las den Bericht des KTD. Fischbacher hatte keine Erwartungen mehr. Gleich auf der ersten Seite stand, dass man Urs Rasts Wagen konfisziert hatte. Er sei in der Nähe der Husky-Lodge am Waldrand sichergestellt worden. Es handle sich um einen schwarzen Mercedes GLC. Der Wagen werde jetzt auf Blutspuren untersucht. Des Weiteren habe man auch die Operationssäle in der Klinik noch einmal gründlich unter die Lupe genommen sowie den Keller, in dem man Alemee Gebrehiwet gefunden hatte. Gab Schuler zu, dass er bei der ersten Spurensuche geschlampt hatte? Unmöglich! Auf Schuler war Verlass.

Fischbacher öffnete auch das zweite Couvert. Der Bericht aus Bern brachte Ernüchterung. Die Fälle der verschwundenen Kinder waren bis heute nicht geklärt. Es existierten nicht einmal Vermutungen. Auch heute gab es keinen Bezug zu dem Jungen, den man erstickt und mit geschändetem Gesicht gefunden hatte. Und Dr. Urs Rast sei nie negativ aufgefallen. Man habe dies aber nicht aus erster Hand erfahren können, weil Professor Huguenin kurz nach seiner Pensionierung verstorben war. Als Fischbacher die Resultate aus dem Labor las, ging ein Ruck durch seinen Körper. Die DNA-Abgleiche brachten mehrere Übereinstimmungen.

Fast euphorisch griff er zum Telefon und wählte Louis' Nummer.

«Ja, Chef?» Louis klang müde.

«Ich glaube, wir haben den Kerl.»
«Was! Schon eingebuchtet?»
«Nein, wir wissen nun, wer Linus' Mörder ist.»
«Mach es nicht spannend, Dominik.» Louis pausierte. «Und … hat er auch Seppli, Alemee und Svenja entführt?»
«Ja, die DNA stimmt überein.» Fischbacher hörte Louis tief seufzen. «Ich werde die Sondereinheit aufbieten. Ich hatte vorher noch Kontakt mit den Kollegen der Observierung. Sie haben unsere Zielperson aus den Augen verloren. Valérie sei allein nach Muotathal zurückgefahren, nachdem der Arzt im Bödmerenwald abgetaucht ist. Seither ist wieder Funkstille. Ich hoffe nur, dass Valérie keine Dummheiten macht.»
«Sie wird vom Vorfall im letzten Dezember hoffentlich geheilt sein», sagte Louis.
«Da bin ich mir nicht so sicher. Wenn es um Kinder geht, scheint sie ihre eigene Sicherheit zu ignorieren. Aber ich habe an ihren analytischen Instinkt appelliert.»
«Ich fahre hin», sagte Louis, «und nehme Fabia mit.» Sein iPhone begann zu piepen.
«Was ist denn das?»
«Das ist … das ist Judy.»

***

Er war es! Urs Rast.
Seine Miene hatte sich verzerrt, glich jetzt einer Fratze. Nicht so, wie Valérie sie in Erinnerung hatte. Er war plötzlich Mister Hyde und nicht mehr Dr. Jekyll. Sie hatte ihn in seinem Vorhaben gestört. Er würde das nicht akzeptieren. Vor allem aber hatte sie sein Versteck in der Klinik gefunden. War er deshalb hier? Sah er die Höhlen als eine alternative Option für seine Grausamkeiten?
Valérie riss die Pistole aus dem Holster und entsicherte sie. Das metallene Geräusch tönte schauerlich.
«Lassen Sie das Mädchen los und halten Sie die Hände hoch!»
«Frau Lehmann? Alles in Ordnung?» Mäni war ganz in ihrer Nähe; sie konnte ihn aber nicht sehen.

«Kommen Sie her, Mäni, und machen Sie wieder Licht.» Valérie zielte.

Zwei weitere Lichtkegel trafen den Arzt und das Mädchen.

«Ich werde ihr den Kopf abschneiden, wenn Sie die Pistole nicht runternehmen.» Rast sagte es ruhig, als würde er über etwas Banales sprechen.

Valérie versuchte, Blickkontakt mit Svenja aufzunehmen. Sie war ein hübsches Mädchen mit blonden Locken und braunen Augen, schwarz jetzt ob ihrer Angst. Sie musste es aus den Fängen dieses Ungeheuers retten, doch nicht mit schönen Worten. «So viel Zeit werden Sie nicht haben. Die Kugel hat Ihr Gehirn vorher durchlöchert.»

«Wollen Sie es darauf ankommen lassen?» Rast lachte rau. «Das werden Sie nicht tun, weil Sie noch so viele Fragen an mich haben. Vor allem auch wegen der Alibis …»

«Lassen Sie das Mädchen los.»

«Sie passt so gar nicht ins Schema, nicht wahr?» Wieder dieses Lachen. «Svenja ist ein ganz normales Mädchen … aber seine Nachkommen werden es nicht mehr sein.»

«Schmücken Sie sich nicht mit fremden Federn, D-o-k-t-o-r.» Valérie senkte die Pistolenmündung auf Rasts Schultern. «Sie haben sich an Trottmanns pathologischen Ideen bedient. Dieser Schuss ging hinten raus. Ich werde Sie aber nicht verfehlen. Und jetzt lassen Sie Svenja los!»

«Sie haben mir meine Pläne vereitelt», sagte Rast ruhig. «Ich bin Chirurg – Schönheitschirurg. Meine Aufgabe ist es, die Menschen in ihrem Aussehen zu verändern, sie zu verschönern. Beweise gibt es viele. Schauen Sie sich in meiner Klinik um. Da liegen sie, die Göttinnen … Aber sie sind alt. Ich kann nicht zaubern. In ein paar Jahren wird ihre Haut schlimmer aussehen als vor dem Eingriff … Manchmal ist das auch für mich frustrierend. Ich arbeite auch lieber mit knackigem Jungfleisch … Checken Sie es denn nicht? Linus tat mir leid. Er wurde von allen gehänselt, weil man es ihm ansieht. Er sollte ein Gesicht bekommen, wie es die Kinder in seinem Alter haben …»

Grosser Gott! Valérie spürte, wie sie zu zittern begann. «Sie haben mit dem Jungen experimentiert …»

«Grausame Worte.» Rast lachte. «Experiment würde ich es nicht nennen.»

«Dann ist es schiefgelaufen.» Valérie musste ihn bei Laune halten, obwohl sich alles in ihr gegen solche Fragen sträubte.

«Endlich begreifen Sie es. Glauben Sie mir, ich wollte das nicht. Aber dieser Tag war nicht mein Tag ... Zum ersten Mal in meiner Karriere ist etwas wirklich schiefgelaufen.»

«Und der Junge in Bern?»

Rast ritzte das Messer in Svenjas Hals, als wollte er damit sagen, dass Valérie mit ihrer Frage zu weit gegangen war. Ein paar Blutstropfen fielen auf den Boden. Svenjas Körper drückte er weiterhin an sich. «Er starb einfach so ...»

Svenja wimmerte. In ihrem Blick lag das kalte Entsetzen.

Valérie richtete ihre Pistole wieder auf Rasts Kopf. Sie brauchte nur abzudrücken. So schnell wie der Schuss kam, würde er nicht reagieren können. Trotzdem war es zu riskant. Das Messer könnte das Mädchen noch im Fallen verletzen. «Sie hatten ihn erstickt, genauso wie Sie Linus erstickten.»

«Ich hatte Zweifel, dass die Operation gelingen würde ... Ich hatte meine Erwartungen zu hoch geschraubt. Künstlerpech, nicht wahr? Der Junge erwachte aus der Narkose, während ich an ihm ... Na ja, Sie wissen ja ... Sie hätten ihn mal ... Ich musste ihn ruhigstellen.»

«Linus?»

«Ja, den auch ...»

«Sie haben bereits zweimal versagt?»

«Jede Operation ist mit Risiko verbunden. Haben Sie noch nie Fehler gemacht, Frau Lehmann?» Rast zeigte mit dem Skalpell auf ihre Wange. Valérie hätte jetzt die Möglichkeit gehabt, ihn zu erschiessen. Sie tat es nicht. Ihre Narbe. Sie musste an diese Narbe denken und an die Fehler, die sie gemacht hatte, als es zu diesem Übergriff kam.

Dann war da auf einmal diese Wut. Aufgrund ihrer Narbe und wegen Rast. Sie würde ihn erschiessen. Sie war sich noch nie so sicher gewesen. Sie dachte an ihr iPhone. Sie würde das hier rechtfertigen müssen. Sie stiess Luft aus. «Dann haben Sie ein Kissen genommen.»

«Dann habe ich ein Kissen genommen.»

Valérie spürte, wie Galle in ihr hochkam. Das Zittern vermochte sie kaum mehr unter Kontrolle zu halten. Mäni neben ihr war zur Salzsäule erstarrt. Von ihm konnte sie keine Hilfe erwarten.

«Sie sind krank, Herr Rast», sagte Valérie mit dem letzten Funken Ruhe. «Sie brauchen Hilfe.»

«Es kommt immer auf die Perspektive an, liebe Frau Lehmann. Vielleicht bin ich der Gesündeste überhaupt unter all den Kranken, die es auf dieser Welt gibt. Wo driften wir hin? Die Menschheit ist kaputt … Sehen Sie, Trottmanns Grundidee gefiel mir. Ich verfolgte die Ideologie seines Urenkels. Mir fielen Hefte in die Hände, die er geschrieben hatte. Dadurch wuchs meine Sympathie zu ihm, obwohl wir nicht die gleichen Ziele verfolgen. Doch in seinem Schatten war es mir erst möglich, meine Arbeit zu tun. Wo Menschen arbeiten, gibt es Fehler. Wollen Sie mich deswegen anklagen?»

«Linus war schon tot, als Sie sein Gesicht verstümmelten.»

«Ich gebe zu, dass ich das zu Ende brachte, was ich mir so sehr gewünscht hatte: Linus ein neues Gesicht zu geben. Er konnte mich nicht mehr mit seinem Geschrei stören. Manchmal hat man keine andere Wahl.»

Valérie fror, trotz des Overalls und des Pullovers, den ihr Mäni zum Darunter-Anziehen ausgehändigt hatte. «Deshalb die Maske?»

Rast schien einen Moment perplex. «Die Maske war der *Worst Case*. Ich konnte den Jungen ja nicht gesichtslos liegen lassen.»

«Wo haben Sie ihn umgebracht?»

«Ich habe ihn nicht umgebracht. Er ist unter meinen Händen gestorben. Das ist ein Unterschied … ein Restrisiko.»

«Sie haben ihn erstickt.»

«Sie sind gnadenlos, Frau Lehmann. Ich bitte Sie, nehmen Sie Rücksicht auf Svenja. Es schadet dem Mädchen, wenn Sie so sprechen.»

Valérie packte nackte Panik. Nur nicht durchdrehen. «Warum Seppli Schmidig?»

Rast lachte. «Bei Seppli habe ich mich geirrt. Er hat eigentlich ein ganz hübsches Gesicht. Ich habe ihm nichts getan.»

«Sie haben ihn eingesperrt.»

«Er hat es so verdient. Anfänglich fand er Zutrauen zu mir. Ich bin sein Arzt. Dann meinte er, er müsse sich wie ein Mädchen benehmen. Dauernd hat er geflennt. Da musste ich ihn in den Keller bringen.»

«Sie haben ihn geschlagen.»

«Tss … tss …» Rast drückte Svenja wieder fester. Valérie sah, dass sie fast keine Luft mehr bekam. Noch immer waren ihre Augen starr auf sie gerichtet. Wollte Svenja sie anklagen? Weil sie ihr nicht half?

Die Pistole zitterte, ihr ganzer Arm. «Und Alemee?»

«Hätten Sie sie an diesem Tag nicht gefunden, hätte ich ihr ein schönes Gesicht gemacht. Ich bin noch immer bereit, ihr zu helfen. Und wenn wir das hier hinter uns haben, Frau Lehmann, könnte ich auch Ihnen helfen. In ein so schönes Gesicht wie Ihres passt diese grässliche Narbe einfach nicht. Warum tun Sie nichts dagegen? Eigentlich enttäuschen Sie mich …»

Valérie schnaubte. «Warum Svenja? Sie passt nicht in Ihr …», sie überlegte, «Beuteschema. Schauen Sie sie an. Sie ist hübsch.» Valérie hoffte, Rast aus der Fassung zu bringen. Ihm bewusst zu machen, dass er sich von seiner anfänglichen Idee weit entfernte. Vielleicht würde er das Mädchen freiwillig loslassen.

Doch Rast dachte nicht daran.

Die Höhle verschluckte auch diese letzte Hoffnung.

Valérie vermutete, dass dieses Katz-und-Maus-Spiel noch lange anhalten könnte, wenn nicht ein Wunder geschah. «Warum hat man Ihnen ein falsches Alibi gegeben?»

Rast lachte auf. «Das war mein Kollege, der damals operierte. Er könnte durchwegs mein Nachfolger werden. Man muss seinen Mitarbeitern nur lange genug etwas eintrichtern, damit sie es selbst glauben … Unter der Operationskluft sehen wir Ärzte uns ähnlich. Glauben Sie, was Sie wollen … vielleicht haben meine Mitarbeiter mich einfach vor unliebsamen Fragen schützen wollen.» Rasts Grinsen hatte etwas Diabolisches an sich.

«Ihre Mitarbeiter haben für Sie gelogen. Sie haben Ihnen ein falsches Alibi gegeben.»

«Würden Sie nicht alles tun, um Ihren Job zu behalten?»

Valérie dachte an ihr iPhone, das noch immer im Aufnahmemodus lief. Sie würde den Oberarzt und das Operationspersonal wegen Falschaussage zur Rechenschaft ziehen. Jetzt hatte sie den Beweis.

«Und Ihre Frau?» Valérie wollte Zeit schinden.

«Was soll mit meiner Frau sein?»

«Wusste Sie von Ihren Taten?»

«Mara?» Rast kicherte wie ein Junge. «Wenn man sich mit Blödheit umgibt, läuft man weniger Gefahr, ertappt zu werden. Mara interessierte meine Arbeit nicht. Sie fragte auch nie … Sie ist zu sehr beschäftigt mit ihren persönlichen Kinkerlitzchen … eigentlich die Traumfrau, die sich unsereins wünscht …»

«Was haben Sie mit den verschwundenen Kindern von Bern getan?» Valérie ahnte, dass sie sich mit dieser Frage auf ein gefährliches Terrain begab. «Geht ihr Verschwinden auch auf Ihr Konto?»

Wieder lachte Rast. «Sie haben mich erst auf die Idee gebracht … Aber mit ihrem Verschwinden habe ich nichts zu tun. Glauben Sie mir … Vielleicht habe ich Nachahmer …»

Plötzlich erfüllte das Geräusch von Schritten die Felsenkathedrale. Und dann kamen sie wie eine Invasion von dunklen Gestalten – die «Luchse» der Eliteeinheit. Halogenlampen leuchteten auf.

Vier Maschinenpistolen waren auf Rast gerichtet.

«Messer fallen lassen!», rief einer der Polizisten.

Valérie hielt die Pistole immer noch auf die Zielperson gerichtet.

«Valérie, gib mir die Pistole.» Es war Louis' Stimme, die sie aus dem Schatten vernahm.

«Ich denke nicht daran.»

«Die Jungs haben den Kerl unter Kontrolle. Mach jetzt keinen Unsinn.»

«Solange Rast Svenja nicht loslässt, habe ich seinen Schädel im Visier.»

«Mach dich nicht unglücklich.» Wieder Louis.

«Es geht nur um Svenja.» Valérie fixierte Rasts Gesicht. Seine Augen flackerten. Er wusste genau, dass er auf verlorenem Posten stand. Doch genau dieser Umstand war sehr bedrohlich.

Das Risiko, dass er Svenja verletzte oder gar tötete, bestand noch immer, auch wenn er damit rechnen musste, selbst sein Leben zu verlieren. Vielleicht sah er im Tod die einzige Möglichkeit, seiner Schmach zu entkommen. Valérie vermochte nicht, ihn einzuschätzen. Sie musste schiessen. Es war die einzige Möglichkeit, Svenja zu retten.

«Valérie, bitte gib mir die Pistole.» Louis berührte sie sanft am Arm. «Draussen warten Menschen, die dich lieben.» Dies aus Louis' Mund zu hören, irritierte sie. Es brauchte wahrscheinlich Überwindung, ihr das zu sagen.

«Herr Rast», sagte Valérie, mit der letzten Chance, ihn doch noch zur Vernunft zu bringen. «Lassen Sie Svenja los. Ich persönlich werde dafür sorgen, dass Sie einem ordentlichen Gericht zugeführt werden. Ein guter Anwalt wird für Ihre Unzurechnungsfähigkeit plädieren. Sie werden in eine Klinik kommen. Man wird sich Ihrer Krankheit annehmen ...»

Rast lachte höhnisch. «Pfeifen Sie Ihre Leute zurück ... dann können wir miteinander reden.»

Rast machte eine Bewegung nach vorn. Das Skalpell verrutschte und verletzte Svenja am Hals. Dann fiel ein Schuss, dann noch einer. Getroffen sank Rast auf den Boden. Svenja schrie auf.

Valérie liess erst jetzt die Pistole sinken. Am ganzen Leib zitternd verfolgte sie, wie einer der Elitepolizisten die blutende Svenja auf den Arm nahm und sie wegbrachte, wie Louis Mäni beruhigte und zurück über die Treppe führte. Valérie blieb stehen, bis ihre Kollegen die Ambulanz benachrichtigt hatten, obwohl sie wusste, dass ihm nicht mehr geholfen werden konnte.

Rast war tot.

Es fühlte sich wie in Zeitlupe an.

Valérie war da in diesem Gewölbe, von dessen Wänden es tropfte, zig Meter unter dem Bödmerenwald. Sie kam sich klein und unbedeutend vor, ohnmächtig den Naturkräften ausgesetzt und doch mit jener Ehrfurcht gesegnet, die sie gerade in diesem Moment erfuhr. Die Hölle hatte ihren Schrecken verloren, die Höhle war zu dem geworden, was sie schon immer gewesen war – ein unglaubliches Labyrinth im Berg. Nicht mehr das Zuhause des Satans.

Valérie sank auf die Knie, sicherte ihre Pistole und steckte sie ins Holster zurück. Sie hatte nicht geschossen. Gott sei Dank, sie hatte nicht geschossen.

«Darling, alles gut bei dir?»

Valérie blieb am Boden knien. Zanetti strich ihr zärtlich übers Haar. Sie hatte ihn nicht kommen hören. «Steh auf. Das Grauen ist vorbei.»

Valérie erhob sich. Ein letzter Blick zu diesem Ungeheuer, das in einer grossen Blutlache auf dem felsigen Boden lag. Sie spürte nicht die kleinste Regung. Nur Leere.

«Im Wärterhaus wartet jemand auf dich», sagte Zanetti. «Sie wollte dich unbedingt sehen. Ich habe sie zusammen mit ihrer Familie hierhergefahren.» Er führte Valérie über die Treppe zurück zum Eingang. Es dämmerte bereits. Valérie hatte die Zeit verloren. Wie in Trance ging sie den Weg zum Wärterhaus.

Die Ambulanz war da, Schuler vom KTD, Journalisten und das halbe Dorf. Sanitäter nahmen sich Svenja an. Ihre Verletzung war nicht gefährlich, zumindest nicht physisch. Man schob sie in den Ambulanzwagen, nachdem man sie notversorgt hatte. Vielleicht würde sie das eben Erlebte ausblenden oder verdrängen. Es stimmte Valérie traurig. Es war ein Teufelskreis und Svenja ein Opfer. Sie würde das, was sie in der Höhle erlebt hatte, später einmal aufarbeiten müssen wie so viele andere Menschen, die während ihres Lebens gequält worden waren. Und irgendwann würden solche Opfer schlimmstenfalls selbst Täter werden. Kurz verschwendete Valérie einen Gedanken an Urs Rast, der vielleicht als Kind auch misshandelt worden war. Aber diese Geschichte würde sie niemals mehr erfahren.

Sie ging an den vor Neugier geifernden Leuten vorbei. Sie hatten sich hinter der Polizeiabsperrung versammelt, diskutierten und fotografierten mit ihren Handys. Abends würden die Bilder und Videos im Internet zu sehen sein – live und unzensuriert. Und in den Boulevardblättern würde man über das «Drama vom Hölloch» schreiben. Valérie kannte die Schlagzeilen jetzt schon auswendig.

Sie trat in die Hütte, streifte die Stiefel von ihren Füssen, öffnete den Overall und zog ihn aus.

«Setz dich.» Zanetti drückte sie sanft auf eine Bank. «Ich kann dir Tee bringen.»

Tee! Sie war nicht krank. Bloss sehr erschöpft. Sie lehnte sich an die Wand und sah sich um.

Dann waren da diese Augen, schwarze Augen. Und dunkle Gesichter am Ende der Bank. Ghebreheimanot und Rekik Gebrehiwet mit Alemee.

Valérie sah Rekik zum ersten Mal lächeln. Über ihr vernarbtes Gesicht breitete sich ein schüchternes, wenngleich herzliches Lachen aus. Die Frau kam auf sie zu und streckte die Arme nach ihr aus. Valérie erhob sich, liess es geschehen, als Rekik sie in die Arme nahm, diese Frau, deren Ablehnung ihr gegenüber sie im Sahli ganz stark gespürt hatte.

«Yekenyelei», sagte sie. «Yekenyelei.»

Glossar

Abo – Vater auf Eritreisch
Ade – Mama auf Eritreisch
Amo – Tante auf Eritreisch
Bisistal – Tal im hinteren Teil des Muotatals (durch das die Muota fliesst)
Fiche – Zettel, Kartei, Karteikarte
Gual – Tochter auf Eritreisch
Hölloch – Höhlensystem in Muotathal
Kollegi – Gymnasium Kollegium Schwyz
Muotatal – Tal südöstlich von Schwyz
Muotathal – Gemeinde im Muotatal
Pragelpass – Pass zwischen Muotathal (Kanton Schwyz) und dem Klöntal (Kanton Glarus)
Schuls / Scuol – Ortschaft im Unterengadin
Seb – Mann auf Eritreisch
Starzlen – Zufluss zur Muota in Muotathal
Steinweiler – fiktiver Ort im Bisistal
Töff – Motorrad
Töggelikasten – Tischfussball
Yekenyelei – Danke schön auf Eritreisch
Zigni – eritreisches Gericht

Dank und Nachwort

Die zahlreichen positiven Rückmeldungen meiner geschätzten Leserschaft haben mich für den dritten Schwyzer Krimi besonders motiviert. Ich danke den Leserinnen und Lesern für ihre Treue, denn ohne sie gäbe es Valerie Lehmann nicht.

Ein besonderer Dank geht an David Mynall, Sachbearbeiter Information der Kantonspolizei Schwyz, an meine Tochter Melanie, die mir in rechtlich heiklen Fragen geholfen hat, und ebenso an meinen Mann und ehrlichsten Kritiker Peter, der zudem ein besessener Krimileser ist.

Danke dem gesamten Team des Emons Verlags, das an diesem Buch gearbeitet hat – sei es in der Beratung, der Umsetzung oder der Werbung. Danke an Irène Kost, meiner Lektorin.

In diesem Buch kommt ein heikles Thema zur Sprache. Aber ich glaube, dass gerade wir Schriftsteller dazu da sind, auch über gesellschaftskritisch relevante Themen schreiben zu dürfen. Sie sollen letztlich die Leserin und den Leser zum Nachdenken anregen.

Silvia Götschi
JAKOBSHORN
Broschur, 320 Seiten
ISBN 978-3-95451-260-7

«Die genau ergründeten Charaktere und ein sarkastisches Gesamtkonstrukt zeichnen den Roman aus. Davos gibt zudem ein atmosphärisches Panorama für den Plot ab.» Bote der Urschweiz

«Psychologisch subtil, feinsinnig, unheimlich. Gänsehaut garantiert.» Davoser Zeitung

Silvia Götschi
MATTAWALD
Broschur, 304 Seiten
ISBN 978-3-95451-482-3

Die achtzehnjährige Laraina Vetsch wird tot im Mattawald aufgefunden; die Polizei geht von einem Suizid aus. Doch Larainas Schwester glaubt nicht an einen Selbstmord und bittet ihre ehemalige Schulkollegin Allegra Cadisch um Hilfe. Die junge Jurastudentin nimmt undercover in einem Davoser Hotel eine Stelle an und ermittelt vor Ort – nicht ahnend, dass sie sich damit selbst in Lebensgefahr bringt.

Silvia Götschi
HERRENGASSE
Broschur, 336 Seiten
ISBN 978-3-95451-713-8

«Die Autorin lässt in diesem Krimi wieder ihrer Fantasie freien Lauf und zeigt das beschauliche Schwyz und seine (fiktive) Politikprominenz von einer eher dunklen und abgründigen Seite.» Anzeiger Luzern

Silvia Götschi
BÄRENTRITT
Broschur, 272 Seiten
ISBN 978-3-95451-777-0

«Silvia Götschi beweist mit ‹Bärentritt› ihr feines Gespür für tiefe Figuren und die oft dramatische Dynamik, die aus zwischenmenschlichen Verbindungen im Guten wie im Bösen erwachsen kann.»
Rigi Anzeiger

«Silvia Götschi versteht es bestens, mit einem spannenden Plot und einem aktuellen Hintergrund ihre Leser zu packen.» Anzeiger Luzern

www.emons-verlag.de

Silvia Götschi
KLAUSJÄGER
Broschur, 336 Seiten
ISBN 978-3-95451-988-0

«Die Autorin kennt sich mit dem Tatort und der lokalen Bevölkerung bestens aus. Wie gewohnt vermischt sie geschickt und mit raffinierter Phantasie Wirklichkeit und eine fiktive Romanhandlung. Für unterhaltsame Spannung ist gesorgt!» Sempacher Woche

Silvia Götschi
111 ORTE IM KANTON SCHWYZ, DIE MAN GESEHEN HABEN MUSS
Broschur, 240 Seiten
ISBN 978-3-7408-0116-8

«Ein Reiseführer, der Geheimnisse lüftet. Genau diese Geschichten sind es, die bei der Lektüre fesseln. Götschi beschreibt Anekdoten und historische Fakten zu ihren Entdeckungen. Es sind Attraktionen drin, die Geländegängigkeit erfordern, und scheinbar Unscheinbares, an dem Einheimische täglich vorbeikommen.»
Zentralschweiz am Sonntag

www.emons-verlag.de